ミネルヴァ日本評伝選

折口信夫

神性を拡張する復活の喜び

斎藤英喜著

ミネルヴァ書房

刊行の趣意

「学問は歴史に極まり候ことに候」とは、先哲荻生徂徠のことばである。

歴史のなかにこそ人間の智恵は宿されている。人間の愚かさもそこにはあらわだ。この歴史を探り、歴史に学んでこそ、人間はようやくみずからの正体を知り、いくらかは賢くなることができる。新しい勇気を得て未来に向かうことができる。徂徠はそう言いたかったのだろう。

「ミネルヴァ日本評伝選」は、私たちの直接の先人について、この人間知を学びなおそうという試みである。日本列島の過去に生きた人々の言行を、深く、くわしく探って、そこに現代への批判を聴きとろうとする試みである。日本人ばかりではない。列島の歴史にかかわった多くの異国の人々の声にも耳を傾けよう。

先人たちの書き残した文章をそのひだにまで立ち入って読み、彼らの旅した跡をたどりなおし、彼らのなしとげた事業を広い文脈のなかで注意深く観察しなおす――そのとき、はじめて先人たちはいまの私たちのかたわらによみがえってくる。彼らのなまの声で歴史の智恵を、また人間であることのよろこびと苦しみを、私たちに伝えてくれもするだろう。

この「評伝選」のつらなりのなかから、列島の歴史はおのずからその複雑さと奥ゆきの深さをもって浮かび上がってくるはずだ。これを読むとき、私たちのなかに新たな自信と勇気が湧いてきて、その矜持と勇気をもって「グローバリゼーション」の世紀に立ち向かってゆくことができる――そのような「ミネルヴァ日本評伝選」にしたいと、私たちは願っている。

平成十五年（二〇〇三）九月

上横手雅敬
芳賀　徹

水虎像を前にする折口信夫（昭和24年）
（國學院大學折口博士記念古代研究所蔵）

金沢庄三郎『辞林』編纂記念写真（明治40年4月）
（國學院大學折口博士記念古代研究所蔵）

左から，金田一京助，後藤朝太郎，小倉進平，金沢庄三郎，岩橋小弥太，折口信夫。

門弟藤井貞文の出征壮行旅行にて（昭和18年）
（國學院大學折口博士記念古代研究所蔵）

左から，伊馬春部，小笹功，折口信夫，米津千之，藤井貞文，藤井春洋。

はじめに

折口信夫との出会い方

折口信夫《おりくちしのぶ》について、思い出話風に始めようか。
ある世代にとって、折口信夫との出会いは、吉本隆明《よしもとたかあき》の『言語にとって美とはなにか』（一九六五年）、『共同幻想論』（一九六八年）によってであろう。私もその一人、ということになる。吉本をきっかけにして、さらに当時刊行された中公文庫版の『折口信夫全集』を読み始め、その時在籍していた大学のサークル雑誌に「言霊論《ことだまろん》」というタイトルで、折口信夫と吉本隆明、さらにカール・マルクスを重ねながら、国家／文学の発生の共時性について論じた、今読むと冷や汗ものの文章を書いた。

その後、遅まきながら、古代文学研究の道に進むことになったのだが、しかし、古代文学研究の最先端においては、折口学から多くの影響を受けながらも、「折口信夫」はすでに乗り越えられていくべき対象となっていた。一九七二年の「沖縄返還」以降に、沖縄の祭祀の実態や神謡を掘り起こしていくことで、その知見に基づく折口以降の新しい「発生論」が進展していったからだ。私自身はといえば、「沖縄」からさらに、一九八〇年代後半以降、「物部村《ものべそん》のいざなぎ流」の世界へと深入りすることになり、いつしか折口信夫の文章を読むことからは遠のいていた。折口はもはや過去のものになっていたのだ。

しかし、古代文学研究の「先行研究者としての折口信夫」とは違うところから、再び折口信夫に出会い直しすることになったのは、文字通り新世紀に入ってからだった。きっかけは二〇〇六年に刊行した『読み替えられた日本神話』（講談社現代新書）という新書の中で、折口の「まれびと」や「文学の発生」などの古代研究もまた、近代における読み替えられた日本神話の一つとして読める可能性に気が付いたからだ。そのアイデアをさらに具体的に推し進めたのは、二〇一四年の『異貌の古事記』（青土社）においてであった。そしてその前後に、本評伝を書くことが決まったのだと思う。

なぜ「神道」は一巻だけなのか

ところで、折口信夫を読み始めた最初の頃に、不思議に思ったことがある。全集の構成では「神道」関係の論文が、第二十巻「神道宗教篇」の一巻分しかなかったからだ（新全集も第二十巻の「神道・国学論」）。折口には、もっと数多くの「神道」の論考があると思っていたので、一巻しかないことが不思議に思えたのだ。そして一巻だけにまとめたのは、折口はあくまでも国文学者、民俗学者なのであって、「神道」の専門的な学者ではないという認識に基づくのだろうと、なんとなく考えていた。

しかし、彼の著作を読んだらすぐに気が付くように、「国文学の発生」も「琉球の宗教」も「翁の発生」「山の霜月舞」も、さらに民俗学者としてのデビュー論文である「髯籠《ひげこ》の話」も、読み込んでいくと、「神道」と無関係な論文ではない。本論の中でも繰り返し引用するが、折口にとって文学や芸能の歴史的な研究は、どれも「神道史の研究」と不可分にあったのである（「神道に現れた民族論理」）。

そこで改めて、折口信夫について論じたもの、折口学を研究した著作を見渡してみると、意外なほど「神道史」の研究者としての折口にポイントを絞ったものがないことに気が付いた。たとえば、馬渡憲三郎・石内徹・有山大五編『迢空・折口信夫事典』は、西村亨編『折口信夫事典』とともに、本書の執筆にあたって、たいへんお世話になった優れた事典である。だが、『迢空・折口信夫事典』の中の「Ⅲ　折口信夫の周辺・人物」の項目には、折口に関わる人物たちが総勢八十一名取り上げられているにもかかわらず、たとえば河野省三《こうのせいぞう》、田中義能《たなかよしとう》、今泉定助《いまいずみさだすけ》、筧克彦《かけいかつひこ》、星野輝興《ほしのてるおき》、葦津珍彦《あしづうずひこ》など、折口信夫と深い関わりを持った神道関係の人物は、一人も登場していない（ついでにいえば、賀茂《かもの》真淵《まぶち》、本居宣長《もとおりのりなが》、平田篤胤《ひらたあつたね》、鈴木重胤《すずきしげたね》といった、近世の国学者もいない）。

一方、今名前を挙げた神道関係の人物を研究する近代神道史研究のプロパーの論考を見ると、今度は逆に、折口信夫との関係を本格的に論じているものはほとんど見当たらない。これは、いわゆる「国家神道」「神社神道」の議論の中に、折口が位置づけられることが少ない、ということにも繋がるだろう。

ここからは、いわゆる折口学の内部、逆に、近代神道史研究の内部にあっても、神道学者としての折口については、あたかもブラックボックスのようになっているのではないか、というように思われたのである。

ブラックボックスを開封するために

改めて、私の折口信夫との関わりは、吉本隆明を始発点に、古代文学研究を経由して、〝読み替えられた日本神話〟という視点の中で、折口の古代研究を位置づけることにあった。そうした視点から折口を読み直すことで、これまで見えなかった折口信夫の可能性、面白さが浮かんでくるという感触を持ったからだ。

私の〝読み替えられた日本神話〟という方法的な視点は、一九八〇年代から九〇年代に活発に研究が進んだ「中世日本紀」「中世神話」から学んだものだ。神話は読み替えられ、変貌していく、ダイナミックな知の運動、という認識である。それを「実践」の感覚で理解したのは、一九八七年以降、物部のいざなぎ流大夫たちの宗教実践の現場に関わっていたからだろう。

「中世日本紀」「中世神話」の研究の進展は、これまで神道史研究では異端的な扱いが多い中世神道の世界に踏み込み、従来の神道史学から見えてこなかった、スリリングで豊饒な宗教世界を明らかにしてきた。ただ残念ながら、「中世神話」を踏まえることで切り開いた中世神道の新しい可能性については、近代神道史研究の側には、ほとんど反映されることはないようだ。もちろん、その時代的な隔たりを埋めることの難しさは、歴史研究にとっては言うまでもないところなのだが。

かくして、本評伝で私が試みたのは、従来の折口学、近代神道史研究のブラックボックスの蓋を開けて、その中に潜んでいる、これまでとは違う折口信夫の姿を見つけ出すことにある。それはかなりの至難の業となるのだが、改めて思えば、最初に出会った時の折口の中に、そのヒントはあったのだ。そう、折口の全集の中で、なぜ「神道」に関わるのは一巻だけなのか、という素朴な疑問……。その疑問を出発点に、本評伝を進めることにしょう。

折口信夫――神性を拡張する復活の喜び　目次

はじめに

図版写真一覧

凡例

・折口信夫の著作の引用は、新版『折口信夫全集』中央公論社、一九九五～二〇〇二年による。新全集・巻・頁数と記す。
・引用文中の傍線・傍点は、断りがないもの以外は筆者によるものである。
・引用文献は、著者名・刊行年を記し、具体的な書誌情報は巻末に一括掲載。
・「柳田國男」「國學院大學」などの固有名は、旧字で表記した。
・雑誌名は新字で表記した。

序章　「神道学者」としての折口信夫

1　近代神道史の中の折口信夫

現在形で進化する学者

折口信夫《おりくちしのぶ》（一八八七〜一九五三）といえば、独創的な学風の国文学、民俗学、芸能史の研究者、あるいは「釈迢空《しゃくちょうくう》」という歌人、詩人、創作家として広く知られている。三十七巻（別巻四巻）の新編全集にまとめられたその膨大な業績は、後に「折口学」の呼称が与えられ、国文学、民俗学、芸能史という個別の学問領域を超えて、六〇年代後半から七〇年代の反乱する学問の時代、八〇年代から九〇年代のポストモダンの現代思想の時代、さらに新世紀以降のグローバルな学知のなかで、たえず読み直され、議論されて、新しい時代に見合う「折口信夫」の可能性が更新されてきた。

一方、彼の実人生についても、生涯独身であったことや、弟子たちとの「同性愛」的な関係をめぐるエピソードなど、直接教えを受けた人々による評伝や伝記も多く書かれている。またこれまで知られていなかった資料の発掘や研究も進んでいる。

とりわけ近年にあっては、折口の学問を同時代の「学的状況」の中に埋め戻し、そこから「どのように飛躍しようとしたのか」を問うこと〔保坂達雄・二〇〇三〕、あるいは折口が柳田國男《やなぎたくにお》（一八七五〜一九六二）と出会って「民俗学者」になる以前の多様な可能性を、同時代の思想家、宗教家との交渉の中から発見していくことなども進められている〔安藤礼二・二〇一四〕。折口信夫は、まさに現在形で進化する学者といっていいだろう。

かくして折口信夫の学問と思想は、今にあってもなお、いや、今においてより一層、その学的な広がりや深みとともに、一種妖しげな魅力を放って、我々を魅了してやまない。

本書は、そうした多方面にわたる折口信夫の学問、思想、文学、生涯について、これまで意外に見過ごされてきた姿にスポットを当てたい。すなわち「神道学者」としての折口信夫である。

「神道史の研究にも合致する事」

折口の「神道」に関わる論考は、旧全集20「神道宗教篇」、新全集20「神道・国学論」に収録されているが、けっしてそれらに限定されるものではない。たとえば折口自身が次のように述べていることに注目しよう。

今までの私は、全体的に芸術中心・文学中心の歴史を調べて行かうと志して、進行してゐたのであるが、結局それが、神道史の研究にも合致する事になつた。

（「神道に現れた民族論理」新全集3、一四三頁）

これは折口信夫が四十一歳となった昭和三年（一九二八）に発表された論考の一節である。この翌年の昭和四、五年には、最初の論文集で代表作ともいうべき『古代研究』全三巻が刊行されるように、折口の学問が組織化・体系化されていく時期のものだ。すなわち沖縄の来訪神信仰から導かれた「まれびと」説、巫者の神懸かりに発する文学発生説、「ほかひびと」から展開する芸能史などが体系化されていくなかで、結局それらが「神道史の研究にも合致する事になつた」という認識が述べられているのである。ここからは、彼の国文学、民俗学、芸能史研究の体系は「神道史の研究」と不可分にあったことが見えてこよう。

それればかりではない。折口信夫は明治後期から大正、昭和へと続く、近代の神道や神社の歴史的な現場を生きてきたのである。

明治後期から昭和期の「神道史」のなかで

たとえば明治三十九年（一九〇六）、國學院大學の学生時代には、教派神道系（宗派神道教義研究団体）の「神風会」の街頭活動に従事、また学内でも「神国青年会」という団体を組織した（第一章）。あるいは三十四歳で國學院大學の教授に就任した、その翌年の大正十一年（一九二二）に発表された「現行諸神道の史的価値」（『皇国』第二七九号）では、明治後期から大正期に内務省神社局を中心に主張された「神社非宗教論」を批判し、世俗化していく神社のあり方に異議を唱え、また信仰心を失っていく神職たちに猛省を促した（第二章）。

さらに昭和三年、昭和天皇の即位大嘗祭《だいじょうさい》に際しては「大嘗祭の本義」ほか、大嘗祭をめぐって「民俗学」の視点からの考察を進めていく。それは、「実は今までの神道家の考へ方」では、大嘗祭の意義は説き明かせないと宣言するように、近代における神道家、神道学者たちへの批判が込められていたのである（第六章）。

そして昭和三年の大嘗祭から、翌四年（一九二九）における伊勢神宮の式年遷宮祭執行によって、社会全体に「神道」に関わる用語が流布されていく時代動向のなかにあって、折口もまた「神道史の研究」を展開させていくのである（第五章）。さらに敗戦の色が濃くなった昭和十八年（一九四三）、五十六歳となったとき、靖国神社の祭礼に初めて参加して、独自の感想を述べている。そこには「英霊」「軍神」といった発想とは違った、折口の「靖国」が論じられていくのである（第七章）。

そして敗戦直後には、GHQの「神道指令」＝国家神道解体に対処するために設立される「神社本庁」の活動に従事しつつ、結局は主流派の葦津珍彦《あしづうずひこ》（一九〇九～九二）たちによって排斥されていく（第八章）ことなど、近代の「神道」の歴史的現場に深く関わる存在でもあった。そこからは、異色の国文学者、民俗学者というステレオタイプ化した「折口学」とは違う、折口信夫の新たな相貌が浮かび上がってくるだろう。

論考の初出誌を見ると

改めて、折口が発表した論考の初出誌を見てみると、多くは『文学』『俳句研究』『民族』『郷土研究』『土俗と伝説』など、文学系、民俗学系の雑誌であるが、

◇「現行諸神道の史的価値」（新全集2）＝『皇国』第二七九号（大正十一年二月）
◇「神道に現れた民族論理」（新全集3）＝『神道学雑誌』第五号（昭和三年十月）
◇「古代生活に於ける惟神の真意義」（新全集20）＝『神社協会雑誌』第二十九巻第十一・十二号（昭和五年十一月・十二月）
◇「民間神道と神社と」＝『神道講座』第二冊（昭和四年十一月）
◇「日本古代の国民思想」＝『日本精神講座』第十二巻（昭和十年六月。同十三年五月『日本国民思想読本』に再録）
◇「禊と祓へと」（新全集20）＝『皇国時報』第八一五〜八一八号（昭和十七年五月〜六月）
◇「古代人の信仰」＝『惟神道』第二巻第二・三・四・五冊（昭和十七年二・三・四・五月）
◇「神道の友人よ」＝『神社新報』第二六・二七合併号（昭和二十二年一月六日）
◇「民族教より人類教へ」＝『神社新報』第三二号（昭和二十二年二月十日）

などのように、戦前から戦中、そして戦後における国家神道を担う神道家、神職たちの機関誌、講座、雑誌に発表される論考も少なくない。

たとえば、先ほど引用した「神道に現れた民族論理」の初出誌である『神道学雑誌』とは、近代の神道学の創始者とされる田中義能《たなかよしとう》（一八七二〜一九四六）が大正十五／昭和一年（一九二六）に設立した「神道学会」の機関誌である。折口の論文が掲載された号の目次を見てみると、上田万年《うえだかずとし》「御大礼」、加藤玄智《かとうげんち》「内鮮融和の契機としての玉山神社」、田中義能「神道の意義」「大和民族と女性」、今《いま》泉定介《いずみさだすけ》（後に定助）「大嘗祭の精神」といった、当時の錚々たる神道学者、神道家たちの論文が載っている。ここからは、折口が、国家神道を担う人々と同じ圏内にいた、とひとまず言っていいだろう（他の発表誌については、本文中に触れる）。

「国家神道」とは何か

ところで、ここまで「国家神道」という用語を定義せずに使ってきた。しかし、この用語の意味は、近年の研究の進展・成果によって、そう簡単には定義付けできないほど、複雑な問題が浮き上がってきている。

たとえば従来の説では、「国家神道とは、近代天皇制がつくりだした国家宗教であり、明治維新から太平洋戦争の敗戦にいたるまで約八〇年間にわたって、日本人を精神的に支配した」（村上重良・一九七〇）という認識が一般的であろう。国家神道といえば、近代の天皇制と密接に繋がった、国家主義・民族主義・侵略主義・軍国主義の元凶というイメージである。したがって、折口がそうした「国家神道」を担う人々と同じ圏内にいたという事実から、彼もまた民衆を抑圧した国家神道の当事者であると糾弾し、批判するという議論も出てくる（村井紀・二〇〇四）。

しかし近年の研究が明らかにしているように、「国家神道」なるものを歴史的な変容や展開、形成の過程から見直していくことが必要となっている（赤澤史朗・一九八五、阪本是丸・一九九四）。すなわち明治維新期の「神道国教化」政策の時代から、明治二十～三十年代の「帝国憲法」制定による、「政教分離」「信仰自由」の時代の神道、そこから生まれてくる「神社非宗教論」や「国民道徳」としての神道、そして昭和三年（一九二八）から翌年を転換点にして、さらに昭和十二年（一九三七）日中戦争、昭和十六年（一九四一）太平洋戦争の時代で唱えられる「祭政一致論」、そして昭和二十年（一九四五）敗戦による「国家神道」解体以降の時代というように、近代における「神道」は、きわめて多様な変貌を遂げていく。

その根底に置かれていたのは、「神社」という神々を祭り鎮める機関であり、場所である。そして近代の国家は、神々が鎮まる神社という聖域を、「神社ハ国家ノ宗祀」という観念・制度をもって支配下に置いてきた。国家神道と神社神道はペアとなる用語であったのだ。折口信夫は、そうした時代の動きのなかで変容していく「神道」と関わりながら、それに対する異議申し立てをしつつ、新たな「神道」の可能性を問い直し、その思想を更新しようとしてきたのではないだろうか。

折口信夫の学問と思想、その生涯を見ていくことは、近代における「神道」の歴史を見直していくことと不可分と言っていいだろう。そしてそれは、近代日本の歴史そのものを問い直すことにもなるだろう。

「神性を拡張する復活の喜び」

折口信夫は、「国家神道」なるものを形成した人々、組織の内部、あるいはその周辺近くにいた。それは確かだろう。しかし、本書のモチーフは、そのことをもって折口を国家神道の関係者として批判・糾弾しようというものではない。というよりも、折口は国家神道の内側にありつつも、それとは異なる「神道」を作り出そうとした、と見るべきだろう。折口の国文学や民俗学から導かれる「よりしろ」「まれびと」「みこともち」「ほかひびと」「たまふり」

「むすび」など、後に「折口名彙」と呼ばれる、特異なタームで展開される古代研究とは、「神社非宗教論」によって世俗化し、「国民道徳」へと肥大化し、さらに「祭政一致論」として国家と結び付いていく近代神道への異議申し立ての役割を担った、と見ていくのが本書の基本的な視点である。それを解き明かすために、本書が注目するのは、折口の次のような言葉である。

今日お慈悲の牢獄に押籠められた神々は、神性を拡張する復活の喜びを失うて了はれたのである。

（「髯籠の話」新全集2、一九一頁）

これは折口のデビュー論文として有名な「髯籠《ひげこ》の話」（大正四年）のなかの一節である。「髯籠の話」は、第二章で詳しく見ていくように民俗学における「よりしろ」の問題を真正面から取り上げた記念碑的な論文とされるものだが、その論考のなかに書き込まれたこの一節については、これまでほとんど注目されることはなかった。しかしここには、折口の近代における「神道」への痛烈な批判と、自らの学問の方向性が示唆されていたのだ。それは以下のようにまとめられる。

「今日お慈悲の牢獄」とは近代の国家に支配・管理された神社を意味していた。したがって、近代の神々は、この「牢獄」＝神社に押し込まれていたがために、「神性」を拡張し、神として復活、成長していく「喜び」を喪失してしまったのだ、と。

改めて、折口の古代研究は、「よりしろ」「まれびと」「とこよ」など、神社成立以前の神々を探求することにあった。それは同時に、近代の「神社」＝「お慈悲の牢獄」に封印された神々を、神社から解き放ち、神性を拡張させることと密接に関わっていたのではないか。国家の管理・支配下に置かれた神社には鎮まりきれない、拡張する「神性」の発見、といってもよい。折口の古代研究は、神社を基盤とした近代神道のあり方を批判していく、きわめてアクチュアルな学問であったのだ。

「神性を拡張する復活の喜び」――。この一節こそ、本書が語ろうとする折口の思想のエッセンスなのである。

同時代の神道学者たちとの比較

そこで本書では、これまであまりなされてこなかった、次のような作業を行う。折口の書いたものを、彼と同時代の神道家、神道学者たちと同一の言説空間に置き直し、その上で彼らとの比較を通して、その違いはどこにあるかを検討していく作業である。

　とりわけ彼が直接関わり、また対峙した神道家、神道学者たち、たとえば近代神道学の設立者である田中義能、「神ながらの道」を説いた筧克彦《かけいかつひこ》（一八七二～一九六二）、大嘗祭の「本義」に関わる今泉定助（一八六三～一九四四）、國學院大學の同僚で「国民道徳論」を展開した河野省三《こうのせいぞう》（一八八二～一九六二）、国学から「国文学」を自立させた芳賀矢一《はがやいち》（一八六七～一九二七）、折口から「親友」と呼ばれた宮内省掌典の星野輝興《ほしのてるおき》（一八八二～一九五七）、さらに戦後の神道「復興」をめぐる葦津珍彦たちの言説との比較は大きな課題となるだろう。

　そのとき、柳田國男との関係も、これまでとは違って見えてくる。柳田と折口の相違点については、通説では、先祖崇拝を強調する柳田に対して、折口は、先祖とは異なる「まれびと」信仰にこだわったことが指摘されてきた。その点は、間違いない。しかし、本書は、そうした両者の違いを、近代の神道史のなかに置き直すことで、これまでとは違う一面を見出していきたい。「民俗学」の創始者たる柳田もまた、大正七年（一九一八）に、國學院の河野省三との間で、いわゆる「神道私見」論争なるものを展開し、また戦後における神社本庁や靖国神社との関係など、近代神道史のなかで重要な働きをしているからだ。

「新国学」としての折口信夫

以上のように、本書は、折口信夫の思想と学問を、近代の神道家、神道学者たちの言説空間に再配置することで、彼の「神道学者」としての相貌を明らかにすることを目的とする。さらに「神道史」という視点に立つとき、その射程は、当然のことながら、近代に留まることはできない。近代から近世・江戸期へ、さらに中世の神道教説の世界にまで遡及していくことになろう。

まずは折口自身が「神道学者の意義に於ける国学者の第一位に置きたい」（「神道に現れた民族論理」前出）と称えた、幕末期の国学者・鈴木《すずき》重胤《しげたね》（一八一二〜六三）との関係である。重胤の展開した独特な「鎮魂《ミタマフリ》」説は、すでに指摘されているように、折口の「大嘗祭の本義」（新全集3）などで展開される「鎮魂」説に大きな影響を与えたからだ（津城寛文・一九九〇）。問題は、その影響の意味を、大正から昭和期の神道史の動向のなかで捉え直すことにあるだろう（第四章、第六章）。

次に鈴木重胤の「師」でもあった平田《ひらた》篤胤《あつたね》（一七七六〜一八四三）について。篤胤といえば、従来は、狂信的なナショナリスト、実証的な文献学の破壊者といった否定的な評価が多かった。そうした否定的な評価を覆し、民俗学や霊学としての可能性を見出したのは、まさしく折口であったのだ。そしてここでも、折口が篤胤の可能性について論じた「平田国学の伝統」（新全集20）という論考が、昭和十八年（一九四三）という時代状況のなかで発表されたことに注目する必要がある（第七章）。

一方、実証的な文献学の手法を確立したとされる本居宣長《もとおりのりなが》（一七三〇～一八〇一）との繋がりは、これまで見過ごされてきたところが多い。しかし折口の学問の根幹にある「むすび」説は宣長と無関係にありえない〔安藤礼二・二〇一四〕。とりわけ戦後の「神道宗教化論」で展開された、超越神・創造神としての「むすびの神」の議論は、宣長の『古事記伝』の神学を前提にしていたのである（第八章）。

「神道史」を読み替えるために

ところで「神道」といえば、一般に認識されるところでは、ユダヤ教・キリスト教・イスラム教のような、超越神、創造神をもつ一神教とは異なり、汎神論的なアニミズム的な信仰というイメージが強い。しかし折口の「神道宗教化論」や、宣長、篤胤、重胤といった近世国学の系譜を辿ってみると、そうした常識は崩されることになるだろう。彼らが志向していたのは、キリスト教的な一神教と共振するような超越神的な「一神」の神学であったからだ。

さらにこうした視点から神道史を見直したときに、中世神道の教説へと遡る必要が出てくる。仏教との習合から導かれた「両部神道」、伊勢神宮とりわけ外宮神官たちによって生み出された「伊勢神道」、さらに神祇官卜部《うらべ》の伝統とともに『日本書紀』研究の家筋であった吉田《よしだ》卜部家が創出する「吉田神道」などが志向していたのは、天地開闢以前の超越神、創造神としての「一神」であったからだ。

戦後における折口の超越神、創造神の探求は、こうした中世神道の教説の世界にまで遡及するような広がりと深さをもっていたのである〔小川豊生・二〇一四〕。そこに見えてくるのは、一般的な常識とされた神道とは、まったく異質な信仰世界と言えよう。折口を神道史のなかに位置づけ直す作業は、同時に、「神道」なるものの認識を変革していくこととも繋がるのである。

2　本書の方法と現在的な課題

神道史研究の新展開に向けて

次に、本書の方法と現在的課題を提示しておこう。

折口信夫の実人生については、新全集36に所収の「自撰年譜一」（昭和五年発表）、「自撰年譜二」（昭和十二年発表）および、長谷川政春、保坂達雄両氏による労作の「年譜」が、最も詳細なものである。本書も基本的にこれらの年譜に基づきたい。また折口から直接教えを受けた弟子たちによる「伝記」的な著作も参照することになる。したがって本書では、折口信夫の実人生について、新たな資料を発掘するとか、関係者からの聞き取りを行うといったことは、基本的にはしない。

本書における「評伝」の記述の方法は、折口が執筆、発表した論考、講演録、随筆、詩歌作品、小説、講義ノートなどから読みとれる思想、学問の展開から、彼の生涯を見ていく、というスタイルをとる。そこでは、折口のテキストが書かれ、発表された時代背景や動向との関係を探ることが、重要な作業となるだろう（発表、執筆の年代、発表の初出誌などに関しては、基本的に新全集の「解題」による）。

そして、次が本書のポイントとなるが、取り上げる折口のテキストの選択と解読は、冒頭に掲げたような「神道学者」としての姿を浮き上がらせることを目的とする。そこでは、たとえば「現行諸神道の史的価値」（大正十一年〔一九二二〕。「神道の史的価値」と改題して新全集2）や「招魂の御儀を拝して」（昭和十八年〔一九四三〕新全集33）など、これまでの折口研究では、あまり取り上げられることのなかったテキストに注目していくことになる。

もちろん、「国文学の発生」（大正十三年〔一九二四〕～昭和四年〔一九二九〕）、「山の霜月舞」（昭和五年〔一九三〇〕）、「翁の発生」（昭和三年〔一九二八〕）などをはじめとした、折口の学的成果として代表的なテキストは当然、取り上げる。ただその場合も、国文学、民俗学、芸能史研究の「先行論文」という解読ではなく、折口が言うところの「神道史の研究」と合致したという視線からの、新たな読み解きを試みていきたい。とりわけ、それらテキストが大正から昭和にかけての「神道史」とどう絡み合うかにこだわることで、これまでとは違う折口の学問、思想のアクチュアリティを探っていきたい。

「中世神話」「中世神道」の方法的視点

さらに「神道史」という視野からは、近代を超えて、近世から中世へと遡及する「神道」の言説と、折口説の系譜的な繋がりを説き明かすことも重要な作業となるだろう。その場合、「神道史」に関する研究方法として、一九八〇年代以降に活発化し、多くの成果を上げている「中世日本紀」「中世神話」といった、新しい方法的視点を活用したい。

「中世日本紀」研究とは、従来の近代的価値観からは荒唐無稽、牽強付会説として排除されてきた、中世に書かれた膨大な神道テキストの新たな価値を発見していくものであった（伊藤正義・一九七二、阿部泰郎・二〇一八、伊藤聡・二〇一六）。そこで目指されたのは、『日本書紀』『先代旧事本紀《せんだいくじほんぎ》』や『延《えん》喜式祝詞《ぎしきのりと》』などのテキストの「注釈」という形をとりながら、原典とは異なる、中世固有の「神話」創出の可能性を読み解くことである。中世にあっては、『日本書紀』などを注釈していく行為とは、原典をより正しく理解するための補助的作業という近代文献学の認識とは異なって、原典を注釈することがそのまま、古代の『日本書紀』とはまったく異なる、中世の神話創造となったのだ。すなわち「中世神話」である。

そして「中世日本紀」「中世神話」の方法的視点は、近世の本居宣長や平田篤胤などの注釈学にも波及する。これにより、これまでの近代的な文献学からの価値付けや批判ではなく、中世以来の「注釈」の系譜の中に位置づけ直すことで、近世独自の「神話」創造としての意義を見出すことが可能となる。すなわち「近世神話」の可能性である〔斎藤英喜・二〇一二、山下久夫・二〇一二など〕。

こうした方法的な視野によって読み替えられた「神道史」は、従来のナショナリズムや護教的な礼賛、あるいはイデオロギー的な批判や裁断とは異なる、新たな可能性を切り開くことになる。そこからは、「詩人的幻想」とか文献資料を無視した「妄想」などと批判されることの多かった折口のテキストへの読み方も変更することができるだろう。折口のテキストを、「学問」という手法によって、読み替えられ、再創造された、近代の「神話」として読み直すことである。そうした折口のテキストの読み方は、本書において初めて切り開かれるものと言ってよい（その始発的なものとしては、斎藤英喜・二〇一四）。

それにしても、今、なぜ「神道」なのか——。

現在的課題としての「神道」

現在、「神道史」にこだわることに、どういう意義があるのか。言うまでもなく、それは二〇一〇年代の我々が生きているこの時代の動向と深く関わる問題だ。すなわち、神社本庁や、その政治的主張を担う「神道政治連盟」、あるいは政治家、知識人、文化人を巻き込んだ「日本会議」の浮上である。そこでは「国家神道」という歴史的な系譜との関係とともに、戦後憲法体制の否定、「改憲」という形で問題になってきたことを、どう受け止めるのかが問われるだろう。またその一方では、「スピリチュアル」「パワースポット」として神社に人気が集まること、とくに若者たちの話題になっていくことの時代的な意味も考える必要があるだろう。

さらには、二〇一六年に急浮上した、明仁天皇の「生前退位」（高齢譲位）の問題がある。これについては、二〇一九年四月に退位、同年十月に新天皇の即位礼、十一月に大嘗祭が執り行われると決定されたが、これに伴って新たな戦後憲法下の「象徴天皇」の意義、または「皇室」の維持が議論されてきている。言うまでもなく「天皇」の問題は「神道史」と深く関わるものであった。

ここからは、「神道」ということが、時代動向への批評性をはらむ、きわめてアクチュアルなテーマとなってくることが見て取れる。ちなみに、左派の論壇を担い、ポストモダン思想を牽引した『現代思想』誌が、二〇一七年臨時増刊号に「神道を考える」の特集号を組んだことは、「神道」というテーマが、現代思想と深く切り結ぶことを教えてくれるのである。

かくして、本書の課題は、この現代にあって、「神道」とは何か、「神道」にはどのような可能性があるのかという問いかけを、折口信夫の生涯と、そのテキストの中から探っていくことにあるといえよう。

それでは、折口信夫が誕生した明治の時代へと赴くことにしよう。

第一章　「折口信夫」の誕生まで

1　大阪木津村から大和・飛鳥坐神社へ

折口少年、大和・飛鳥坐神社に詣でる

明治三十三年（一九〇〇）の夏、初めて一泊旅行を許された折口信夫は、大和の地を訪ね、飛鳥坐《あすかにいます》神社に詣でた。大阪府立第五中学校の生徒、十三歳の時だ。

奈良県明日香村に鎮座する飛鳥坐神社は、古代の記録にも「飛鳥坐神社四座【並名神大。月次相嘗新嘗】」（『延喜式』巻九。神名上）と記された、古い由緒をもつ神社である。

飛鳥集落の道から続く鳥居をくぐり、蟬時雨が降る長い石段を登ると拝殿、神殿がある。神楽殿からは、大和の地が一望できる。姉たちの影響で「古代」への憧れを掻き立てられた折口少年は、さぞや感激しながら、この古社を参拝したに違いない。いや、それだけではない。彼がここに訪れたのは、

じつは、自分の家とこの古社との間に深い「血の繋がり」があると信じていたからだ。

折口信夫の生い立ちへと遡ってみよう——。

大阪の商家に生まれて

折口信夫が生まれたのは、明治二十年（一八八七）二月十一日。大阪府西成郡木津村で曾祖父の代から生薬や雑貨を営む商家の家に、父秀太郎、母こうの四男として生まれた。信夫が生れたときの家族構成は、曾祖母とよ、祖母つた、両親、終生他家に嫁ぐことはなかった叔母のゆう、えい、そして姉あゐ、長兄静、次兄順、三兄の進の十人で、「女系家族」であった。女手の多い商家の生活のなかで童女のような赤い着物を着せられたという。

なお、信夫のあとに双子の弟・親夫、和夫が生まれるが、彼らは叔母のゆうと秀太郎との間に生まれた異母弟であった。折口は自分の名前が彼らと同じ「信夫」と二字だったこと（上の兄たちは、すべて一字）、幼いときに一時、里子に出されたことなどから、自分もじつは叔母の子ではないか、とい

飛鳥坐神社鳥居
（奈良県高市郡明日香村飛鳥）

誕生の地の石碑
（大阪市浪速区敷津西・鷗町公園内）

う出生の不安をもったらしい。家族は信夫のことを幼名の「のぶさん」と呼んだ。しかし、母の実子であることは、間違いないという。

婿養子の父は、かなり厳格な人だったらしい。父が実家に帰って留守をする時などは、厳しい父から解放された女性たちが中心となって、お寿司やぜんざいを作り、三味線や琴を弾いて、女たちと使用人で、宴をすることを楽しみとしていた。その時の様子は、後に随筆「留守ごと」(新全集33)に楽しげに描かれている。この随筆は晩年の昭和二十四年(一九四九)の一月に「書くことがいかにも楽しいというふうに、先生が丹念に自分で書いてゆかれた」と、その頃同居していた弟子の岡野弘彦《おかのひろひこ》氏が記している〔岡野・一九七七〕。ちなみに論文や評論などは弟子に口述筆記させるのが、折口の「執筆方法」だった。

また小学校時代から姉や叔母に伴われて歌舞伎や人形芝居を観る機会も多かった。昭和二十八年(一九五三)、六十六歳の時にまとめられた『かぶき賛』(新全集22)は、幼いときから親しんだ歌舞伎役者をめぐる論だ。もちろんそれが折口の芸能史研究の基礎を作ったものだった。こうした大阪の都会的で享楽的な町人文化が、「折口信夫」の形成の基底にあったことは重要だろう〔上野誠・二〇〇八〕。

「飛鳥坐神社」と祖父・造酒ノ介のこと

折口信夫は、典型的な大阪の商家の息子であった。そこには大和の古社との繋がりはまったく見えてこない。しかし折口自身が語るところによれば、折口の祖父にあたる造酒ノ介は、飛鳥坐神社の神主家である「飛鳥家」から養子に入った人物であった(「追ひ書き」新全集3、四六二頁)。折口は、そのことを終生誇りにしていたという。

たとえば明治三十七年（一九〇四）、十七歳のときにも、祖母つた、叔母えいと一緒に当麻《たいま》・吉野を旅し、父の代に途絶えた飛鳥家との旧交を復している。この旅行は、学業不振による落第の傷心を癒すためだったという。あるいは、明治三十五年（一九〇二）に父が死去したことも影響しているかもしれない。

さらに明治四十年（一九〇七）、國學院大學の学生のときには、飛鳥坐神社に関する調査を神主の飛鳥靫負《ゆぎおい》から依頼され、その返事を送っている。そこには『類聚符宣抄』や『諸社根元記』などの文献から「飛鳥家」「飛鳥坐神社」の由緒を調査したことが述べられている（新全集34、四四〜四八頁）。また昭和十六年（一九四一）九月には、國學院大學の学生たちとの「万葉旅行」で世話になることの礼状を、飛鳥弘訓（靫負の息子）宛に送っている（新全集34、二〇一頁）。飛鳥坐神社との関係は、後々にまで続いていたようだ。

このように大和の地にある古社と自分の家との血の繋がりに誇りを抱いていたのだが、じつは、祖父の造酒ノ介は、飛鳥神職家の出身ではなかった。もともとは岡寺村の岡本善右衛門の八男で、飛鳥坐神社の神主、飛鳥直助信の養子となった上で折口家に入ったというのが事実であった（「年譜」新全集36、三三一頁）。折口家と飛鳥家との間には、血の繋がりはなかったのである。ちなみに祖父の造酒ノ介は、信夫が生まれる八年前に亡くなっている。明治十二年（一八七九）、コレラが流行したおり、その診療に努力し、自らも感染したためであった。木津の部落の者をも隔てなく診療したので、後々までその徳を慕われたという（前出、三三一頁）。このため、折口が、直接、祖父から飛鳥坐神社のことなどを聞く機会はなかったのである（なお岡野弘彦『折口信夫の晩年』に載る、折口の思い出話では、祖父の死去は明治十八年（一八八五）とある）。

この事実は、当然、折口自身も知っていただろう。しかし折口にとって、自分と大和の飛鳥坐神社との繋がりは、実際の「血筋」を超えるところにあったのではないだろうか。それは折口の「古代」や「神」なるものが、血筋や人間世界との系譜的な関係を超越したところに求められることと、どこかで繋がっていくのかもしれない。

大阪の商家の暮らしのなかで
——兄・姉からの影響

飛鳥坐神社との関係は、後にふたたび触れることにして、ここではもう少し、折口信夫が過ごした大阪の商家の暮らしを見ておこう。それもまた、折口の学問と深い関係があったからだ。

「年譜」によれば、三歳頃に木津幼稚園に通ったこと、百人一首をことごとく暗唱したこと、父から朝の寝床で芭蕉の俳句を口伝えで暗唱させられ、また『言海』や『万葉集略解』を買ってもらい、精読したという。これは裕福な商家の学問好きな子供にとってはごく普通のことだっただろう。

後の「折口信夫」のことを考えると、三兄の進、姉のあると叔母のえいからの影響が重要であろう。三兄の進は後に古子家の養子に入るが、彼の影響で『明星』『心の花』などの文学の世界に目を開く。進の投稿歌に添えた歌一首が、服部躬治《もとはる》（文庫）、佐佐木信綱（新小説）の選に入ったこともある。

また明治ロマンティシズムの一面を代表する土井晩翠《どいばんすい》の『天地有情』を学校の先輩から見せてもらったり、兄に教わって薄田泣菫《すすきだきゅうきん》『暮笛集』を「当時南本町にあつた金尾文淵堂で求めた。今から思へば、出版史の上に書いてよい当時としては豪華な本」で、「金尾の二階には当時泣菫さんが居つて、主人種次郎君の代りに、帳場格子に坐つてゐられる事が多かつたから、顔を見知つたといふ以上に、何か深い影響を蒙つたに違ひない」（「詩歴一通」新全集32、二〇六頁）という思い出を語っている。さらに蒲原有明《かんばらありあけ》『草わかば』なども読んだことなど、「文学書を忌んでゐる家で、それを相応な程度まで読む事が出来たのは、兄進の恩恵だと思ふ」（同前）と兄への敬慕を語っている。

これらの経験は、言うまでもなく、折口が「釈迢空」という歌人・詩人となることへ繋がっていくのだが、同時に、折口の「神道」や「国学」が、道徳一元主義とは異なる、自由としての「文学」と深く結び付くことを暗示していよう。

一方、姉のあゐは、明治二十年代、大阪の地で国学の私塾を開いていた国学者の敷田年治《しきたとしはる》（一八一七〜一九〇二）に国文や和歌を習っていた。その姉の影響で江戸中期の「三奇人」として有名な高山《たかやま》彦九郎《ひこくろう》（一七四七〜九三）の伝記を読み、すぐに泉州百舌鳥《もず》耳原中陵《のみみはらのなかのみささぎ》（大阪府伝仁徳天皇陵）に赴き、土の上に額《ぬか》ずき、深い感激に浸ったという。これは後の「国文学以外」（新全集33）という随筆に書かれたエピソードである。高山彦九郎は、「全身これ勤皇」と称えられた勤皇家で、諸国を遍歴しつつ有名人士と交わるが、幕府の嫌疑を受けて久留米で自害するという人物。ちなみに現在、京都の三条大橋のたもとにある、皇居を遥拝している彦九郎の像は有名だ。

また大阪府立第五中学（天王寺と改称）中学時代には、修養を目的とした思想・文学・音楽・宗教を研究する「琴声会」に入り、以後しばしば講演会の演壇に立っている。明治三十六年（一九〇三）

五月の校内で行われた第七回文学会では、「詰め襟のカラー禁止を破って女子のようにおしゃれに着飾ろうとする生徒を壇上から厳しく叱咤して、男子の精神の惰弱を厳しく戒めた内容」の演説をしたという（保坂達雄・二〇〇三、四八八頁）。

こうしたエピソードは、折口の学問が、大阪の都会人の享楽的な感情や自由としての「文学」と結び付きながら、同時に国学者が持つべき「気概」「情熱」を重視していたことを伝えてくれる。それはまた宗教としての「神道」を求めるときも、「宗教的情熱」を必要としたという折口の学問の基底に繋がっていく。もちろん、その二つの傾向は、けっして矛盾なく保たれるものではない。若き折口信夫の精神形成において、彼の感情や思想の中に大きな矛盾や葛藤が含まれていたことも想像されるところだ。

昭和四年（一九二九）刊行の最初の著作である『古代研究（民俗学篇1）』の巻頭に「この書物は、大阪木津なる、折口えい子刀自に、まずまゐらせたく

「折口えい子刀自に、
まずまゐらせたく候」

候」（新全集2）とあるように、叔母えいとの深い繋がりはよく知られているところ。家族の中では最も信夫を理解し、愛情をもって庇護してくれた人であったようだ。

叔母えいは、信夫が七歳のとき、医科修業のために東京湯島の「済生学舎」に遊学している。そのときえいから贈られた『東京名所図会』の表紙に信夫は初めての自作の歌を書き付けたという。また東京から戻ってきた叔母は「英語の単語を教へてくれたり、いそつぷあたりの動物比喩譚を聞かしてくれたりした」（「留守ごと」新全集33、三一九頁）などという思い出を綴っている。

叔母えいは、東京でさらに上の学校に進み女医になる希望をもっていたが、義理の兄（信夫の父）

が、「ぷらいどを持ち過ぎてゐる風な感じのある義妹が、女医になつて生いきな言動をするのを想像するだけでも、いやだつた」のか、えいの進学には反対した。また母（えいの姉）も、「お栄《エイ》さんは、耶蘇教になつて来たのやないか知らん」などと陰口し、「うんと教養の高きにゐる妹には言ひきれない抗議」を洩らしていたという。

結局、叔母えいは、進学を断念し、また嫁いで他家に入ることもなく、「七十になつて死ぬるまで、五十年近く、長い娘の生活」を変えることもなく折口家に留まった。明治前期にあって、女性が自立して、学問の道に進むことの難しさを語るエピソードだ（「留守ごと」新全集33）。

いや、そればかりではない。叔母えいのことは、商いを家業とする家に生まれながら、学問や教養の高いものの運命を語る「夢の様な、家の昔語り」とも連なるものであった。そう、『古代研究』の「追い書き」に記された「彦次郎さん」のことだ。

「彦次郎さんのため息」の奥から

「彦次郎さん」とは、曾祖父彦七と先妻との間に生まれた人物。学問好きで家業を厭い、屋根裏部屋にこもりっきりで、気が向くと、二日も三日も家をあけてどこかで遊びほうけ、あるいは継母の鋭い目を避けて、幾日も二階から降りて来なかった。そのときの無聊に書きなぐった往来文や、法帳の臨書が、木津の家の蔵には残っていたという。「百年も前の大阪町人、その二・三男の文才・学才ある者のなり行き」（新全集3、四六一頁）である。

「彦次郎さん」はついに家を勘当され、当時の大阪人には恐ろしい僻地である熊野の奥に落ちていき、そこで寺子屋の師匠として、わびしい「ほぅとした一生」を終えたという。こんな「夢の様な、家の昔語り」のあとに折口は、こう語る。

かうした、ほうとした一生を暮らした人も、一時代前までは、多かつたのである。文学や学問を暮しのたつきとする遊民の生活が、保証せられる様になつた世間を、私は人一倍、身に沁みて感じてゐる。彦次郎さんよりも、もつと役立たずの私であることは、よく知つてゐる。だから私は、学者であり、私学の先生である事に、毫も誇りを感じない。そんな気になつてゐるには、あやにくに、まだ古い町人の血が、をどんでゐる。祖父も、曾祖父も、其以前の祖《オヤ》たちも、苦しんで生きた。もつとよい生活を、謙遜しながら送つてゐた、と思ふと、先輩や友人の様に、気軽に、学者風の体面を整へる気になれない。これは人を嗤ふのでも、自ら尊しとするのでもない。私の心に寓つた、彦次郎さんのため息が、さうさせるのである。

（「追ひ書き」新全集3、四六二〜四六三頁）

そして「彦次郎さんのため息」の奥からは、近代日本の国家や社会に有用な学問とは違う、「遊民の生活」に根ざした学問や文学こそが自分のものである、という折口の自己主張も聞こえてくるようだ。それは折口一流の「やつし」ともいえるかもしれない。だが「彦次郎さん」のエピソードからは、自身の学問が官立大学の「西洋ふう」のそれとは異なる、近世以来の「古い町人の血」を基盤とした学問の系譜にたつことの決意も読みとれよう。

それはさらに折口の学問の内容とも関わってくる。「遊民の生活」を送る「彦次郎さん」の夢のような昔語りの向こう側には、「ほかひを携へ、くゞつを提げて、行き〳〵て又行き行く流民の群れが、鮮やかに目に浮かんで、消えようとせぬ」（新全集1、二一〇頁）と語られる、放浪の芸能者たちの姿が浮かんでくるのではないだろうか。彼らの成れの果てに、自分がいる、という認識である。

このことはまた、折口の考えている「神道」とも関わってくる。折口にとっての「神道」の担い手たちは、国家の「官吏の末座に列席」（「神道の友人よ」新全集20、一七七頁）するような存在ではない。「彦次郎さん」のような遊民や、「行き〳〵て又行き行く流民の群れ」の系譜に連なるものであった。そうした「神道」に対し、「一種の厭うべき姿の、宿命的につき纏うてゐるのを耻づる」（「神道に現れた民族論理」新全集3、一四四頁）と、アンビバレントな感情をも表明していくのだが、そのことの内実については、これからの彼の生涯を追う中で考えていくことになるだろう。

ターニングポイントとしての明治三十三年

さて、ふたたび、折口信夫が大和の飛鳥坐神社を参拝した明治三十三年（一九〇〇）に戻ろう。

飛鳥坐神社のすぐ近くの甘樫丘《あまかしのおか》に登ると、飛鳥集落の突き当たりにある、鬱蒼とした森に囲まれた古社が眺められる。神社を囲む森の風景からは、折口がこれからの生涯で探求していくことになる、神社以前の古層の神々が宿る「杜」の姿が幻視されるだろう。折口少年の目にそこまで見えていたかはわからないが、自分の人生を、この森に囲まれた大和の古社に繋がる学問に捧げたいとは、漠然と思っていたかもしれない。

けれどもここで知っておくべきことがある。折口少年が感動した飛鳥坐神社は、もちろん古代そのままの神の社ではなかった。近代における神社が体験する激動の歴史と、まったく無縁ではありえない、明治という近代日本のただ中に鎮座している神社であったのである。

じつは折口が飛鳥坐神社を参拝した明治三十三年とは、近代日本における「神社」の性格が大きく変わっていく、まさにターニングポイントにあったのだ。それを知るためには、日本の社会を「近代」へと大きく変えていく明治維新にまで遡らねばならない。

「神社ハ国家ノ宗祀」というテーゼ

明治維新は、日本全国の神社のあり方をも変えた。それを象徴するのが、明治四年（一八七一）に公布された「神社ハ国家ノ宗祀」という太政官布告である（以下は、中島三千男・一九七七、阪本是丸・一九九四、を参照）。ちなみに同年に「廃藩置県」の詔書が出ている。

「神社ハ国家ノ宗祀」とはどういう意味か。簡単にいえば、日本の津々浦々に鎮座する神社をすべて国家が管理、支配するという理念・制度である。そのためにまず、歴史的な伝統をもつ世襲神主を、神社を私有するものとして禁止し、以後は「精選補任」することが定められた。ようするに神社で神々を祭る神職たちは「神官」とされ、国家から給料が支払われる「官吏」（国家公務員）となったのである。

甘樫丘から眺める飛鳥の集落

次に日本各地の神社の社格を定めた。まず皇祖神を祭る伊勢神宮を頂点に、天皇や朝廷とゆかりのある神社を「官幣社《かんぺいしゃ》」、地方の有名神社である一宮などを「国幣《こくへい》社《しゃ》」とした。これらは大きく「官社」とされる。それ以外の地方の神社は、府や県が崇拝する「府県社」、地域の産土《うぶすな》神社などは「郷社」として、さらに郷社の下位に置く神社を「村社」と分類した〔米地実・一九七七〕。ちなみに飛鳥坐神社は「村社」の社格である。なお、神社政策が進行した時代は、壬申戸籍の編成、学制の頒布、太陽暦の採用、徴兵制の公布（明治五年）、地租改正（明治六年）など、西郷隆盛を中心とした新政府の「啓蒙的専制主義」が展開した時代でもある〔橋川文三・一九六八、三二七頁〕。そして「神社ハ国家ノ宗祀」というテーゼは、明治初期の「神道国教化」政策の中核を担うものだった。

明治初年にあっては、政府は「神道」を「国教」とする政策を強権的に推し進めた。明治維新が目指した「王政復古」「祭政一致」の実現といってもよい。それは「神権的天皇制を基礎づけるためのイデオロギー」として不可欠な要件であることは間違いない〔安丸良夫・一九七九〕。その一つの政策が「神社」を国家的存在へと再編成し、国家によって管理・支配することにあったのだ。

けれども、その政策は大きく二つの問題から挫折し、変更を余儀なくされる。一つは「財政上」、もう一つは「信教自由」「政教分離」という近代国家の根幹に関わる問題である。

国家が「神社」を管理・支配するためには、神官に給料を支払い、神社の維持・修理費などはすべて国家の財政、国庫から支出されねばならない。しかしそれは必然的に国家の財政を圧迫することになり、即座に変更される。まず明治六年（一八七三）に、伊勢神宮、官国幣社以外の地方の府県社、郷社の祠官《しかん》たちの月給制度が廃止となり、翌年には、「社寺逓減禄制《ていげんろく》」が採用され、府県社以下の神社は、寺と同じように十年間は、その費用を国庫から逓減して支給し、それ以降は一切自前で行うことが求められたのである。華族・士族階級への給禄停止・金禄公債公布を措置した「秩禄処分」の神社版とされるものだ〔中島、前出〕。

そして明治十八年（一八八五）には、内務大臣山県有朋、大蔵大臣松方正義連名の上奏案として「神社改正之件」が提出され、官国幣社に対しても国庫からの支出は廃止し、一定年度の補助金を下付する案が提出された。神社を国家から切り離していく方針である。ただし、このとき皇祖神を祭る伊勢神宮に対しては、国庫支出は倍増され、文字通り手厚く保護されることが定められた。また靖国神社は、陸海軍の管轄で、予算上も別扱いされることになる。神社行政からは例外とされるのである〔阪本、前出〕。

「神社非宗教論」と近代立憲国家

「神社ハ国家ノ宗祀」というテーゼにとってもう一つ問題となるのが、「信教自由」「政教分離」という近代国家の基本的な理念との関係である。それは欧米諸国との「不平等条約」を改変するために必要な近代的な立憲国家への自己形成とも関わる。神々を祭り、人々からの信仰を集める特定の宗教施設である神社を、国家が財政的に補償し、人事を管理することは、国家が特定の宗教と結び付くことになる。それは「政教分離」という近代国家の原則に違反することになってしまう。神社に対する経済的な保護が問題となるのは、国家財政の問題であるとともに、「政教分離」の原則との関係があったわけだ。

さらに神社参拝を「宗教」としてしまうと、仏教やキリスト教など、他の宗教を信ずる人々にとって、自らの信仰からは神社は崇敬しない、という「信教自由」の裁量の中に神社を置くことになる。このことは、明治二十二年（一八八九）に発布される「帝国憲法」によって、決定付けられていく。そこには「信教ノ自由」が明記されていたからだ。これ以降、神社を「国家ノ宗祀」とするために、人民の「自由」の裁量に任せられる「信教」、すなわち宗教とは別次元に神社の崇敬があることが主張されていく。これが「神社非宗教論」である。

それを制度的に確定したのが、折口少年が初めて飛鳥坐神社に参拝したその年、明治三十三年（一九〇〇）であったのだ。

その年、民衆行政（人民支配）一般を所管した中央官庁の内務省内で「社寺局」が、「神社局」と「宗教局」に分けられた。すなわち、神社を対象とする部局を「神社局」、仏教・キリスト教・教派神道などを対象とする部局を「宗教局」と区別したのだ。それは神社が他の宗教とは異なるものとして独立したともいえるが、同時に、神社の参拝・祭祀は宗教ではない、ということを制度的に表明したことにもなる。「神社ハ国家ノ宗祀」というテーゼが「神社非宗教論」という理念によって再編成されたのである。

ここに出来上がるのは、「神社は宗教ではない、ゆえに神社の崇敬は信教の自由の埒外である、だから神社参拝をよしんば強制し、義務づけたとしてもそれは信教の自由を侵害したことにならない」という「詭弁以外の何物でもない論理」である〔阪本・前出、三二二頁〕。ちなみに、「国家神道」という用語も、神社局が新設された以降に一般化したという。

「国民道徳論」と結び付く近代神道学

神社参拝が「非宗教」であると位置づけられたとき、ではどのような理念で、人々に神社の参拝を行わせることになるのか。人々が参拝する行為にはどんな意味が求められるのか。そこに登場するのが神社参拝を「国民の義務」と説く「国民道徳論」である。神社に祭られるのは、宗教的な神霊ではなく、国家に奉仕した人物が神格化されたもの、あるいは先祖が神となったものとされた。そこで神社に参拝することは「崇祖敬神《すうそけいしん》」（「敬神崇祖」とも）と呼ばれた。神社参拝は、あくまでも国民がもつべき道徳・倫理の行為とされたのである。これを理論化したのが井上哲次郎《てつじろう》（一八五五～一九四四）である。そして彼の国民道徳論を取り込むことで、近代における「神道学」という学問が出来上がっていくのだ〔前川理子・二〇一五〕。

折口少年が大和の古社・飛鳥坐神社に初めて参拝した、明治三十三年——。その年こそ、近代における「神社」や「神道」なるものの性格が大きく変わっていくターニングポイントであった。そこから「崇祖敬神」や「国民道徳」が強調される神社や神道をめぐる理念が生み出されていく。しかし、それこそが、これから折口の学問が対峙していくべき相手にほかならなかった。折口の学問は、「神道」なるものが、いかに宗教たりえるかを探求していくものであったからだ。そして彼の「神道宗教化」のテーマは、昭和二十年（一九四五）の敗戦を経て、さらに自覚化され、深められていくことになるのだが、その軌跡こそ、まさしく折口信夫の神道学者としての生涯といってもいいだろう。

もちろん神道の宗教性といっても、その「宗教」は、ヨーロッパ近代から輸入された概念との葛藤の中にあった。それを形成する学問こそ、折口が、柳田と出会って以降、柳田とともに形成していく「民俗学」である。折口の「民俗学」とは、神社非宗教論、国家神道、神社神道、国民道徳論、さらには近代的な神道学への批判的立場に立つものであったのだ。後にそれは「新国学」とも呼ばれる。かくして折口は、自分の学問、思想の方向性を求めて、「国学」を名乗る大学に入学することになる。國學院大學である。

2 國學院大學・神風会・柳田國男

國學院への入学、叔母の反対

明治三十七年（一九〇四）、天王寺中学校の卒業試験に落第したため、一年留年した折口信夫は、その翌年の三月に中学校を卒業した。そして六月、家業に繋がる医科志望をにわかに取りやめ、新設の國學院大學予科（東京飯田橋）へ入学の手続きをする。十八歳のときだ。

國學院への入学には、当然家族の反対にあうが、とくに信夫のことを一番理解してくれている叔母のえいが、強く反対した。そのときのエピソードが、折口が晩年に國學院大學の「院友会会報」に書いた「まなびのまど」（新全集33）という小文に記されている。

叔母えいは明治二十年代に、その頃湯島にできた「済生学舎」という「女医者」の養成もした学校に通っていた。年頃の女の子を託すにふさわしいところはないかというので、「大阪出の松岡さんといふ役人」の知り合いの家に下宿することになった。ところがその家の裏に学校が建っていて、その学校の二階からえいの部屋をのぞく者や、ときには大きな声で言葉をかけてくる男もいた。その学校とは、なんと折口が志願した國學院だったというのだ。

それで叔母は「女の子の居る部屋をのぞく学生たちを育てるやうな学校へ、自分のてしほにかけた甥を、入れる気になると思ひなさるか」（新全集33、三三三頁）といって、反対したというのだ。しかし結局、家族の反対を押し切って國學院に入学することになるのだが、随筆の最後には、自分は「一度も女の子の部屋を見おろした経験はないが、叔母には何だか相すまぬ気が、いまだにする」という一節がつく。折口と叔母えいとの、なんともほのぼのとした暖かい関係が伝わってくるような一文だろう。

かくして折口は明治三十八年（一九〇五）九月七日に、國學院大學入学のために上京するのだが、その東京では未曾有の大事件が勃発していた。前日から戒厳令が施行され、移動もままならぬ状態におかれてしまったのだ。世にいう「日比谷焼き討ち事件」である。

日比谷焼き討ち事件と「帝国のナショナリズム」

明治三十八年の「日比谷焼き討ち事件」とは、前年に始まったロシアとの戦争（日露戦争）の終結に向けた「講和条約」調印に不満をもった人々が起こした、「都市民衆暴動」である。

九月五日、対露同志会、講和問題同志連合会が主催する国民大会が東京の日比谷公園で開かれようとしたが、政府の介入で禁止された。しかしそれに激怒した数万の民衆が、公園を塞いでいた警官隊と衝突し、さらには国民新聞社、内相官邸、キリスト教会、警察署、市街電車を襲撃する「暴動」へと発展する。

騒擾は翌日も続いたために政府は戒厳令を敷き、軍隊も出動するという事態に発展した。さらに反対運動は横浜、大阪、名古屋、神戸などの各地に波及した。この「暴動」の担い手は、日露戦争で兵士として徴集され、犠牲となった人々と同じく、職工・職人・人足・車夫といった「都市雑業層」であった〔宮地正人・一九七三〕。

それにしても、日露戦争に兵士として徴用され、過酷な戦場を体験した多くの民衆が、なぜ戦争終結に反対したのか。それはアメリカ大統領の斡旋による日露講和＝「ポーツマス条約」が、日本の「勝ち戦」であったのにもかかわらず、ロシアへの賠償その他の要求を放棄するような内容だったので、国民が激怒し「戦争継続」を訴えたためという。

こうした講和反対運動は、一面にはアジアへの膨張主義的・侵略的性格をもっているが、しかし「十五億余の戦費を負担し十二万弱の戦没廃疾の兵士を出し、戦争という形をとった政治にかつてなく深くまきこまれた民衆が、国政に対する発言権を要求しはじめるのは当然」〔松尾尊兊・一九九四、一四頁〕であり、この「民衆暴動は国民の言論・集会の自由を奪う藩閥専制、ならびにその爪牙たる警察に対する抵抗運動」〔同前〕として位置づけることもできよう。

実際のところ、日本近代史の研究者は、この「日比谷焼き討ち事件」を後の「大正デモクラシー」の先駆けとして評価するのだが、同時にまた、「二〇世紀初頭の日本のデモクラシーは、日露戦争の熱狂性《ショービニズム》を背景に持ち、「帝国」の構造に規定されたナショナリズムと結合して現れてきている」（成田龍一・二〇〇七、一〇頁）ことを見逃してはならない。内には「立憲主義」、外には「帝国主義」という、近代日本の姿がここに現れるのだ。

そして「帝国」の構造に規定されたナショナリズムの形成のなかに、神道が大きな役割を担うことになる。多くの国民を兵士として徴兵し、そして戦死者は「英霊」として国家が祭る、「総力戦」という近代戦争を遂行するためには、国民を統合するイデオロギーとしての「国家神道」の制度的な確立が重要であったからだ（中島三千男・一九七七）。日露戦争は、神社、神道のあり方も変容させていくことになる。それこそが折口が向き合うことになる近代の「神道」であった。

明治三十八年（一九〇五）九月、折口の國學院大學入学と時と同じくして起きた「都市民衆暴動」。それは彼がこれから対峙していく、近代国家と結び付いた「神道」とも無関係ではなかったのである。

皇典講究所と國學院大學

折口が入学した「國學院大學」とは、どのような大学なのか。

その母体となったのは、明治十五年（一八八二）に東京飯田橋に創設された「皇典《こうてん》講究所《こうきゅうじょ》」である。そこは神官・神職の養成、教育事業を目的とする機関であったが（内務省の規定では、神社神官、神職の任用には皇典講究所の卒業証書が必要とされた）、明治二十三年（一八九〇）に国史・国文・国法を講究する男子の三年制の教育機関としての「國學院」が設立される。そして三十七年（一九〇四）には専門学校に昇格、三十九年（一九〇六）には「私立國學院大學」と改称、さらに大正九年（一九二〇）、大学令による「大学」（旧制大学）に昇格した（『神道事典』）。

國學院大學開校の地の石碑
（東京都千代田区飯田橋）

折口が入学した明治三十八年は、「國學院」が専門学校として認可された翌年にあたる。彼が入学したときの同級生は六人。そのうち二人が「国文科」、あとは「国史科」に進んだという。

折口は明治四十年（一九〇七）に本科の国文科に進み、「国文学」の学者を目指す道を歩み始めることになる。そして明治四十三年（一九一〇）七月に卒業。卒業論文の題目は「言語情調論」（新全集12）である。

三矢重松の「気概」と『源氏物語』

折口信夫が國學院大學の学生時代、最も尊敬し、影響を受けたのは誰か。その一人は、間違いなく三矢《みつや》重松《しげまつ》（一八七一～一九二三）である。じつは折口は中学生時代、すでに三矢と面識があった。明治三十二年（一八九九）、彼が天王寺中学に入学する時、当時、同校の教諭をしていた三矢に口頭試問を受けていたのだ。中学では三矢から直接、教えを受けることはなかったが、國學院に入学したことで再会し、大きな影響を受けるとともに、終生敬愛の念を抱いたという。では折口は、三矢のどのようなところから影響を受け、また敬愛したのだろうか。

三矢重松について、世間では「文法学者」として有名だ。現代語文法による視点を加えた「三矢文法」を完成させたことが、彼の大きな業績とされる。と同時に「最後の国学者」と呼ばれる、壮烈な学風でも知られている。

後に折口は、「国学」とは「気概の学問」である、と説いている。それは少年時代、「全身これ勤皇」として壮絶な生き方をした高山彦九郎の伝記に感動して、「泉州百舌鳥耳原」(伝仁徳天皇陵)に額づいた、というところに発していよう。ようするに、世の中の不正に憤り、社会への批判を実行に移す強い意志をもつのが国学者、といった認識だろう。そうした「国学者」たる折口の「気概」は、昭和十年代の戦時期のエピソードに見ることができる(第七章)。折口が三矢に惹かれ、彼を敬愛したのは、そうした「気概」を持つ国学者の姿を見たからだろう。しかしそれだけではなかった。

三矢は大正十二年(一九二三)に、胃癌のために五十三歳の若さで亡くなるのだが、昭和十一年(一九三六)、郷里・鶴岡市に建立された歌碑の除幕式に際して、折口は「三矢先生の学風」という記念講演を行っている。そのなかで三矢の思い出を語っている。

國學院大學の先生たちは、学生たちに向けて「気概がない」と叱ったが、三矢先生は「そんな叱り方はなされなかつた」。先生には「ゆとり」があったからだとして、次のように語っている。

先生は国学者の生活態度を、一つの型で律せられようとはしなかつたのです。気概だけが国学者の資格だとはされなかつたのです。と言うて、我々が国学者から離れ得ないのは、其気概があるからでもあります。

(「三矢先生の学風」新全集20、四五七頁)

つねに困難に立ち向かい、世の中の不正に憤り、それを批判していくような「国学者の生活態度」。

それが「気概」である。だが、それだけが「国学者の資格」ではないと三矢は説いたのである。

三矢は「最後の国学者」と呼ばれた壮烈な学風をもっていたが、同時に、世間では軟文学、淫蕩書、乱倫の書として非難する者もいる『源氏物語』の価値を最も認知し、「源氏は実に立派なものである、どうも日本の国文学者はいかん」（前出）と訴えていた。そして三矢は晩年、『源氏物語』の研究が深くなって「源氏全講会」を始めるが、三矢の死後は、折口がそれを受け継ぐことになるのである。

一般に『源氏物語』は倫理や道徳の立場から非難されることが多い。だが『源氏物語』はあくまでも「文学」である。文学作品の価値を一律に倫理や道徳で測ってはいけない。だから「文学」の価値が認識できる本当の「国学者」は、倫理や道徳一辺倒であってはいけない――。それこそ折口が三矢から学んだところではないか。

こうした折口の「国学」の認識は、近代の神道が「国民道徳」という価値観を全面的に押し出してくることへの批判と繋がっていくのだが、それはさらに彼の生涯を追う中で見えてこよう。

新仏教家・藤無染からの影響

青年時代の折口信夫の学問や思想形成の場は、大学の内部だけに閉じられてはいなかった。とくに近年の「折口信夫研究」において、折口自身もほとんど語ることはなかった、國學院大學入学当初に同居していた新仏教家・藤無染《ふじむぜん》からの影響、宗派神道教義研究団体である「神風会」での実践活動、さらに大学を卒業したあとの、アイヌ研究者・金田一京《きんだいちきょう》助《すけ》、『日鮮同祖論』の金沢庄三郎《かなざわしょうざぶろう》の比較言語学＝比較神話学の影響など（金沢編『辞林』にも関わった）、柳田國男の「民俗学」に出会う以前の折口の学問・思想形成を再検討する試みが続けられている（保坂達雄・二〇〇三、安藤礼二・二〇一四、伊藤好英・二〇一六）。それは国文学者、民俗学者として定型化された折口のイメージを変えることで、折口の新たな可能性を探ろうとする「折口信夫研究」の新しい動向とリンクしていよう。

そうした中でとりわけ注目を集めたのは、藤無染（一八七八～一九〇九）との関係である。従来、謎の多い人物であったが、保坂達雄氏、富岡多恵子氏、安藤礼二氏の精力的な調査によって、明治期の仏教改革運動＝新仏教運動の渦中で、神智学に由来するオカルティックの視点から東西の神秘主義を通じて仏教とキリスト教を融合させる思想の持ち主であったことが解明されてきた（保坂、前出。富岡多恵子＋安藤礼二・二〇一三）。なお新仏教運動とは、明治中期の中西牛郎の「新仏教」に始まり、それを受け継いだ仏教清徒同志会（新仏教徒同志会）へと展開していく在家青年仏教者を中心とした仏教改革運動である（大谷栄一・二〇一二）。藤無染は「新仏教徒同志会」の一員であった。

さらに折口と藤無染との関係については、折口が國學院大學入学時に藤無染と生活を共にしていることから、二人のセクシュアルな関係も想定されているが（富岡・二〇〇〇、安藤・二〇〇八）、その点については詳細な資料に基づく反論もある（保坂達雄・二〇一四）。しかし若き折口に「宗教」に関する最新の知識、思想的な影響を与えたのは間違いないだろう。

それは金沢庄三郎や金田一京助による「普遍」的な宗教、神話の起源への指向性など、明治三十年代後半～四十年代の学問、思想動向と若き折口がするどくリンクしていたことが見えてくるところだ。とくに、その時代的な背景としては、明治三十八年（一九〇五）の日露戦争の「勝利」以降の、近代日本の国家膨張・拡張主義という問題も考える必要があるだろう〔保坂達雄・二〇一四〕。

折口信夫、神風会の活動家となる

折口信夫と近代の神道との関係から注目されるのは、十九歳の折口が入会した「神風会」での活動だ。折口は、大学の試験も放棄して靖国神社での街頭布教にも積極的に参加したという。

神風会の中心組織になる「神風会中央倶楽部」は神道家の宮井鐘次郎が「主宰」で、以下「顧問」として、

・文学博士・井上頼圀《よりくに》（一八三九〜一九一四）
・皇典講究所幹事・今井清彦《いまいきよひこ》（一八五七〜一九二二）
・神道本局幹事・神崎一作《かんざきいっさく》（一八六七〜一九三八）
・神宮奉斎会《じんぐうほうさいかい》会長・藤岡好古《ふじおかよしふる》（一八四六〜一九一七）
・宮地厳夫《みやじいずお》（一八四七〜一九一八）
・神田《かんだ》神社社司・平田盛胤《もりたね》（一八六三〜一九四五）
・大社教《おおやしろきょう》・千家尊弘《せんげたかひろ》（生没年不明）
・皇典講究所幹事・目黒和三郎《めぐろわさぶろう》（一八六五〜一九二四）

など、当時の錚々たる国学者、神道家、神職、神道研究家たちが名を列ねている。また同会には、自

ら「娼婦」を志願した女傑・本荘幽蘭も折口と同じ時期に参加している（安藤・二〇一四）。ちなみに機関誌の『神風』には、平田篤胤の著作である『印度蔵志《いんどぞうし》』の印刷本の広告が載っており「神道家必ず読まざるべからず」と宣伝されている。

折口が「神風会」で積極的な実践活動をした明治三十九年（一九〇六）とは、第一次桂内閣（清浦奎吾内相）が、日露戦争後の神社祭祀を中心とした「国家神道体制」を法制的に完成させた時代にあたる（中島三千男・一九七七）。神社を基盤とした神道は、こうして宗教性を喪失・隠蔽することで、国家による法的・資金的な保護を受けることとなったが、それに対して、死後の魂の救済、超越的な存在との交渉といった「宗教性」を重んじる人々は、国家神道＝神社神道の枠組みを離れて独自な神道団体を作っていく。「神風会」は、そうした独立系神道の一つといえよう。

たとえば、『神風』の第七六号（明治四十二年〔一九〇九〕一月二十五日号）には、内務省神社局の下部団体である神社協会発行の『神社協会雑誌』が「伊勢の高倉山は天照皇大神の墳墓の地なり」などと、「皇陵の尊威を傷くるが如き記事」を掲載したことに対して、「無責任なる神社協会」といった痛烈な批判が掲載されている。ただし顧問のメンバーを見ると神社協会系の神社関係者もいるので、そのへんは流動的な位置にあったともいえる。

若き折口が「神風会」を自らの信仰心を高める場所として熱心に活動していたことは、『神風』にも報告されている。明治四十年（一九〇七）十月に、國學院大學生有志が組織した「神国青年会」の第一回懇話会が、皇典講究所の大広間で開催され、折口は「幹事」として参加し、演説している

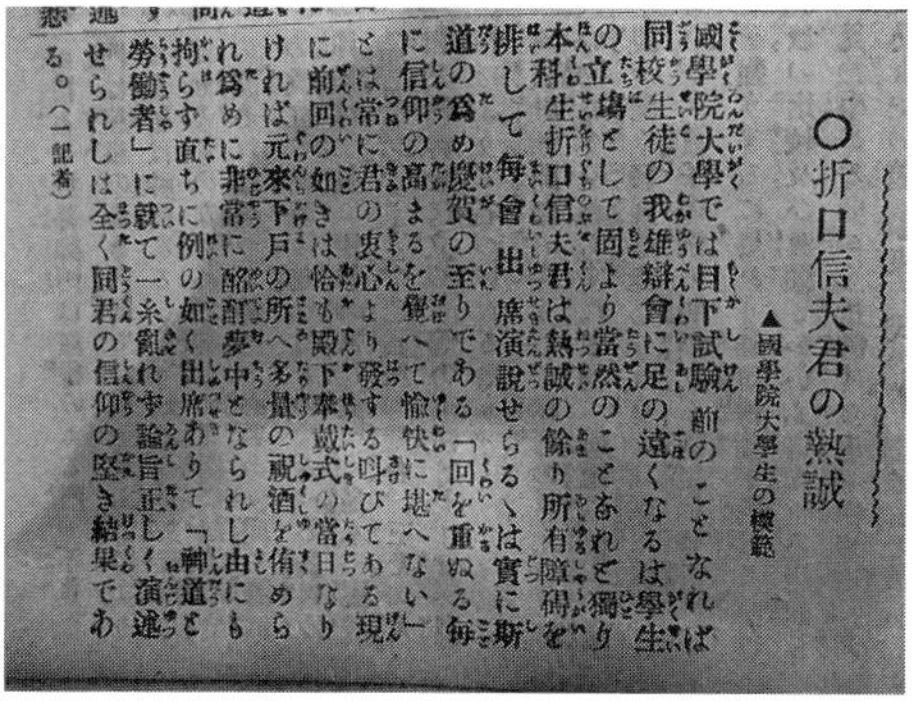

○折口信夫君の熱誠
▲國學院大學生の模範

國學院大學では目下試驗前のことなれば同校生徒の我雄辯會に足の遠くなるは學生の立場として固より當然のことなれど獨り本科生折口信夫君は熱誠の餘り所有障碍を排して毎會出席演説せらるゝは實に斯道の爲め慶賀の至りである「回を重ぬる毎に信仰の高まるを覺へて愉快に堪へない」とは常に君の衷心より發する叫びである現に前回の如きは恰も殿下奉戴式の當日なりければ元來下戸の所へ多量の祝酒を侑められ爲めに非常に酩酊夢中となられし由にも拘らず直ちに例の如く出席ありて「神道と勞働者」に就て一糸亂れず論旨正しく演述せられしは全く同君の信仰の堅き結果である。（一記者）

折口信夫に関する記事（『神風』63号）

（『神風』五〇号、明治四十年二月二十五日号）。あるいは大学の試験中にもかかわらず雄弁会に参加する積極的な活動ぶりについては、「折口信夫君の熱誠」、「國學院大學生の模範」と称えられ、折口自身も「回を重ねる毎に信仰の高まるを覚へて愉快に堪へない」と熱弁をふるったという（『神風』六三号、明治四十一年六月五日。なお安藤礼二・二〇一四、に翻刻）。

國學院学生・折口信夫の演説

また『神風』五二号（明治四十年十一月二十五日）には、神風雄弁会での「韓国伝道と古伝説と」と題した演説筆記が掲載されている。これは神風会の代表、宮井鐘次郎が韓国に「伝道」に出ることを祝して行われたもの。当時の教派系神道の団体が「韓国」に教線を延ばしつつあった動向を受けているのだろう。なお、近代における神道の「海外進出」については、近年研究が活発化しているところである（桶浦郷子・二〇一三、青野正明・二〇一五）。

さて、そこで若き折口は、こんなことを語っている。

私《わたくし》は平常《へいぜい》から思うて居ります天孫種族と出雲種族と古史に記せるとほり又は多数の歴史家が認め

て居るとほり同人種に相違ないのでありませうが其は何れにして伊奈佐《いなさ》小浜の誓《ちかひ》、建御名方神《たてみなかたかみ》の行動などに徴しても全く平和に国ゆづりは行はせられたものとは解し兼ねます出雲種族の心を籠絡《ろうらく》するには必ず一種の方法を講《かう》ぜられなければならぬ様な事情があつたのです（『神風』五二号、明治四十年〔一九〇七〕十一月二十五日）〔なお、安藤・二〇一四、五六頁にも翻刻されている。ただし一部ルビは省略。〕

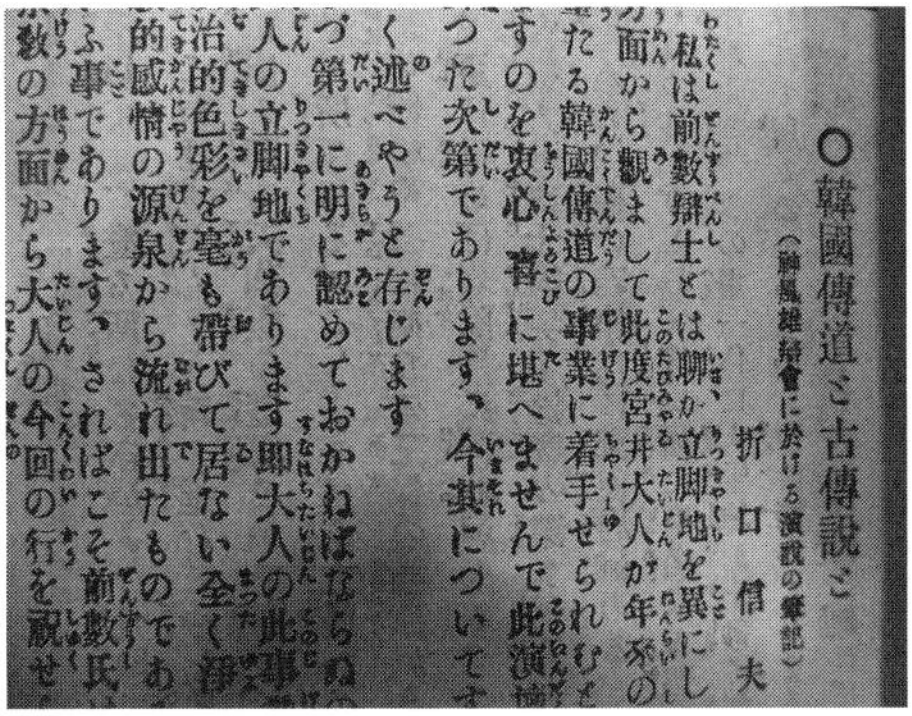
○韓國傳道と古傳説と
（神風雄辯會に於ける演説の筆記）
折口信夫
私は前數辯士とは聊か立脚地を異にし
方面から觀まして此度宮井大人が年來の
たる韓國傳道の事業に着手せられむ
すのを衷心喜に堪へませんで此演
つた次第であります、今其についてす
く述べやうと存じます
づ第一に明に認めておかねばならぬ
人の立脚地であります即大人の此事
治的色彩を毫も帶びて居ない全く淨
的感情の源泉から流れ出たものであ
ふ事であります、さればこそ前數氏
數の方面から大人の今回の行を觀せ

折口信夫の演説筆記（『神風』52号）

『記』『紀』神話の神々を「天孫種族」「出雲種族」と呼ぶところなどは、明治後期の「歴史学」の認識がそのまま踏まえられていよう。それは当時の最新の学問知識であった。天孫種族と出雲種族とは「同人種」とされているが、しかし若き折口が、いわゆる「国ゆづり」が平和に行われたとは思えないこと、そこには「出雲種族の心を籠絡する」「一種の方法」が用いられたと述べているところは興味深い。

たとえ「同人種」であっても、社会はけっして親和的、友好的にのみ作られるのではなく、闘争や侵略、殺戮と服属などを必然とする社会のあり方を意識しているからだ。そこには、共同体の成員の血筋・系譜には繋がらない外部の「まれびと」の問題や（第三章）、神の言葉を伝える存在が神と同一化される「みこともち」の思想によって、下位の存在が上位の立場になりかかる「下剋上」の議論など（第五章）、折口の学問と思想の萌芽を窺うことができるのである。

さらに若き折口は、この見解を述べるにあたって、「かういふ事を申すとある種の神道家の反対をうけるかも存じませぬが学問をするもの丶ためにはある点まで自由がゆるされて居るのでありますからそんな事にはかまはず意見を述べます」と発言している。このあたりは、学者になってからも、「ある種の神道家」とつねに激突していく研究を発表していった姿勢を早くも見せてくれて、「さすが！」と思わせるところだ。

折口がいつまで神風会の活動家として運動していたかは不明だ。おそらくそう長くは関わっていなかったと思われる。後に見るように、大正四年（一九一五）、神風会は神社参拝に反対する「基督教神父を撲滅せよ」などと過激な発言をすることとなる。「信仰」ではなく政治活動に走っていく神風会と折口の「神道」とは、まったく違う方向を向いていくのである。

いつ柳田國男と出逢ったのか

折口信夫の代表作である昭和五年（一九三〇）刊行、『古代研究（民俗学篇2）』の「追ひ書き」の中で、「私は先生の学問に触れて、初めは疑ひ、漸くにして会得し、遂には、我が生くべき道に出たと感じた歓びを、今も忘れないでゐる」（新全集3、四六六頁）と、「先生」＝柳田國男の弟子であることを終生、語り続けている。もちろん、二人の間には、学問の上で競合し、対立する面もあるわけだが、折口が自らの学問を形成するにあたって、柳田の存在が不可欠であったことは、改めて言うまでもないだろう。

では、折口はいつ柳田の学問を知ったのか。そして、いつ柳田の面識を得ることになったのか。新全集の「年譜」では大正三年（一九一四）の二十七歳の冬の日、神田の露店で柳田國男著『遠野物語』を入手し、その感動を後年詩に詠んでいる。そして大正四年（一九一五）六月に新渡戸《にとべ》稲造《いなぞう》邸での「郷土会」に、中山太郎に連れられて出席した時に、初めて柳田に出会ったという。これ以降、柳田の知遇を得て、その交渉が始まったようだ。これは、折口の実質的な処女作である「髯籠の話」という論文が、柳田の主宰する『郷土研究』に掲載された直後、ということになる。

けれども折口と柳田との本来の意味での「出会い」は、折口が『郷土研究』に「髯籠の話」を投稿し、同誌に掲載するにあたって起きた「ある事情」の中にこそあったというべきだろう。

そこで次の章では、折口の学界デビュー論文の背景、そしてそこに語られた内容を見ていく。それは「大正デモクラシー」と呼ばれる時代の転換期の中で大きく変化を見せる「神道」や「神社」と不可避に関わることを検証することになろう。

第二章　「よりしろ」論と大正期の神道、神社界
――「髯籠の話」「異訳国学ひとり案内」「現行諸神道の史的価値」――

1　「髯籠の話」の深層へ

追いかけてきた生徒たちと

明治四十三年（一九一〇）七月、國學院大學を卒業した折口信夫は、翌年の十月に、大阪府立今宮中学校の嘱託教員となった。二十四歳の時だ。しかし、大正三年（一九一四）三月、一年半学級を担当した生徒六十六名の卒業とともに、教員の職を辞して、四月にはふたたび東京に舞い戻ってしまう。そして、次々に彼の後を追ってきた十人近くの生徒たちと、本郷赤門前の昌平館で同宿生活を始めた。ちなみに、弟子たちとの共同生活は、折口の生涯にわたって続くライフスタイルとなる（断章1参照）。

上京してきた生徒たちとの生活費を稼ぐため、立教高等女学院の臨時講師や、『中等国語読本』の教科書の執筆、編纂などの臨時仕事に就いたが、当然のことながら、生活は困窮状態に陥ってしまう。

さらに過労のため神経衰弱や糖尿病も発症したという。こうした苦しい生活環境のなかで書かれた論文が、「髯籠の話」である。

折口信夫、学界デビュー

折口は、書き上げた「髯籠の話」を『郷土研究』に投稿した。『郷土研究』とは、大正二年（一九一三）三月に、柳田國男が神話学者の高木《たかぎ》敏雄《としお》（一八七六～一九二二）と共同編集で始めた雑誌である（ただし高木は翌年四月まで）。柳田の学問に「我が生くべき道」（「追ひ書き」新全集3、四六六頁）を見出した折口にとって、柳田が編集する雑誌に自分の論文を載せることは、大きな夢であっただろう。

投稿した論考は、数ヶ月後の大正四年（一九一五）四月に『郷土研究』の第三巻第二・三号に掲載された（続編も同誌の翌年の第四巻第九号に掲載）。折口信夫、二十八歳のときだ。文字通りの学界デビューである。

後に語るところによれば「髯籠の話」は、「ほとんど私のその後の芸能史・民俗学・国文学の立場がこの中にある気がする」（昭和二十四年（一九四九）の慶應義塾大学の研究会での発言。「初期民俗学研究の回顧」全集ノート編・追補3、二四八頁）ものであった。神が降臨するための目印となる「よりしろ」を始発に、他界から来訪する「まれびと」や「まつり」の原型論、祝詞論など、折口学の萌芽が読みとれる。それは神社なるものに鎮座する「神」よりも古い神霊の姿、また神霊との交渉の仕方を探求した論文といえる。「日本の民俗学がこれによって初めて「依代」ということばと、その明確な観念とを得たという意味でも、記念的な論文であった」（伊藤好英・二〇一六、二三四頁）と位置づけられるのである。ちなみに「よりしろ」は、折口の造語である。民俗語彙ではない。
「髯籠の話」の発表によって柳田の注目するところになり、これ以降の生涯にわたる交流が始まるのだが、しかし、本論文が掲載されるにあたっては、いろいろと複雑な問題があったようだ。

柳田國男の「添削」の背景

「髯籠の話」は、正確には折口自身の執筆ではない。折口が口述するものを教え子の伊原宇三郎（あるいは伊勢清志か）に筆記させたものである〔池田彌三郎・一九六七〕。こうした「口述」という形態は、折口の論文の一つのスタイルともなっていく。

後に折口自身が語るところによれば、原稿は候文《そうろうぶん》であったが、それを『郷土研究』に投稿したところ、柳田によって文語文に直された。さらに原文にはなかった文章が二箇所追加されて掲載された。それは投稿してから数ヶ月後のことになる（前出「初期民俗学研究の回顧」二三七〜二四二頁）。まだ無名で面識もない、初学者の折口の論考を、編集責任者の柳田が添削・加筆したということだろう。しかし、問題はそれに留まらない——。

元の原稿に加筆された部分の一つは「尾芝氏の柱松考（郷土研究三の一）もどうやら此に関聯した題目であるらしい」（「髯籠の話」新全集2、一七六頁）という一文である。「尾芝氏」とは、柳田のペンネーム。「柱松考」もまた、幟、旗鉾、梵天、御柱など、「柱の所在を天降る神に知らしめる手段」（定本11）として捉える内容である。

柳田の「柱松考」が掲載された『郷土研究』第三巻第一号は、折口の「髯籠の話」が出た前号にあたる。折口の「髯籠の話」が、柳田論文に触発されて書かれたことを読者に思わせるだろう。けれども、折口自身によれば、「もっともこの論文（「髯籠の話」）は、前年（大正三年）に出来て、数か月先生のところに留まっていたので、先生が論文（「柱松考」）を出した後だと「髯籠の話」は書けなかったと思う」（前出、「初期民俗学研究の回顧」二四二頁）と語っている。なにやら意味ありげな背景が想像されるのである。

この点について、弟子の一人、池田彌三郎《いけだやさぶろう》（一九一四～八二）は、以下のような経緯を推測している。柳田は、投稿された「髯籠の話」を止め置いて、まず自分の「柱松考」を掲載した。そしてそのあとに、折口の論文を『郷土研究』に載せることで、あたかも、折口の論文が、自分の研究に示唆を得て書かれたかのように加筆した。しかし実際は逆で、柳田の「柱松考」のほうが、折口の論考を読んでから構想された（書き直された）可能性もあるというのだ（池田・一九六七）。

なんともスキャンダルな話題になるのだが、このことは、どちらが「先」というよりも、「「髯籠の話」発表の周辺では、暗示と触発、対立と同化といった民俗学草創期に特有な、濃密で劇的な展開が繰りひろげられていた」という意見もある（保坂達雄・二〇一五、七五頁）。

「掌典部の星野輝興君来る」

さらに貴重な情報が、柳田國男の「日記」に記されていた。柳田の「大正七年日記」の一文である。

十月二日（水）終日雨

△掌典部の星野輝興君来る　此頃ヒモロギの事を研究して居る由、「キ」は即蕃籬の意味で当初の

神境點定を名づけたものと考へて居るよし　郷土研究の第三巻を贈り勧請木考などをよんでもらふこと、する　又日本の神道を説くに神を国神祖神霊神と三つに分ちたしなど、もいふ

（定本・別巻4、三〇五頁）

「掌典部の星野輝興君」とは、昭和三年（一九二八）の天皇即位の大嘗祭で「大礼使事務官」を務め、昭和大嘗祭を取り仕切った人物。柳田も大正四年（一九一五）の大嘗祭で、同じ職掌を務めている。そうしたことで、政府内での交流があったものと思われる。ちなみに、後には折口とも親交をもったようで、「親友星野掌典」（「大嘗祭の本義ならびに風俗歌と真床襲衾」全集未収録）と呼ばれることになる。星野との交流は、折口の大嘗祭研究に多大な影響を与えたようだが、それは第六章で詳しく触れることにしよう（日記文末の「日本の神道を説くに神を国神祖神霊神と三つに分ちたし」の一節は、星野の大嘗祭研究とも繫がっていく）。ちなみに星野が柳田宅を訪ねたのは、彼が三十七歳のときである。

さて、そうした星野輝興が「ヒモロギ」の研究をしていることで、柳田を訪ね、いろいろと相談したらしい。「ヒモロギ」（『日本書紀』では「神籬」と表記）もまた、神社以前の神が寄りつく目印となるもの。まさに折口のいう「よりしろ」である。そこで柳田は『郷土研究』の第三巻を贈呈し、そこに掲載された自身の論考「勧請木考」（正確には「勧請の木」『郷土研究』第三巻第九号）を参考にしてほしいと告げたのだ。星野に贈呈した「郷土研究の第三巻」には、折口の「髯籠の話」が載った号も含まれているかもしれない。

ちなみに星野が来訪した翌日には、折口も柳田のもとを訪ねている。「折口君来、雑誌のことに付ていろ〳〵こまかに話をしたり、此人の民潭目録はおもしろき企なり」(同前、三〇七頁)とある。このときの「雑誌」の相談とは、折口が主宰する『土俗と伝説』の刊行についてであった。雑談のなかで星野のことが話題になったことは、充分考えられよう。折口が星野と「親友」になったのは、柳田を通してかもしれない。

このように、大正時代前期には、神社が成立する以前の「ひもろぎ」、すなわち「よりしろ」に関わる議論が、折口や柳田の周りで活発に展開されていたことが見えてこよう。「髯籠の話」成立の裏事情を「暴露」した池田彌三郎も、「わたしが言いたいのは、若々しい、新しい学問が燃え上がるように起って来た時には、誰も彼も、似たような考えにとらわれている。そして誰かが言いだすと、たちまちにその個人が埋没してしまうようないきおいで、一つの問題が解明されてゆく、羨ましい状況を語りたかったのだ」と述べている(池田・一九六七、一九〇頁)。

さらに、ここからは、柳田や折口、星野たちが、神社成立以前の、降臨する神の寄りつく目印＝「よりしろ」に眼を向けている時代的な背景をも考える必要があろう。明治三十三年(一九〇〇)の内務省の神社局と宗教局の分離以降、すなわち「神社非宗教論」をめぐる議論の中で、改めて「神社」とは何かが問われていく時代動向である。そしてそうした時代のただ中で、折口の「髯籠の話」が書かれたのである。

折口信夫の処女作である「髯籠の話」は、大正期の神社や神道の時代動向と関わらせて読み直す必要があるだろう。

「髯籠の話」は何を語るのか

　では「髯籠の話」には、どんなことが書かれているのか。まずはその概要を紹介しよう。「髯籠の話」は、次のような一文から始まる――。

> 十三四年前、友人等と葛城山の方への旅行をした時、牛滝から犬鳴山へ尾根伝ひの路に迷うて、紀州西河原と言ふ山村に下りて了ひ、はからずも一夜の宿を取つたことがある。其翌朝早く其処を立つて、一里ばかり田中の道を下りに、粉河寺の裏門に辿り着き、御堂を拝し畢つて表門を出ると、まづ目に着いたものがある。其日はちようど、祭りのごえん（御宴か御縁か）と言うて、まだ戸を閉ぢた家の多い町に、曳き捨てられただんじりの車の上に、大きな髯籠《ヒゲコ》が仰向けに据ゑられてある。
> （「髯籠の話」新全集2、一七六頁）

紀行文のような語り口で始まる論文は、中学生時代に友人と旅行した、紀州（和歌山県）の粉河寺門前で見た「だんじり」に取り付けられた大きな髯籠の印象へと至りつく。「髯籠」とは、割り竹で編まれた籠のことで、末端を閉じずに放置した形態をもつ。これを折口は、祭りのときに神霊を迎える「標山」の一種と推測し、そこから神霊が降臨・憑依するときの目印である「よりしろ」という解釈を導き出したのである。

　折口は、そうした神迎えの装置は、自身の故郷、「大阪木津のだいがく」や「京祇園の山鉾」「武蔵野一帯の村々の目かい」」、さらには民間習俗である正月の餅花、にゅう木、十日戎の笹、秋の七夕竹、精霊棚の竹などにも拡大させ、これらを総じて神霊を迎える「よりしろ」と論じていったのである。そして引き続き執筆・発表された、

◇「盆踊りと祭屋台と」（『大阪朝日新聞』付録、大正四年八月二十九日、新全集2）
◇「幣束から旗さし物へ」（『土俗と伝説』第一巻第一・二号、大正七年（一九一八）八・九月。新全集2）
◇「まといの話」（『土俗と伝説』第一巻第三号、同年十月。新全集2）
◇「だいがくの研究」（『土俗と伝説』第一巻第一・三号、同年八・十月、新全集2）

などの論考で「よりしろ」論のテーマは、深められていくのである。

ちなみに柳田のほうも、「柱松考」に続いて「柱松と子供」（『郷土研究』第三巻第三号、大正四年五月）、「旗鉾のこと」（『郷土研究』第三巻第六号、大正四年八月）、「諏訪の御柱」（『郷土研究』第三巻第八号、大正四年十月）、「勧請の木」（『郷土研究』第三巻第九号、大正四年十一月）などへと展開していく。とくに「折口氏の髯籠の話は自分の心附かなんだ重要な点を指示せられた。〔……〕自分は折口氏と協力して成るたけ多く、我邦の事例を集めたいと思ふ」（「柱松と子供」定本11、一一頁）などと、わざわざ書くことで、両者の共同作業ということが印象付けられるのである。

そればかりではない。折口、柳田たちよりも早く、『東京人類学会雑誌』を拠点としていた出口米

吉という人物が、「門松考」（『東京人類学会雑誌』第二三八号、明治三十九年一月）、「左儀長考」（同、第二六三号、明治四十一年二月）という論考を発表しており、それが柳田の研究の「前史」となっていたようだ（岩田重則・二〇〇三）。まさに「創成期民俗学の交錯」の姿が見て取れるだろう。

「神にとつてはよりしろ……」という視線

ではこうした学問状況のなかで、折口信夫の独創性は、どこにあるのだろうか。次にそれを確かめてみよう。

論考のタイトルにもなった「髯籠」について、以下のように分析されていく。

髯籠《ヒゲコ》の由来を説くに当つて、まづ考へるのは、標山《シメヤマ》の事である。避雷針のなかつた時代には、何時何処に雷神が降るか判らなかつたと同じく、所謂天降《アモ》り着く神々に、自由自在に土地を占められては、如何に用心に用心を重ねても、何時神の標《シ》めた山を犯して祟りを受けるか知れない。其故になるべくは、神々の天降《アモ》りに先だち、人里との交渉の尠い比較的狭小な地域で、さまで迷惑にならぬ土地を、神の標山と此方で勝手に極めて迎へ奉るのを、最完全な手段と昔の人は考へたらしい。即、標山は、恐怖と信仰との永い生活の後に、やつと案出した無邪気にして、而も敬虔な避雷針であつたのである。

（「髯籠の話」新全集2、一七六〜一七七頁）

文中の「標山」の語は、もともと文献にも出てくる言葉だが、読みは「ひょうざん」であった。これを「シメヤマ」と読ませて、「天降り着く神々」の目印の役割を推定するのは、折口独自の解釈である。どこに降りてくるかわからないような神に対して、人間の側が目印となる装置を作って迎えたのが、「標山」であった。いつどこに落ちるかわからない雷神のための「避雷針」という比喩は、わかりやすい。神なるものを迎える「標山」＝「よりしろ」が、人間の側の意思を超えて存在するものへの、「恐怖と信仰との永い生活」の果てに案出された装置、という説明にも注目しておこう。

続けて、折口は「よりしろ」について、こう説明していく。

> 茲に神にとつてはよりしろ、人間から言へばをぎしろの必要は起るのである。／元来空漠散漫なる一面を有する神霊を、一所に集注せしめるのであるから、適当な招代《ヲギシロ》が無くては、神々の憑り給はぬはもとよりである。（同前、一七七〜一七八頁）

「よりしろ」と「をぎしろ」という折口独特な造語が駆使されるところだ。重要なのは、「よりしろ」という神を迎えるための装置が、あくまでも「神」の側から見られたもので、それに対して「をぎしろ」は、人間の側からのネーミングとなる。そして神にとってふさわしい「をぎしろ」がなくては、けっして神は降臨、憑依してくることはない、というのである。

こうした論述の端々からは、「神」という存在を恐れながら、しかし、それを信仰せざるをえない人々に対する、強烈なこだわり方が見えてこよう。そのとき注目されるのは、「元来空漠散漫なる一面を有する神霊を、一所に集注せしめる……」という一文だ。

その記述からは「よりしろ」によって迎える神霊とは、人間の意思を超えた、捉えどころのないもの、それを人間の側でなんとか制御しようとする意思が「よりしろ」なるものを作り出したという、折口の見方が浮かんでこよう。「神にとつてはよりしろ、人間から言へばをぎしろ」という何気ない記述には、不可測で、超越的な神なるものを、いかにして人間の側で制御し、こちらの世界に内包させ、顕在化しうるか、というモチーフが読みとれるのだ。それは近代における「神」の実在と超越、内在化をめぐる、きわめて神学的な思考といってもいいだろう〔安藤礼二・二〇一二〕。

そしてここにこそ、柳田國男とは異なる、折口独自な立ち位置が見えてこよう。柳田の「柱松考」は、折口と同じような題材を扱いながら、「人間の側から神の世界を窺おう」としている。それに対して「よりしろ」を説く折口は、あくまでも「神の側から人間の世界を捉えよう」とする視点であったのだ〔保坂達雄・二〇〇三〕。

「よりしろ」と神輿渡御の祭礼

「空漠散漫なる一面を有する神霊を、一所に集注せしめる……」という記述からは、さらに「神社」の成立以前を志向する視点も浮かび上がってくる。「髯籠の話」のなかには、「神社」について、次のような一文がある。

> 標山系統の練り物の類を通じて考へて見るに、天神は決して常住社殿の中に鎮坐在すものではなく、祭りの際には一旦他処に降臨あつて、其処よりそれ〴〵の社へと入り給ふもので、戻りも此と同様に、標山に乗つて一旦天降《アモ》りの場《ニハ》に帰られ、其処より天駆《アマカケ》り給ふものと言はねばならぬ。神社を以

て神の常在の地とするは勿論、神の依ります処とすることも、尠くとも天つ神の場合に於ては、我々の従ふこと能はざる見解である。（前出、一八九頁）

「標山系統の練り物の類」というのは、いわゆる「神輿」と考えてよい。神社の祭礼で「神輿渡御」の次第があるのは、今は神社に鎮座している神も、もともとは遠い世界から来臨し、祭りが終わればふたたび天界に帰還していくことを想像する、といっていいだろう。

ここからは降臨する神を迎える「よりしろ」と、常住する神が鎮座した「神社」の祭祀とが、日本の祭祀の場において並存する様相を捉える歴史的な視点も浮かび上がってくる。

たとえば諏訪で七年に一度行われる「御柱《おんばしら》」の祭祀は、来臨する神を迎える「よりしろ」の最も典型的な事例だ。しかし重要なのは、「よりしろ」としての御柱が、すでに神霊が鎮座する神社の横に打ち立てられることだ。そこには「よりしろ」と「神社」とが並行して存在する時空が現れる。あるいは伊勢神宮の正殿の床下に、「心御柱《しんのみはしら》」が建築構造とは無関係に埋め込まれていたことを考えてみてもいい。これも「心御柱」という「よりしろ」が、神社と共存していると理解できよう。この点は、柳田も「伊勢宗廟の一神秘たる心御柱の由来が、遠慮なく論究せられ得る時代が来たら、之に伴なうてずつと明瞭になることであらう」（「諏訪の御柱」定本11、四一頁）と示唆している。

さらに「髯籠の話」で取り上げられる「京祇園の山鉾」も、山鉾という「よりしろ」と、祇園社（現・八坂神社）の「神輿」祭礼とが複合的に共存している事例とみなすことができよう。ちなみに現行の解釈では、山鉾の巡行は、八坂神社から神々が神輿に乗って町を渡御する前に、街中の穢れを集め、祓い捨てる機能と説明されている。祭祀の次第としても山鉾巡行が日中に、神輿渡御は夜に行われる。

けれども江戸時代の資料からは、山鉾が祇園社とは別の独自な神格性がもたらされた事例が報告されている〔村上忠喜・二〇一〇〕。山鉾は祇園社の祭神とは違うもう一つの神祭祀であったのだ。ここからも「山鉾」が神輿行事＝神社祭礼と並存しているという姿が想像されるだろう。ちなみに祇園社に鎮座する牛頭《ごず》天王《てんのう》（現行はスサノヲ）とともに、長刀鉾などの先端部分には「天王台」「天王人形」と呼ばれる「よりしろ」が付いていることも意味深長だ。「髯籠の話」という論考には、歴史のなかで変貌していく神社祭祀を考えていくヒントも散りばめられていたのである。

「国家神道に対するアンチテーゼ」

それにしても、「神社を以て神の常在の地とする」ことは「我々の従ふこと能はざる見解」という言い方には、「神社」が後代的なものにすぎないとする折口の強い主張が読みとれる。それが神社に鎮座する以前の神、すなわち他界から来訪する神＝「まれびと」論へと展開することは、言うまでもない。ここに見えるのは、神社以前の「神」へと遡及していこうとする、折口の古代研究の骨格だ。

だが見逃してはならないことがある。神社成立以前の「古代」を探求していく古代研究のテーマは「神を神社に囲い込もうとする国家神道に対するアンチテーゼ」〔水谷類・二〇一六〕という、現在的なモチーフを内包していることだ。折口の古代研究・民俗学は、近代が作り上げた国家神道、神社神道への批判という、きわめてアクチュアルな学問であったのである。

そこで「髯籠の話」が発表される大正期に至る神社の動向を見てみよう。まず明治三十三年（一九〇〇）に内務省内の神社局が独立し、それを受けた「神社非宗教」論が展開されていく。明治三十九年（一九〇六）には、府県社以下の神社を「国家ノ宗祀」として位置づけるため「氏神社」の統廃合が進められる。神社合祀政策である。それが「国家神道体制」の成立とされる。なお、この時の神社局長として神社行政に携わっていたのは、昭和の戦時期（ファシズム期）に「神祇院」創設を担った水野錬太郎（一八六七〜一九四九）だった。「専門官僚の果たした役割」は大きいようだ（中島三千夫・一九七七）。

そして大正二年（一九一三）には、「明治神宮建設に関する建議案」が議会に提出され、宗教局を内務省から文部省に移管した。一方、この時代には、護憲運動の群集が行った議会に押し寄せるデモが激化し、政府系新聞社、警察署を襲撃することも起きている。大正三年（一九一四）に「官国幣社以下神社祭祀令」が出る。同年、「欧州大戦」が勃発し、アジアにおけるドイツの軍事力・権益の排除のために日本も参戦する。その中で、府県社以下の神社でも「宣戦奉告祭」の執行が指令されるのである。

続いて大正四年（一九一五）、大正天皇の大嘗祭挙行に伴い、神社と皇室・国家との結び付きを国民に啓蒙することが要求される。すなわち「我国体ノ淵源及御大礼ノ次第ヲ国民ニ普及」する内務大臣の訓示が出るのである（阪本是丸・一九九四、三一一頁）。

こうした神社をめぐる時代の動向、すなわち神社と国家・天皇との結び付きが強調されていく時代の中で、折口の「髯籠の話」が書かれたのである。神社以前の「神」を探求していく古代研究は、同時代的には、国家に管理・支配される神社に基づく神道への批判が込められていたのではないか。そうした視点から、さらに「髯籠の話」を読み進めていこう。

大嘗祭における神と人との関係

論文では「よりしろ」をめぐって「京祇園の山鉾」「木津のだいがくのひげこ」「武蔵野一帯の村々」の「目かい」など、数多くの民俗事例を紹介したあとに、唐突に天皇即位の「大嘗祭《だいじょうさい》」が話題になる。

大嘗祭に於ける神と人との境は、間一髪を容れない程なのにも係らず、単に神と神の御裔《ミスヱ》なる人とが食膳を共にするに止まるといふのは、合点の行かぬ話である。此純化したお祭りを持つ迄には、語り脱《オト》された長い多くの祖《オヤ》たちの生活の連続が考へられねばならぬ。其はもつと神に近い感情発表の形式をもつてゐた時代である。今日お慈悲の牢獄に押籠められた神々は、神性を拡張する復活の喜びを失うて了はれたのである。（「髯籠の話」新全集2、一九一頁）

「だんじり」や「だいがく」「髯籠」などの一連の民俗的な事例をめぐる議論から、急に天皇即位の「大嘗祭」へと話題が移るのは、読み手を戸惑わせよう。だが、この一節こそ、「髯籠の話」が、近代における神社神道、国家神道のあり方をめぐる批判の論考であったことを、最も顕著に語るところであったのだ。

冒頭の「大嘗祭に於ける神と人との境は、間一髪を容れない」とは、大嘗祭の現場にあっては、神と人（天皇）とが区別がつかないような瞬間があること、つまり大嘗祭とは天皇が神と合一する儀礼であった、という認識が示されている。天皇の肉体そのものが、神霊を寄り憑かせる「よりしろ」になるのが大嘗祭であった、といいかえてもよい。この発想が、昭和三年（一九二八）の昭和天皇の即位大嘗祭に際して発表された「大嘗祭の本義」における、「天子様の御身体は、魂の容れ物である」（新全集3、一八六頁）という論へと展開することは、充分に予想されよう（詳しくは第六章）。「魂の容れ物」＝「よりしろ」であったのだ。

大嘗祭において、天皇と神との区別がなくなる一瞬――。これが折口の考えた、大嘗祭の古い本来の姿である。それは「もつと神に近い感情発表の形式をもつてゐた時代」であった。また大正十年（一九二一）、十二年（一九二三）の二度にわたる沖縄探訪を踏まえて書かれた「琉球の宗教」（『古代研究　民俗学篇1』）でも、「日本内地に於ける神道でも、古くは神と人間との間が、はつきりとしない事が多い」「神人は祭時に於て、神と同格である」（新全集2、七九頁）と、沖縄のノロ、ユタなどとの出会いから、その認識は深められていくのである。

しかし、近代における大嘗祭は、「単に神と神の御裔なる人とが食膳を共にするに止まる」ものとされている。つまり天皇が神に御饌を奉り、また共に食する祭祀、というのが、折口が生きている大正期の大嘗祭をめぐる公的な認識であったのだ（詳しくは、第六章参照）。そこには、神と天皇の関係が溶解するような神秘の現場の認識は、失われていた。まさに「神人交感の疎隔」（前出、一九一頁）が生じたのだ。なお、本論考が発表された大正四年（一九一五）は、大正天皇の即位大嘗祭が挙行さ

「今日お慈悲の牢獄に押籠められた神々は……」

大嘗祭をめぐる議論は、後に詳述することにして、ここでは引用文の文末「今日お慈悲の牢獄に押籠められた神々は、神性を拡張する復活の喜びを失うて了はれた」という謎めいた一節に注目しよう。序章で取り上げた、まさしく本評伝のキーワードとなるところだ。

「今日お慈悲の牢獄に押籠められた神々は……」とは何か。そこには、明治以降の神社神道のあり方への批判が込められていたのではないか。明治四年（一八七一）の「神社ハ国家ノ宗祀」の太政官布告から二十二年（一八八九）の「信教ノ自由」を定めた明治憲法、そして三十三年（一九〇〇）の「神社局」と「宗教局」の分離……。その過程とは、神々が「国家ノ宗祀」というタテマエのもと、非宗教的施設という「お慈悲」で維持される神社に押し込められることを意味した。そこは宗教性が封印された、神々の「牢獄」であった。

そんな「お慈悲の牢獄」に閉じ込められた神々は、もはや神としての神性の拡張も、神霊の復活の喜びも味わうことは出来ない。折口が、目の前にしている神々とは、神社＝「お慈悲の牢獄」に押し込められた存在でしかなかったのだ。

これに対して、折口が民俗学を通して発見しようとするのは、神社成立以前の神々との交渉の仕方であった。すなわち「空漠散漫なる一面を有する神霊」を寄り付かせる目印となる「よりしろ」である。その延長上には、遠い海の彼方の「とこよ」から来訪する「まれびと神」の相貌が発見されることになるだろう。

折口信夫の古代研究が主題とした神社成立以前の古層の神々とは、同時に、近代の神社を基盤として国民道徳、敬神崇祖というイデオロギー＝「お慈悲の牢獄」の中の神々を相対化し、批判していくアクチュアルな課題と結び付いているのではないか。だとすると、近代神道史の中の折口の立ち位置は、「髯籠の話」というデビュー論文の中にすでに明確に定められていたのである。

それにしても、「神性を拡張する復活の喜び」という表現には、もう一歩踏み込んでみることもできそうだ。「髯籠」から始まり「よりしろ」の民俗事象を追いかけてきた、この論考の中で「神性を拡張する復活の喜び」という一節は、文脈から浮いているような、文学的な印象をもたらすからだ。けれども、そのことは逆にいえば、「髯籠の話」が、民俗学の論文という枠組みには収まりきれないことを示しているのではないか。それを知るために、折口の「民俗学」の論考とは違うテキストを見てみよう。

「零時日記」という謎めいたテキスト

新版『折口信夫全集』第三十三巻に「零時日記」という文章が収録されている。「日記」とあるが、個人的なものではなく、公表を前提に書かれたものだ。大正三年（一九一四）六月二十三日、七月十八〜二十四日の『中外日報』に「零時日記（Ⅰ）」が、また大正九年（一九二〇）十二月、同十年一月『国学院雑誌』（第二十六巻第十二号・第二十七巻第一号）には「零時日記（Ⅱ）」が発表されている。ちなみにこれらは「釈迢空」の筆名である。

「髯籠の話」の前年に発表された「零時日記（Ⅰ）」には、冒頭から「信仰の価値は態度に在るので、問題即、教義、信条の上にはないのです」（新全集33、一二三頁）といったように、「信仰」をめぐる折口の思索が発露されていく。「教義」「信条」に対して信仰の「態度」を問うという、実践としての信仰者の立場の表明ともいえる。

あるいは「成立宗教は問題宗教であつて、独自の宗教ではないのです。害があつて、益がありませぬ。既に単なる道徳化を遂げてゐるのですから、力として内界に生じないのです」（同前、一四頁）という一文には、国民道徳に規定されていく「成立宗教」＝近代国家に管理された神社神道への批判を読むことができよう。「力として内界に生じ」とは、後に折口が使う「宗教的情熱」に対応する表現だ。

さらに「神」をめぐって次のような一節がある。

神は充実する力である。空間や時間は、神を規定することは出来ない。瞬間の充実が、神を我に齎し、我を神に放つ。こゝに神の価値が生ずるので、偶然性のおほい社会的条件は、神を値うちづけることは出来ない。衆生の罪を鳴して駛けまはつた、この僧侶の短い神的生活を、誰が基督や釈迦の足もとにも寄ることの出来ないものと、定め得るだらうか。

（七月二十二日　伊勢清志記）（同前、一九～二〇頁）

「神は充実する力である」という記述を読む時、「髯籠の話」の中の「神性を拡張する……」という、あの一節との繋がりが見えてくる。折口が「髯籠の話」の中で捉えようとする「神」が、村落の共同体に根ざす、伝統的な神とはまったく異質な神性として認識されていたことが理解できよう。「髯籠の話」は、民俗学の論文でありつつ、「民俗」という土着・伝統・固有というタームでは捉えきれない世界を描くものだったのだ。「髯籠の話」の中の「元来空漠散漫なる一面を有する神霊」という神の認識は、「零時日記」の「偶然性のおほい社会的条件は、神を値うちづけることは出来ない」と重なることは明らかだろう。

引用した文章の後半にある「衆生の罪を鳴して駛けまはつた、この僧侶の短い神的生活…」とは、大正時代初頭に起きた実際の事件を指していた。すなわち「ある処の僧侶は、発狂して天地が滅びるのだ、われ〳〵の罪の酬いらるべき時が来た、と叫んで走り廻つたのを巡査がとり押へた」（前出、一九頁）という事件である。巡査や新聞記者には「狂的の発作」としか見えない出来事に対して、折口は僧侶の「神的生活」と見て、基督や釈迦へと通ずる何かを感じとっているのだ。

大正期の新しい時代の「神」

改めて確認すると、この文章が発表された大正三年は、「欧州大戦」＝第一次世界大戦が勃発し、日本政府もまた「対独戦参加」を決定し、大戦の渦中に入っていく時代だ。そしてその前年には、「護憲運動」の群集が、議会へデモをかけ、政府系新聞社や警察署を襲撃し、その都市騒擾は、大阪・神戸・広島・京都に波及し、ついに桂内閣を総辞職へと追い込むことになる。それは「都市民衆」という新しい政治主体の登場を示すとともに、これまでの秩序、体制とは異なる無定形の群集の蠢きでもあった。折口が國學院大學の入学手続きに東京に来たときに起きた「日比谷焼き討ち」は、さらに拡大していったのだ（藤野裕子・二〇一五）。

折口が語る「神性の拡大」「充実する力としての神」という認識は、それまでの共同体の伝統と結び付く神々とは異なる、都市社会に自立／孤立していく、新しい民衆の不安・危機・欲望を表現する「神」であったといえよう。

大正四年（一九一五）に発表された、折口のデビュー論文「髯籠の話」は、たんなる民俗学の「よりしろ」論に解消されるものではない。近代における「神性」をめぐる、奥深い思想をもった論考であったのだ。その「神性」は、大正期の国家・政府が作り上げていく神社を基盤とする神道＝神社神道、国家神道の神々と、激突していくことになるのである。

2　「国学・神道＝国民道徳論」への批判

國學院大學の専任教員へ

「髯籠の話」の発表で柳田國男に注目された折口信夫は、大正五年（一九一六）に「異郷意識の進展」（『アララギ』第九巻第十一号）を発表し、大正七年（一九一八）に雑誌『土俗と伝説』の発行をめぐって、柳田宅をたびたび訪問・相談し、交流も深まっていく。柳田の日記にも「折口君来、雑誌のことに付ていろ〳〵こまかに話をしたり、此人の民譚目録はおもしろき企なり」（前出、五〇頁）と記されている。『土俗と伝説』誌には、「愛護若」（第一巻第一～三号）、「鸚鵡小町」（第一巻第三号）などの異色の論考を発表している。

生活史においては、大正八年（一九一九）には國學院大學の臨時代理講師を務め、翌九年には専任の講師となった。大学教師としての人生の始まりといってよい（断章2参照）。なおその年には信濃下伊那の平谷・新野・坂部・京丸などを訪ね、木地屋などの山間の民間伝承を採訪した。そのときの体験を経て創られたのが、有名な「ながき夜の　ねむりの後も、なほ夜なる　月おし照れり。河原菅原」「をちかたに、水霧《ミナギラ》ひ照る湍《セ》のあかり　龍女《リユウニヨ》のかげ　群れつ、をどる」（『海やまのあひだ』新全集24、三九～四〇頁）などの一連の歌である。

　さて、こうした時期、折口と大正時代の神道、神社との関係を見ていくうえで欠かせない論考が発表されている。大正九年（一九二〇）の「異訳国学ひとり案内――河野省三足下にさゝぐ」（『国学院雑誌』第二十六巻第十・第十二号）である。

　副題からわかるように、この論考は「当時、国学院大学の教務課長から教授になった河野省三翁に呈した国学論」（旧全集20「あとがき」）であった。大学の教務課長の任を終え、めでたく教授職に就いた河野への祝辞である（ただしもともとは、『国学院雑誌』の同窓会号に向けて書いたものを転用したらしい）。

　しかし、前文には「失礼ながら、「此から愈、ほんたうの意味の国学者となつて、新なる精進を望みます」と言ふのし代りの語を添へてさしあげます」（新全集20、三六二頁）という、皮肉に満ちた一文が付いている。なぜ同僚ともなる河野省三に対して、こんな一文を付け足すのだろうか。それは彼の考える「ほんたうの意味の国学者」とは何か、ということにも繋がりそうだ。

河野省三と柳田國男の論争

　河野省三は、明治三十八年（一九〇五）に國學院大學を卒業、その後、埼玉県の玉敷神社の宮司になり、大正九年に國學院大學の教授に就任し、昭和十年（一九三五）から十七年（一九四二）まで学長を務め、同十六年（一九四一）の神祇院参与、学術会議委員を嘱託され「神道学の権威として多方面で活躍した」人物である（『神道人名辞典』）。戦後は國學院大學教授を辞任、さらに戦中の「国民道徳推進活動」により「公職不適格」（公職追放）の指定を受けているが、昭和二十六年（一九五一）には指定を解除され、國學院大學教授に復職している（『神道事典』）。折口とは大学での同僚・上司という関係であった。

　そればかりではない。折口にとって河野は、自分が師と仰ぐ柳田と論争を繰り広げた相手でもあったのだ。有名な「神道私見」論争である。

　大正七年（一九一八）、柳田は「神道私見」という論考を『丁酉《ていゆう》倫理会倫理講演集』第一八五・六輯に発表した。「今日の所謂神道は、皆様の御想像以上に国民生活と交渉の浅いものだと云ふことに就て、少しく意見を申述べたいと存じます」（定本10、四三一頁）ときわめて挑発的な一文から始まる、現今「神道」への批判である。

　この論考は、発表後すぐに、『全国神職会々報』の「他見録」欄に八回にわたって再録されたことで、神道・神社界に多くの反発、批判を巻き起こした。その批判の急先鋒となったのが河野であったのだ（なお、このこと自体は、当時の神道・神社界が他者の意見も聞くという開かれた体質をもっていたことを示す貴重な実例といえよう）。

　『丁酉倫理会倫理講演集』の「読者の声」に載った河野の批判文は、柳田からの薦めもあって、大正七年五月発行の『国学院雑誌』第二十四巻第五号に「柳田法学士の「神道私見」を読む」として掲

載された。そのなかで河野は、柳田に反論し、

古典の神道的精神と神観とを継承し、又その当然の変化を試みた、後世の神道信仰の方が、現代に於いては多数の「国民を当体」として、其の社会的生命を存してをる。

（「柳田法学士の「神道私見」を読む」『国学院雑誌』第二十巻第五号、一九一八年、二六頁）

と、現在の「神道」が国民生活と密着したものであることを主張していく。それを受けて、柳田も二ヶ月後に発行された同誌第二十四巻第七号に「河野省三氏に答ふ」（定本・未収録）という再反論を書いた。こうした両者のやり取りは、後に「神道私見論争」と呼ばれることになるのである。

「橿原の宮を実現しよう、とする運動」とは何か

この「神道私見論争」は大正期の、ひいては近代の「神道」を考えるうえで重要な課題を含んでいた（林淳・一九九七）。だが、残念ながら、この論争には折口信夫は直接関わってはいない。また論争をめぐって直接的に言及する論考もないようだ。しかし、それを窺うことができる論考があった。「異訳国学ひとり案内」である。「「異訳国学ひとり案内」は、その論争に対する折口の間接的な批評という性格をもつ」という指摘もある（伊藤好英・二〇一六、二八五頁）。

そうした視点からこの論文を見てみると、次のような一文に出合う。

政治の上に、今も、橿原の宮を実現しよう、とする運動が時々、ある一部の人々の間に起つて来る。又、其熱を煽りたて、、おのれの都合に合せようとする悪ごすいてあひも、出たり、ひつこんだりする。けれども、其は明らかに時代錯誤である。其こそ却て、白橿《カシ》の尾の上に、稜威《イツ》の大御夢をおどろかし奉るものである。さやうな夜目のいす、ぎは、とこしへに封じたいものである。／が、心の上だけでは、橿原の代も、寧良の代も、尚一度実現出来ぬはずはない。きつと出来る、と信じて居る。／芸術の上の古代は、どこの国でも寧ろ驚くべき黄金時代を現じて居る。ある点では近代よりも、更に近代風である。

（「異訳国学ひとり案内」新全集20、三六八頁）

冒頭の「橿原の宮を実現しよう、とする運動」とは、幕末維新期の「王政復古」の運動に奔走した平田派の国学者の一人、矢野玄道《はるみち》（一八二三〜八七）が、「維新」の理想が頓挫していくなかで詠んだ「橿原の御代に還ると思ひしは、あらぬ夢にてありけるものを」（同前、三六七頁）を踏まえている。明治初年の矢野らの「神武天皇創業の始めに復古すること」を目指した理想が、「攘夷は積極的開国に、国学は洋学に、帝都は東京に、祭祀は新式にと、あらゆるものが復古とは幻想とばかり」に急激に打ち砕かれた歴史的な現実を詠んだものだ（阪本是丸・一九九三、五頁）。

ちなみに矢野は、明治四年（一八七一）に、明治天皇の大嘗祭執行をめぐって政府と対立し、平田派の僚友とともに謹慎・幽閉された。なお矢野が死去した明治二十年（一八八七）は、折口が生まれた年でもあった。

平田派国学者たちによる「橿原の宮を実現しよう、とする運動」は、明治初期に潰えたが、しかし大正期の今にあっても再びそれが「政治の上」に復活してきたというのが、引用した折口の文章の趣旨だ。そしてそれを「明らかに時代錯誤である」と批判していく。

では折口の生きた大正期にあって、「橿原の宮を実現しよう、とする運動」とは、具体的にどのようなものだったのだろうか。直接的には、全国神職会に結集した神社人たちによる「特別官衙設立」を目指す運動を指している。その運動の概略を見てみよう。

神祇に関する特別官衙設置運動

明治維新によって「王政復古」「祭政一致」という理念を実現するべく復興された「神祇官」は、明治四年（一八七一）には「神祇省」に格下げされ、翌年には廃止し「教部省」に変更、さらに明治十年（一八七七）には「教部省」も廃止され、「内務省社寺局」という一部署に縮小された。「国家ノ宗祀」たる神社は冷遇されていったのだ。

そうした中で「神祇官復興」を願う神社人たちは、明治二十年代に始まった「神官同志会」から「壬辰会」など経て、明治三十一年（一八九八）に、全国の神職を結集する一大組織を結成した。「全国神職会」である〔中島三千男・一九七七〕。「神祇道の宣揚」および「神祇祭祀に関する行政の統一」を目標として、神祇に関する「特別官衙」の設置を政府に要求する運動を展開した団体である〔阪本是丸・一九九四〕。その中で彼らが最も強く主張したのは明治初年に設立された「神祇官」の復興であった。「神社ハ国家ノ宗祀」という理念の実現といってもよい。

その運動の一つの成果が明治三十三年（一九〇〇）に、内務省内に「神社局」の設立を勝ち取ったことにある。制度上、神社を扱う部署が独立したからだ。けれども神社局の内実は衛生局と並んで内務省内の三等局として軽蔑され、明治末から大正期初頭には国家の行政整理が議題になるたびに、その機構の縮小・合併説が持ち上がるほどだった〔西田廣義・一九六八〕。まさしく神社に鎮座する神々は「お慈悲の牢獄に押籠められた」（「髯籠の話」）わけだ。

こうした神社、神道の衰退への危機感が満ち溢れていた大正三年（一九一四）、「欧州大戦」の勃発という時代の中で、戦勝祈願を目的に全国神職会の活動は大きな盛り上がりを見せる。すなわち「神道の普及や神職の地位改善」、「権威ある独立した担当官庁を設立することによって、薄れつつある神社への国民の信仰を回復させ、神社と神職に対する国家の強力な保護を実現していこう」とするのである〔赤澤史朗・一九八五、八一頁〕。

河野省三と折口信夫

とりわけ大正期の「デモクラシー状況の広がり」に対処し「国民ノ精神動員」を実現するために、大正六年（一九一七）には、全国神職会は「神祇院」の名称の独立官衙を実現させる運動を展開していく。しかし組織の内紛もあり、特別官衙設置運動は一時たち消え、という状態にも陥った〔赤澤・一九八五〕。折口が「其熱を煽りたてゝ、おのれの都合に合せようとする悪ごすいてあひも、出たり、ひつこんだりする」と述べているは、そうした運動の現実を暗示するものだろう（なお、「神祇院」設立は、昭和十五年（一九四〇）の戦時下に実現される。この点は、第八章で改めて触れることになろう）。

どうやら、折口の目からは、河野省三は「橿原の宮を実現しよう、とする運動」の周辺にいる人物に見えていたようだ。実際のところ、河野は、「当時の神社界を代表する新進の国学者」と目されていた（伊藤好英、二〇一六、前出、二八六頁）。たとえば大正三年（一九一四）の欧州大戦の勃発を受けて、特別官衙設置運動が盛り上がったころ、キリスト教神父たちによる神社参拝「強要」への反対決議に対して、河野は「天皇陛下の赤子たる国民として、大御心を心として、神前に戦勝を祈願するのは、避けようとしても避けられない所の忠誠ではないか」（「醒めよ基督教徒!!」『全国神職会々報』一九六号、一九一五年、一七頁）といった論調の煽動的な文章を書いているほどだ。折口は、河野に対して「教授職」就任を機に「ほんたうの意味の国学者」となり、政治活動ではなく学問に精進してほしい、という期待を込めて「異訳国学ひとり案内」を献呈したと理解していいだろう。

いや、それだけではない。「ほんたうの意味の国学者」、つまり「国学」とは何か、というさらに重要なメッセージも込められていたのだ。

「国学と国民道徳の関係を考へて置く必要が起る」

政治のうえで「橿原の宮を実現しよう、とする運動」に対して、折口は「心の上」だけなら「橿原の代も、寧良の代も」実現できぬはずはないという。まさに「文芸復興」という認識である。しかし、その「文芸」も「本郷の大学」（東京帝国大学）から発信される「文芸を哲学思索の方便」とする研究方法や、「国民の歴史的生活」のすべての過程を「倫理観」で一元的に解釈していく研究の支配的現状を指摘し、批判していく（「異訳国学ひとり案内」新全集20、三七三〜三七五頁）。つまり本来は政治や倫理・道徳から自立するべき「文芸」が、それらに従属していくような批評や研究が多いことへの不満、ということになろう。

こうした倫理・道徳一元主義は、現今の「国学」のうえにも表れていると、次のように述べていく。

> 国学者すべての生活、すべての研究が、一つの倫理の体系となつて、我々に、軌範を示して居るではないか。〔……〕でも、今見た様に、（国学を）すべて国民生活を道徳生活に換算する学問だ、とは考へては居なかつた。処が、唯今では、倫理の型から打ち出されるものでなくてはならぬ様に考へる向きが、段々と殖えて来た。此有様ならば、国学の前途も、早此迄と、我々覚悟をきめてかゝらねばならぬ。かうした理不尽なつめ腹を切らされるのが残念故、我々には、国学と国民道徳との関係を考へて置く必要が起るのである。（同前、三七六頁）

ここで思い起こされるのは、折口信夫が國學院大學で最も敬愛する「国学者」と称えた三矢重松のことである（第一章、三七頁）。折口によれば、三矢は、国学者としての「気概」を重視しながら、それだけに単純化されない、精神の「ゆとり」や遊び、自由ということを尊重した学者であった。しかし、今、折口が目の前にしている「国学」は、すべての「国民生活」を「道徳生活」「倫理の型」に当てはめようとする、窮屈で、杓子定規なものになりつつあった。まさに単純化した「気概」一辺倒の学問になっているのだ。

それはまた、神社を基盤とした神道が「宗教性」を封印・消失することで、国民道徳を実践する場とする言説と表裏一体の関係にあった。「お慈悲の牢獄に押籠められた神々」とは、じつは近代の国民道徳に押込められる我々人間のことでもあったといえよう。

以上のように「異訳国学ひとり案内」は、大正期の神社や神道、そして国学のあり方への批判を述べていくのだが、じつはその批判の対象となる「国学者」の一人こそ、河野省三にほかならなかったのだ。

大正期の「国民を当体」とする神道

大正六年(一九一七)に刊行された、河野の代表作である『国民道徳史論』は、「神道は即ち我が民族特有の根本的道徳にして、国民の固有的信念なり。従って神道は我が国民道徳と密接不離の関係を有し……」(一九五頁)とか、「神道は天照大神を中心とする敬神の観念を基礎として発達したところの日本国民の道徳にして、古来、国家の原動力となり、民族の理想となりつつある所の国民精神たり」(二二〇~二二一頁)といった言説に満ち溢れた一書である。本書は『東京朝日新聞』『国民新聞』『時事新報』『萬朝報』などの当時のメディアからも絶賛されていた(『国民道徳史論』増補第三版に付された「世評一般」の広告)。

折口信夫にとって、こうした河野の通俗受けする「国民道徳」論と一体となった「神道」論が、まったく許容できない学問であったことは間違いないだろう。「折口が、この河野の「為事」をも視野に容れて「国学=国民道徳」論批判を敢行すべく「異訳国学ひとり案内」を書いたことは確か」であったといえよう(阪本是丸・二〇一二a、六五頁)。

もちろん、そうした「国学=国民道徳」論は、河野だけのものではなかった。大正期の神道、神社界全体に広がった学問的な傾向でもあったようだ。たからこそ、折口は「異訳国学ひとり案内」と、あえて「異訳」「ひとり」を強調したわけだ。

改めて確認すると、河野が、柳田國男の「神道私見」に反論したのは、『国民道徳史論』が刊行された翌年の大正七年（一九一八）であった。本書ではこれ以上、柳田と河野との「神道私見」論争を詳しく取り上げる余裕がないが、柳田が、「所謂古意を伝えた民間信仰の埋没や慣習の消失」を理由に現行の「神道」を批判することに対して、河野は「少しく社会発達の実際を見誤られてをること、思ふ」（「柳田法学士の「神道私見」を読む」『国学院雑誌』第二十四巻第五号、一九一八年、二七頁）と反論していることに注意しておこう。

言うまでもなく、河野がいう「社会発達の実際」とは、「国民道徳」論が広まった大正期の社会の現実を指している。伝統的な共同体とは切り離された、新たな近代社会である。「国民道徳」は、そうした新しい社会状況に相応しい「神道」であった。その意味で河野が主張する現行の「神道」は、「多数の「国民を当体」として、其の社会的生命を存してをる」（前出、二六頁）ととらえ、それを認識していない柳田は、時代の現実を「見誤られてをる」と批判するわけだ。柳田と河野の論争のポイントは、大正期の時代認識と関わるものといえよう。

しかし、柳田の現行の「神道」批判の立場は、そうした「社会発達」に根ざした道徳や倫理に一元化されえない、近代以前の「民間信仰」の広がり、豊かさを説こうとしていたのは間違いない。それはまた折口の立ち位置にも通ずるものであった。もちろん、折口と柳田の間ですべてが一致するわけではなかったが、それは折口の生涯を追う中で見えてこよう。

3 知られざる論考、「現行諸神道の史的価値」

折口信夫は、大正十年（一九二一）九月、國學院大學の専任の講師から、めでたく教授職に昇進した。この年、三十四歳である。文字通り少壮の国文学者、民俗学者としての社会的な地位を確立したといえよう。

そして大正十年七〜八月には、初めての沖縄探訪旅行に出る。また大正十二年（一九二三）にはふたたび沖縄の島に赴いている。その探訪の成果を踏まえて書かれたのが「琉球の宗教」（『世界聖典外纂』。大正十二年七〜八月の二回目の沖縄探訪を経て加筆・増補され、昭和四年刊行の『古代研究（民俗学篇第一）』に収録）である。まれびと論、とこよ論、文学の発生論をめぐる基礎固めともいえるもので、まさに「折口学」の始発点ともいえよう（沖縄探訪については、第四章参照）。

「現行諸神道の史的価値」という論考

けれども、この同じ時期に発表されながら、これまで注目されてこなかった論考がある。大正十一年（一九二二）一月発表の「現行諸神道の史的価値」である。掲載されたのは『皇国』という雑誌の二七九号。目次に「一」、本文末尾に「（未完）」とあることから、続編を書く予定であったが、それは書かれることなく終わったようだ。タイトルから分かるように文字通り「現行」の「神道」に関わるもの。まさに近代神道について、折口が直接に考察した論考であった。

しかし、本論考は、雑誌掲載時のタイトルのままでは、全集には収録されていない。「神道の史的価値」と改題されて、昭和四年（一九二九）四月刊行の『古代研究（民俗学篇第二）』に収載され、新・旧全集2に収められている。それにしても、なぜ続編は書かれなかったのか。「現行…」という初出タイトルを改めたのはどうしてなのか。なにやら曰くありげな論文ではないか。

全国神職会の機関誌、『皇国』

まず、この論文が掲載された『皇国』の素性を調べてみよう。『皇国』とは、全国神職会の機関誌で、明治三十二年（一八九九）に創刊した『全国神職会々報』を、大正十年（一九二一）に改題したものである。「斯界の動向を指導して輿論の喚起に努め、兼ねて祀職の向上に資せん」（『神道大辞典』縮刷版、五〇七頁）ということが刊行主旨という。そして彼らの主張のトップが神祇に関する「特別官衙」の設置であったことは、前節で見てきたところである。「神社ハ国家ノ宗祀」を実現する国家機関の設立だ。

全国神職会の機関誌『皇国』

その意味では、明治三十三年（一九〇〇）に内務省内に「神社局」が設立され、宗教一般とは異なる、「神社」を拠点とする神道の立場が定められたのは、全国神職会の運動の一つの成果ともいえよう。『全国神職会々報』第八号（明治三十三年三月）には、「二十年来凝結して解けざりし積雪もやう〳〵融解し、一陽の春来り時期方に熟して今や特別官衙の設置を見るに至れり」（「特別官衙の新設を祝して」）と喜びを述べている。

しかし、「神社局」と「宗教局」の分離は、同時に神社を基盤とする神道が、表立って「宗教」を名乗れなくなるジレンマを抱えることでもあった。神社が国家・社会の一翼を担う組織となったとき、神社に奉仕する神職たちが「宗教」や「信仰」を積極的に主張することは、「政教分離」「信教自由」を建前とする近代国家の憲法理念と齟齬をきたすからだ。「神社局」の管轄のもとに置かれる神社、そこに奉仕する神職たちは、政府が唱える「神社非宗教論」への順応・違和・葛藤・矛盾の中を生きることになるのである。

さらに「現行諸神道の史的価値」が書かれた時代動向を探ってみよう。

「大正デモクラシー」のなかの神道

明治三十三年の神社局設以降の「国家神道」（神社非宗教論）の体制は、大正期に入ると大きな変動を迎える。その起爆剤となったのは、大正三年（一九一四）の「欧州大戦」（第一次世界大戦）の勃発である（以下、赤澤史朗・一九八五、参照）。

ドイツへの宣戦布告というかたちで参戦する日本国家は、各地の神社において「戦勝祈願」を行い、その参拝を多くの国民に強要した。これに対してキリスト教神父、浄土真宗僧侶からの反発、批判が起こる。「非宗教」的施設とされる神社で「戦勝祈願」という宗教行為を国民に強要するのは、憲法で保障された「信教ノ自由」に反するという主張である。とりわけ神戸教会では戦勝祈願参列への「反対決議」を出すに至る。国家神道の「神社非宗教論」のもつ欺瞞性を糾したものといえよう。

こうした動向は大正四年（一九一五）の大正天皇の即位大嘗祭に際して、政府が推し進めた神棚の設置、注連縄の装飾、伊勢神宮の「大麻」の受領、神社参拝を国民、とくに学校児童に強要することへの批判へと波及していく。

これに対して神社・神道界からは、「神社参拝」は国民の義務であり、「宗教」を超越した国民の道徳、天皇への忠誠を実現する行為であるという反論が出る。神社参拝に反対するキリスト教徒を「叛逆牧師」「非国民凶賊」と誹謗中傷する論調までも出現する。ちなみにそうした運動を進めた集団の一つに、若き折口が深く関与した「神風会」があった。これが大正期から昭和初期に繰り広げられた、「神社対宗教」論争と呼ばれるものだ〔藤田大誠・二〇一三〕。まさに「大正デモクラシー」の時代を反映したものといえよう。

さらに大戦終結後の時代に至っては、一九一七年のロシア十月革命の成功を受けた先鋭的な「社会主義」、あるいは吉野作造《よしのさくぞう》（一八七八～一九三三）をリーダーとする自由主義的・民主主義的学者や知識人集団の主張する「民本主義」、それに基づく普通選挙要求運動、さらに都市層を中心とした「モダニズム」などの新しい思想が広がっていく〔宮地正人・一九七三〕。それに対応するかのように、国民の神社への信仰は薄らぎ、神職たちもその社会的な地位が低下し、下級神職たちは生活に困窮するといった事態にまで至った。

たとえば地方の神職たちからは、「神職の生活は電車の車掌にも劣る」（『全国神職会々報』二四九号、四四頁）、「提灯張と云へば神職、神職と云へば提灯張の話」（『神社協会雑誌』二二号、一三頁）といった窮状を訴える声も出るほどだった〔赤澤・前出〕。「神社非宗教論」は、神社祭祀に奉仕する神職たちの権威をも低下させていったわけだ。それは神社界にも「デモクラシー状況」を及ぼすことになる。ちなみに大正十年（一九二一）には第一次日本共産党が秘密裏に結党され、翌年には、貴族院で「過激社会運動取締法案」が修正可決され、衆議院では審議未了となった。新聞紙上には、同法案への反対運動が繰り広げられている。

こうした「神道」、「神社」をめぐる時代状況のなかで、折口信夫の「現行諸神道の史的価値」は書かれ、全国神職会の会報機関誌たる『皇国』に掲載されたのである。その論考の中で、折口は何を語ったのか。

「神社非宗教論」に抗して

「現行諸神道の史的価値」が書かれた大正十一年（一九二二）は、折口が初めての沖縄旅行に行った翌年になる。「のろ」をはじめとした生きたシャーマンたちが住む島に渡り、折口の古代研究の核となる「まれびと」論、神の一人称による文学の発生論などが構想されつつあるときだ（詳しくは第三章）。しかし「長の旅から戻つて」彼が目の当たりにしたのは、神社や神職たちのあまりに俗化した姿であった。まさに「神社非宗教論」の現実である。折口はこう歎く――（以下、引用は『皇国』掲載時のものによる）。

> 「神社が一郷村生活の中心となる」のは、理想である。だが、中心になり方に問題がある。社殿・社務所・境内を、利用出来るだけ、町村の公共事業に開放する事、放課・休日に於ける小学校の運動場の如くするだけなら、存外つまらない発案である。結婚式場となつて居る例は、最早津々浦々

に行き亘つて居る。品評会場・人事相談所・嬰児委託所などには、どうやら使はれ相な機運に向いて来た。

（「現行諸神道の史的価値」二一頁）

学術論文とは違う、折口の生の声が聞こえてきそうな、時事批評ふうの文章だ。折口がこの文章を書いた「欧州大戦」後の時代は、まさに「神社が一郷村生活の中心となる」のスローガンのもと、「神社中心主義」が国家の政策として進行していた。すなわち国家の細胞としての「地方自治体」を育成するための地方行政、町村民の政治・軍事・教育などの活動を「神社」の祭典や儀式に結合させるべく、自治奉告祭の実施、軍隊の入退営の奉告、神社境内での農産物品評会開催、小学校児童青年団の神社祭典への参加が進められ、町村民の日常生活と神社の結び付きが強化されていったのである（赤澤、前出）。

しかしそうした「神社中心主義」は、「神社非宗教論」と裏表の関係にあった。神社を地方行政と結び付けた公共空間にするためには、神社を「宗教」と切り離さねばならない。「宗教」は、あくまでも個人の領域に属するもの、というのが「信教自由」の原理であったからだ。こうした中で折口は、「放課・休日に於ける小学校の運動場」「結婚式場」や「品評会場・人事相談所・嬰児委託所」などに使用されていく神社の姿、さらに「社地の杉山の立木何本。此価格何百円乃至何千円」と計算し、「新聞の相場表をとりあげる癖」がついた「神職の事務員化」の姿を目の当たりにした。これこそ、「神社非宗教論」の現実であると、折口は訴えるわけだ。

神社・国民道徳論・教育勅語

このように世俗化していく神社や神職に対して、政府の側も危機感をもっていたようだ。そこで政府・神社局の側が打ち出してくるのが、神社祭祀・参拝を「国民道徳」として説いていく言説である。前節で紹介した、河野省三たちの言説が、一つのベースになっていたことは、言うまでもない。

たとえば、大正九年（一九二〇）八月の全国神職会通常会で、参集した神職たちを前に内務省の「塚本神社局長」は、以下のような訓示を垂れている。ちなみにこの年は、大正七年（一九一八）八月の「米騒動」の勃発から二年後にあたるが、二月に東京で七万五千人の「普選大示威行進」があり、五月には日本最初の「メーデー」が上野公園で行われた時代である。

凡そ敬神崇祖の信念は国民精神の淵源（根基）といふべきもので、今一歩すゝめていへば国民道徳の極地であるといふことが出来よう。敬神崇祖の念を鼓吹するといふことは即ち国民道徳を進歩せしむる所以となり。又国民道徳を向上せしむるといふことは即ち敬神崇祖の念を涵養するといふことになるのであります。之れは実に教育勅語の御趣旨を体得徹底せしむる所以であります。

（『全国神職会々報』二六二号、大正九年八月、六四頁）

「神社非宗教論」を掲げた神社行政を補完するかたちで、「神社」を国民統治の精神的な紐帯とするために編み出されたのが「国民道徳論」であった。とりわけ「欧州大戦」以後の社会的、思想的な混乱に対処するために、国民の「道徳」＝「敬神崇祖」の思想を実践する場としての神社が強調されることになったのだ。その理念の根拠とされるのが、明治二十三年（一八九〇）に公布された「教育勅語」であった。

　たとえば大正四年（一九一五）の第三十六議会で議員の大津淳一郎が、「教育勅語……是が即ち帝国臣民の精神を養ふ方針であるとすれば、即ち是が帝国の所謂神道である、皇宗の遺訓即ち神の道であつて、是が神道であつて、忠孝を本意とする国家主義である」と発言した〔小股憲明・二〇〇五、一五九頁〕。「教育勅語」は、神社を基盤とする「神道」すなわち「皇宗の遺訓即ち神の道」になるのだ。

　そしてこのことが、近代的な「議会」の場で主張されていることが重要であった。近代的な「政体」としての立憲国家・議会政治の正当性は、「国体」としての「天皇主権」、つまり天皇の神聖不可侵性によって「窮極的に担保されている」という構造である。「政体」と「国体」の相互補完構造が、近代日本の国家権力を構成しているのである〔小股、同前、一四四頁〕。

「神の道徳と人の道徳」との違い

　「国民道徳」や「敬神崇祖」の言説の中で組織されていく大正期の神社や神道をめぐる時代状況にあって、折口信夫は、次のように語る。

> 抑亦、当世の人たちは、神慮を易く見積り過ぎる嫌ひがある。人間社会に善い事ならば、神様も、一も二もなく肩をお袒《ぬ》ぎになる、と勝手ぎめして居る。信仰の代りに合理の頭で、万事を結着させてゆかうとする為である。信仰の盛んであつた時分程、神の意志を、人間のあて推量できめてかゝ

る様な事はしなかつた。必神慮を問ふ。我善しと思ふ故に、神も善しと許させ給ふ、とするのは、おしつけわざである。あまりに自分を妄信して、神までも己が思惟の所産ときめるからだ。信仰上の道徳を、人間の道徳と極めて安易に握手させようとするのである。神々の奇蹟は信ずる信ぜないはともかくも、神の道徳と人の道徳とを常識一遍で律しようとするのは、神を持たぬ者の自力の所産である。空想である。

（「現行諸神道の史的価値」二一一～二一二頁）

「国民」道徳というものは、つまりは「人の道徳」である。それと神に関する「信仰上の道徳」とを混同してはならない。「人の道徳」と「神の道徳」を安易に結び付けるのは、「自分」というものへの「妄信」だ。すなわち人間中心主義、合理主義でしかない。神社非宗教論、国民道徳論を「神を持たぬ者の自力の所産」と批判していくのである。

こうした折口の論法は、一見すると信仰に凝り固まった保守的な思想のようにも見える。しかし、折口の主張について、赤澤史朗氏は「神社神道を国体論的道徳で解釈することに反対して民間神道の多様な信仰と思想を蘇らせようとする立場」と評価している（赤澤・一九八五、六六頁）。「民間神道の多様な信仰と思想」を掘り起こしていく折口の民俗学、古代研究とは、同時に神社を基盤とする「国体論的道徳」への批判という、きわめてアクチュアルな学問であったことが見えてこよう。折口の学問に対する正当な位置づけといえる（なお赤澤氏は「本論文（現行諸神道の史的価値）は『折口信夫全集』未収録」（六九頁）としているが、先述したように、「神道の史的価値」と改題されて新旧全集2に収録されている）。

「神の意思に自分を接近させる事の出来る信念」

だが、さらに注目しておきたいのは、折口が「道徳」一般を否定しているわけではないことだ。「人の道徳」と「神の道徳」、あるいは「信仰上の道徳」とをきちんと区別するべきだ、という議論である。

では「神の道徳」とは何か。それはいかにして認識できるのか。

人間は極めて無力なものである。無力なる身ながら、神慮を窺い知る道がないでもない。現在信仰の上の形式の本義を摑む事の出きる土台を、築き上げる深い歴史的の理会である。其から又、神の意思に自分を接近させる事の出来る信念である。此境地は、単純な常識や、合理風な態度では達する事が望まれない。（前出、二三一頁）

この何気ない一文には、折口の学問と思想のエッセンスが凝縮されている。人間は無力だが、「神慮」を認識する方法がないわけではない。まず「深い歴史的の理会」という学問的な態度を持つこと。そして、「神の意思」に自己を接近させることが可能な「信念」である。それは宗教的な情熱ともいえるものだ。「深い歴史的の理会」とともに「神の意思」に接近しようとする信仰的な情熱を持つことが、「人の道徳」とは区別される「神の道徳」を知ることになる。それは古典に出てくる「天つ罪・国つ罪」、あるいは「みそぎ・はらへ」という宗教的行為とも繫がってくるところだ。折口にとって「みそぎ・はらへ」は、「神の意思に自分を接近させる」ための一種の行法であったといえよう。

なお、折口は論文の最後に小字で、「合理といふ語が、此頃、好ましい用語例を持つて来た様に思ひます。私は、理屈に合わせる、と言ふ若干の不自然を、根本的に持つた語として使つて居る」（前出）と注をつけている。「合理」という言葉がもつ限界を示す視点といえよう。

「道徳」というテーマ

折口は昭和十一年（一九三六）に「道徳の民俗学的考察」（『日本民俗』第二巻第二号）、また戦後、昭和二十四年（一九四九）には「道徳の発生」（『表現』第二巻第四号）という論文を発表している。そこで示された「法律上の罰でもなく、人間の作つた道徳上処分でもない、まう一つ外のものであつた…」（「道徳の民俗学的考察」新全集17、三八六頁）という論述に「神の道徳」のことがうかがえよう。晩年の論考では「既存者」（「道徳の発生」新全集17、四〇〇頁）という独特な概念の創出にまで至る（詳しくは第八章）。「神の道徳」とは、じつは折口の生涯にわたって、重要なテーマであったようだ。そしてそれは、近代的な「人の道徳」とは異なる地平に求められていくのである。

それにしても、「現行諸神道の史的価値」が『皇国』誌において「未完」とされ、連載が中断されたのはなぜか。この論考が、ダイレクトに「神社非宗教論」「国民道徳論」、すなわち当時の神社行政への批判に繋がっていたことと関連するだろう。あるいは國學院大學という、神社神職養成の大学の教授であった折口自身が、神社・神職組織や行政への直接的な批判は控えた、という事情もあるのかもしれない。折口は國學院大學のなかでは、「異端」的な立場になっていく。それはさらに彼の人生を追っていく中で知ることになろう。

断章1　弟子たちとの生活

折口信夫は、生涯独身生活者であったこと、また常に弟子たちと生活を共にしていたこと、その中には「同性愛」の関係をもった弟子もいたらしいことは有名だ。ある意味で、最も折口信夫の「個性」を語るエピソードともいえる。

弟子たちとの共同生活の始まりは、大正三年（一九一四）四月、今宮中学の職を辞して上京した折口を追いかけてきた、十人近くの卒業生たちと、本郷昌平館に同宿した時以来といえる。その生徒の中には、その後も長く同居生活を続け、折口との密接な繋がりをもった弟子も少なくない。折口から深く愛された伊勢清志（生没年未詳）、後に洋画家として大成し、戦後、折口の肖像画（本書カバー）を描いた伊原宇三郎（一八九四～一九七六）、そして二十一年間にわたって折口と同居生活を続け、建築会社の社員になった後も、師の身の回りの世話を続けた鈴木金太郎（一八九六～一九八二）などである。

とくに伊勢清志との間には「深い」関係が指摘されている。未完の小説で草稿だけが残されている「夜風」（新全集27）は、「伊勢清志をモデルとするもの」。また処女歌集『海やまのあひだ』（大正十四年）の「清志に与へたる」（四首）などは、伊勢清志が、大正五年（一九一六）に鹿児島造士館高等学校に入学し、その地での恋愛問題をきっかけに折口のもとから離れた苦慮をもとにして作られたものだ（『迢空・折口信夫事典』持田叙子、二七五頁）。

「夜風」には、中学校の教師時代、教壇で授業している時に「美しい感情と敏感とを示して居る様な涼しい目を、見つけた。どの時間の講義も、皆彼を中心にして話して居たことに、教場を出ると心づいた」（新全集27、二七〇頁）と、「伊勢清志」との出逢いが語られている。同性の教師と生徒との秘めやかな関係を描く「恋愛小説」であった。

＊＊＊

「折口信夫に最も愛された弟子」として有名なのが、藤井春洋《はるみ》（一九〇七〜四五）である。能登一ノ宮寺家（現・石川県羽咋市寺家町）の眼科医の四男として生まれた春洋は、大正十四年（一九二五）、國學院大學予科入学後、折口の教えを受けることになる。骨格逞しく、色白、眼は生き生きと大きく、能登訛りが可愛かったという。折口のために何かをする自分に深い喜びを覚え、師の指示を忠実に実行したという。

昭和五年（一九三〇）に国文科卒業。翌年には金沢歩兵連隊に入隊した。除隊後、昭和八年（一九三三）に國學院大學の講師に就任し、神道養成部の作文作歌を担当した。そして十一年（一九三六）めでたく教授に昇進したが、十六年（一九四一）には召集され、十九年（一九四四）守備隊員として硫黄島着任。二十年（一九四五）三月、米軍の総攻撃で守備隊が全滅し、春洋も戦死した。享年三十七（『迢空・折口信夫事典』小山奈々子、二八七頁）。

昭和十九年、春洋が硫黄島の戦場へ赴いた時に、折口は柳田國男と鈴木金太郎を保証人として、養嗣子とし入籍した。しかし、春洋は「父」となった折口と再び逢うことは出来なかったのである。昭和二十四年（一九四九）、能登の春洋の生家の近くに、折口は春洋との「父子墓」を立てた。そこには折口の自筆による「もつとも苦しき／たゝかひに／最くるしみ／死にたる／むかしの陸軍中尉／折口春洋／ならびにその／父　信夫／の墓」という墓碑銘が書かれている（終章参照）。

春洋には『謡曲口訳』の著書、戦後に折口が編んだ歌集『鵠が音』、折口・春洋の二人歌集『山の端』がある。

折口と春洋との関係について、折口とも交流があった詩人・作家の室生犀星が次のように描き出している。

藤井春洋は二十三の時から硫黄島で戦死するまで、迢空の身の廻りや雑誌出版社、講演、金銭の出入れまで、迢空のいうままに仕事し、二人は兄弟のように仲善く、或る時はわかい二十三の妻と、四十二の男とがくらしていたのである。藤井春洋は眼は大きくいきいきしていて、頬はいくらかあお白く色の変らない、がっしりとした体格を持っていた。講演、講義、町の食事、歌舞伎、調査旅行の何処にも藤井は連れ立った。

（『我が愛する詩人の伝記』七一頁）

またある時は、春洋を「たった一人美しい容姿で人目を惹く雪女郎か鷺娘の役」に扮装させた。

「一度だけ春洋を、舞台の上の女形のように自分の手で作って見たいと願う不思議な情熱が、芝居好きな折口をすっかり夢中にさせた」（小谷恒『迢空・犀星・辰雄』四五頁）という。

このように最愛の弟子であり、弟であり、そして若い妻でもあった春洋が硫黄島で戦死した時の折口の苦悩がどれほどのものであったか。その一端は、「今はこれ以上、何も書きません。書けば書くほど、唯愛する者を失うた未練な老父のくり言に過ぎぬことになります」（昭和二十年三月十五日・酒井治左衛門宛。新全集34、二四五頁）という書簡にも見える。

また柳田も、「折口君に電話にて見まひ了」（「炭焼日記」昭和二十年二月二十七日、定本別巻4、一六五頁）、「午後折口君久々に来る。硫黄島のことに付、力落として居る」（同前、三月二十四日、一七五頁）といったように、折口の苦しみに深い同情を示していることが日記に窺える。

＊＊＊

折口との「関係」を赤裸々に語った弟子として知られているのが、加藤守雄（一九一三〜八九）である。昭和六年（一九三一）に慶應義塾大学経済学部予科に入学。同級に池田彌三郎、後のイスラム学者・井筒俊彦がいた。

昭和十八年（一九四三）、春洋の跡を受け、大井出石町《おおいいずるしまち》の折口宅に週二回ほど泊まり、折口の身の回りの世話をした。翌年四月からは同居。「しかし師の苛烈な愛の呪縛を憎悪し、昭和十九年六月、出奔して関係を断った」が、「師の呪縛から逃れんとした加藤であるが、折口の学問と人間的魅力はそれを遙かに凌駕」し、結局折口学の紹介に残された人生を費やした（『迢空・折口信夫事典』山根惇志、二八一〜二八二頁)。

折口との関係を描き出した、加藤の著書『わが師　折口信夫』には、こんな生々しい一夜の出来事が描かれている。

先生の体が、そっと私の横にすり寄ってきて、ぴったりと私の方を抱いた。いとしさを体で現わそうするように、

「悪かったね、悪かったね」と言われる。

「君が家に来てくれてよかった。春洋は、ぼくの好きなひとを良く知っている。だから、君に頼んだんだね」

先生の体温が、背や腰につたわって来るのを、私は奇妙な感覚でうけとった。非常識なやり方だけに、先生らしい愛情の現わし方だとも思った。私は無抵抗に、じっと体をこごめているよりなかった。

「いつも、君は髪を長くしていたろう。だから、額のすずしさがかくれていた。髪を短くしたんで、君の美しさがはっきりしたよ」〔……〕

先生が早く、自分の床にかえってくれたらいい、と私はそれだけを思っていた。

「君は書生仲間でつかう、体を裏返すということばを知っているか」

「さあ」私は頭の中で、その言葉をくり返した。紙一枚へだてた向うで、ぼんやり何かがわかり

かけていた。その時、先生の体が、私の上にのしかかると、私の唇に先生の唇が触れた。

（六一～六二頁）

あるいは「森蘭丸は織田信長に愛されたということで、歴史に名が残った。君だって、折口信夫に愛された男として、名前が残ればいいではないか」（二一一頁）などと口説かれる時もあった。「先生の裏切りを軽蔑した」（六二頁）加藤は、折口の家から出奔し、実家の名古屋に帰るのだが、その後、執拗に追ってくる師の姿に嫌悪を抱きながら、しかし、結局はその「愛」からは逃れることができないことを語る『わが師　折口信夫』は、思いを断ち切ろうとすることで逆に、思いが深まってしまう恋愛の不条理を語っていく、一級の「恋愛小説」ともいえよう。

第三章　神授の呪言・まれびと・ほかひびと

——「国文学の発生」——

1　「国文学の発生」と「神道史の研究」

国文学者としての折口信夫

「髯籠の話」で民俗学者としてデビューした折口信夫は、その後、「異郷意識の進展」（大正五年）、「妣が国へ・常世へ」（大正九年）、「鬼の話」（大正十五年）など、着実に、民俗学者としての研究成果を積み重ねていくが、同時に国文学の学者としての頭角も現してくる。それを示すのが大正十三年（一九二四）から集中的に発表される「日本文学の発生」の論考である。これが後に「国文学の発生」第一稿〜第四稿としてまとめられて、最初の論文集である『古代研究（国文学篇）』（昭和四年〔一九二九〕）の巻頭を飾ることになる。

折口の文学発生論が、現在の国文学研究に大きな影響をもたらしたことは、改めて言うまでもないだろう。とりわけ一九六〇年代後半の全国学園闘争・全共闘運動を担った世代の研究者たちへの影響は大きい（藤井貞和・一九七八、古橋信孝・一九八二）。だが、後に藤井貞和氏は「折口の『古代研究』を開くと、大抵のことは書いてある、という感慨はだれでも味わったことのある悲しい体験ではなかろうか。折口が偉すぎた、ということもあるけれど、国文学が折口以後、あまり進歩していないようにも見える」（藤井・一九八四）とも語っている。国文学に残した折口の足跡の巨大さともいえよう。

「神道史の研究」と国文学・民俗学・芸能史

しかし折口信夫の学問は国文学の内部には留まらない。一九六〇年代後半から七〇年代にかけて、戦後民主主義批判における「反近代」「土俗」の思想として、柳田國男とともに再評価され（吉本隆明・一九六五、一九六八）、また八〇年代から九〇年代のポストモダンの時代動向のなかで、「外部」や「境界」「異人」をめぐる現代思想として読み直され（小松和彦・一九八七、上野千鶴子・一九八七、赤坂憲雄・一九八七）、そして二〇〇〇年以降からは、グローバルな世界思想の文脈から折口の新たな可能性が論じられている（安藤礼二・二〇〇四、二〇一四）。時代の変転の中、つねに最先端の思想や知との格闘の中で「折口信夫」は更新し、読み直されているのである。

そうした中で、これまで見過ごされていた論点は、折口の文学・芸能史研究が「神道史の研究」と不可分にあったことだ。序章で提起した本書の視点である。すでに引用したが、改めて昭和三年（一九二八）に折口が語った一文を見ておこう。

今までの私は、全体的に芸術中心・文学中心の歴史を調べて行かうと志して、進行してゐたのであるが、結局それが、神道史の研究にも合致する事になつた。

（「神道に現れた民族論理」新全集3、一四三頁）

大正期から昭和初期にかけて、折口が進めてきた文学の発生論、芸能史の研究が、「神道史の研究」と密接に繋がっていたという認識である。

ここからは、「国文学の発生」などの文学研究の論考もまた、「神道史の研究にも合致」するものとして読み直すことが必要となるだろう。さらに折口の「神道史の研究」が、第二章で取り上げた「異訳国学ひとり案内」（大正九年）、「現行諸神道の史的価値」（大正十一年）に見られるように、大正期に進行する「神道」や「神社」の現実への異議申し立てと不可分にあったことも忘れてはならない。

折口の「神道史の研究」が、神道や神社が非宗教化、世俗化し、さらに国家との結び付きが強調されていく時代への批判を含んでいるならば、「芸術中心・文学中心の歴史」の研究から導かれた「まれびと」「ほかひびと」「神の呪言」「とこよ」「みこともち」という折口学のキーワードもまた、神社を基盤とした近代の神道に対する批判と不可分にあったのではないか。そこで目指されたのは「お慈悲の牢獄」に押し込められた神々を、「牢獄」＝神社から解放することといってもよい。折口の古代研究は、きわめてアクチュアルな学知であったのだ。

近代の神道と格闘する「神道史の研究」については、第五章で詳しく追跡することにして、本章では、「神道史の研究にも合致する」という視点から、「国文学の発生」の論考を読み直してみよう。

「折口学」として定型化された発生論の議論とは違う姿がそこに浮かび上がってくるはずだ。
まずは、その執筆過程を確認しておこう。

「国文学の発生」の執筆過程

『古代研究（国文学篇）』の冒頭に置かれた「国文学の発生」のもとになった論考は、『日光』の創刊号（大正十三年（一九二四）四月）に発表された「日本文学の発生」である。これが「国文学の発生（第一稿）」となる。折口信夫、三十七歳。國學院大學教授とともに慶應義塾大学の兼任講師を務めている時だ。

「日本文学の発生」と題した論考は、続けて同誌に連載されていく。これらの諸論考が「国文学の発生（第二稿）」となる。

◇「呪言の展開――日本文学の発生その二」（『日光』第一巻第三号（大正十三年六月））
◇「巡遊伶人の生活――日本文学の発生その三」（同誌第一巻第五号（同年八月））
◇「叙事詩の撒布（上）――日本文学の発生その四」（同誌第一巻第七号（同年八月））

発表誌の『日光』とは、歌人の古泉《こいずみ》千樫《ちかし》（一八八六～一九二七）が主宰する雑誌。明治四十三年（一九一〇）の夏頃に、正岡子規の「子規庵」で開かれた東京根岸短歌会に参加したおりに古泉と知り合い、それ以降二人は親交を深めたという（『迢空・折口信夫事典』有山大五、二五二頁）。二十代からの長い友人であった。その古泉の勧めで『日光』同人となり、「日本文学の発生」をテーマとして論考を

斎藤茂吉渡欧記念送別会にて（大正10年）（國學院大學折口博士記念古代研究所蔵）
前列左から，森田恒友，斎藤茂吉，安倍能成，今井邦子，中村憲吉，折口信夫。
後列左から，東新，蕨桐軒，小宮豊隆，平福百穂，杉浦翠子，岩波茂雄，岡麓，島木赤彦，古泉千堅。

発表したわけだ。

さらに昭和二年（一九二七）刊行の新潮社版『日本文学講座』第三巻（同年一月）、第四巻（同年二月）、第十二巻（同年十一月）に連載された「日本文学の唱導的発生」と題された長編論文が、「国文学の発生（第四稿）」となる。「たゞ今、文学の信仰起源説を最《もつとも》頑なに把《と》つて居るのは、恐らく私であらう」（新全集1、一二四頁）という有名な一節から始まる論文である。ここから折口の文学発生論の体系が論述されていくのである（第三稿については後述）。

このように書き継がれていった「日本文学の発生」は、國學院大學あるいは慶應義塾大学の教室の学生たちに向けて語られた講義が原案となったという（折口の講義風景については、断章2参照）。

「親友」武田祐吉との確執

ところで、折口信夫が立て続けに文学発生論を発表した背景には、もう一つ隠された理由があったようだ。初出誌の『日光』第一巻第三号には、活字を小さくした前文が付くが、そこには「此頃になつて、不徳な追従者の、疎漏な考証文に先じられて、竟に発表の気を失ひさうな虞れが、激しく感じられ出した」とか「迷惑きはまる彼追随者の抜け駆け」といった、ただならぬ一文がある。「不徳な追従者」に出し抜かれたので、あわてて自分の論考を発表した、というのだ。その「不徳な追従者の、疎漏な考証文」とは、大正十三年（一九二四）三月に刊行された、武田祐吉《たけだゆうきち》の『神と神を祭る者との文学』を指していた（「解題」新全集1、五一〇〜五一二頁）。

武田祐吉（一八八六〜一九五八）は、天王寺中学での同級生であり、國學院大學でも共に学び、やがて大学の同僚ともなる親友中の親友だ。この一文が公表された後、すぐに武田の方から「妄りに人を傷つけようとする点に関して弁明を乞」といった激越な抗議の手紙が折口宛に送られていたことが、近年の城崎陽子氏の研究で明らかになっている（城崎・二〇〇六）。

その抗議を受けて折口は、『日光』の第五号に「近頃私の家に、久しぶりに、最古い友人を迎へた。〔……〕友人の名聞を嗜む心をうつ間に、なぜ、自身そもしい争ひにいきまく胸をさめなかつのたか」と、「不徳な追従者の、疎漏な考証文に先じられて……」などと書いたことへの羞恥と反省の心を述べている（「解題」新全集1、五一一頁）。なお、これらの前文は、『古代研究（国文学篇）』に収録される際にはすべて削除されている。

武田の『神と神を祭る者との文学』は、「「祝詞」は神の詞」であるとして、文学の発生を神と人との関係性に求めていく「信仰起源説」を立脚点に持つ。武田が書簡のなかで「同一の方面に関して研究する時にその結果が或は一致することがあつても何の不思議も無い」〔城崎、前出、五九頁〕と述べているように、たしかに、文学の発生を「神授の呪言」に見る折口の論と重なっていよう。二人の共通点が見て取れる。

しかし「民俗」や「芸能」の世界にまで視野を広げる折口に対して、武田の研究はあくまでも「文献」の中に完結していた。そのパースペクティブの広がりと深さは、折口には及ばないのも、また確かであろう。

また「この日本の国は神ながらの国である。神に祈願して諸事を行ふのでは無い。神の示すまに〳〵、神意のあるまに〳〵事が運行せられて、案らけく平けく、人は神意に順応して栄え行くのである」（『神と神を祭る者との文学』「上代祝詞の本質」著作集1、八八頁）と説く「神ながら」の認識は、後に見るような筧克彦たちの哲学系の神道学者の通俗的、合理的な「神ながらの道」となんら変わりのない言説というべきだろう〔詳しくは第五章、二〇七～二〇八頁参照〕。「神道」をめぐっても、折口と武田との相違点を見て取ることができるのである。

文学発生論ブーム？

文学の発生論をめぐって、折口と武田との間に一種の競合があったことは確かであろう。さらに長谷川政春氏が指摘するように、その時期に文学の発生をめぐる研究が立て続けに刊行されていたことにも注目すべきだろう。以下のような論著がある〔長谷川・二〇一七〕。

津田左右吉『文学に現れたる我が国民思想の研究（貴族文学の時代）』（大正五年）、土居光知『文学序説』（大正十一年）、武田祐吉『神と神を祭る者との文学』（大正十三年）、五十嵐力『国歌の胎生及び発達』（大正十三年）、高野辰之『日本歌謡史』（大正十五年）、土田杏村『国文学の哲学的研究　第二巻　文学の発生』（昭和三年）、折口信夫『古代研究（国文学篇）』（昭和四年）、竹友藻風『詩の起源』（昭和四年）。

すべてが「文学の発生」を表看板に出しているわけではないが、これらの著書が等しく、文学なるものの「発生」「胎生」「起源」を考究していることは確かだろう。なぜ文学発生論が、大正期末年から昭和初頭に学問の世界でテーマになったかは、興味深い問題だ。ここでは深入りできないが、大正期のモダニズムの流行とその反発から「日本および、日本人としてのアイデンティティ追及の時代的潮流の問題と深く関連している」ことも見過ごせない（城崎陽子・二〇〇六）。その時代、「神社」なるものが非宗教と位置づけられ、「神道」が後景に退きつつあったこと、しかし昭和三年（一九二八）以降に、それが反転していくことなど、時代の動向と密接に絡んでいただろう。

発生論をめぐる折口信夫と武田祐吉との間の確執と競合は、けっして二人の個人的な問題に回収されることではなかった。折口の文学発生論は、大正から昭和へと転換していく時代と密接な関係があったのである。次にそれを確かめてみよう。

「日本文学の発生」から「国文学の発生」へ

改めて「国文学の発生」の初出を見ると、最初の論文のタイトルがすべて「日本文学の発生」であることに気付く。実際折口は、『古代研究（国文学篇）』以降にも、「日本文学の発生」というタイトルの論文を複数発表している（新全集4に所収）。「日本文学の発生」とは、彼にとって生涯にわたるテーマでもあったのだ。

ではなぜ「日本文学の発生」は「国文学の発生」と改題されたのだろうか。折口自身が、その理由を説明している文章は見当たらないが、時代状況の影響が考えられよう。

『古代研究（国文学篇）』が刊行された時期は、昭和三年の大嘗祭から翌年の伊勢神宮の式年遷宮をきっかけにして、「「神道的」なる雰囲気」が社会の間で醸成されていった時代であった（阪本是丸・二〇一六、一五頁）。言うまでもなく「国文学」とは、「「神道的」なる雰囲気」とも繋がる「国学」と関係する用語だ（あるいは出版元（大岡山書店）が時代の雰囲気にあわせて「国文学」への変更を提案したのだろうか）。

どうやら、「国文学の発生」という論考を「神道史の研究」と結び付ける、一つの接着剤は「国文学」という用語の中にありそうだ。

なぜ折口は「日本文学の発生」ではなく「国文学の発生」としたのか——。

それを考えるヒントになる論考がある。昭和二年（一九二七）発表の「生活の古典化に努められた先生」である。この論考は、國學院大學学長を務めた芳《は》賀《が》矢《や》一《いち》が逝去したことを追悼する『國學院大學院友会・特別号・芳賀先生』に掲載されたものだ。その中で折口は「明治の国文学は、国学から分化して出て来ました。其中心が芳賀先生だつたのです」、「国学に文学を本質的に結び付けたのは、新しい国文学だつたと思ひます。其が芳賀先生の大きな為事でした」（新全集20、四四六頁）、と芳賀の業績を称えている。もちろん亡くなった学長への弔辞的な文章であることを考慮する必要もあるが、文献学としての「国学」から「国文学」が出てきたという指摘は重要だ。

実際、国史・国文・国法などを含みこんだ近代の「国学」から「国文学」を専門分化させたことを芳賀の功績とするのは、広く認められている〔藤田大誠・二〇〇七〕。折口の「国文学の発生」の改題は、芳賀が作り出した「国文学」を意識しているのではないだろうか。

「文献学」としての国学・国文学

改めて、芳賀の学問の内容を見ておこう。

芳賀矢一（一八六七〜一九二七）は、福井城下の平田派の国学者を父に持ち、帝国大学の国文科で小中村清矩《こなかむらきよのり》の指導を受け、明治三十三年（一九〇〇）、官命によりドイツに留学した。ベルリン大学のヴォルフが確立した「文献学」を学んだが、そこでドイツの「文献学」とは日本の「国学」にあたることを認識したという。

その研究成果は、明治三十七年（一九〇四）に國學院同窓会で行われた「国学とは何ぞや」という講演で語られている。近世社会に発する「国学」は、明治後年にあって、すでに時代遅れと軽視されがちであったが、芳賀は、自らがドイツで学んだ最新の「文献学」が、「即ち日本の国学に甚だ似て居るのであります」（「国学とは何ぞや」）と語ることで、新しい「国学」の復活を訴えたのである。

「国学」を「文献学」と定義した芳賀によって、最大級に称えられたのは本居宣長であった。近代的な文献学の先駆として宣長を位置づけることは、近年では常識になっているが、それを最初に説いたのは、ドイツ文献学を学んできた芳賀にほかならなかったのである。しかしここで芳賀が主張する「文献学」は、原典資料を中心にした科学的、中立的な立場からの実証的研究という一般常識的イメージとは異なっている。芳賀が提唱した「文献学」＝「国学」においては、「古語古文」の実証的な解読はあくまでも一つの「手段」にすぎなかった。「文献学」が目的とするのは、古典の中に見出される「国民の性質・思想」を明らかにすることにあったのだ。つまり「古語古文」に注目するのは、そこから「言語の同一性に基づいた民族精神」を導き出すためだったのである。

芳賀が学んだドイツ文献学とは、ドイツ・ロマン主義＝ゲルマン民族の独自性を強調（夢想）する思想と不可分にあったようだ（畑中健二・一九九八）。まさに「文献学」の先駆と捉えられた国学は、「ゲルマン民族の独自性」に対して、日本民族の独自性を強調（夢想）する学問にほかならなかったといえよう。

もう一つ重要なことがある。本居宣長や平田篤胤は、それこそ維新の原動力となった復古神道派として、明治時代においても有名だったと思われがちだが、じつは明治後期になると彼らのことはほとんど忘れられていたらしい。本居宣長の名前も「もとゐせんちょう」と読まれることがあったほどだという。

そして重要なことは、「国学」がドイツ文献学と類似する学問と評価されたのが、明治維新をリードした本居・平田派などの国学＝復古神道の現実的・政治的な運動が、終焉・解体した後の出来事であったことだ。維新直後の宗教的、政治的な国学の運動が終焉し、駆逐された後に、その主張を「換骨奪胎」したうえで、近代的なドイツ文献学と合体させて作り出されたのが、芳賀のいう「文献学」としての国学であった（桂島宣弘・二〇〇八）。それは近世国学に対して「近代国学」と呼ぶべきものだろう。この近代国学から派生するのが、芳賀がいうところの「国文学」であったのだ〔藤田、前出〕。ちなみに折口が國學院大學に入学したのは、芳賀が國學院の同窓会で「国学とは何ぞや」の講演をした翌年の明治三十八年（一九〇五）であった。だから、折口は直接には、芳賀の講演は聞いていないのだが、その芳賀が、やがて同僚・上司となり、なおかつ、その追悼文を書くとは、運命のめぐり合わせは面白い。

芳賀矢一の『国民性十論』と国民国家

折口は追悼文のなかで、「国文学」を国学から独立した学問へと成長させたことを芳賀矢一の業績と称えたが、じつは折口は、芳賀の「国学」「国文学」を全面的に認めていたわけでもない。というよりも、かなり批判的な立場にあった。折口が、「日本文学の発生」ではなく、あえて「国文学の発生」としたことの深層には、じつは芳賀の「国文学」への批判が込められていたのではないか。

芳賀は、明治四十年（一九〇七）に『国民性十論』なる著書を刊行した。「古文・古語」の解読をもって、日本の国民性＝国体を究明する「文献学」の実践編といっていい著書だ。そのなかの「忠君愛国」の項にこういう一文がある。

大国主命が天孫と聞いておとなしく其国土をお譲りわたしになるといふ精神が、即ち大化改新や明治維新の場合にも、同じく我国民の精神としてあらはれて居るのである。
我国の神話は極めて平和である。八百万の神はあつたが、我天孫に向かつて敵対行為を取つたものは無い。〔……〕八百万の神はいづれもおとなしい忠義の神で、天つ神も国つ神も、日神の御子孫の事業を補翼する事をのみ力めて居る。〔……〕誠に平和な神話である。神話は即ち我太古の国民の心性を反映したものではないか。

（『国民性十論』明治文学全集44、二三八頁）

オホクニヌシが「天孫」と聞いただけで従順に国土を譲ったなどというのは、『古事記』や『日本書紀』を読んだものから見れば、まったくの誤読、都合のいい解釈であることは一目瞭然だろう。そもそも『記』『紀』のなかには「国土を譲った」という、いわゆる国譲りの記述はない。芳賀が主張する「我国の神話は極めて平和である」などとは、「忠君愛国」の理念に結び付けられた、近代における「国民」神話の解釈＝創造というべきだろう。

そこで見過ごせないのは、「神話」が「我太古の国民の心性」を表したとする論述だ。言うまでもなく「国民性」「国民の精神」「国民の心性」とは、近代の国民国家の成立によって初めて認識される概念である。それは明治三十年代という時代状況と不可分に作り出されたものだ。すなわち日清・日露戦争を経験した中で形成される、天皇に従順な「国民」という言説である（原田敬一・二〇〇七）。

したがって、当然のことながら、「国民」の概念は、近代の国家以前の「我太古」には存在しない。芳賀が用いているのは、その存在しない「国民の心性」を「神話」に反映させるロジックだ。ここで『記』『紀』神話は、近代国家を成り立たせる「国民」なるものの起源を語る「神話」へと読み替えられたといえよう。それが「国民道徳論」と結び付く国家神道、神社神道の言説に繋がることも、改めて言うまでもない。近代に形成された「国民国家」は、国民統合のための「新しい伝統の創出（国民的なシンボル、神話、祭典、等々）」を必要としたからだ（西川長夫・一九九五、一六頁）。

非「国民」の神話へ

このような芳賀矢一の『国民性十論』をめぐって、折口は、昭和四年（一九二九）の論考で、次のように批判している。

芳賀先生の「国民性十論」以来、日本の国民性と言へば、よい処ばかりを並べてゐるが、事実はよい事のみではない。もつと根本に遡つて、国民性の起つて来る、周囲の法則・民族性の論理、即、古代論理の立て方を、究めなければならない。此処から、国民性も起つて来るのである。何の為に、忠君愛国の精神がありながら、下剋上の考へが起つて来たのであらうか。どうしても、古代論理にまで遡つて、考へて見なければならないのである。（「古代人の思考の基礎」新全集3、四一二頁）

芳賀が「よい処ばかり並べ」ている「日本の国民性」とは、オホクニヌシの解釈に見られた「忠君愛国」の「平和神話」を指していよう。それに対して折口は、「何の為に、忠君愛国の精神がありながら、下剋上の考へが起つて来たのであらうか」と問いかける。それを究明するには「古代論理」にまで遡って考えねばならない。この「古代論理」は、折口名彙として有名な「みこともち」の思想へと結び付く。「みこともち」の古代論理があるから、上下の関係はたやすくひっくり返る＝下剋上が起きる、という議論である（詳しくは第五章、二〇二頁）。

ここから折口の芳賀批判は、必然的に文献学＝国学から派生・分化した「国文学」へと及ぶことになる。折口の「国文学の発生」とは、「言語の同一性に基づいた民族精神」を前提に、近代的な「国民」神話を作り上げた「国文学」そのものへの違和・批判ではなかったか。折口の文学発生論とは、近代の国民国家を支える「国民」神話とは異質な、まさしく非「国民」の神話の創造ではなかったか――。「国文学の発生」で論じられている内容に踏み込んでみよう。

2　「春の初めに来る神」は何を語ったのか

文学の信仰起源説

折口信夫の「国文学の発生（第四稿）」で、「私は、日本文学の発生点を、神授（と信ぜられた）の呪言に据ゑて居る〔……〕さうした神憑《ガヽ》りの精神状態から来る詞章が、度々くり返された結果、きまつた形を採る様になつた。邑落の生活が年代の重なるに従つて、幾種類かの詞章は、村の神人から神人へと伝承せられる様になつて行く」（新全集1、一二五頁）と述べている。文字通り「文学の信仰起源説」である。「たゞ今、文学の信仰起源説を最頑なに把つて居るのは、恐らく私であらう」（前出、九九頁）と、その立場を自信もって強調しているほどだ。

あるいは「国文学の発生（第一稿）」で、

一人称式に発想する叙事詩は、神の独り言である。神、人に憑《カヽ》つて、自身の来歴を述べ、種族の歴史・土地の由緒などを陳べる。皆、巫覡《ふげき》の恍惚時の空想には過ぎない。併《しか》し、種族の意向の上に立つての空想である。而も種族の記憶の下積みが、突然復活する事もあつた事は、勿論である。

（新全集1、六九頁）

と述べている。神の呪言に文学が発生するというとき、それはシャーマンのような存在に神が乗り移って語ったもの、と理解されるのである。

ただしここで重要なのは、神がかりしたシャーマンの託言、呪言は「種族の歴史・土地の由緒」を語るものであり、だから「恍惚時」の空想といっても、あくまでも「種族の意向」を前提にするとしたところだ。改めて「種族の歴史・土地の由緒」「種族の意向」という言い方には、近代の「国民」の国家の成り立ち以前、またはそれとは異なる歴史や由緒を求める折口の視線が見て取れよう。

「神授（と信ぜられた）の呪言」の内容

では村落の「神人」たちが語り伝えた「神授（と信ぜられた）の呪言」とは、具体的にはどんな内容なのだろうか。折口はこう語る。

春の初めに来る神が、自ら其種姓《の》を陳べ、此国土を造り、山川草木を成し、日月闇風を生んで、餓ゑを覚えて始めて食物を化成した（日本紀一書）本縁を語り、更に人間の死の起源から、神に接する資格を得るための禊《ミソ》ぎの由来を説明して、蘇生の方法を教へる。又、農作物は神物であつて、害《そこな》ふ者の罪の贖《あがな》ひ難い事を言うて、祓《ハラ》への事始めを述べ、其に関聯して、鎮魂法の霊験を説いて居る。

（「国文学の発生（第四稿）」新全集1、一二五頁）

「春の初めに来る神」とは、折口名彙として最も有名な「まれびと」を指す。来訪する神は、村に漂着すると、まず自身の素性を語り、続いて国土を造成し、山川草木、日月闇風を生み出した来歴を語っていく……。

折口の古代研究の根幹をなす「まれびと」については、二度にわたる沖縄探訪の旅の中からイメージされたことは有名だろう（保坂達雄・二〇〇三）。折口の沖縄探訪については、第四章で取り上げることにして、ここで「まれびと」＝「春の初めに来る神」が語った詞章の内容に注目しよう。春の初めに来訪した神が、自らの素性とともに語ったのは、イザナキ・イザナミの国土や自然・万物創成の神話、黄泉国での死の起源、そして帰還したイザナキの「禊祓え」、あるいは荒ぶるスサノヲの高天原での乱暴譚から罪の祓え、祓えと関連したアマテラスの岩戸籠りと鎮魂祭の起源神話、であったのだ。『古事記』『日本書紀』の神話を読んだことのある人ならば、すぐに気が付くだろう。「春の初めに来る神」が語った内容は、『記』『紀』神話のストーリーに基づいているのだ。文中にも「（日本紀一書）」と挿入句がある。しかし『記』『紀』神話は、あくまでも古代天皇や国の起源を語るための国家的な神話であった。王権神話といってもよい。折口は、そうした『記』『紀』神話に基づきながら、それらを独自に解釈して、断片化して、「春の初めに来る神」が伝えた呪言へと再編成しているのである。『記』『紀』神話の読み替えである。

さらに来訪神によってもたらされた「本縁を語る呪言」は、具体的な呪術、行事に結び付けられていく。

かうした本縁を語る呪言が、最初から全体としてあつたのではあるまい。土地家屋の安泰、家長の健康、家族家財の増殖の呪言としての国生みの詞章、農業に障碍する土地の精霊及び敵人を予め威嚇して置く天つ罪の詞章、季節の替り日毎に、青春の水を摂取して、神に接する資格を得る旧事を説く国つ罪――色々な罪の種目が、時代々々に加つて来たらしい――の詞章、生人の為には外在の威霊を、死人・惚《ホ》け人の為には游離魂を身中にとり込めて、甦生する鎮魂《タマフリ》の本縁なる天ノ窟戸《いはと》の詞章、家屋の精霊なる火の来歴と其弱点とを指摘して、其災ひせぬ事を誓はせる火生みの詞章、――此等が、一つの体系をなさぬまでも、段々結合して行つた事は察せられる。（同前、一二五頁）

天皇や国家の起源を語る『記』『紀』の神話は、人々の現世的な生活を支える呪言として読み替えられていく。すなわちイザナキ・イザナミの「国生みの詞章」は、土地家屋、家長の健康、家族家財の増殖を実現する呪言であり、スサノヲの追放譚に基づく「天つ罪の詞章」や「国つ罪」は、農業に災いをもたらす土地の精霊を威嚇する呪文とともに、聖水を汲み、神に接する資格を得るための由来となる。あるいはアマテラスの「天ノ窟戸の詞章」は外から附着する威霊、または遊離した霊魂を呼び戻すときの鎮魂の起源であり、イザナミの「火生みの詞章」は、家屋の精霊たちに火が災いとならないように誓約させる呪言であった……。

このように来訪する神が語った「神授の呪言」とは、『記』『紀』の国家神話、天皇神話を、人々の生活に根ざした呪言、呪術の起源神話へと読み替えて、新たに再編成された神話であったのである。

近世国学者の神話解釈の系譜

しかし「神授の呪言」へと読み替えられた『記』『紀』神話の解釈は、けっして折口の思いつきや独創ではない。『記』『紀』の神話を国家神話、天皇神話、民族神話の文脈から切り離し、人々の現実生活上の呪文として「読む」ことは、じつは近世期には広く見られるものであったのだ。

たとえば、芳賀登によれば長野県上伊那郡中蓑輪町小河内の「大槻家」所蔵文書で発見された「寿学斎桑沢正刀」執筆の『形見の道しば』という文書には、その冒頭「此書ハ天照大神棟梁御臣下天児屋根命御筆記支成し書也、其謂ハ天土開闢して国も広まり人多くなれバ……云々」とあり、アマテラスの「臣下」のアメノコヤネが「御筆記」した書物には、こんなことが記されていたという〔芳賀・一九七五〕。

すなわち天孫降臨の段を読むときには、安産の祈りにこの天孫降臨の段を唱えるのである。国土経営の段を読むときには、家の繁栄のための祭りに唱うことばである。徳化利生の段を読むときには、疱瘡祭にそれを唱え、あだし神がむかってこないようにするためにこの段を読むものと書いている。（一七頁）

天孫降臨の段＝「安産の祈り」、国土経営の段＝「家の繁栄のための祭り」、徳化利生の段＝「疱瘡祭」の時に疫神が来ないように唱える……。『記』『紀』神話は全体として何が書いてあるのかではなく、そのなかの個々の神話エピソードを民衆の現世利益的な呪言として読み替え、それが実際に使われた。これはけっして特異な事例ではなく、近世期に広く行われた『記』『紀』に対する「読み方」であったのだ。折口の「神授の呪言」としての読み替えは、こうした近世の神話解釈の系譜の上にあることを確認しよう。そして、それを「春の初めに来る神」が語り伝えた呪言と再編成したところに、近代における折口の突出点があったと考えられるのである。

「春の初めに来る神」が語り伝えた「神授の呪言」は、『古事記』『日本書紀』の神話ストーリーを、生活に密着した呪文・呪術の由来として読み替えたものだった。それは近代における『記』『紀』神話の解釈の一つの姿といえよう。明らかに、芳賀矢一が提唱した近代国家を支える「国民」統合の神話とは異なる、非「国民」の神話創造といってもよい。

「まれびと」と精霊の闘争の記憶

「神授の呪言」の本縁と読み替えられた『記』『紀』神話は、さらに「奉仕の本縁を説く寿詞」へと展開していく。「呪言から寿詞へ」という主題である。そこに説かれるのは、神や天皇に奉仕する者たちが、その奉仕する謂われを語る古代論理である。

折口は、まずその関係を「常世のまれびと」と「土地・庶物の精霊」との関係の中に見出していく。

常世のまれびとたちの威力が、土地・庶物の精霊を圧伏した次第を語る、其昔《カミ》の神授の儘と信じられてゐる詞章を唱へ、精霊の記憶を喚び起す為に、常世神と其に対抗する精霊とに扮した神人が出て、呪言の通りを副演する。結局精霊は屈従して、邑落生活を脅かさない事を誓ふ。
（「国文学の発生（第四稿）」新全集1、一三一頁）

折口の本領とでもいうべき、難解な言い回しに満ちた文章だが、次のように理解できるだろう。異郷（常世）から来訪した神（まれびと）の威力によって、土地や庶物に棲む精霊たちは屈服させられた。その屈服した次第は、神自神が語った詞章の中に伝えられる。つまり神が一人称で語る村や事物の起源神話には、神に対立した土地や山の精霊たちが屈服し、服従を誓った由来も組み込まれているのである。「シャーマンが語る神の一人称語りの叙事は、一方向の単声的な語りではなかった」というわけだ（岡部隆志・二〇一二）。

それは「一人称語りの叙事」であるとともに、「邑落の神人の仮装して出て来る初春の神事」（同前一三一頁）として再現されることになる。屈服した記憶を精霊たちに呼び起こさせるために、来訪神と、それに対抗した精霊に扮した神人が出てきて、神授の呪言のままに副演するのだ。精霊は屈服し、村の生活を妨害しないことを誓う、という祭りである。それは「まれびと」と「精霊」との問答という形態をもって伝えられるのである。

続けて折口は、このように言う。

精霊は自身の生命の根源なる土地・山川の威霊を献じて、叛かぬことを誓約《ウケヒ》する。精霊の内の守護霊を常世神の形で受けとつた邑落或は其主長は、精霊の服従と同時に其持つ限りの力と寿と富とを、享ける事になるのである。（同前、一三一頁）

この「誓約」の詞章が、神に服従した由来・本縁を語る「寿詞」になる。そしてそれは「常世神と其に対抗する精霊とに扮した神人が出て、呪言の通りを副演する」とあるように、神と精霊の関係は、「初春の神事」＝芸能として実修された。「まれびと」の論が祭りや芸能の生成と結び付くところだ。それは次章で詳しく取り上げる、奥三河の花祭《はなまつり》の民間祭祀、芸能の世界へと展開していくことになる。

「奉仕の本縁を説く寿詞」とは

来訪神（常世神）と土地の精霊との関係が、歴史の上では天皇とその臣下の関係になっていく。たとえば天皇と中臣との関係については、こう説明されていく。

中臣氏は其と違つて、水取りの本縁を述べた「中臣ノ天ツ神ノ寿詞《ヨゴト》」を伝えて居た。此は氏々の寿詞の起源とも称すべきもので、尊者から卑者に誓《ウケ》は――信諾を約せ――しめる為の呪言が、卑位から高位に向けて発する第二儀の呪言（寿詞）を分化し、――今一つ別の考へも立つ――繁栄させる風を導いた。極めて古い時代には、朝賀の賀正事《ヨゴト》には専ら此を奏上して、神界に君臣の分限が明らかだつた事始めを説いて、其時の如く今も忠勤を抽んで、天子に仕へ、其健康を保障しようとする事を誓うた。だから、氏々の人々も、此を各の家の聖職の本縁を代表する物と信じ、等しく拝跪し

て、其誓約の今も、家々にも現実の効果あるべきを示した。（同前、一四〇頁）

まず語句の説明をしよう。「中臣ノ天ツ神ノ寿詞」とは、天皇即位の大嘗祭の時に奏上された寿詞のこと。原文は藤原頼長《よりなが》の日記『台記別記』に所収されている。そこには中臣が伝えた「水取りの本縁」が述べられていると折口は解釈した。

すなわち中臣とは「水の事を掌る家筋」「水の魂を天子様に差し上げる聖職の家」（「大嘗祭の本義」新全集3、二〇一頁）であることの来歴を天皇即位儀礼のときに奏上するのだ。そしてそのことで、中臣が天皇に服従し、奉仕する「寿詞」となる。それはもともと高位のもの（神）が下位のもの（精霊）に誓わせる言葉であるが、それが下位のものから高位のものに向けて発するときに、「第二儀の呪言（寿詞）」へと分化したと、折口は説明していくのである。

引用した一文は、なかなか難解な論述だが、ここから浮かび上がってくる「奉仕の本縁を説く寿詞」のイメージは、来訪するまれびとと神と土地の精霊との激しい闘争の果てに導かれた、ということが重要になるだろう。芳賀矢一が言うような「我国の神話は極めて平和である」といった言説とは異なる、闘争と屈服、対立と服従に満ち溢れたダイナミックな「古代」を、折口は見ていたのである。

それが芳賀のいう「八百万の神はいづれもおとなしい忠義の神で、天つ神も国つ神も、日神の御子孫の事業を補翼する事をのみ力めて居る」（前出、一〇六頁）といった、予定調和的な君臣関係を語る神話ではなかったことは、明らかであろう。来訪した神の威霊に屈服、服従を誓っていく精霊の詞章、それを副演する祭り。「古代」を幻視する折口の視線の先にあるのは、均一的な「国民」国家に統治される以前の、荒々しい闘争に充ちた列島社会の姿であったといえよう（伊藤好英・二〇一六）。

大正期に書かれた「日本文学の発生」の論考を、『古代研究』に再構成するときに、あえて「国文学の発生」と改題したのは、芳賀矢一によって形成された「国文学」と対峙する意思表明ではなかったか。それは昭和初期の均質化されていく「日本的なるもの」が出て来る時代状況への違和感、異議申し立てとも繋がっていたのである。

3 「まれびと」の視界

なぜ巻頭が「第三稿」なのか

改めて、『古代研究（国文学篇）』（新全集1）のページを開くと、疑問に感ずることがある。巻頭の論文が「国文学の発生（第三稿）」となっていることだ。なぜ「第一稿」からではなく、「第三稿」から始まるのか。もちろんその理由はすぐにわかる。「第三稿」こそが、「国文学の発生」の根幹をなす「まれびとの意義」を説き明かす論考であるからだ。しかしそうだとして、なぜそれはわざわざ「第三稿」と銘打たれているのだろうか。

「国文学の発生（第三稿）」の初出は、『民族』第四巻第二号（昭和四年〈一九二九〉一月）に掲載された「常世及び「まれびと」」という論考である。昭和四年四月に『古代研究（国文学篇）』が刊行される直前のものだ。しかし「常世及び「まれびと」」は、論中に「大正の今日にも到る処の田舎では…」

（新全集1、一三頁）とあるように、実際に執筆していたのは、大正十四年（一九二五）からで、脱稿したのは昭和二年（一九二七）十月頃であったらしい。

そうすると、論文が脱稿してから『民族』誌に掲載されるまでに、二年近くかかっていたことになる。執筆開始から雑誌掲載までに時間がかかったのはなぜか。その理由として知られているのが、柳田の関与であった。

「こんなもの載せられない」
――柳田國男からの拒否

折口信夫は「常世及び「まれびと」」が脱稿すると、すぐに『民族』に投稿した。だが、当時の『民族』の編集責任者たる柳田國男から掲載拒否の指示があった。そして柳田が編集から手を引いて、責任者が柳田から岡正雄《おかまさお》に移ったときに、ようやく『民族』誌に掲載された、という経緯があった（「解題」新全集1、五〇七頁）。

このエピソードは、柳田とともに『民族』編集（大正十四年（一九二五）十一月創刊）に携わった、民族学者の岡正雄（一八九八～一九八二）が後に語ったところであった。

『常世及びまれびと』、あの原稿を折口さんにいただいて、（柳田）先生にお見せしたら、こんなものは載せられないといって折口さんに返せといわれたのです。
（「柳田国男との出会い」）

デビュー論文「髯籠の話」の時と同じように、「常世及び「まれびと」」の発表に関しても、柳田との間に、なにやら確執めいたことが生じていたのだ。いや、今度は、明確に、柳田から掲載を拒否されたのである。それにしても、なぜ柳田は、折口の論考を「こんなものは載せられない」と、強く拒否したのだろうか。二人の間に、何か感情的な問題が生じていたのだろうか。

　折口と柳田の間には、その生涯にわたって、敬愛と反発、影響と確執・競合という関係があったことは、これまで書かれた多くの評伝が記しているところである。そして二人が描く「日本人の信仰」の原像が、最終的には食い違っていくことも、一般に知られていよう。その違いは、簡単に言ってしまえば、柳田が社会や共同体の成員に繋がる「祖先崇拝」を日本人の固有信仰の中心に置いたことに対して、折口は血縁的・地縁的な社会関係とは切断された外部にある「まれびと」信仰を重視したことにある。柳田によって「こんなものは載せられない」と拒否された論考は、まさにこの「まれびと」論を中心とする論考であったのだ。

　こうした二人が、お互いの違いについて語り合い、それが公開されるのは、戦後の昭和二十四年（一九四九）まで待たねばならない（「日本人の神と霊魂の観念そのほか」新全集・別巻3）。それにしても、柳田から「こんなものは載せられない」と拒否された論文をあえて、最初の著書である『古代研究（国文学篇）』の巻頭に置いたことには、折口の意地が感じられようか。

「稀に来る人」から来訪する「神」へ

　では、柳田に拒否された「常世及び「まれびと」」（「国文学の発生（第三稿）」）に論述された「まれびと」とはどんな存在なのか。次にそれを見ていこう。

「まれびと」という言葉の語原は、「稀に来る人」＝「珍客」の意味から来ている。「まれびと」と言ったのが、音韻変化して「まらひと・まらうど」となったという。すなわち「まれと言ふの語の遡れる限りの古い意義に於て、最小の度数の出現又は訪問を示す」(「国文学の発生（第三稿）」新全集1、一二頁)。さらに折口は、その語原の含蓄を広げることで、次のような仮説を立てていく。

私は此章で、まれびとは古くは、神を斥《サ》す語であつて、とこよから時を定めて来り訪ふことがあると思はれて居たことを説かうとするのである。幸にして、此神を迎える儀礼が、民間伝承となつて、賓客をあしらふ方式を胎《はら》んで来た次第まで説き及ぶことが出来れば、望外の欣びである。／てつとりばやく、私の考へるまれびとの原の姿を言へば、神であつた。第一義に於ては古代の村々に、海のあなたから時あつて来り臨んで、其村人どもの生活を幸福にして還る霊物を意味して居た。

(同前、一三頁)

「まれびと」論の構想が固まって、ようやく文章化できた自信と不安が入り混じったような語り口が窺えよう。ここにおいて「稀に来る人」「珍客」の意味は、大きく転換され、「まれびと」は、古代の村々に海の彼方＝「とこよ」から時を定めて来訪し、人々の生活を豊かにしてくれる、神の姿へと変貌していったのだ。

この神としての「まれびと」のイメージが、大正十年（一九二一）、十二年（一九二三）の二度にわたる沖縄探訪によって作り出されたことは有名だ。その成果は、第三稿にも活かされている。

蒲葵《クバ》の葉の蓑笠で顔姿を隠し、杖を手にしたまやの神・ともまやの神の二体が、船に乗つて海岸の村に渡り来る。さうして家々の門を歴訪して、家人の畏怖して顔もえあげぬのを前にして、今年の豊作関係の事、或は家人の心を引き立てる様な詞を陳《の》べて廻る。さうした上で、又海上遙かに去る形をする。つまり、初春の祝言を述べて歩くのである。

（同前、二六頁）

これは沖縄本島西北の洋中にある伊平屋《いへや》列島の来訪神の祭儀をめぐる記述であるが、折口は、ここから「神の来る夜の民俗」の断片を、武塔神《むとうしん》の伝承（『備後国風土記』逸文）や、蓑笠を着て「衆神」の家を訪れるスサノヲの神話（『日本書紀』神代・一書〔第三〕）、あるいは新嘗の夜に訪れる「御祖神」の伝承（『常陸国風土記』）など、古典のなかに見出していく。そして「まれびと」が唱える神言＝「家人の心を引き立てる様な詞」のなかに、呪言、叙事詩の発生を捉えていくのである。

「神及び継承者の義」としての「ひと」

折口は、「まれびと」を来訪する神と考えた。だが、なぜ「神」を表す語に「ひと」の語が付くのか。それはたとえば、「蒲葵の葉の蓑笠で顔姿を隠し、杖を手にした…」とか、あるいは仮面を被ることで「人」が神に扮したこととも関わろう。だが「まれびと」とは、人間が神に扮装したものにすぎないという合理的な解釈とはまったく異なっている。「ひと」とは、たんなる人間ではないからだ。折口の語るところを聞こう。

ひとと言ふ語も、人間の意味に固定する前は、神及び継承者の義があつたらしい。其側から見れば、まれひとは来訪する神と言ふことになる。ひとに就て今一団推測し易い考へは、人にして神なるものを表すことがあつたとするのである。人の扮した神なるが故にひとと称したとするのである。

（同前、一一三頁）

「ひと」という言葉も、人間の意味に固定される前は、「神及び継承者の義」をもっていた。人が神に扮装することで、神霊をこの世界に顕現させたから「まれびと」と称したというわけだ。「蓑・笠・仮面等の「やつし」によって、この神は普段隠されている世界の秘密を、又その本質をリアルに露呈させる」といってもいいだろう（伊藤好英・二〇一六、一一四頁）。

さらに「ひと」の語義について、「ひとは確かに、ある選民《センミン》である。「と」の原義は、不明だが、記・紀を見ても、神と人との間のもの、名に、常に使はれてゐる。此ひとの義が、転化して国邑の神事に与る実行的な神人の義になつた」（「万葉集研究」新全集1、三九〇頁）とも述べている。「ひと」は、神になることができる選ばれた存在を示すのだ。仮面を被り、蓑笠を着て神に扮装することができるのは、特別な資格、力を持つ者であった。神霊を憑依させるシャーマンとも重なる存在といってよい。

こうした認識は、「日本内地に於ける神道でも、古くは神と人間との間が、はつきりとしない事が多い〔……〕即ち、神人は祭事に於て、神と同格である。〔……〕神を拝むか、人を拝むか、判然としない場合すらある」（「琉球の宗教」新全集2、七九頁）という、沖縄の島々で見聞きした、女性巫者＝神女たちの姿が反映していることは明らかだろう。

いや、そもそも折口は、そのデビュー論文においても「大嘗祭に於ける神と人との境は、間一髪を容れない…」(「髯籠の話」新全集2、一九一頁)ことにこだわっていたのだ。まさしく「まれびと」の発見は、「お慈悲の牢獄」から神々を解放し、「神性を拡張する」ことに繋がっていたのだ。

「よりしろ」論から「まれびと」論へ

改めて折口の「まれびと」が、大正四年(一九一五)のデビュー論文「髯籠の話」で展開された「よりしろ」論の延長上にあることを、確認しておこう。

「よりしろ」とは、「空漠散漫なる一面を有する神霊を、一所に集注せしめる」(同前、一七八頁)ことを目的としたものだ。それは人の世界に常在していない、漂着してくる神霊との交渉を前提としている。そして「よりしろ」が固定化すれば、そこに神が鎮座して「やしろ」が作られていく。神社祭祀の始まりである。

こうした「よりしろ」に漂着してくる「空漠散漫なる一面を有する神霊」を具現化したものこそ、「まれびと」といっていいだろう。まさに「まれ」=「最小の度数の出現又は訪問」する神霊である。「まれびと」こそ、神社に鎮座する神以前の神格であったわけだ。そして「とこよ」から漂着することから、村=共同体の構成員とは血筋の繋がらない、外部の神となるのである。

なお昭和二十四年(一九四九)の柳田國男との対談でも、「私はどこまでも、マレビト一つ〳〵に個性ある祖先を眺めません」(「日本人の神と霊魂の観念そのほか」新全集・別巻3、五五四頁)と言い切るのである。先の引用にあった「家人の畏怖して顔もえあげぬのを前にして…」とは、未知なる異郷の神の顕現に恐れる人々の姿が的確に描写されるところだろう。「まれびと」は、けっして親しげな先祖ではないのだ。

ここからは折口の「まれびと」論が、「神社」を基盤とした、近代の神道とは異なる「神」の姿を見出そうとする試みであったことが再確認されよう。折口の民俗学、国文学が、近代の神道への異議申し立てを含んだ、きわめてアクチュアルな学問であったことは、繰り返し確認しておきたい。

神人・祝言職・乞食者

「まれびと」論は、神社以前の古層の来訪神に迫っていくことがテーマであった。と同時に、折口にとっては、それがどのように展開し、変貌していくかという「歴史」の問題でもあった。

大晦日・節分・小正月・立春などに、農村の家々を訪れた様のまれびとは、皆蓑笠姿を原則として居た。夜の暗闇まぎれに来て、家の門から直にひき還す者が、此服装を略する事になり、漸《やうや》く神としての資格を忘れるようになつたのである。近世に於ては、春・冬の交替に当つておとづれる者を、神だと知らなくなつて了うた。ある地方では一種の妖怪と感じ、又ある地方では祝言を唱へる人間としか考へなくなつた。其にも二通りあつて、一つは、若い衆でなければ、子ども仲間の年中行事の一部と見た。他は、専門の祝言職に任せると言ふ形をとるに到つた。さうして、祝言職の固定して、神人として最下級に位する様に考へられてから、乞食者なる階級を生じることになつた。

（「国文学の発生（第三稿）」新全集1、二二一～二二二頁）

来訪する「神」が、「妖怪」という恐るべき存在としての両極性をもつことと、まれびとが「零落」して放浪する「祝言職」「乞食者」を生み出した。これを「ほかひびと」と呼ぶ。

初春に訪れる「鹿島のことふれ」「節季候《セキゾロ》・正月さし」「たゝき」、あるいは「祇園の犬神人《イヌジンニン》」の専業であった「懸想文うり」、また巫女から出て本義を失いながら、乞食者・芸人にも落ちきっていない「桂女《カツラメ》」たち（前出、二四頁）、中世の村々、近世の京や江戸の町々を巡り歩く「ほかひびと」たちを見出していくわけだ。そして、彼ら「祝言職」＝ほかひびとたちから「芸能」の発生が説かれるのである。

「懸想文うり」（京都市左京区聖護院円頓美町・須賀神社）

ほかひゞとは寿詞を唱へて室《ムロ》や殿のほかひなどをした神事の職業化し、内容が分化し、芸道化したものを持つて廻つた。最《もっとも》古い旅芸人、門づけ芸者であると言ふ事は、語原から推して、誤りない想像と思ふ。（「国文学の発生（第二稿）」新全集1、一〇〇頁）

旅する「ほかひびと」の存在は、折口の芸能史研究の基本を作ることになる。それはまた、次章で見る奥三河の花祭といった、民間芸能、祭祀の形成とも繋がっていくのである。

「神社」とは異なる神道の担い手たち

そればかりではない。芸能史研究へと展開する「ほかひびと」たちは、民間社会に広がる「神道」の担い手でもあったのだ。たとえば、昭和三年に発表された論文には、「神道なる語自身に、仏教神道・陰陽師神道・唱門師神道・修験神道・神事舞太夫・諸国鍵取り衆などの影の、こびりついてゐる……」（「神道に現れた民族論理」新全集3、一四三頁）という一節があるが、ここに出てくる神道の担い手は、まさしく「ほかひびと」の系譜に連なる者たちにほかならなかった。

> 更に若干の仲間を持つた者になると、山伏しとして、山深い空閑を求めて、村を構へ、修験法印或は陰陽師・神人として、免許を受けて、社寺を基とした村の本家となつた。或は、山人の古来行うてゐる方法に習うて、里の季節々々の神事・仏会に、遙かな山路を下つて、祝言・舞踏などを演じに出る芸人村となつた。
>
> （「国文学の発生（第四稿）」新全集1、二〇九頁）

そして続けて、わが国の「声楽・舞踏・演劇の為の文学」は、こうした「唱導の徒」の間から発生したことを述べていくのだが、その「唱導の徒」は、また近代日本において、国家の管理下にある「神社」を基盤とした神道によって封殺されていく存在であった。「ほかひは元、神社制度以前のもので、以後も、神社との交渉は尠かつた」（「国文学の発生（第二稿）」新全集1、一〇六頁）のである。

もっとも、近代神道が作り出した、天皇を頂点とした「「日本」という親和的なファミリーを幻想させる論理」の一翼を、「神社」のみならず、折口が見出す「ほかひびと」の近代的な担い手たち、たとえば浪花節、大道講釈、辻講釈の徒などによる「声の文学の世界」が担っていたことも見過ごせないところだ〔兵藤裕己・二〇〇〇〕。折口の視線は、当然、そうしたところにまで届いていたように思われる。

だからこそ、折口の学問が国家主義、天皇主義のイデオロギーと親和・同調するという批判を生むことになるのだが、しかし、それを検討するためには、折口の「天皇」をめぐる複雑なロジックを読み解く必要があるだろう。第五章、第六章での課題となるが、その前に、「まれびと」や「ほかひびと」たちを見出していく、折口の学問形成にとって重要な場所へと赴くことにしよう。沖縄、そして奥三河、である。

第四章　沖縄へ、奥三河へ

――「琉球の宗教」「古代生活の研究」「山の霜月舞」――

1　折口信夫、沖縄へ渡る

折口学が「発生」した二つの場所

折口信夫の学問の形成に、「沖縄」が大きく関わることはよく知られているだろう。前章で見た文学の発生論、とりわけ「まれびと」のイメージは、沖縄との出逢いがなければ、深められることはなかった。さらに「のろ（神女）」を通して、「神人」「巫覡《ふげき》」という存在の肉付けがなされたのである。また「とこよ」という異郷の奥行きを与えてくれたのも、沖縄であった。

しかし、もう一つ忘れてはならない場所がある。愛知県と長野県の県境に広がる「奥三河」と呼ばれる地域である。今も冬の季節に「花祭」という民俗芸能が繰り広げられている場所だ。大正の末から昭和初頭にかけて、折口はたびたび奥三河の地に出向き、花祭を見学した。花祭との出逢いが折口の民俗芸能史を豊かなものにしたのである。いや、それに出会うことで「芸能史」という独特な学問が形成されたともいえよう。そしてそこには「鎮魂」をめぐる信仰、呪術と芸能とが密接に繋がっていたことが見えてきたのである。

沖縄へ、奥三河へ。折口の学問を形成する二つの場所はまた、神道学者としての折口の視野を広げ、深めていった場所でもあった。そして折口が、この二つの場所に足を踏み入れたのは、大正時代の後半から、昭和の初年である。そうした時代の中の「神道」のあり方とも、密接な関わりがあっただろう。

神道学者としての折口の立ち位置とも重ねながら、本章では、二つの土地をめぐる旅を通して、折口の学問の形成過程を追ってみよう。まずは沖縄へ――。

沖縄探訪と関東大震災

大正九年（一九二〇）十二月、折口信夫は、奄美・沖縄の旅に出発した柳田國男から同行を誘われた。だがその時は都合がつかず、柳田が宿泊している鹿児島の宿に手紙を書いて断っている。しかし、翌大正十年（一九二一）の三月六日、沖縄・奄美旅行から戻ってきた柳田から話を聴く小集会を谷中清水町（現・池之端）の折口宅で開き、柳田から直々に沖縄の土産話を聴いたことで、折口の中で沖縄探訪への渇望が沸騰してきたようだ。

かくして、大正十年七月に初めての沖縄へと旅立ったのである。十六日に那覇着、その後本島を中心に久高島、津堅島などを訪ね、国頭地方に一週間ほど滞在し、帰途は壱岐に渡っている。沖縄の採訪では国頭尋常小学校の教員であった宮城聡や辺野喜の尋常小学校教員の島袋源七《しまぶくろげんしち》（一八九七～一九五三）が案内をした。このときは、辺土名の「のろ」に会い、神を拝む言葉などを聞き取りしている〔保坂達雄・二〇〇三〕。

さらに大正十二年（一九二三）七〜八月に、ふたたび沖縄に訪れている。この時は、本島の採訪のあとに、宮古島、八重山など離島にも滞在している。そこでニイルピト（アカマター・クロマター）やマヤの神（マユンガナシー）などの話を岩崎卓爾、喜舎場《きしゃば》永珣《えいじゅん》から聞き取りをしている。さらに登野城の盆行事のアンガマを見ている。このときの聞き取りや実見から「時を定めて来訪する具体的で鮮明な姿を通して、たしかな映像をまれびとに付与することができた」ことは間違いないだろう〔保坂、前出、四七四頁〕。なお昭和十年（一九三五）十二月にも、後に養子となる藤井《ふじい》春洋《はるみ》を伴い、第三回目の沖縄採訪旅行を行っている。

ところで、二度目の沖縄旅行から門司に帰着したのは、大正十二年九月一日であった。そう、関東地方を中心に巨大地震が発生した、その日である。折口は、翌日、神戸港で「関東大震災」の噂を聞いている。

その夜、最初の救護船山城丸に乗り、三日夜に横浜港に上陸し、四日の正午から夜まで歩き続けて、ようやく谷中清水町（現・池之端）の自宅に戻ることができた。だがその途中の道々で「酸鼻な、残虐な色々の姿」を見た。自警団よる「朝鮮人虐殺」の様子であった。さらに彼自身も増上寺の前で自警団に取り囲まれ、脅かされる体験をする。これまで見ることのなかった、この国の人々の別の顔を見たという〔加藤直樹・二〇一四〕。

この体験は、じつは沖縄が、「琉球処分」（明治政府が沖縄地域を「近代日本国家」に統合する過程）という近代日本における「植民地主義」と密接に関わる場所であったことを、関東大震災のあとに惹起した内地の朝鮮人殺戮という事件によって、折口に意識させたとも考えられようか（村井紀・二〇〇四）。それはまた、折口の構想する「まれびと」が、一つの部族を中心とした、平和的で調和する共同体のなかの神とは異なることとも繋がっていくのである。

「琉球神道」という視点

沖縄採訪の成果は、「沖縄採訪手帖（大正十年）」（新全集18）、「沖縄採訪記（大正十二年）」（新全集18）、「壱岐民間伝承採訪記」（新全集18）などの調査ノートとして残されたが、何より重要な論考は、「琉球の宗教」（『古代研究（民俗学篇1）』）である。

「琉球の宗教」は、大正十二年（一九二三）五月刊行の世界聖典全集後輯第十五巻『世界聖典外纂』（世界文庫刊行会）に発表されたが、二度目の採訪の成果を踏まえて大幅に書き直され、『古代研究（民俗学篇1）』に収録された。折口の沖縄研究の代表作というべき論考である。その冒頭には、こうある。

> 袋中大徳《タイチュウダイトコ》以来の慣用によつて、琉球神道の名で、話を進めて行かうと思ふ。それ程、内地人の心に親しく享け入れる事が出来、亦事実に於ても、内地の神道の一つの分派、或は寧、其巫女教時代の俤《おもかげ》を、今に保存してゐるものと見る方が、適当な位である。其くらゐ、内地の古神道と、殆ど一紙の隔てよりない位に近い琉球神道は、組織立つた巫女教の姿を、現に保つてゐる。
>
> （「琉球の宗教」新全集2、四八頁）

「袋中大徳」（一五五二〜一六三九）とは、慶長八年（一六〇三）に琉球に渡り、三年間滞在のうちに『琉球神道記』を記した浄土宗の僧侶。その書は中世の両部神道的な色合いが強いが、第五巻は琉球独自な神話や「キンヤモン」と呼ばれる沖縄の守護神に触れている。「琉球神道」の名称は、沖縄在来の伝統的な信仰の様態を神道の原初形態と捉えるものとして使用されたのである（『神道事典』）。

折口は「袋中大徳」を受けて、沖縄の民間信仰、祭祀の姿を「琉球神道」と呼び、「内地の神道の一つの分派」「内地の古神道と、殆ど一紙の隔てよりない位に近い」と認識していたようだ。そこからは、琉球の信仰・祭祀世界を「内地の神道」＝「日本」の中に組み込もうとする発想が見てとれる。

しかし逆に見ることもできる。「琉球神道」という表現を使うことで、「内地」の神社神道、国家神道と対抗させるものを沖縄に見ようとした、という視点である。そのとき、近代の神社神道には失われた「巫女教時代」「巫女教」という信仰世界が浮上してくる。実際、沖縄には、「のろ」という巫女が現存していたのだ。そしてその「のろ」こそ、折口が沖縄で発見した、最も重要な「神性」の持ち主であったのである。

「のろ」の神性

「のろ」とは、奄美・沖縄各地の村落社会で、最高位の女性司祭者を指す。「のろ」は祈る・宣るなどの行為を行う者であると解釈されている。『古代研究』の口絵写真に、辺戸名や久高島、摩文仁の「のろ」の姿が捉えられている。折口は実際に「のろ」と出会っていたのだ〔保坂達雄・二〇〇三〕。次の一文は、そのときの印象に基づくものと思われる。

正月には、村中のものがのろ殿内を拝みに行く。最古風な久高《クダカ》島を例にとると、其は確に久高《クダカ》・外《ホカ》間《マ》両のろの火の神を拝むのではない。拝まれる神は、のろ自身であつて、天井に張つた赤い涼傘《リャンサン》といふ天蓋の下に坐つて、村人の拝をうける。涼傘は神あふりの折に、御嶽《オタケ》に神と共に降ると考へてゐるのであるから、とりも直さずのろ自身が神であつて、神の代理或は、神の象徴などゝは考へられない。（同前、八〇頁）

久高島は沖縄本島東南端の知念岬から東海上に位置する島で、十二年に一度、島の女性が「ナンチュ」になる儀式＝イザイホーが行われるところである（イザイホーは、一九七八年以降、行われていない）。その島の最高神女が「久高・外間両のろ」であるが、折口が最も注目したのは、島の人々にとって「のろ」が、神に祈りを捧げる巫女であると同時に、神そのものとして崇められていたことにある。「のろ」の持つ神性である。

この一文でさらに興味深いのは、島人たちに「のろ」が拝まれる時は、「天井に張つた赤い涼傘といふ天蓋の下」に座したというところだ。その「涼傘」は神来臨の時に一緒に降った聖具であったことが強調される。そう、そこで語られる「涼傘」は、天孫ホノニニギが降臨するときに包まれていた「真床襲衾《まどこおふすま》」のことを即座に連想させよう（さらに奥三河の大神楽の「ばっかい」とも重なる）。そして「真床襲衾」は、天皇の即位礼・大嘗祭の秘儀へと展開していく（第六章参照）。

沖縄の「のろ」の儀式を、天皇霊を継承する秘儀とも繋げることで、天皇が神そのままであるという認識にも展開していくことになるわけだ。大正四年（一九一五）の「髯籠の話」で説かれた「大嘗祭に於ける神と人との境は、間一髪を容れない程なのにも係らず、単に神と神の御裔なる人とが食膳を共にするに止まるといふのは、合点の行かぬ話」（新全集2、一九一頁）という主張と呼応することは、言うまでもない。

もっとも、沖縄の事例を天皇の即位儀礼とダイレクトに繋げて語ることは控えたようだ。直接に天皇のことは触れないが、しかし「日本内地に於ける神道でも、古くは神と人間との間が、はっきりとしない事が多い。神人は祭時に於て、神と同格である」（「琉球の宗教」新全集2、七九頁）と語るように、折口の生きた大正期の神道のあり方、すなわち、神と人との隔離、世俗的な倫理道徳の強調を批判する視野が、「琉球神道」の現場から開かれることを見逃してはならないだろう。

さらに沖縄の島で出会った「のろ」の存在は、大正期の神社を基盤として神道が「崇祖敬神」の教理に回収されることへの異議申し立てを導いてくる。

「祖先崇拝」とは異なる琉球神道

一般に、沖縄の信仰の基盤は「祖先崇拝」にあると考えられてきた。それは「内地」の神社神道とも繋がってくる見方だ。けれども、折口は、それを明確に否定していく。以下のような論述である。

> 祖先崇拝が琉球神道の古い大筋だとの観察点に立つ人々は、のろが政策上に生れたものと見勝ちである。けれども、祖先崇拝の形が整ふ原因は、暗面から見れば、死霊恐怖であり、明るい側から見

れば、巫女教に伴ふ自然の形で、巫女を孕ました神並びに、巫女に神性を考へる所に始まるのである。地方下級女官としてのろの保護は、政策から出たかも知れぬが、のろを根神より新しく、琉球の宗教思想に大勢力のある祖先崇拝も、琉球神道の根源とは見られないのである。(同前、七三頁)

「のろ」は、十二世紀頃に琉球を分割統治した支配者按司《あじ》のオナリ神(兄弟を霊的に保護する姉妹の神)として、按司の支配する領地の最高司祭者となったことに始まるとされる。そして琉球王府の成立後は、政治的な意図により「のろ」は、王のオナリ神である聞得大君《きこえおおぎみ》を頂点とした神女組織に組み入れ、公儀「のろ」として王府から任命される制度を作ったという(『神道事典』)。まさに「政策上に生れた」とみなす根拠である。そしてこの文脈からは「祖先崇拝」は、「古い大筋」ではなく、政策的に作り出された新しいもの、ということになろう。

しかし折口の視点は、「祖先崇拝」以前へと遡及する。政策的に作り出されたものの深層にある「のろ」=神女の起源は、神と結婚し、神の子を孕んだという人間の血縁関係を超えたところに求められる。それは「巫女に神性を考へる」ことに由来する。そうした始原の「のろ」の神性からは、「祖先崇拝」とは異なる「琉球神道の根源」が浮かび上がってくるのだ。それは必然的に、琉球神道と繫がる「内地」の神道の「根源」へと連なっていくだろう。「祖先崇拝」とは、近代において、新しく「政策的」に作られた、という視点である。

折口が間近に見た、人々から神として崇められている「のろ」の姿は、人間社会の血縁的な系譜と地続きになっていく祖先信仰とは異なる、人間社会から超絶した神人の「神性」を現出させる。それは前章で見た「まれびと」の「ひと」が、「人間の意味に固定する前は、神及び継承者の義があつた」（第三章、一二三頁）という議論とも共振するだろう。そうした神人一体となった「のろ」の神性を見た折口にとって、「新聞の相場表をとりあげる癖」がついた「神職の事務員化」（「神道の史的価値」新全集2、一五八頁）した、大正期の神職たちの姿には、大いに憤るものがあったわけだ。

「儀来河内」から「と こ よ」へ

改めて先に引用した文章を読み直すと、「暗面から見れば、死霊恐怖であり、明るい側から見れば、巫女教に伴ふ自然の形で…」というように、「暗面」「明るい側」という両面にこだわる視点が見える。それは来訪する「まれびと」がもともと住まう異郷＝「とこよ」のあり方と通じ合う問題であった。沖縄探訪によって折口が出会う、もう一つ重要な「とこよ」である。

「琉球神道」では、「浄土」と考えられているのは、海の彼方の楽土、「儀来河内《ニライ・カナイ》」であった。海の彼方に想像された、人界の生命や豊饒、あるいは災いをもたらす神々が存在する他界である。折口はその「儀来河内」についてこう語る。

昔の書物や伝承などから、楽土は、神と選ばれた人とが住む所とせられたやうである。六月の麦の芒《ノギ》が出る頃、蚤の群が麦の穂に乗つて儀来河内《ギライカナイ》からやつて来ると考へられてゐる。此は、琉球地方では蚤の害が甚しい為、其が出て来るのを恐れるからである。儀来河内は、善い所であると同時に悪い所、即、楽土と地獄と一つ場所であると考へ、神鬼共存を信じたのである。

（「琉球の宗教」新全集2、五五頁）

海の彼方の儀来河内は、神と選ばれた人が棲む「楽土」であると同時に、村に害をなす「蚤の群」はそこからやってくるとも信じられた。したがって、その異郷から来訪するものは「神」でもあり、「鬼」でもあったというのだ。「神鬼共存」という表現は興味深い。奥三河の「花祭」では、来訪する山の神は「榊鬼《さかきおに》」「山見鬼《やまみおに》」と呼ばれる鬼でもあったからだ。花祭の世界は、後に改めて取り上げることにして、ここでは、折口の沖縄探訪から導かれた異郷の二面性について、さらに追いかけてみよう。

「とこよ」と「根の国」

大正十年（一九二一）、十二年（一九二三）の二度にわたる沖縄探訪旅行の成果を踏まえ、「まれびとのおとづれ」「とこよの意義」、あるいは「根の国・底の国」など、折口のメインテーマとなる「国文学の発生」を論ずるキーワードが出揃った論考が、一般誌に発表された。大正十四年（一九二五）四月発行の雑誌『改造』（第七巻第四号）に掲載された「古代生活の研究」である。その論考のなかで、次のようなことを述べている。

私どもの国土に移り住んだ祖先のにらいかないは、実はとこよのくにと言ふ語で表されてゐたのであつた。村々の死人は元より、あらゆる穢れの流し放たれる海上の島の名であつたのである。其恐しい島が、富みと齢乃至は恋の浄土としての常世とはなつた過程は、にらいかないの思想の展開が説明してくれて居る。

（「古代生活の研究」新全集2、四六頁）

「とこよ」（常世）の語は、『古事記』『日本書紀』などの古代文献に出てくる。出雲のオホクニヌシの国造りを助けたスクナビコナが「常世の国に度《わた》りましき」（『古事記』上巻）と帰還する場面、またカムヤマトイハレビコ（神武天皇）の兄のミケヌが「浪の穂を踏みて、常世の国に渡りまし…」（『古事記』上巻）とその姿を隠すエピソード。さらに垂仁《すいにん》天皇が、「ときじくのかくの木の実」という不老長生の呪果を求めてタジマモリを「常世の国に遣はしめ（た）」（『古事記』中巻）とする伝承。いずれも、「海のあなた」の他界であることは間違いない。ただし「常世」は中国道教との関わりも推定され「根の堅州国《かたすくに》」や「黄泉国《よみのくに》」、「綿津見《わたつみ》の神の宮」よりも一段と新しい成り立ちと見るのが、現在の通説である（西郷信綱・一九七二）。

しかし折口は、古代神話の中の「常世」に対して、さらにその古層の姿を透視する。

とこよの国と根の国とが、一つと見え、又二つとも思はれる様になつたのは、とこよが理想化せられて、死の島と言ふ側は、根の国で表される事になつて了つた後の事である。而も、とこよは海上の島、或は国の名となり、根の国は海底の国ときまつたのである。

まれびとの来る島として、老いず死なぬ霊の国として、とこよは常夜ではなくなつて来た。恰《あたか》もよし、同音異義の「よ」に富み（穀物）又は齢の意義があつた。

（同前、四七頁）

とこよ、根の国、あるいは妣が国……。『記』『紀』の古代文献に出てくる古代語であるが、それらはまた折口の独特な解釈に基づく「折口名彙」へと変換されていく。「とこよ」は、もともとは死霊が集まる場所であったが、死霊に対する認識が浄化されるなかで、「死の国」は「根の国」に限定され、「とこよ」は、「老いず死なぬ霊の国」という理想郷へと変貌する。それは「まれびとの来る島」ともなった。

　こうした記述は、一見すると、きわめて単純な進化論的二分法とも見えるが、ここで若き折口が語った「神性を拡張する復活の喜び」（「髯籠の話」、第二章参照）という、あの言葉を想起するべきだろう。「とこよ」が「まれびとの来る島」、「老いず死なぬ霊の国」へと変貌することで、それを観念する神人の「神性」が拡張し、霊的な復活を可能としたのではないか。「とこよ」から来訪する神が、村人に幸をもたらす来訪神「まれびと」となるのは、外から訪れるものが、鬼人や妖怪的なものではなく、まさに「神」としての神性を拡張しえたと考えられるのである。

　それと裏腹に、まれびと神の棲み処も「あらゆる穢れの流し放たれる海上の島」のイメージから「富みと齢乃至は恋の浄土としての常世」へと変貌していく。その背景にあるのは、「神性を拡張する復活の喜び」の思いであった。折口は、沖縄の地で「お慈悲の牢獄」に押し込められた神々とは、まったく違う、神々との交渉の世界に出逢ったのである。

けれども、沖縄に渡る以前に、沖縄という島の魅力を発見する下地が、彼の中にあったことも見逃してはならない。

異郷論のモチーフ

折口が沖縄の島に渡る前、大正九年（一九二〇）五月に『国学院雑誌』第二十六巻第五号に発表された論考「妣《はは》が国へ・常世《とこよ》へ」の中に、「十数年前、熊野に旅して、光り充つ真昼の海に突き出た大王个崎の尽端に立つた時、遙かな波路の果てに、わが魂のふるさとのある様な気がしてならなかつた」（新全集2、一五頁）という有名な一節がある。

「十数年前、熊野に旅して……」は、明治から大正に改元された年（一九一二）に、今宮中学校時代の生徒、伊勢清志、上道清一を伴って、与謝野鉄幹《よさのてっかん》『相聞』一冊を持って、志摩・熊野を旅した時のことを指す（したがって実際は「十数年前」ではないのだが）。山中で道に迷い、二日間絶食して彷徨したという体験である（「年譜」新全集36、四四頁）。折口が二十五歳の時のこと。

「遙かな波路の果てに、わが魂のふるさとのある様な気がしてならなかつた」という思いは、その二日間の彷徨の上に見出された境地であったが、「わが魂のふるさと」が、遙かな海の彼方の異郷＝「とこよ」に繋がることは言うまでもないだろう。そしてそれは「此をはかない詩人気どりの感傷」と卑下する気にはならないと補足する。なぜわざわざそんな言い方をするのかというと、「異国・異郷に焦るゝ心持ち」は、「心身共に、あらゆる制約で縛られて居る人間の、せめて一歩でも寛ぎたい、一あがきのゆとりでも開きたい、と言ふ解脱に対する憧憬《しょうこう》が、芸術の動機の一つ」（前出、一四頁）

と述べているからだ。「異郷」を論じることのモチーフの中に、大正期の「文学」の一つの流れと重なるものがあったのではないか。

「異国情調」と「異郷意識の進展」

たとえば「髯籠の話」が出た翌年の大正五年（一九一六）に『アララギ』第九巻第十一号に発表された「異郷意識の進展」では、「異郷意識」について「われら人間が、祖《オヤ》の祖から持ち伝へた、絶えざる憧憬の一つである。民族の心のうつり行く波に従うて、起伏して来た、感情の一つである」と説明し、それを同時代の文学の流れにまず発見していく。

> 近い頃では、屋上庭園一派の詩人達が、おらんだの、いすぱにやの、さては切支丹の昔語りを懐しんで、現実の世には求め得ぬ、夢幻的な歓楽悲哀を行《ヤ》るに、奔放な空想を以てして、一種不可思議な世界を追うてゐたことがある。又永井荷風氏一味の人々が川開きにうちあげる花火よりも、更に美しく更に儚く過ぎ去つた江戸の記憶を夢みてゐるのも、見ぬ世のあこがれと過去の追想との相違はあつても、畢竟は等しく、享楽主義と、頽廃主義との合一して出来た、近代的の懐古趣味で、共に異国情調或いは異国趣味と命けられるべきものであつたのである。
>
> （「異郷意識の進展」新全集20、一一一頁）

「屋上庭園一派の詩人達」とは、木下杢太郎《きのしたもくたろう》、北原白秋《きたはらはくしゅう》、長田秀雄《ながたひでお》たちが中心となった「パンの会」の機関誌『屋上庭園』に集う詩人たちのこと。明治後期の耽美主義、象徴主義の芸術家たちがここに集まった。『屋上庭園』は、明治四十二年（一九〇九）に第一号が出るが、第二号に載った北原白秋の「おかる勘平」の表現が猥雑ということで発売禁止となり、雑誌はそれで終刊となる。『あめりか物語』（明治四十一年）、『ふらんす物語』（明治四十二年）で「一躍新文学の惑星」となった永井荷風《ながいかふう》も『屋上庭園』の第一号に寄稿している（野田宇太郎・一九七五）。『すみだ川』（明治四十二年）でフランス象徴主義と江戸趣味とを一体とした荷風は「隅田のうしろにセーヌをみようとする文学運動」たる木下杢太郎たちと共振し、「〝西洋〟と〝江戸〟とがエキゾティシズムの距離感において、ほぼ同等の位置」を占めていた（磯田光一・一九七九、七三頁）。なお「異国情調」の語は、木下杢太郎が好んで使った語で、第二号は彼の発案で「時代感覚と彼等独得の詩覚とを異常なまでに盛り上げた異国情調」の特集が企てられている（野田・一九七五、一九八頁）。

折口は、「屋上庭園一派の詩人達」や「永井荷風氏一味」の人々の「異国情調」「異国趣味」を、結局は「享楽主義と、頽廃主義」とが合一した「近代的な懐古趣味」と否定し、自らの方向を遙かな古代に由来する「民族の心のうつり行く波に従うて、起伏して来た、感情」＝「異郷意識の進展」の解明へと向けさせ、神話や民俗の世界へと降り立っていくのである。

けれども、若い折口が、土井晩翠・薄田泣菫・蒲原有明などの明治前期の象徴派・耽美派の詩人たちを愛好していたことを知ると（第一章、二一頁参照）、じつは木下杢太郎や北原白秋、永井荷風たちの「異国情調或いは異国趣味」の世界と近いところにいた、とも考えられよう。もちろん、それはたんなる文学上の「趣味」の問題を超えて、彼らの生きた時代が生み出した精神のあり方と繫がっていくところにあるだろう。明治という時代の「国家主義」とはずれていく「個人」の生成である。

「新たなる意味に於ける異郷」

折口信夫が「髯籠の話」を発表し、学者としての道を歩みだした大正七年（一九一八）に、日本全国を揺るがした「米騒動」が起きる。それは「欧州大戦」（第一次世界大戦）の影響、シベリアへの海外派兵を契機として、日本近代社会の根柢を揺るがし、大きな変化を惹起させた原因とされる。「国家と国民生活との一体性から疎外された不遇・無力な一日本人」（橋川文三・一九九四、五九頁）たちの排出である。

こうした社会不安に対応するために神社関係者、神道家たちは、「崇祖敬神」「国民道徳」などの神社神道イデオロギーを喧伝することになるのだが、折口の立ち位置は、「民族のこころ」（「異郷意識の進展」）などを語りながら、単純な伝統復古的な発想とは違っていた。すなわち――、

かうした不思議な物語りと、多くの人の憧憬とを負うてゐた異郷は、明治大正の科学の光に逢うて、忽ち姿を隠してしまうたが、また新たなる意味に於ける異郷が、われ〳〵の胸に蘇り更に蘇らねばならぬ。いつまでも。

（「異郷意識の進展」新全集20、一八頁）

そして「蘇り更に蘇らねばならぬ」という折口の思いを受け止めてくれた場所こそ「沖縄」であったことは、言うまでもないだろう。明治大正の科学の光で姿を消してしまう「異郷」が、たんなる「近代的の懐古趣味」でしかないことを、「沖縄」が教えてくれたのである。

『改造』に掲載された論考

二度にわたる沖縄探訪の旅を経て書かれた「古代生活の研究」の中には、次のような一文がある。

> 神道の意義は、明治に入つて大いに変化してゐる。憲法に拠る自由信教を超越する為に、倫理内容を故意に増して来た傾きがある。出発点が宗教であり、過程が宗教であり、現にも宗教的色彩の失はれきつて居ぬ所を見れば、神道を宗教の基礎に立つ古代生活の統一原理と見、其信仰様式がしきたりとして、後代に、道徳・芸術・或は広意義の生活を規定したと見て、よいと思ふ。
>
> （「古代生活の研究」新全集2、二七頁）

この文章が、「神社非宗教論」「国民道徳論」で塗り固められていく、明治・大正期の神道・神社の動向が踏まえられていることは、改めて言うまでもない。これに対して、折口はあくまでも「宗教」としての神道を追求していく。「道徳・芸術・或は広意義の生活」を統括するもの、宗教としての神道の姿である。

さらに注目されるのは、「生活の統一原理」や「しきたり」について論じるところだ。その「しきたり」として、たとえば正月の「門松を樹《タ》てた後の心持ちのやすらひ」を挙げる。そうした「しきたり」は、「日の丸の国旗を軒に出した時とは、心の底の歓び――下笑《シタヱ》ましさとでも言ふか――の度が違ふ」（前出、二五頁）ともいう。

ここでは「日の丸の国旗」という近代国民国家の国民統合のシンボルとは異なる（高木博志・一九九五）、「門松を樹て」るという正月行事の「しきたり」へと話題を進めていくところが注目されよう。そして「元旦大晦日に亘るしきたり」の「最初の俤」として見出されるのが、「とこよ」から来訪する「まれびと」であったことは間違いない。正月の門松は、来訪する神を迎える「しきたり」の俤を伝えるものであったからだ。そしてそれは「日の丸という国旗」とはまったく異質な、近代国家以前の信仰へと遡及される。古代研究から導かれた「まれびと」論とは、同時代的に見れば、近代的な国民国家の統合理念への違和、批判を含むものであったのだ。それもまた、沖縄体験が深く関わっていたといえよう。

ところで「古代生活の研究」という論考は、『改造』誌の大正十四年（一九二五）第七巻第四号に掲載されている。黒川伊織氏によれば、『改造』という雑誌は、大正十一年（一九二二）一・二・四号にレーニンの『国家と革命』を「レニンの国家理論」（福田徳三）として紹介するように、第一次日本共産党の成立前後の「左派社会運動の高揚と軌を一にして誌面を急進化させることにより発行部数を伸ばした総合雑誌」であった（黒川・二〇一四、三六頁）。折口の学問は、『神道学雑誌』『神社協会雑誌』『皇国』などとともに、左派系の『改造』にも掲載されるという特異な位置にあったといえよう。

3　「山の霜月舞」の村へ

奥三河の花祭

愛知県と長野県の県境、天龍川流域の山あいの集落に「奥三河の花祭」と呼ばれる民俗芸能・祭祀が伝わっている。禰宜《ねぎ》（太夫《たゆう》）やみょうどによって厳粛に執り行われる神事、童子たちの可憐な舞や青少年たちの躍動的な舞、また異形の姿を見せる鬼たちの舞、そして見物人を興奮の渦に巻き込む湯ばやしなど、夜を徹して行われる厳冬の祭りは、今にあっても、多くの人々を惹きつけてやまない。

奥三河の花祭（愛知県北設楽郡東栄町布川）

昭和の初めの頃この祭りの魅力に取り憑かれた、その人こそ折口信夫であった――。

折口信夫、花祭を見る

折口信夫が、初めて奥三河の花祭を見たのは、大正が「昭和」へと改元された年（一九二六）である。そのきっかけとなったのは「新興大和絵画会」の会員でもある早川孝太郎《はやかわこうたろう》（一八八九～一九五六）との出会いであった。折口自身も「かうしたはだれの時に三河を歩いたのも、又三河の花祭りを知ったのも、皆早川さんの手引きでございました」（「三河の山村」新全集21、二八七頁）と語っている。

二人が初めて「花祭」の村へ出発したのは、大正十五年（一九二六）一月九日である。最初の目的は長野県新野《にいの》の祭り（後に折口が「雪祭り」と命名した）を見ることにあった。新宿駅から夜行列車に乗った折口と早川は、十日の深夜に新野に着いたが、仮眠をとる間もなく叩き起こされ、十一日の未明の「神迎え」の行事を見た。そして翌日はとくに行事がなかったので、新野峠を越えた三河の三沢山内《やまうち》の集落で祭りがあることを聞き出した二人は、雪の峠道を越えて、その集落の祭りを訪れた。そしてとうとう一睡もせずに見学したという（須藤功・二〇一六）。この祭りこそ、折口が初めて見た花祭であったのだ。

この時の様子は同行した早川が、「この旅行なども今思うと極端な自己虐待であった」などと回想している。

日程がよいというので、翌日は峠を越して三河の山内《やまうち》の花祭りを見学、群集に揉まれて、煤と埃の中に一夜ほとんど眠らなかった。一旦新野に引返して雪祭りに会い、翌日は七日ぶりに三河を通って帰ることにしたが、その道も最も困難なコースを選んだ。出来れば花祭りの人々に遭って、少しでも話を聴こうと思ったのだ。〔……〕折も折、折口さんの履いて居た赤靴が参ってしまって、底がガックリと口を開いて上下に離れた。誰も見て居ない、手拭で靴に鉢巻をした。それが夜目に白く蝶でも飛ぶように見える。折口さんはその時、背広の上に、和服に着るインバネスを着て居たのだ。〔……〕この旅をキッカケにして、次の花祭りへの旅がはじまったのである。

（早川孝太郎「折口さんと採訪旅行」二九一～二九二頁）

これ以降、折口はほぼ毎年正月、奥三河の地を訪ねて、花祭にのめりこんでいく。折口が三十九歳、早川が三十七歳の時である。そして昭和五年（一九三〇）三月に、折口は花祭採訪の成果を「山の霜月舞」（『民俗芸術』第三巻第三号）という論考にまとめた。一方、早川もまた、同年五月に『花祭』（岡書院）という大著を刊行する。その後編に折口は「跋――一つの解説」という解説文を載せている（「山の霜月舞」とほぼ同文であるが、追加された部分もある。この点は、後述）。まさにこの時期、花祭研究をめぐって「早川と折口との間で一寸の先を争そうような攻防が繰り広げられていた」といえよう（保坂達雄・二〇〇三、三六二頁）。

たしかに昭和初期、「花狂ひ」と呼ばれる花祭への熱狂が起きていた。澁澤敬三《しぶさわけいぞう》、西角井正慶《にしつのいまさよし》、今泉忠義《ただよし》、今和次郎《こんわじろう》、有賀喜左衛門《あるがきざえもん》など、多くの研究者が奥三河を訪れ、また昭和三年（一九二八）十月には、「郷土研究会」主催で、國學院大學の講堂に三沢山内の村人十数人を招いて花祭二十数番を実演している。さらに昭和五年四月には、早川の『花祭』刊行と澁澤敬三宅の新築祝いを兼ねて、中《なか》在家《んぜき》の花祭を勧請し、「一力花《いちりきばな》」を執行した。その時には、柳田國男、泉鏡花《いずみきょうか》、金田一京助、新村《しんむら》出《いずる》、前田清邨《まえだせいそん》、小林古径《こばやしこけい》ら、二百人近くが見物したという（須藤、前出）。ちなみに泉鏡花は、この時に見た花祭をもとに「貝の穴に河童のいる事」という小説を書いている。まさに花祭ブームであった。

折口の本格的な花祭論である「山の霜月舞」は『民俗芸術』という雑誌に掲載された。これは、昭和二年（一九二七）七月に発足した「民俗芸術の会」の機関誌である。

「民俗芸術の会」と「翁の発生」

この会は永田衡吉と小寺融吉とを世話人として、発足の当初から柳田、折口も参加している。実際の会の経営は、北野博美（一八九三～一九四八）と小寺が担当したという。「この会の発足と雑誌の刊行とを機に、民俗学的な芸能研究の機運は高まっていった」のである（伊藤好英・二〇一六、一二六頁）。

折口信夫は、この会が発足した年の第三回談話会で「翁の発生」というタイトルの四時間にわたる研究発表をした。そのときの速記録をもとにした論考が、昭和三年（一九二八）に発表した「翁の発生」（『民俗芸術』創刊号、第二号）である。『古代研究（民俗学篇1）』に収録された本論考は、折口の民俗芸能論の出発点であり、またその白眉ともいえるものだ。

「翁の発生」で論じられた「翁」は、来訪する神、「まれびと」の一つの姿であった。すなわち「大昔には、海の彼方の常世の国から来るまれびとの為事であつたのが、後には、地霊の代表者なる山の神の為事になり、更に山の神としての資格に於ける地主神の役目になつた」（「翁の発生」新全集2、三七八頁）。したがって、

> 此等の山の神の姿に扮する山の神人たちの、宣命・告白を目的とした群行の中心が鬼であり、翁であり、又変じて、唯の神人の尉殿、或は乞士としての太夫であつたのは、当然であります

（前出、三七九頁）

と、論じていくのだが、おそらく研究発表を聴いた聴衆、あるいは『民俗芸術』の読者も、「当然であります」と結論されても、変転する「まれびと」の論理には付いていけなかったのではないか。「翁の発生」のなかで説かれた、常世から来訪した「まれびと」の役割が、「地霊の代表者なる山の神」へと移り、それがさらに「翁」や「鬼」「神人の尉殿」などへと変貌していく論理は、折口自身が、まさに奥三河の花祭の現場で直感して、導いたものにほかならなかっただろう。「まれびと」の変動する姿を、折口の眼にまざまざと見せてくれたのが、奥三河の花祭だったのだ。

そこでさっそく、「山の霜月舞」の世界に分け入ってみよう。

三沢山内で見た花祭

折口信夫が初めて花祭を見学したときのことは、「山の霜月舞」の冒頭に語られている。

その日はちようど、三河領豊根村三沢の花が、山坂一つ越えるばかりの牧ノ島といふ字《アザ》にあると、聞き出して、村の好学者仲藤増蔵さんをたよりに、はじめて、新野峠を越えました。設楽《シタラ》の山村の、寒く霞んだ夕を、静に見おろした其夜を徹して、翌日昼まで見続けたのが、私にとつて、初めての花祭りの行事でありました。此時のが、早川さんの区画に従ふと、振草川系統・大入川系統とある、其後者の現在での代表と見なしてよい、三沢山内《ヤマオチ》のものでありました。〔……〕舞ひ処《ト》に焚く榾《ほた》のいぶりに、眼を労し乍ら、翁の語りや、あるかなしの瞳を垂れて歩く巫女上臈や、幾らとも知れぬ鬼の出現に、驚きつゞけて居りました。これが、ある時代、神遊びの一つとして、広く行はれた時代を思ひ浮かべようとする努力感が、心を衝き動かさずには居ませんでした。けれども、一つ〳〵が、今におき、問題として並んでゐるばかりです。

（新全集21、二八九〜二九〇頁）

折口が初めて見た「三沢山内」の花祭は、現在も飯田線の東栄《とうえい》駅からバスを乗り継いで行かねばならない一番奥地のもの。花祭の発祥時の古い形態を残すものとされていたが、残念ながら、平成十九年（二〇〇七）を最後に途絶えた。折口が最初に見た花祭が、古い姿を伝えるものであったことは、幸運であったというべきだろう。

文中の「振草川系統・大入川系統」とは、早川孝太郎による分類である。現在の豊根村側に流れる大入《おおにゅう》川流域の集落の花祭と東栄町側に流れる振草《ふりくさ》川流域の集落の花祭を分類したもので、一番大きな違いは竈の形に見られる。振草系は三方土で塗ったもの、大入系は四方開放した五徳式の竈になっている（早川孝太郎・一九七一）。歴史的には大入系の地域から振草系の地域に広がったと考えられている。折口が見た三沢山内のものは大入系に分類されるものだ。

折口の文章からは、初めて目にした花祭に圧倒され、感動している姿が浮かんでくるが、改めて注目したいのは、花祭の行事を見ながら、「これが、ある時代、神遊びの一つとして、広く行はれた時代」を幻視していたところだ。目の前の花祭から、日本における「神遊び」の歴史を思い描こうとしていたのだ。もちろんそれは簡単にはいかず、一つひとつの行事や次第が「問題として並んでゐるばかり」というわけだが……。

しかし、奥三河の花祭が、折口にとっての芸能史の構想を導く重要な「現場」になったことは間違いないだろう。それは「まれびと」が変貌していく歴史を描き出すことといってもよい。もちろん、その変貌は、明治以降の近代における神道や神社の歴史とも不可分に関わるだろう。

傭兵・神人集団と「花祭の村」

折口が捉えた「まれびと」の変貌は、花祭を行う村々の歴史と深く関わっていた。「山の霜月舞」は、まずは「花祭の村」の歴史を語るところから始まる。

大入系の竈（愛知県北設楽郡豊根村下黒川）

振草系の竈（東栄町布川）

なぜ三河の山深い村々に「花祭」のような複雑で高度な芸能、祭祀が伝えられてきたのか。その背景を折口はこう推定していく。三河の山奥に「神人団体」でもある「傭兵」集団の村があった。彼らは諸方の武家たちに力を貸していた、その残りが「花祭の村々」であると推定し、「どうしてそんな村が出来たのか」という問いにこう答えていく。

三河の北東の山間は、前に、三河・尾張・美濃・三个国の平野を受けて、一種の神事に与る人達の住むのに適した地勢だつたからです。彼等は同時に傭兵ともなりました。此等の人達は、それほど大昔から居つたとも思はれません。或時代に、諸国を廻り歩いて居たものが、地勢の関係から、こゝに屯する様になり、其が分派し、又後に来た者も、同じ様に定住して、村が出来たのだと思ひます。（前出、二九四頁）

「花祭の村」が誕生していく、ひとつの歴史が描き出されていく。三河の山間村落に住むようになったのは、諸国を巡り歩いていた神人集団が、平野が開けた地勢の住みやすさから定住するに至ったからだ。彼らは、ある時は傭兵となって諸国の武家に雇われていた。そうした人々の動きが、幾世代にもわたって積み重ねられて、そこに村ができたというわけだ。こうした認識を導いたのは、「国家意識のまだ確定していないほどの大昔」から「一つの神人団体が流浪して居ました」（前出、二九四頁）というように「国家」確立以前の時代へと遡及する視線であった。

こうした歴史についての例証として、折口は「後北條早雲」のことを挙げる。「山の霜月舞」の前に発表された「ごろつきの話」(『民俗芸術』昭和三年、第一巻第八号・九号)にも同じような説明が出てくるので、そちらを引用すると――、

相模の後北條早雲の出身は確かでない。伊勢関氏の分れだと言ふが、同時に、其はらつぱといふ事にならうかと思はれる。探りを入れて見ると、叡山・山王の信仰を伝へて歩いた山伏し、或は唱門師とも見られるので、戦国の頃、段々、東に出て来て、傭兵となつて歩いたらしい。

(新全集3、三三五頁)

と、その出自の怪しさがいわれているが、その戦国武将の成り立ちに示される、傭兵であり神人・山伏・唱門師《しょうもんじ》でもある集団の移動が、「花祭の村」の来歴に通じていくと折口は説いていくのである。ただし近年の研究では「北條早雲」の出自はけっして怪しいものではなく、「室町幕府の政所執事伊勢氏の一族」「将軍の近臣として京都で中次などをつとめていた伊勢盛時」であることが明らかにされている〔池上裕子・二〇一七〕。

たしかに折口説は「実証」レベルでの証明は難しい。たとえば「戦国時代、この地方には菅沼・奥平といった地方豪族」がいて、彼らが織田・徳川・武田の争いに参加して、それぞれ独自の行動をとったことは記録から確認できるのだが、「こうした豪族(山家三方といわれた)と花祭を演じた神人と

の関係は具体的にははっきりしなかった」という見解がある〔後藤淑・一九九二、二四七頁〕。折口信夫の研究や学問の方法と、いわゆる「文献実証史学」の方法との隔たり、というところだろう。

しかし折口の学問的な方法から見れば、「花祭の村」の由来は、「まれびと」から「ほかひびと」を「歴史」として展開させるという点において重要であったのだ。次のような説である。

> 日本には、国家意識のまだ確定しないほどの大昔から続いて、一つの神人団体が流浪して居ました。一種の宗教的呪力を持つて諸国を遊行し、其力で村々を幸福にもし、押へもした、後の山伏団体で、彼等は、時代々々の色合ひを受け、当代の宗教に近づいて行つた為に、多少の変化は見せて居ますが、本来の精神は、殆変らないで、かなり後までも、芸能と呪力とを持つて、旅を続けて居たのです。〔……〕
>
> 設楽の山間に屯した一団は、此古い形を守つたのだと言へます。併し、だから彼等は、余程古くから居つたらうなどゝは申されません。彼等は都合で、平野にも奥山家にも出入りをしたので、諸国を巡り歩いている中に、一つの中心点として、此、美濃・尾張・三河の平野を控へた、設楽の山間に屯するようになつたと見るのがよい様です。其選ばれた理由の一つには、天龍の水を考へに置かねばなりません。
>
> （「山の霜月舞」新全集21、二九四〜二九五、二九七頁）

こうした流浪の「神人集団」「山伏団体」＝「ほかひびと」の移動の歴史的な姿を「花祭の村」の

成り立ちに見ようとしているわけだ。「昔から旅行を続けて新しい土地を開いて行く、遊行神人の形式を真似た武士団体」（前出、二九六頁）が常にあったというのである。

ここには、遊行する人々の視点から列島社会の「歴史」が叙述されていくことが見えてくる。それこそ、折口の学問の核心であった。それは近代が作り出す、均質化された「国民」が前提となっている歴史とは異なる「歴史」といってもよい。

「まれびと」としての鬼

「花祭の村」の成り立ちを、折口は「遊行神人の形式を真似た武士団体」が定着していく中に見ていた。だが、さらに、もう一つ「古い形」があるという。

かうして漂泊を続ける形の神人も昔からあつたのですが、其よりも、神人としては、常に奥山家にあつて、時折り里に下りて来るのが古い形なのです。山の神に仕へる神人で、此を山人《ヤマビト》と言ひます。山人と言ふと、後には、鬼・天狗を想像し、又、山男・山をぢなど〻も言ふて、蛮人を考へる様にもなりましたが、決して、さうした妖怪でも、先住民族のあとでもありません。〔……〕かうした山人と言ふのは、常には里との交渉を絶つて居ますが、歳暮・初春には、檀那の家や村をことほぎに下りて来ます。冬の祭りの、鎮魂を伝へた山舞ひを持つて降りて来るのですが、それが終われば、また行方知れずの様に山へ帰つて行きます。〔……〕山人としての祝言職を持つた人達の根拠は、大抵、さうした隠れ里にあつた様です。（前出、二九六～二九七頁）

禰宜と鬼の問答（東栄町足込）

漂泊を続ける神人集団が定住する前に、つねに山奥に住み、時々、里に下りて来る人々がいた。山の神を祭る神人＝「山人」である。そして彼らこそ、花祭のなかの「鬼」（山見鬼、榊鬼）となるのだ。

すなわち「冬の祭りであつたので、山から山人が祝福に下りて来る印象がとり入れられてゐます。鬼の舞ひが其です。〔……〕花祭の鬼には、祝福に来る明るい印象が十分見られます」（前出、三一五～三一六頁）、あるいは「此鬼が鎮魂に来たしるしに反閇《へんばい》を踏む、其威力が村全体に及ぶと考へたのではあります」（前出、三一七頁）というように、折口は、花祭における「鬼」の役割に注目していくのである。

花祭の行事のなかで、出現した鬼に対して禰宜が問いかけ、その年齢＝位を問うという場面がある。禰宜との「位比べ」となるのだが、最終的には鬼が屈服して、花祭の場を祝福する舞い、あるいは反閇という呪術をしていく次第がある。折口の論理によれば、「禰宜」が漂泊する神人集団＝「まれびと」を意味し、禰宜に屈服する鬼は「山の精霊」ということになるのだが、同時に精霊が「まれびと」として、村に祝福をもたらすものへと転化する。すなわち「山の精霊が山の神となってまれびと化すると、その鬼がまれびととして迎えられることになる」というわけだ（保坂達雄・二〇〇三、五三三頁〕。

「神性の拡張」という主題

「まれびと」と「精霊」の関係は、神と妖怪の両義性という構造論で説明されることもある。だが折口は、花祭の中で捉えた、山の精霊である鬼が「まれびと」として迎えられる＝「精霊のまれびと化」には、その祭りや祭りが行われる村の「歴史」が反映していると考えていた。列島社会に成立した村は、けっして単一な集団で構成されているのではなく、そこには幾重にも積み重なった人々の移動と定住の歴史があったという認識である。もちろんそれは闘争と協調、服属と統合の歴史でもあったわけだ。

榊の枝を清める鬼（豊根村上黒川）

そこに見出されるのは、折口がこだわった「神性の拡張」という問題ではないか。山の精霊である鬼が「まれびと」として迎えられるとは、低い位の存在がいかにして自らの「神性」を拡張していったのか、という主題と結び付いているのである。「神性を拡張する復活の喜び」という折口の主題――。それこそ、花祭の儀礼が実修される現場のただ中で感得されるものであった。

4　「大神楽」と鎮魂

花祭のルーツとしての「大神楽」

現在行われている花祭は、毎年、冬の恒例行事として、村人たちをはじめ多くの花祭ファンを楽しませている。過疎の村を離れて都会に出た若者たちも、花祭に参加するために毎年、生まれ故郷に戻ってくる。

ところで、毎年恒例の花祭には、じつはその母体となった、大掛かりな行事があった。「三河の大神楽」と呼ばれるものだ。それは、花祭を実修している複数の村落が、合同の「神楽組」を組織して行う共同祭礼で、数年、数十年に一度、数日数夜をかけて挙行された。この巨大祭礼「大神楽」を一日一夜の恒例祭祀に組み替えたのが「花祭」であったという（早川孝太郎・一九七二）。大神楽の成立は中世末期にまで遡り、安政三年（一八五六）の実修を最後に途絶えたが、平成二年（一九九〇）に一三四年ぶりに豊根村で復興されている。

「大神楽」の中心となる次第が初日の「生まれ子・清まり」、二日目の「浄土入り」という人生三度のイニシエーション儀礼であった。すなわち、

(1)生まれ子＝新しく生まれた子が神の子となる儀礼（二歳）
(2)清まり＝元服したときの成年戒（十三歳）。神祭りの集団加入儀礼。

(3)浄土入り＝還暦を迎えた者が擬死して浄土に生まれ変わる（六十一歳）。

である。「浄土入り」とは、生きている間に「浄土」に結縁し、新たに「神子」として再生することが目的とされている。なお、「浄土入り」には厄年にあたる人の立願者も加わる。「扇笠」と呼ばれる。これは後に加えられたものだという（山本ひろ子・一九九三）。

大神楽の「浄土入り」の儀礼は、還暦をすぎた立願者が白装束で笠をかぶり、杖をついて「白山」という装置に入る次第となっている。まさしく「生まれ清まり」＝再生のイニシエーションとしてあ

平成２年に復興された「浄土入り」（豊根村）

「白山」の中の神子たち（同）

ったことがわかる。

伊勢の神楽と「真床襲衾」

「生まれ清まり」というイニシエーション儀礼。折口信夫はこれに注目して、独自の「鎮魂」の議論を展開していくのである。それは、意外な問題ともリンクしていくことになる。

「山の霜月舞」の中に、次のような一節がある。

> 一昨年、三越呉服店で催された「伊勢詣での会」の出品中、神楽の書止めがあつて、其に、まどこおふすまの絵があつたと言ふ話を聞きました。私は遂にそれを見ないでしまひましたが、恐らく天蓋の様な形をしたもので、其を垂らすとすつかり姿が隠れてしまふ事になるのだと思ひます。真床《マドコ》襲衾《オフスマ》が蒲団の様なものであつたのは、極古代で、後にはそんな形になつたのです。此が伊勢の神楽に這入つたのが何時であつたかは、一寸想像もつきません。又、後の神楽にもそんなものはない様ですが、確に或時代には其があつたらしいのです。其を想像させるものが、設楽の山奥に伝つた神楽（引用者註・奥三河の大神楽のこと）の中にあるのです。（前出、三〇四頁）

折口が実見しなかった「神楽の書止め」に描かれた「まどこおふすまの絵」とは、図のようなものと思われる。折口が推測するように「天蓋」のようなものだ。奥三河の花祭、大神楽では「ばっかい」と呼ばれているもの。かつて、ここに身体を入れて神がかりをしたという説もある（武井正弘・

一九七七〕。

ここから折口は、奥三河の花祭、大神楽のルーツに「伊勢の神楽」があったことを推測していく。たとえば「伊勢皇太神宮の信仰を持つて歩いた人の運動が這入つて居る様です」（前出、三〇三頁）、あるいは「山人の職業を、其後幾度か人が変つて受け継いでゐる中に、最後に伊勢の神楽が這入つて来た、さうした以前からあつた花祭りを習合する様になつた」（前出、三〇五頁）とも述べている。

伊勢の大神楽図（『本田安次著作集』7，より）
天井から吊るされた天蓋が「真床襲衾」と呼ばれた。

もう一つ注目したいのは、伊勢神楽や花祭で用いられた「天蓋」を「真床襲衾」と呼んでいたことである。「真床襲（追）衾」とは、『日本書紀』の天孫降臨神話に「時に高皇産霊尊《たかみむすひのみこと》、真床追衾《まとこをふすま》を以ちて、皇孫天津彦彦火《すめみまあまつひこひこほの》瓊瓊杵尊《ににぎのみこと》に覆ひて降りまさしむ」（神代下・〔第九段〕正文。一一九～一二〇頁）と、降臨するホノニニギを包んだ聖衣である。

この言葉について鎌倉時代後期の『日本書紀』注釈書の『釈日本紀』には、「今世、太神宮以下、諸社神体、奉レ覆ニ御衾一。是其縁耳」（神道大系本、一九四頁）と、御神体を覆う聖衾という認識がなされていた。「太神宮以下」とあるように、伊勢神宮の御神体を覆う「御衾」を特化しているが、後に伊勢の大神楽の次第書に「神座ノ上ニ懸クル蓋一枚〔此ヲ真床覆衾《マトコオフスマ》と謂フ〕」（「御神楽儀式」）と解されるように、神楽の場を飾り立てる祭具の名称となったようだ〔本田安次・一九九五、一二二頁〕。

天上から吊るされた天蓋を伊勢では「真床襲衾」と呼び、三河の花祭では「白蓋」「湯蓋」と呼んだことは本田安次も指摘するが〔本田・一九九五、七二八頁〕、折口は、この二つは伊勢の神人たちの移動によって結び付けられたと、考えていくのである。

> 真床襲衾が天幕の様になつた訳で、神楽（三河の大神楽）の方では、これに這入る中心行事を、うまれきよまりと言うてゐます。きよまりはきよまはりで、物忌みをして浄める事だつたのですが、白山の聯想から生まれ出るを考へて、うまれとつける様になつたのではないでせうか。
> （前出、三〇八頁）

大神楽の「白山」という「天幕の様」なものを「真床襲衾」と同類と解釈し、白山＝真床襲衾に這入ることを「きよまり」または「うまれきよまり」と呼ぶと連想したのである。折口の直感、と称えられるところであろう。

大嘗祭と花祭との共振

さらに見過ごせない問題がある。奥三河の花祭を論じるなかで取り上げた「真床襲衾」が、天皇の即位儀礼、大嘗祭の解釈とも連動していくところだ。折口の著名な論考「大嘗祭の本義」（新全集3）で展開された論、すなわち即位する天皇が真床襲衾に包まって、「天皇霊」をその身に附着させるという議論である。

大嘗祭の時の、悠紀《ゆき》・主基《すき》両殿の中には、ちやんと御寝所が設けられてあつて、蓐・衾がある。褥を置いて、掛け布団や、枕も備へられてある。此は、日の皇子となられる御方が、資格完成の為に、此御寝所に引き籠つて、深い御物忌みをなされる場所である。実に、重大なる鎮魂《ミタマフリ》の行事である。此処に設けられて居る衾（真床覆衾のこと）は、魂が身体へ這入るまで、引籠つて居る為のものである。

（「大嘗祭の本義」新全集3、一八七頁）

注目すべきは、天皇が「真床襲衾」に包まって、新たな魂を身体に附着させ、再生する儀式として大嘗祭を捉えた視点を、大神楽の「白山」の儀式にも応用する点だ。すなわち「魂を身に著ける、復活儀式」という視点から天皇祭祀、そして民間神楽の世界を共振的に捉えていくのである。折口の花祭論は、彼の大嘗祭論と不可分な関係にあったからだ（保坂達雄・二〇〇三）。

大嘗祭については、第六章で詳しく取り上げるが、ここでは、大神楽・花祭という民間芸能、祭祀と、大嘗祭という天皇即位儀礼とが連結して扱われることに、注目しておこう。その背景にあるのは、折口が生きた大正から昭和初期における「神道」をめぐる時代動向であった。たとえば、折口は次のように言う。

神社神道の歴史は、かなり長いけれども、明治における神社のみを基礎とした神道観なるものは、起源のわりに新しいものといふことが出来る。我々は、神社以前の神道の形を考へ得るが為に、さうしてそれが、宮廷神道及び民間信仰の間に、俤を止めてゐることを知ることが出来るが為に、単に神社神道を以て、神道究極のものとは考へる訣には行かないのである。

（「民間信仰と神社と」新全集20、八八頁）

折口信夫の民俗学、国文学の前提として、近代の「神社のみを基礎とした神道観」、すなわち「国民道徳」の論理を打ち出し、宗教的なものを封印、消失していく「神社神道」への批判があったことを、改めて確認しよう。折口がそうした神道に見出したのは、まさに「お慈悲の牢獄に押籠められた神々」であった。そして、そうした「牢獄」から「神々」を解放する拠点となるのが、大嘗祭などの「宮廷神道」であり、もう一つが花祭などの「民間信仰」の世界であると考えたのである。

花祭と神社との関係

それでは、花祭・神楽と神社とはどういう関係を持つのだろうか。折口は次のように説明している。

此行事を行ふ場所は、村によつて違ひます。社の境内でやる処と、毎年場所をかへて、家々で行ふ処とがあります。此は家々で行ふ方が古いと思ひますが、一概には申されません。可なり古い形式と思はれるものが社で行はれてゐるのもあります。〔……〕社で行ふのは、恒例通り社で行ふといふ考へが生じてからだと思ひます。神楽でも社でやつたと限りません。神事だから社ですると言ふのは、常識的な考へです。

（「山の霜月舞」新全集21、三一一頁）

神楽、花祭は、神社の境内で行うものと、毎年場所を変えて家々で行うものがあるが、「家々で行ふ方が古い」と折口は言いたいようだ。実際、花祭は、「花宿」と呼ばれる、立願者の家を祭場とするほうが原型的な姿であった。現在の花祭も、神社の境内ではなく、公民館などに花祭執行のための特別な場を作って行うものが多い。

ここで折口が「神事だから社ですると言ふのは、常識的な考へです」と述べるのは、花祭の問題を超えて、近代の神社を中心とした祭祀、神社神道への異議申し立てのメッセージが読み取れよう。もちろん、奥三河の花祭が近代の神道政策の影響をまったく受けなかったわけではない。花祭執行の禰宜たちが、明治初年には教導職の免許を得たり、また神仏分離を推し進めて花祭から仏教的、修験的な要素を消した「神道花《しんとうばな》」というスタイルも生まれた（中村茂子・二〇〇三）。また明治五年（一八七二）には政令により、神職による「神楽」執行が不可能となり、明治十六年（一八八三）には、山内の花祭の太夫の行事に警察が介入し、呪法が祭事から削られるという事態も起きていた（武井正弘・一九七七）。花祭もまた、近代の中で大きな変容を強いられたのである。

「魂ふゆ」という霊魂の運動へ

折口の「山の霜月舞」は、「神性の拡張」という主題と結び付く。神楽が行われる「冬」という季節の問題は「魂ふゆ」という霊魂の運動の問題へと展開していくのである。

冬祭りに就いての私の考へは、他の場合で述べて居ります。ふゆは魂《タマ》ふゆの意から出て居るとするのが、私の考へであります。ずつと古代には、春祭りと刈り上げ祭りとは、前夜から翌朝までの一続きの行事でした。其中間に、今一つあつたのが冬祭りです。ふゆまつりは鎮魂式です。

（同前、二九八頁）

「ふゆまつり」は、「鎮魂式」である――。「鎮魂式」（鎮魂祭）と「神楽」との結び付きは、『記』『紀』の天の岩戸前で神がかりするアメノウズメや『先代旧事本紀《せんだいくじほんぎ》』の物部氏の鎮魂法など、神話研究、祭祀研究のテーマとなるが〔松前健・一九七四〕、折口自身の射程は、さらに奥深いところにあった。

彼が冬祭りについて自分の説を述べた「他の場合」を見てみよう。

第一にきめてかゝらねばならぬのは「ふゆ」といふ語の古い意義である。「秋」が古くは刈り上げ前後の、短い楽しい時間を言うたらしかつたと同様に、ふゆも極めて僅かな時間を言うてゐたらしいのである。先輩もふゆは「殖ゆ」だと言ひ、鎮魂即みたまふりのふると同じ語だとして、御魂が殖えるのだとし、威霊の信頼すべき力をみたまのふゆと言ふのだとしてゐる。即、威霊の増殖と解

してゐるのである。（「ほうとする話」新全集2、四〇六頁）

「ふゆまつり」＝鎮魂式という、折口独特な見解が述べられるところだ。また「ふゆ」とは、魂の復活とともに、魂の憑依・増殖・進化をも意味するという発想がここに見えてくる。

けれども折口の「鎮魂」をめぐる「神学」は、けっして彼のオリジナルなものではなかった。文中「先輩もふゆは「殖ゆ」だと言ひ……」の一節にあるように、その議論は「先輩」＝近世幕末の国学者・鈴木重胤《しげたね》（一八一二～六三）から影響を受けたものであることは、津城寛文氏によって明らかにされている〔津城・一九九〇〕。

折口と鈴木重胤との繋がりは、「大嘗祭の本義」を取り上げる第六章で詳しく述べることにしよう。ここでは、折口が描き出す「大神楽」の姿が「真床覆衾」「白山」という籠りの祭具を媒介に、「魂ふゆ」という魂の増殖・復活・成長、すなわち「神性を拡張する復活の喜び」を実現する儀礼としてあったことを確認しておこう。

その時、奥三河の花祭は、沖縄の「のろ」たちの儀礼と共振してくる……。

5　奥三河と沖縄とを架橋するもの

加筆された「跋――一つの解説」

昭和五年（一九三〇）三月に発表された「山の霜月舞」（『民俗芸術』第三巻第三号）は、同年五月に刊行された早川孝太郎の『花祭』後編に掲載された「跋――一つの解説」とほぼ同文である。だがよく読むと、「跋――一つの解説」には「山の霜月舞」の後半にあたる部分に、約四頁分の増補・加筆があった。

すなわち「もう『花祭り』の本文二冊ながら刷りあがつた今になつてやつと、纔かな資料が、手にはいりました」と述べ、三沢山内在住の辻紋平による情報を取り込んで、加筆した部分である（なお、「跋――一つの解説」は、旧・新全集にも収録されていない）。

では、加筆した部分には、何が論じられているのだろうか。加筆部分は、以下のような文章から始まる（以下、引用は『早川孝太郎全集』第二巻に収録された『花祭』後篇による）。

実のところ、神楽についての私の穿鑿《せんさく》は、甚不ゆきとゞきでありました。肝腎の早川さんからも、ほんの断片を聞かされて居たのに過ぎなかつたのです。だから殊に、この方面に、極めて遺漏や、未熟な議論の多いのは、恥ぢても恥ぢきれない。

（「跋――一つの解説」五三二頁）

ここにいう「神楽」とは、「大神楽」のことである。自らの「大神楽」に関する「穿鑿」がいかに「未熟な議論」が多かったかを反省する一文である。ただし、「肝腎の早川さんからも、ほんの断片を聞かされて居たのに過ぎなかつたのです」という言い方は、なにやら責任転嫁のようにも感じられるが、「恥ぢても恥ぢきれない」とは、折口の鎮痛な思いが伝わってこよう。

そしてこのあとに「もう『花祭り』の本文二冊ながら刷りあがつた今になつてやつと、纔かな資料が、手にはいりました」の一文が続く。おそらく校正作業の最中に加筆が行われた、と思わせるような切羽詰まった息遣いが聞こえてくるようだ。

なお折口が入手した「纔かな資料」とは、「村の辻紋平さん」による「神楽調査の項目」（「三河北設楽の村々で行はれた神楽に就いて」『民俗芸術』第一巻第二号、一九二八年）に関する「報告」であり、まだ早川孝太郎が見ていない「私の獲た三沢・下黒川・上黒川などの伝天正・伝慶長・伝正徳以下、五種類の神楽の次第書」（前出、五三七頁）であっただろう。では加筆した部分には何が書かれているのか。

「白山」入りの行儀

白山の中で、生れた者が、此から出て来て新しくゆまはり・きよまはりの祓を受ける行儀で土地では、生れた者を浄める産湯をつかふ意味だと申して居ました。舞処《マヒト》の中の湯釜の湯――笹の葉――に花祭りの湯立てと同じ様に浸して、生れ子の全身にふりかける事である。

（「跋――一つの解説」五三三頁）

花祭の「湯ばやし」（東栄町足込）

「魂」の附着、成長として語られた「白山」入りの行儀は、「湯」による祓え、というさらに具体的なイメージが付け足されていく。現行の花祭で、最終の次第である「湯ばやし」との連関を想像させてくれよう。

さらに「白山」の儀礼について、こう述べていく。

> 後には、成年戒といふより寧、前年来、神護《カンゴ》（?）の祈願をかけてゐた人は、女子どもに至るまで、此山に入つて、生れ替る形をとつたのであります。何時ほどからか、法印などが、合理化したものと見えて、山ごもりする事を浄土入りと言ひました。其から白山へ架け渡した橋を経文の橋―即、微妙《ムメウ》（?）の橋―と言ふ様になつてゐました。此下の流が三途《サンズ》の川だと称したのは、どこまでも、常識仏教化したものであります。
>
> （前出、五三三～五三四頁）

「神護」は、「神子」のこと。また「微妙の橋」は、「無明の橋」の誤りと思われる。ここで立願者＝神子たちが「白山」に入っていくことを「浄土入り」と呼び、そこに入る橋を「経文の橋」「無明の橋」と呼んだことが注目される。折口は、これを「常識仏教化」の説明として否定的に見ている。

しかし折口の「常識仏教化」という評価を超えるような問題が秘められていたことは、近年の「大神楽」の研究でわかってきたところだ。まさに「中世神楽」の相貌である（山本ひろ子・一九九三）。

さすがの折口信夫も、大神楽、白山入りの根底にある中世神楽の奥行きにまでは眼が届かなかったと、現在の研究水準からは言わざるを得ないのだが、それとは別に、折口の「神道史の研究」のテーマからは次のところが重要となる。すなわち、村落共同体の祭祀構造を超えていく、「神護（神子）」という宗教的な主体の問題である。「無明の橋」を渡って「極楽浄土」＝「白山」へと向かっていく神子たち。折口は、それを沖縄久高島に伝わるイザイホーの神女のイニシエーション儀礼と共振させていくのである。

「無明の橋」を渡る神子たち

沖縄と奥三河を繋ぐ「橋」

大神楽の「白山」入りと沖縄久高島のイザイホーとの類似性を指摘していく一文を読んでみよう。

> 早川さんに神楽の話を承つた際にも申した事ですが、沖縄久高《クタカ》島に近年まであつたいざいほうといふ神事と一つ意味のもので、巫女の資格を受けるこの行事以前に、竊かに男した女は、舞《アス》び場《ナア》から、神殿《アシャゲ》に架けた低い橋が渡れないと申します。若しうまく人や神を欺いて渡り了せたものでも、死んで後、浄土へ行けぬと申します。やはり神巫資格と貞

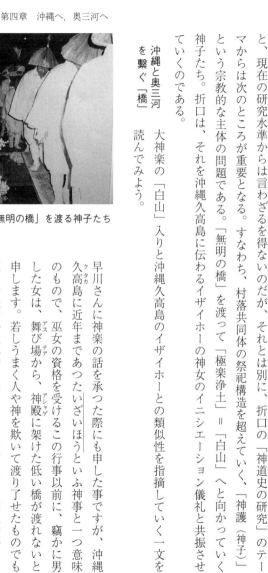

「扇笠」を着けた神子

操問題との関係です。が、かうして筑摩鍋・久高神人《カミンチュ》定めと並べて来ると、貞操問題よりも、物忌みの完不完に原因がある様に見えます。私は、これを橋がゝり橋殿の舞の起源と見るのです。〔……〕日本の古代信仰に、橋の重要な地位を占めてゐた事が考へられないでせうか。

（前出、五三六頁）

ポイントは「橋」である。「無明の橋」を渡り、「白山」に入って、忌みごもりすることが「神護人」（神子）となるためのイニシエーションであるように、久高島のイザイホーも神殿へ繋がる「低い橋」を渡ることで「神巫」となるのである。

その場合「大神楽」においては、村落組織の年齢階梯による「浄土入り」に対して、厄年などの個人的な祈願から「神子」となる「扇笠」の存在が注目される。還暦を迎え「編み笠」を被る浄土入りの立願者に対して、扇を三つ重ねて笠にする「扇笠」は、修験の作法とも繋がっている。村落共同体の「年齢階梯」とは違う、個人的な厄除けなどの立願者は、より宗教的な意味を持つことが想像されよう。それはさらに、シャーマンの成巫《せいふ》儀礼との類似性を思わせるのである。

白山の中には、悪魔、外道が住んでゐて、這入つて来た神護人を苦しめ苛む。夜明けに及んで、山見鬼が救ひに来る。同時に沢山の伴鬼が、白山に這入つて、悪神を対治して、斧を以て白山を残らず切り払ひ、助けた人々を連れて、舞処に戻つたといふ。其上で、うまれきよまりが行はれるのであつた。
（前出、五三四頁）

ここに展開する「白山」のなかでの行儀は、シャーマン候補者が一人前のシャーマンとなるために、他界において課せられる試練、苦痛の疑似体験とも通じていよう。登場する「山見鬼」は、あたかも「神子」たちを救出するための使役神でもあるかのようだ。「霊魂」の附着儀礼という、折口の当初の予想を超える次第が、「大神楽」の次第書から浮かび上がってきたところであろう。その信仰世界は、折口にとって「神巫資格」を問題とした沖縄久高島の成巫儀礼と共振していくのであった。

折口信夫の学問を形成した二つの場所。沖縄と奥三河――。この遠く離れた二つの場所は、最終的には、折口の中で結び合わされていく。そのキーワードは、成巫儀礼、シャーマンとなるための通過儀礼である。それは「お慈悲の牢獄」に押し込められた近代の神々を祭る神社神職たちが失ってしまった、不可視の神々との交渉の現場を生きていくシャーマンの神性の拡張、復活の喜びを導き出す地平にほかならなかったのである。

第五章　「神道史の研究にも合致する事になつた」
――「神道に現れた民族論理」――

1　折口信夫の「神道史の研究」

『古代研究』の刊行

その生涯にわたって、数多くの著作を刊行した折口信夫の代表作といえば、最初の論文集でもある『古代研究』全三巻である。昭和四年（一九二九）四月に同時に刊行された『古代研究（民俗学篇1）』と『古代研究（国文学篇）』、翌年の六月刊行の『古代研究（民俗学篇2）』である。折口、四十三～四十四歳のときだ。出版元は大岡山書店。黒色クロースの表紙で、異彩を放つ装丁となっている。

ちなみに「『古代研究』国文学篇中の万葉集に関する研究」が、折口の学位請求論文となった（「解題」新全集1、五〇五頁）。そして昭和七年（一九三二）二月、大阪の家族たちが待ち望んでいた博士号を授与されたのである。

『古代研究』には、第二章で取り上げた「髯籠《ひげこ》の話」、「神道の史的価値（現行諸神道の史的価値）」（民俗学篇1）をはじめ、第三章で話題にした「国文学の発生」（国文学篇）、第四章の「琉球の神道」、「妣《はは》が国へ・常世《とこよ》へ」、「水の女」、「翁の発生」（民俗学篇1）、そして次章で取り上げる「大嘗祭の本義」など、折口の代表的な論考が収録されている。それらは、よりしろ・まれびと・とこよ・ほかひびと・みこともち・たまふり・むすび・天皇霊・呪言……など、後に池田彌三郎によって「折口名彙《めいい》」と命名された折口学のキーワードが駆使されていく論考である。折口の学的な体系を形成する論考群は、ほぼ昭和四～五年の『古代研究』としてまとめられた、ともいっていいだろう。

二つの大学の教授、春洋との出逢い

『古代研究』が刊行されるまでの生活史を見ておこう。大正十二年（一九二三）四月に六月に慶應義塾大学の兼任講師になり、昭和三年（一九二八）四月に教授に就教授に就任した。國學院の方を退職したわけではないので、この時から、二つの大学の教授職を掛け持ちすることになったようだ。母校でもあり、「国学」の拠点たる國學院大學への思い入れが相当強かった折口にとって、二つの大学を掛け持ちすることになるには、いろいろと事情が推察されるところだが、詳しくは断章2で述べよう。

もう一つ、折口の生活にとって、重要な人物との出逢いがあった。國學院の学生である藤井春洋《はるみ》（一九〇七～四五）である。能登一ノ宮（現・石川県羽咋市寺家町）の眼科医の四男である春洋の生家には、昭和二年（一九二七）に松本から北陸を経て能登民俗採訪をしたおりに一緒に訪ねている。そして昭和三年（一九二八）十月には、荏原《えばら》郡大井町出石《いずるいし》（現・品川区大井出石町）に転居し、最も古くか

らの弟子である鈴木金太郎（一八九六～一九八二）とともに、春洋も同居することになる。折口と春洋との生活ぶりは、室生《むろう》犀星《さいせい》に、「いたいけな夫婦のような暮らし」（『我が愛する詩人の伝記』）として描かれている。まさに春洋は「折口信夫に最も愛された弟子」（有山ほか編『迢空・折口信夫事典』小山奈々子、二八七頁）であった（断章1参照）。

折口は、戦争末期の昭和十九年（一九四四）、硫黄島にいる春洋を養子として入籍するが、春洋は翌年の三月、アメリカ軍の総攻撃によって戦死する。春洋の死は、戦後の折口に大きな影響を与えることになるが、それは後の章で述べることにしよう。

「神道に現れた民族論理」

折口の主著『古代研究』には、国文学、民俗学、あるいは芸能史に関わる論考が収められているが、じつはここには、神道学者としての折口にとっても重要な論文が収録されている。「神道に現れた民族論理」（民俗学篇2）である。この論文以降、『古代研究』には収録されなかったが、「民間信仰と神社と」（昭和四年十一月）、「古代生活に於ける惟神の真意義」（昭和五年十一月、十二月）などの神道関係の論文が、続々と発表されていく。

「神道に現れた民族論理」の初出は『神道学雑誌』第五号（昭和三年十月）である。講演筆記で、「神道学会」の機関誌に掲載されていることから、その学会主催の講演と思われるが、詳細は不明という（「解題」新全集3、五〇一頁）。

「神道に現れた民族論理」が発表されたのは、國學院大學に在職しつつ、慶應義塾大学の教授も務めていた時で、國學院との微妙な関係は、本論考の記述のなかにも垣間見ることができる。たとえば、

「神道」に関する「私の考へ方」は、「所謂国学院的で、一般学者の神道観とは大分肌違ひの所」と表明するが、その一方で、「おなじ国学院の人々の中でも、細部に亘っては、又多少の相違があって……」（新全集3、一四一頁）といったように、「国学院的」な神道のなかに、多様な考え方があることを述べ、自分の立ち位置の複雑さを暗示している。あるいは河野省三《こうのせいぞう》や芳賀矢一《はがやいち》のことなどを意識しているのかもしれない。

本章では、「神道に現れた民族論理」をじっくり読み込むことで、神道学者としての折口の相貌を照らし出していきたい。まず確認すべきは、折口自身の「神道史の研究」の立ち位置である。折口は「芸術中心・文学中心の歴史」を明らかにする自己の研究が、結局は「神道史の研究」とも合致したという認識を持っていた。第三章でも見たように、折口にとっての「神道史」は、文学や芸術の歴史と不可分なものであったのだ。

そうした折口の「神道史の研究」は、同時代の「神道学」とは何が違うのだろうか。それを探ることで、神道学者としての折口の特異な相貌が、浮き上がってこよう。

さっそく「神道に現れた民族論理」の内容を紹介していこう。

2　現行「神道研究」への批判

まず論文の冒頭で、最近の「神道研究」の欠点、問題点を指摘していく。一つは神道の「善い点ばかりを、断片的に寄せ集めた」という研究が多いこと。それはたとえば、第二章でも触れた河野省三、第三章で取り上げた芳賀矢一への批判に繋がろう。「善い点ばかり」すなわち倫理・道徳を強調する、均質的な国民像と神道とを結び付ける議論への批判である。「善悪両方面を共に観てこそ、初めて其処に、神道の真の特質が見られよう」（新全集3、一四一頁）というわけだ。そこで折口は面白い事例を紹介する。

今日、沖縄に行くと、「奈良朝以前の上代日本人の生活」が如実に見られ、それは深い懐かしさを覚えるとともに、「甚むさくるしい部分もある」。その姿は、若い学生などが見ると、気恥ずかしく思うかもしれないが、「しかし、其が真の古代生活であるならば、〔……〕研究者としては、恥ぢる事なしに此を調べて、仔細に考へて見る必要があらう」（同前、一四二頁）と述べる。第四章で述べたように、折口は大正十年（一九二一）七〜八月、十二年（一九二三）七月、沖縄に渡り、その時の体験が、彼の文学史研究、芸能史研究の核心を担う「まれびと」論に繋がったことを考えると、ここに述べられていることは興味深い。まさに彼の国文学、芸能史研究が神道史の研究と不可分にあることが見えてくる。

さらに折口は現行の「神道研究」への批判を次のように述べる。

「お木像にもだん服を著せた様な、神道論」

又近頃は、哲学畑から出た人が、真摯な態度で神道を研究してゐられる事であるが、中にはお木像にもだん服を著せた様な、神道論も見受けられるやうである。此なども甚困つたものである。要するに、現代の神道研究態度のすべてに通じて欠陥がある、と私は思ふ。

（「神道に現れた民族論理」新全集3、一四二頁）

ここで批判されている「哲学畑」からの神道研究者の代表は、筧克彦《かけいかつひこ》である。折口は、他者を名指しで批判することは少ないが、筧に対しては、「新しいのは哲学化し、合理化してゐる。其代表とも見るべきは、筧克彦博士の神道である。其は、氏一人の神道であり、常識であるに過ぎない」（「古代人の思考の基礎」新全集3、三八五頁）と、かなり手厳しい。また「敢て筧博士に楯突く考へでは毛頭ないが……」（「古代生活に於ける惟神の真意義」新全集20、九〇頁）などというように、相当意識していたことも窺える。

筧克彦の「古神道論」

筧克彦（一八七二〜一九六一）は、専門は法学、行政法研究で、五年間のドイツ留学経験ももつ。法学者の穂積八束《ほづみやつか》（一八六〇〜一九一二）の「家族国家論」に影響され、しだいに古神道の研究に進み、これを自己の法理論、国家論の基礎にした。『古神道大義』『神ながらの道』など、神道関係の著作もある（『神道人名辞典』）。ちなみに穂積八束が唱えた「天皇主権説」は、昭和十年（一九三五）に美濃部《みのべ》達吉《たつきち》（一八七三〜一九四八）の「天皇機関説」を排撃する論拠となった。

たとえば大正九年（一九二〇）、筧は次のように神職たちに向けて語っている。

随つて神道の精髄なるものは御国体並に神社、此二つが一番の根本であらうと思ふ、〔……〕道徳といふものは其所に漏出して来るものであつて、理屈などからして原理などからして出て来るものではないと考へます。〔……〕天児屋命太祝詞を奏せられたといふものは今日の神道哲学であると考へます。（筧克彦「神職の覚悟」『神社協会雑誌』二一五号、大正九年一月、一〜二頁）

道徳と神道、国体と神社とを一義的に結び付けていく「今日の神道哲学」こそ、折口が「西洋式の組織を借りこんで来た神道哲学者流」（一六六頁）と批判するものにほかならない。なお、文中の「天児屋命太祝詞」とは祝詞に関わるもの。祝詞の理解が「神道」の根幹にあることは、後に触れるように、折口の「神道史の研究」の基本であった。折口の「祝詞」の理解が、「神道哲学者流」とは違うことが、筧への批判のポイントとなる。ちなみに筧の論考の発表誌『神社協会雑誌』は、実質的には内務省神社局の「広報雑誌」の役割を担っていた（阪本是丸・二〇一六）。

あるいは大正一年（一九一二）に書かれた『古神道大義』には、こうある。

神道の神神は人格的の神で其一方面は古人又は現人であらせらるる。嘗ても人間とは親密に交通せられ今でも絶へず隔てなく融通せらるるのである。徒らに自分は神なりと考へられ超越して居らるる傲慢なる神様でない。煩雑な儀式を喜ばれ恐ろしき威厳を有つて居らるる隔てある神様でない。近づき易き平凡なる親密なる神様である。疎遠ならざる神様は恐く神道程のものは得難いであらう。

神様は遠かれ近かれ直接又は間接に皆我我の御先祖様である又は其御兄弟である、是が我我と甚しく異り又我我に隔ある理由がない。

（筧克彦『古神道大義』第一章「古神道の性質」一〇九頁）

折口自身も、神と人との間には隔てはなかった、ということを述べる。神と人とが通じ合う古代を見ている。しかし、その場合、折口の「神」は人間たちの世界からは隔絶した、超越的な存在であったのだ。それはこの世界とは異なる異界「とこよ」から来訪する「まれびと」に神の原型を見ていく古代論理と繋がる（第三章）。神との交渉は、緊張と恐怖の中にあった、というのが折口の古代研究から見る「神」と「人」との関係であった。

それに対して、筧の「神」は、人間世界と地続きの存在であった。「親密な神」の近代的な観念、つまり人間中心主義的に神を見ているといってよい。だから筧が言う「神」は、「我我の御先祖様」となる。このような人間社会と直接的に繋がっている「神」の認識は、「古神道が道徳と密接に連なって居る」、「（神道は）国家及び国法と完全に帰一」しているという、神道＝道徳説に至るわけだ。そしてその延長上に、天皇と国民との間の「隔て」のない関係、すなわち「君臣一体」の国体言説が展開していくのである。

田中義能と「神道学会」

もう一人、折口の批判対象となる「哲学畑」から出た神道学者がいた。「神道に現れた民族論理」が掲載された『神道学雑誌』を主宰する田中義能《よしとう》である。

田中義能（一八七二～一九四六）は、東京帝国大学で哲学を学び、大正十年（一九二一）助教授に就任、帝国大学唯一の「神道講座」を担当した。翌年、國學院大學の教授となり、神道や国民道徳などを講じた。そして大正十五年／昭和一年（一九二六）に、神道学の名称を標榜した初の研究団体「神道学会」設立、東大神道研究室に本部をおいた。その学会の機関誌が『神道学雑誌』である。

学会の会長は、東大教授と神宮皇学館長を兼ねる上田万年《かずとし》。評議員として、加藤玄智《げんち》、宮地直一《なおかず》、井上哲次郎、芳賀矢一、筧克彦、山本信哉《やまもとのぶき》、三上参次《みかみさんじ》といった錚々たる神道学者が顔を揃えている。

『神道学雑誌』の創刊号（一九二六年）の巻頭言「神道学」には、次のようにある。

▲神道学とは何ぞ。神道なる事実を対象として、科学的研究を行ふの学である。神道学の文字は、世人未だ殆んど之れ用ひないので、神道の学としての成立を疑ふものもあるかも知れないが、今や時代は神道学の成立を要求して居る。〔……〕

▲そこで神道とは何ぞやの問題起る。そは由来我が国に出でられたる偉大なる神聖の云為行動の事蹟によつて示された、我が国民の云為行動の規範である。従つて我が国家も之れによつて成立し、政治も之れによつて施され、我が国民の宗教的生活も之れによつて行はれ、道徳も之れに基いて行はるゝのである。〔……〕

▲かくて世界は、天壌無窮の我が皇室を中心とし、恒久の平和を建設し、人生終局の理想を実現するのである。（五〜八頁）

これまで「科学的研究」の対象とされてこなかった神道を、学問として扱うことの昂揚感が伝わってくる文章である。まさに大正から昭和へと転換していく時代の思想といえよう。田中の言う神道の「科学的研究」とは、「由来我が国に出でられたる偉大なる神聖の云為行動の事蹟」によって示された「国民の云為行動の規範」であると定義され、国家、政治、宗教的生活、道徳の根源として位置づけられるものであった。そして「かくて世界は、天壌無窮の我が皇室を中心とし、恒久の平和を建設し、人生終局の理想を実現するのである」と、結ばれていく。皇室を中心とした世界平和が、個人の「人生終局の理想」と結び付けられていくところに、大正デモクラシーを経た時代が刻印されていることが見てとれよう。

こうした田中の神道の「科学的研究」のバックボーンになっているのは何か。

「国民道徳論」と結び付く神道学

磯前順一氏の研究によれば、田中義能の「神道学」の特徴は、東大哲学科在籍時に「国民道徳論」の唱導者たる井上哲次郎に出会ったことに由来する。明治四十年代に日露戦争を契機とした資本主義化が進展するなか、激化する労働運動、社会主義運動と対抗するために、忠孝一致の道徳や日本独自な「国体」観を形成する思想運動が起こるが、井上の「国民道徳論」はこれをベースにしたものだ〔磯前・二〇〇三〕。

とりわけ井上の「国民道徳論」は、神道を説く「国体神道」論、さらには「倫理的宗教」論を唱えて、その「宗教的倫理の提言は昭和にいたるまで一定の影響力を発揮しつづけた」という〔前川理子・二〇一五、二五頁〕。その影響を最も強く受けたのが、田中の「神道学」であった。

ここから導かれるのは、近代の「神道学」が、近世国学の系譜を引くものではないということである。それは「明治初年の神道国教化政策の失敗とともに国学者たちが没落したあと、その空白を埋めるべく登場した近代的な官学的知識人のイデオロギー、ドイツ哲学の影響を受けた国民道徳論」を背景に、地方の神職や市井の知識人ではなく、大学の研究者によって構築されたものであった（磯前、前出、二二〇頁）。もちろん神道学の「倫理」「道徳」や「国体」の強調は、必然的に内務省神社局、すなわち当時の政府の志向する「神社非宗教論」と相互補完の関係を持つことになる。

折口が「神道に現れた民族論理」の中で批判する「哲学畑から出た人」、あるいは「西洋式の組織を借りこんで来た神道哲学者」たちとは、まさしく田中の「神道学会」に集う学者たち、ということになろう。折口の論文が載る『神道学雑誌』第五号に登場した、上田万年、加藤玄智、田中義能、今泉定介（後に定助）とは、まさしく「西洋式の組織を借りこんで来た神道哲学者流」の面々であった。それにしても、「哲学畑」系神道学の拠点＝『神道学雑誌』で、彼らへの批判を主張するところは、「折口の気概も見上げたもの」といえよう（阪本是丸・二〇一二a）。

その雑誌に掲載された論文で、「現代の神道研究態度のすべてに通じて欠陥」があると大見得をきった折口は、さらにこう述べる。

神道は今や将に建て直しの時期に、直面してゐるのではあるまいか。すつかり今までのものを解体して、地盤から築き直してかゝらねば、最早、行き場がないのではあるまいか。今までの神道説が、単に、かりそめ葺きの小屋の、建てましに過ぎなかったのではあるまいか。

（「神道に現れた民族論理」新全集3、一四三頁）

近代に形成された「神道（学）」への戦闘宣言ともいえる、なんとも激越な一文だ。そして現在の神道への認識を解体し、「地盤」から築き直していくために必要なのは、彼自身の「古代研究」に基づく神道研究、ということになるわけだ。すなわち「芸術中心・文学中心の歴史」と合致していく「神道史の研究」である。

そこでさらに「神道に現れた民族論理」を読み進めていくと——、驚愕すべき言説に出会うことになる。

3 「古代研究」からの神道史

「神道的」なる雰囲気の中で

「神道に現れた民族論理」が発表された昭和三年（一九二八）とは、昭和天皇の即位の大礼、翌四年の伊勢神宮の式年遷宮（二十年に一度、神殿を建て替える儀式）などによって、「「神道的」なる雰囲気」が「社会に醸成」されていく時代であった（阪本是丸・二〇一六）。一九二九年のアメリカ株式市場暴落による、世界恐慌が押し寄せる危機のなか、「日本」は特殊な国柄＝「国体」であると喧伝することに神道的言説が一役買っていたことは間違いない。だが、折口は、そうした世間に流布されている「神道」のイメージに異議を申し立てていく。

> 神道の美点ばかりを継ぎ合せて、それが真の神道だ、と心得てゐる人たちは、仏教や儒教・道教の如きものは、皆神道の敵だとしてゐるが、段々調べて見ると、神道起源だと思ふ事が、案外にも仏教だつたり、儒教又は道教だつたりする事が、尠くない。（同前、一四三頁）

「神道」起源であったと思い込んでいたもののなかに、じつは仏教や儒教、さらに道教に由来するものが少なくないという点は、現在の研究では定説化しているところだ（たとえば黒田俊雄・一九七五など）。ここには折口の学問的な先駆性を見ることができる。折口は「美点」のみの純粋な「神道」の認識は、じつは近代が創ったものにすぎないことを暴いていくことに注目しよう。では、文献の上で「神道」の用語の初出は何か。

「神道」の語原とは

一般に「神道」の語が出てくる最初の文献は、『古事記』と思われがちだが、『古事記』には「神道」の語は出てこない。『日本書紀』が初出である。それも神代ではない。六世紀後半から七世紀半ばと推定される天皇たちの事蹟を語る中に出てくる。すなわち「天皇、仏法を信《う》けたまひ、神道を尊びたまふ」（用明天皇即位前紀）、「仏法を尊び、神道を軽《あなづ》りたまふ（生国魂社の樹を斬りたまふ類、是なり）」（孝徳天皇即位前紀）である。

『日本書紀』に出てくる「神道」の語については、現在においても複数の解釈があるが、たとえば

河野省三は、

何れも神祇を崇敬する道、神祇を祭祀する事、若しくは神祇の教を奉ずることを意味して、特に組織せられたる宗教的道徳的の体系を内容とする名称には非ざりしが如し。蓋し主として日本民族固有の神祇を敬信するところの国民的精神を指せる語にして、儒仏両教と区別する必要上よりして、大化を去る甚だ遠からざる以前に生じたるなるべし。

(河野省三『国民道徳史論』第十一章「神道」、一九五～一九六頁)

と説明している。

外来の宗教である「仏法」に対して、「神道」は日本民族の固有信仰という、一見するともっともらしく聞こえる説明だが、近年の研究では、「神道」の語は、そもそも中国の『易経』に出てくるもので、人知で計り知れない法則、神聖の天道、という意味をもつ語と解釈されている(新編・日本古典文学全集『日本書紀』の頭注など)。「神道」は中国古典(儒教)由来の言葉であったわけだ。

「神道」の語は『日本書紀』に最初に見える。それは「儒仏両教と区別する必要」から生じた、という河野の説に対して、折口の説明を見てみると――、

「神道の光栄を発揮する所以でない」

私は、神道といふ語が世間的に出来たのは、決して、神道の光栄を発揮する所以でないと思ふ。寧、

仏家が一種の天部・提婆の道、即異端の道として、「法」に対して「道」と名づけたものらしいのである。さうした由緒を持つた語である様だ。
日本紀あたりに仏法・神道と対立してゐる場合も、やはり、さうである。大きな教へに対して、其一部に含めて見てよい、従来の国神即、護法善神の道としての考へである。

(「神道に現れた民族論理」新全集3、一四四頁)

いきなり「神道」は、「神道の光栄」を発揮するための語ではないと、國學院大學の教授が言うのは、なんとも衝撃的だ。だがそれは折口の学問研究からの導かれた結論だった。折口は、仏教との関係に注目する。すなわち「神道」の語は「仏法」という「大きな教へに対して、其一部に含めて見てよい」こと、「一種の天部・提婆《だいば》の道、即異端の道」「国神即、護法善神《ごほうぜんじん》の道」であったと説明しているのだ。これはどういうことか。

「天部」とは、仏教によって駆化されたインドの土着の神々のこと。それが日本に入ってきて、大黒天・弁財天・吉祥天・荼吉尼天《だきにてん》などと呼ばれるお馴染みの神々となる。「提婆の道」とは釈尊と対立・敵対した提婆達多《だいばだった》に基づく用語。仏法によって調伏《ちょうぶく》された土地の精霊を表す。まさに「異端の道」である。そして鎮撫された神々は、「護法善神」として、仏法を守護する役割を担わされた。

以上から「神道」の用語は、仏教的な世界のなかで、つねに邪悪なもの、低いレベルのものとして鎮撫される土地の神々・精霊という意味に由来することがわかる。だから折口は、「神道」という語は、「神道の光栄を発揮する所以でない」と見ていくのである。

なお、『日本書紀』の用明天皇は、仏教が伝来したとされる欽明天皇の次代の天皇である。「神道」とは仏教伝来に伴った概念なのである。一方『古事記』では、仏教伝来のこと自体が記されていない。だから『古事記』には「神道」の用語も出てこないのである。

ちなみに最近、神道学者であるマーク・テーウェン氏が、折口説とは別のところから、共通する内容を論証している。「神道は、中国の仏教文献から取り入れられた観念」であり、「神道」の概念は、「仏教によって降伏・駆化・改良されるべきものとしての土着の神々や精霊」を表していた、というのである〔テーウェン・二〇〇八〕。

それにしても、國學院大學の教授たる折口が、「神道」という言葉は「神道の光栄を発揮する所以でない」と言い放つとは、なんとも過激な態度と言わざるをえないだろう。なぜ、折口がそこまで言わねばならないのか、さらに論文を読み進めてみよう。

「ほかひびと」と神道

折口は、国家の中枢にある純一なる神道という言説は近代が作り出したもので、それ以前における神道は、仏教や陰陽道と不可分にあること、そして地方の民間芸能者たちに担われていたこと、それは多く賤視される階級であったことを明らかにしていく。

だから私は、神道なる語自身に、仏教神道・陰陽師神道・唱門師神道・修験神道・神事舞太夫・諸国鍵取り衆などの影の、こびりついてゐる事は固より、語原其自身からして、一種の厭ふべき姿の、宿命的につき纏うてゐるのを耻づるのである。〔……〕今日の処では、神道それ自身の生んだ、光明に充ちた語である、とは思ふ事が出来ない。　（同前、一四四頁）

「仏教神道」とは、中世の神仏習合信仰、両部神道にあたるもの。「陰陽師神道」とは、安倍晴明に仮託された中世後期の『簠簋内伝《ほきないでん》』に基づく神道、あるいは近世の安倍＝土御門家《つちみかどけ》が山崎闇斎《やまざきあんさい》の垂加《すいか》神道に弟子入りしたあとに、「土御門神道」「天社神道」などと名乗ったものを指すだろう。そして「唱門師《しょうもんじ》神道」とは、安倍氏・賀茂氏などの官人系陰陽師とは違う、「法師陰陽師」と繋がる民間系陰陽師による神道だろう。「修験神道」とは、本山派・当山派の修験山伏たちが唱えた神道、ということになろう。それは両部神道や陰陽道とも密接に繋がっているものだ（林淳・二〇〇五、梅田千尋・二〇〇九）。

さらに「神事舞太夫」とは神楽などを担う在地の神職、「諸国鍵取り衆」も地方山村などの神社を管理する「百姓神主」と呼ばれ、「宮座」の頭人のことを指す。これらは、明治以降の神社を基盤とした国家神道の立場からいえば、まさに不純な習合的神道ということになろう。そして彼らは多く賤視される階級としてあったのだ。

けれども、ここで気がつくだろう。「仏教神道・陰陽師神道・唱門師神道・修験神道」を担う人々、あるいは「神事舞太夫」や「諸国鍵取り衆」とは、まさしく折口の民俗学、国文学が対象とした存在にほかならないことに。たとえば以下のような記述がある。

其初めに出来たのは、多く法師陰陽師の姿になつて了うた唱門師《ショモジン》（寺の賤奴の声聞身の宛て字）の徒を中心とした千秋万歳《センズマンザイ》であつた。〔……〕地方の社・寺に仕へて居た者は、男は神事舞太夫、女を曲舞太夫或は舞々《マヒ〳〵》と称して、男は神人、女房は歌舞伎狂言を専門としたものが多い。

（「国文学の発生（第四稿）」新全集1、一七五～一七六頁）

寺々の夜叉神も、陰陽師・唱門師から地神経を弾いた盲僧・田楽法師の徒に到るまで、家内・田園の害物・疾病・悪事を叱り除ける唱へ言を伝へてゐたのも、皆、此まれびととしての本来の俤を留めてゐたのです。

（「翁の発生」新全集2、三七八頁）

これらの一文は、「まれびと」から派生していく「ほかひびと」の系譜を辿る中で論じられたところだ。折口の古代研究の根幹にある「まれびと」については、第三章で詳しく見てきたが、ここでは、「ほかひびと」から派生してくる、地方・民間の芸能者たちが、同時に神道の担い手でもあったことが確認できる。神道には、「ほかひびと」たちの芸能と密接な繋がりがあったのだ。

来訪する「まれびと」の発した託宣を人々に教える＝翻訳する役割が生まれ、「神の暗示」を具体化するために「猿楽風の滑稽な物まね」芸が発生する。そこで神がシテ役、才の男がワキ役を担う。

一方、神の言葉に基づいて、寿詞を唱えて新築の御殿を祝福＝「ほかひ」していく神事の担い手が職業化して、諸国を巡りまわった。それが後の旅芸人、門づけ芸人となっていく……（「国文学の発生」第二稿などによる）。折口の「神道」は、「ほかひびと」＝流浪の芸能者たちへと繋がっていく。「芸術中心・文学中心の歴史」を研究していくことが、結局は「神道史の研究」に合流したことの実例が見えてこよう。それが同時に、近代における神社を基盤とした神道とは異なる世界であったことは間違いない。

近代の「神社神道」への異議申し立て

折口がこだわる「神道」は、明治以降の国家に管理されていく神社を基盤とした神道とは異なっていた。「ほかひびと」が担い手となる神道である。折口の国文学・民俗学・芸能史の研究と合致する「神道史の研究」は、国家が管理・支配し、世俗化した神社を基礎とした近代神道への異議申し立てになっていくのだ。

昭和四年（一九二九）の『神道講座』に発表された「民間信仰と神社と」で、こう述べている。

今日の神社或は神職のある部分は、二三代前までの伝統を考へた時、果して所謂神社神道家の考へる如き、純然たるものが、どれほどあるであらうか。或は、宮寺の別当であり、或は陰陽師配下、唱門の徒の後、修験の法印、神事舞太夫出らしいのが多い。さうした過程において、神社神道が、どれほど、純粋を保って来たかといふことは、問題である。（「民間信仰と神社と」新全集20、八八頁）

明治以前の歴史を遡れば、今は神社の神職をしているものも、宮寺の別当（神仏習合の流れの中で、神社の仏事を担当する社僧）、陰陽師配下の唱門師、修験の法印（山伏）、あるいは神事舞太夫であることが多い。これは中世以来の習合的な神道こそが、じつは神道の歴史的な姿にほかならないこと、そしてその担い手たちは、社会的には賤視される存在であることを示しているのである。ちなみに、江戸時代には、「乞食同然ノ鈴フリ神道者」と蔑まれる者もいた（井上智勝・二〇〇〇）。神社のみを基礎とした神道は、近代以降に作られた、きわめて一時的なものでしかないことが、歴史的に暴かれるわけだ。そこからさらに次のような議論が繰り広げられる。

いづれにしても、神社神道の歴史は、かなり長いけれども、明治における神社のみを基礎とした神道観なるものは、起源のわりに新しいものといふことが出来る。我々は、神社以前の神道の形を考へ得るが為に、さうしてそれが、宮廷神道及び民間信仰の間に、俤を止めてゐることを知ることが出来るが為に、単に神社神道を以て、神道究極のものとは考へる訣には行かないのである。それほど、古義神道には、広い内容があり、強い情熱があつたのである。

（「民間信仰と神社と」新全集20、八八〜八九頁）

「神社以前の神道の形」を考えるとは、まさに「髯籠の話」以来の折口の学問的な立ち位置である。それは同時に、近代の国家の一角を担う神社を基礎とした「神社神道」への根本的な異議申し立てとなる。明治以降の神社のみを基礎とした神道は究極の神道ではないと。「今日お慈悲の牢獄に押籠められた神々は、神性を拡張する復活の喜びを失うて了はれた」（「髯籠の話」）と語った記述を思い起こそう。

そして「神社以前の神道の形」を求めるときに「宮廷神道及び民間信仰」に目を向けていくところは注目したい。折口にとって、天皇即位の大嘗祭と奥三河の神楽・花祭とが、共振する関係として考察されていくところだ（大嘗祭については第六章）。

昭和四年の『神道講座』に掲載

今、引用した「民間信仰と神社と」と題された論考は、昭和四年（一九二九）十一月発行の『神道講座』第二冊に掲載されたもの（後に単行本化された時は、「第一巻・神社篇」に収録）。『神道講座』とは、昭和四年十月に行われた伊勢神宮の第五十八回「式年遷宮」を記念して企画されたもの。本講座の事実上の監修者は、宮地直一（一八八六～一九四九）であった（西田長男・一九八一）。宮地は、内務省神社局の考証課長という要職を占め、神社の昇格、人事行政に携わり、神社界に絶大な力を持った人物である。

ちなみに折口の論考が収録された『神道講座』第一巻・神社篇には、宮地直一「神社概説」を筆頭に、造神宮技師の角南隆「神社建築について」、神社局事務官の足立収「神社制度上の諸問題」、さらに國學院大學学長の河野省三「近世神社研究史」といった論考が並ぶ。まさに内務省神社局の「神社神道」を支える人々の論文集だ。その中で折口は、「神社神道を以て、神道究極のものとは考へる訣には行かない」ということを強く主張していたのである。

さらに昭和三年（一九二八）の大嘗祭、四年の伊勢神宮式年遷宮と続くこの時代は、「現御神としての天皇」「神国としての日本」という「神道イデオロギー用語」が社会に広がっていく時代であった〔阪本是丸・二〇一六〕。そうした時代動向の中で、折口が見ている「神道」は、明治・大正・昭和の近代国家の中心に置かれるような「光栄」「光明」に充ちたものではなかったのだ。ここからはその学問的知見＝古代研究の先駆性とともに、「倫理」「道徳」さらに「政治」の衣をまとう近代神道に対する痛烈なアンチテーゼが見てとれるのである。

しかし同時に見過ごせないのは、「一種の厭ふべき姿の、宿命的につき纏うてゐるのを恥づる」という一文だ。そこには、「陰陽師配下、唱門の徒の後、修験の法印、神事舞太夫」＝「ほかひびと」たちの階級に関するアンビバレントな感情の伏流が読みとれよう。そしてそうであるからこそ、折口の「神道」は、安直な「倫理」や「道徳」、さらには「人権」に縛られる近代の価値観を超える可能性をつねに持っていたのである。

4　呪言・みこともち・惟神

「祝詞」から「呪詞」「呪言」へ

昭和三年（一九二八）に発表された「神道に現れた民族論理」を通して、折口の国文学・民俗学・芸能史の研究と合致した「神道史の研究」の内容を見てきた。それは同時代の「神道（学）」への根底的な批判となっていたのである。

次に議論されるのは、「文学」の発生とも関わる「祝詞《のりと》」「呪詞」の問題である。

日本人の物の考へ方が、永久性を持つ様になつたのは、勿論、文章が出来てからであるが、今日の処で、最古い文章だ、と思はれるのは、祝詞の型をつくつた、呪詞であつて、其が、日本人の思考の法則を、種々に展開させて来てゐるのである。私はこの意味で、凡日本民族の古代生活を知らうと思ふ者は、文芸家でも、宗教家でも、又倫理学者・歴史家でも皆、呪詞の研究から出発せねばならぬ、と思ふ。

（「神道に現れた民族論理」新全集3、一四九頁）

現存する文献上最古の「祝詞」は、十世紀の『延喜式』巻第八に収録されている。祈年祭《としごいのまつり》・月例祭《つきなみ》・大殿祭《おおとのほがい》・大祓・遷却祟神《たたりがみをうつしやる》・龍田風神祭・出雲国造《いずものくにのみやつこ》神賀詞《かんよごと》など、二十七編の祝詞がある。しかし折口は、「かういふ事を公言するのは、或は敬虔な先達に、礼を失することになるかも知れぬが、私は式（延喜式のこと）の祝詞を、それ程古いものとは思つてゐない」（前出、一四八頁）と断言する。もちろん「文中の一部には、かなり古いものを含んだものもあるが、新しいものが最多くて、其上に、用語が不統一を極めてゐる」（前出、一四八頁）というのである。

それにしても、折口は、どうしてこんなことが言えるのか。このように古代の文章の読解に精通した（と思えた）のは、彼が祝詞の文章を「半分位、二度までも、口語文を書き直し」たこと、あるいは「古事記或いは降つて、源氏物語を現代語に訳し直して、書き改めて」きたことからの「厳粛な実感」（前出、一四五頁）によるものであった。ここには、折口の「神道」の認識が言語や表現を通して得られたことが理解できる。

それは彼が國學院大學の卒業論文として『言語情調論』（明治四十三年）を執筆して以来、つねに「言語」とその表現の内実にこだわり続けていたこととクロスしてこよう。「私の学問は、最初、言語に対する深い愛情から起つた」（「追ひ書き」新全集3、四七九頁）とは、『古代研究（民俗学篇）』の後記に記されたところだ。そして改めて言うまでもなく、彼は詩作する言葉の実践者＝歌人・詩人であった。最初の論文集である『古代研究』に先んじて、大正十四年（一九二五）に処女歌集『海やまのあひだ』が刊行されている。

一方、近代の「神道学」は古代文献の「言語」からではなく、「道徳」や「倫理」、「政治」という観念や理念、イデオロギーを先行させた方法であった。そこに折口は、物足りなさとともに、限界を感じ取っていたのだ。

もう一度、先に引用したところを見ると、折口は「祝詞」とともに「呪詞」という用語を使っている。「呪詞」も折口名彙のひとつである。祝詞と呪詞とでは何が違うのか。折口のいう「呪詞」とは、祝詞の原型にあるようなものだ。それは神と人との関係の始発点まで遡及することになる。

祝詞から呪詞への探索のなかで、これも折口名彙として有名な「みこともち」の議論に出会うことになるのである。

「みこともちの思想」

まづ祝詞の中で、根本的に日本人の思想を左右してゐる事実は、みこともちの思想である。みこともちとは、お言葉を伝達するもの、意味であるが、其お言葉とは、畢竟、初めて其宣を発した神のお言葉、即「神言」で、神言の伝達者、即みこともちなのである。〔……〕最高位のみこともちは、天皇陛下であらせられる。即、天皇陛下は、天神のみこともちでお出であそばすのである。だから、天皇陛下のお言葉をも、みことと称したのであるが、後世それが分裂して、天皇陛下の御代りとしてのみこともちが出来た。それが中臣氏である。（前出、一五〇頁）

祝詞を理解するためには「みこともちの思想」を理解しなければならない。「みこともち」とは、原初の神の言葉＝神言を伝達するもの、という意味である。その「みこともち」の最高位が天皇である。天皇は「天神」の「みこともち」なのだ。さらにそれが「分裂」して、天皇の「御代り」を務めるものが出現する。「中臣氏」である。それを端的に表すのが、「集《うごな》はり侍《はべ》る神主・祝部《はふりべ》等《たち》、諸《もろもろ》聞き食《たま》へと宣《のたま》ふ」（「祈年祭」祝詞）という祝詞の文末表現である。中臣氏は、天皇に代わって、神主・祝部に向けて祝詞を伝達するのだが、もっといえば「祝詞」を通して、中臣は天皇と同体化する。それが「みこともち」の思想であった。

さらに次のようにいう。

此みこともちに通有の、注意すべき特質は、如何なる小さなみこともちでも、最初に其みことを発したものと、尠くとも、同一の資格を有すると言ふ事である。其は、唱へ言自体の持つ威力であつて、唱へ言を宣り伝へてゐる瞬間だけは、其唱へ言を初めて言ひ出した神と、全く同じ神になつて了ふのである。だから、神言を伝へさせ給ふ天皇陛下が、神であらせられるのは勿論のこと、更に、其勅を奉じて伝達する中臣、その他の上達部〔……〕は、何れも皆、みこともちたる事によつて、天皇陛下どころか直ちに、神の威力を享けるのである。（前出、一五一頁）

下位の「みこともち」も、「唱へ言」を宣し伝えている瞬間は、その言葉を発した始原の神と同体となる。それが可能なのは、「唱へ言」そのものに内在している「威力」（霊力）のためであった。だから「みこともち」たるものは、天皇を超えて「神の威力」と一体化することも可能となるのだ。「祝詞には、其言葉を最初に発した、神の力が宿つてゐて、其言葉を唱へる人は、直ちに其神に成る、といふ信仰があつた為に、祝詞が神聖視された」（同前、一五九頁）という説明に繋がっていくのである。

なぜ「下剋上」を生むのか

さらに「みこともち」の思想は、人と人との社会関係にまで及ぶ。たとえば「低い寺奴の階級」である「唱門師」が、諸方を「唱へ言」して歩いていたときに、彼らは「藤原氏」を名乗ったという。なぜならば「唱へ言」を唱えている時は「藤原氏と同格になる事を意味する」（一五二頁）からだ。それは宮廷の神祇官の中臣氏が唱えた「大祓」祝詞が、後に「中臣祓」と呼ばれて、民間系の陰陽師たちによって用いられたこととも通じていよう。「中臣祓」を唱えるときは、民間の陰陽師も「中臣」であったのだ。「藤原氏」も、中臣氏から分立していった氏族であることは、改めて言うまでもないだろう。

こうした「みこともち」の思想がさらに展開すると、「唱へ言」を発した、その瞬間だけではなく、

「其資格が永続するといふ処」までいく。それは下位の存在が上位のものの地位を奪うという「下剋上の気質」（一五六頁）を生むことになる。

主命を伝へ宣べる者が、やがて主人と同資格なる瞬間を延長し〔……〕、遂に武家の間において真の主人の存在を忘れさせるやうになつた。（「日本古代の国民思想」新全集20、一二四頁）

「みこともち」は、社会を固定すると同時に、社会の関係を転倒させるような思想ともいえよう。それが「下剋上」の思想だ。神の言葉を伝えて、神と一体化する「みこともち」の発想は、同時に、社会における身分関係を逆転させるような力も持っていた。まさしく「善悪両方面を共に観てこそ、初めて其処に、神道の真の特質」（「神道に現れた民族論理」新全集3、一七七頁）が見られるという、折口の立ち位置である。

「みこともち」から「たまふり」へ

最初の神の言葉を伝えるものが「神」と同格になる「みこともち」の思想は、さらに言葉そのものに内在する霊的な威力への注目に向かう。ふたたび「神道に現れた民族論理」を読んでみると――、

我が国には古く、言霊《コトダマ》の信仰があるが、従来の解釈の様に、断片的の言葉に言霊が存在する、と見るのは後世的であつて、古くは、言霊を以て、呪詞の中に潜在する精霊であると、解したのである。

併し、それとても、太古からあつた信仰ではない。それよりも前に、祝詞には、其言葉を最初に発した、神の力が宿つてゐて、其言葉を唱へる人は、直ちに其神に成る、といふ信仰があつた為に、祝詞が神聖視されたのである。

（新全集3、一五九頁）

一般に日本には「言霊」信仰があるとされるが、それについても折口は反論する。「言霊」とは呪詞・呪言のなかに潜在する「精霊」であった。だが最も古くは呪詞には、それを発した神の力が宿っていた。だからそれを唱える人は、ただちに原初の「神」と同体になる「みこともち」の思想とリンクしていくわけだ。

そこからさらに折口が注目していくのは、神の威力の根源たる霊魂の問題である。だが「此魂と、神との区別は、夙くから混同せられて了うてゐる」というように、霊魂と神との区別さえもはっきりしない古層を見定めているのだ。ここから導かれるのは、「霊魂」そのものが固定しているのではなく、魂が増殖し、拡張されていく運動である。そこに繰り広げられるのが「たまふり」である。

昔、わが国では、たまふりといふ事が行はれたが、其原意はやはり、魂を固着させる事である。其が後には、鎮魂即、たましずめといふ様な思想に変化するが、其までの間に、魂がふゆ、魂をふやすなどの思想が、存在したのであつて、恩賚即、奈良朝前後の「みたまのふゆ」などゝいふ言葉も、其処から生れた来てゐるのである。

（前出、一六四頁）

一般に「鎮魂」は「たまふり」と読む場合は衰弱する魂を活性化すると解釈される。また「たましずめ」と読む時は、外部の魂を附着させると理解されている。だが折口の「たまふり」論は、そうした通説とは違うようだ。「魂がふゆ、魂をふやす」という「思想」に言及するところに注意しておこう。第六章で詳しく触れるが、これは近世末の国学者の中で、折口が最も評価する鈴木重胤の説と呼応するものである。

ここで「魂がふゆ、魂をふやす」という思想は、あの重要なテーゼと繋がる。そう、「神性を拡張する復活の喜び」（「髯籠の話」新全集2、一九一頁）である。魂の問題は、まさしく「神性」と関わり、それはつねに新しい「復活」を導き出す力でもあった。近代の「神社神道」は、そうした神性や霊魂の復活ということを「お慈悲の牢獄」に封じ込めたと、折口は批判していくわけだ。

「惟神」・「みこともち」・「天皇霊」

「みこともち」の思想は、さらに「惟神《かむながら》」という語句の解釈にも展開していく。「惟神」は、『日本書紀』、『続日本紀』などの古典に出てくる古語だが、じつは昭和初期において「惟神（かむながら）」は、一種の「神道的イデオロギー用語」として流通していた。折口の議論は当然それを意識しているが、まずは「みこともち」との繋がりを見ておこう。

> 本来のみことを発した人と、此を唱へる者とが、一時的に同資格に置かれるといふ思想は、後になると、いつまでも、其資格が永続するといふ処まで発展して来た。天皇陛下が同時に、天つ神である、といふ観念は、其処から出発してゐるのであつて、其が惟神《かむながら》の根本の意味である。惟神とは

「神それ自身」の意であつて、天皇陛下が唱へ言を遊ばされる為に、神格即惟神の現《アキ》つ御神《ミカミ》の御資格を得させられるのである。（前出、一五二頁）

「みこともち」の思想が発展すると、神の呪言を伝える人がそのまま「神」と同じ資格になることが固定し、永続していく。天皇が同時に「天つ神」であるという観念はそこに生まれ、「惟神」の根本の意味となる。神の呪言を唱え、伝えるという役割があるからこそ、天皇は「神それ自身」＝「惟神」と認識される。したがって「惟神」とは、あくまでも天皇にのみ使用される語句であった。ちなみに「惟神」の語が公式に用いられるのは、明治三年（一八七〇）一月三日の「大教宣布の詔」の「宜しく治教を明らかにし、以て惟神の大道を宣揚すべし」であり、大正天皇や昭和天皇の即位礼の紫宸殿の儀における勅語に使われた（阪本是丸・二〇一二a）。

さらに折口は、昭和五年（一九三〇）十一・十二月に発表された「古代生活に於ける惟神の真意義」（『神社協会雑誌』第二十九巻第十一・十二号）では、

惟神といふ事を考へるにはみこともちを考へねばならぬ。と同時に天皇霊といふものが天皇の御身体につくと、天皇に非常な権力がつくといふ事を考へねば訣らぬ。さうして天皇になさる御行ひが惟神の道である。だから惟神の道とは、事実には天皇の御上にある事で、我々にあるのではない。（新全集20、一〇一頁）

というように、「みこともち」とともに「天皇霊」の議論が展開されていく。「天皇霊」については、大嘗祭の根幹として折口が強調するところだが、それは次章で詳述することにして、ここで注目したいのは、「惟神」のことが、天皇固有の問題であると強調されるところだ。なぜ折口はそれにこだわるかといえば、当時、「惟神」の用語が、神道と結び付いた「国民道徳論」として広く流布していたからだ。それをリードしたのが、「惟神なる語は近頃では、筧博士に依つて盛んに用ゐられて居り……」（前出、九〇頁）という、その筧克彦《かけいかつひこ》であった。まさしく折口が批判する「哲学畑」出身の神道学者である（正確には筧は「法学出身」であるが）。

なお折口の論考が発表された『神社協会雑誌』は、内務省神社局の広報誌的役割をもつ雑誌である。その誌面に折口の惟神論が掲載されたことは彼の立場の複雑さを思わせよう。

筧克彦の「神ながらの道」への批判

筧克彦の説では「惟神」とは「ただ神のみ」「これ神のみ」の意で、さらに「神様又は神様の御心其のまま」という意味になる（『神ながらの道』八〜九頁）。そこから展開される「神ながらの道」とは、「人の心の道」「人の心を練る道」ということになり、「生活規範の普遍的理想にして、神と人と、及び人と人との相互の合一並に合一の形式を其内容となし、普遍的信仰並に普遍的実行」（『古神道大義』第一章「古神道の性質」一二頁）と定義されていくのである。すなわち筧によって「神ながらの道」は一種の国民道徳の用語へと転用され、まさしく国民の「生活規範の普遍的理想」へと及ぼされるわけだ。なお『神ながらの道』は、大正天皇の皇后である貞明皇后に進講したもの。その出版も皇后自らの発意によるもので、最終校正は皇后自ら行うなど、その進講内容を高く評価していたという（中道豪一・二〇一三）。

一方、折口にとっての「惟神」は、彼の「みこともち」や「天皇霊」の概念と一体のものとしてあった。学問的には「「惟神」に関する追求は「宮廷」出現の謎」の解明であり、すなわち「日本の「古代」」の解明に繋がると考えていた（阪本・二〇一一a）。ここから折口は次のように「惟神の道」を説明する。

惟神の道とは、今述べて来たやうに、主上の神としての道、即主上の宮廷に於ける生活其ものが、惟神の道であつた。今では、神道を道徳化してゐるが、何事でも、道徳的にのみ、物を見ると言ふ事は、いけない事である。道徳以上の情熱がなくては、神社は、記念碑以外の何物でもなくなつて了ふ。

（「古代人の思考の基礎」新全集3、三八六頁）

「惟神の道」とは神としての天皇、その生活の場である宮廷固有の「道」であった。しかし、それを国民一般の生活にまで拡大するとき、常識的な「道徳」に解消されていく。すなわち神道の「道徳化」である。現世上の倫理・道徳を超える「情熱」がなければ、「神社」は世俗における「記念碑」として扱われてしまう。折口が筧克彦（たち）の「神ながらの道」を批判するのは、結局は、それが神道を世俗道徳にまで引き下げてしまうからであった。そしてその世俗道徳は、きわめて安直に国家や権力と結び付く。それは戦時期の折口の問題として、ふたたび取り上げることになるだろう（第七章）。

近代の学問を超える魅力

ここで折口が口酸っぱく、「哲学畑から出た」神道学を批判するのは、なによりも、古代の言語、呪詞・呪言への洞察がない、ということに尽きる。

日本の昔の文章には、一篇の文章の中に、同時に三つも四つもの意味が、兼ねて表現されてゐる。ちよつと見ると、ある一つの事を表現してゐる様でも、其論理をたぐつて行くと、譬喩的に幾つもの表現が、連続して表されてゐる事を発見する。しかも、作者としては、さうした多数の発想を同時に、且直接にしてゐるのであつて、其間に主属の関係を認めてゐない。〔……〕処が、わが古典を基礎にした研究者なる、神道家の大部分又は、其西洋式の組織を借りこんで来た神道哲学者流には、其点が訣つてゐない。そして、其が訣らないから、古代人の内生活は、極めて安易に、常識的にしか、理解せられて来ないのである。見かけは、頗《すこぶる》単純な様でも、其効力は、四方八方に及ぶのが、呪詞発想法の特色であつて、此意味に於て、私は祝詞ほど、暗示の豊かな文章はないと思ふ。

（「神道に現れた民族論理」新全集3、一六五〜一六六頁）

ここで「祝詞ほど、暗示の豊かな文章はない」と称える「祝詞」「呪詞発想法」の問題が、折口の文学発生論と密接に繋がることは明らかであろう。文学や芸術の研究は、まさしく「神道史の研究」と一体となっているのだから。「国文学の発生」の議論は、神道学者としての折口と密接に関わっていたことが分かるだろう。

改めて言えば、そもそも国文学・神道学・民俗学という区別自体が、近代以降の学問を前提としている。もちろん折口もまた近代に生きる学問の担い手である。だが、そうでありつつ、彼の学問は近代的なジャンル区分を超えてしまう面をつねに抱え込んでいたのである。それこそ、彼の学問の難解さであるとともに、多くの人を虜にする魅力の源であったといえよう。折口の「神道史の研究」は、近代的な学問の枠組みを超えるようなところに成り立っていたのである。

断章2　二つの大学の教師として

現在では考えにくいことだが、折口信夫は二つの大学の教授職を掛け持ちで続けていた。年譜によれば、大正十年（一九二一）九月に、國學院大學の教授に就任するが、その翌々年六月に慶應義塾大学の兼任講師、昭和三年（一九二八）四月には國學院大學に在職のまま、慶應義塾大学の教授に就任している。「爾来、書類上の、事務的な肩書きでは、国学院大学の方は兼任の講師となったのであるが、事実は、それ以後死にいたるまで、いわば両大学に二股かけた専任の教授として、通してしまった。持ち時間も、責任も義務も、当然給与も、二人分を消化したのであった」（池田彌三郎『私説　折口信夫』二二九頁）という。

もっとも戦後には、こんなことは問題になるはずだ。終戦後、慶應大学の当時の文学部長から「折口さん、あなたは慶応義塾の教授をしながら、国学院でも教授だというのはどういうわけですか」となじる調子で問われたことがあった。「私は国学院大学を退職して慶応大学に勤めたつもりでしたが、国学院の方が退職を許してくれませんようで、困って居ります。なおよく話してやめさせてもらうようにいたします」と答えたが、結局は有耶無耶になっていたようだ（厨川文夫「教授会での折口先生」

二五七頁)。

昭和八年(一九三三)に國學院大學で起きた「十人組徒党事件」(第七章参照)によって、折口は國學院大學で教えることの情熱を失って、それ以降は、慶應大学を本務校として考えていたとか、國學院大學の校風に一種の息苦しさを感じていたのに対して、慶應大学の自由な気風を好んだということが言われたりするが、はたしてそのへんの事実はどうだったのだろうか。

ちなみに、折口に文句をつけた慶應大学の文学部長については、こんな後日談も。何年か後、その学部長の任期が終わり、その労を労う教授会の席で、折口は学部長の功績を称えながら、「時には先生に言われたことから腹が立って、はり倒したろかと思うたこともございましたが…」と一言付け加えた。ふだんは「物静かな女性的」な雰囲気の折口が、意外と「蛮勇のイメイジ」を示したのでびっくりしたとか、その挨拶に声を立てて笑う教員もいたという(厨川、前出)。

教員の会議の場でも、「慶應義塾根生いの教授陣の中に、いわば外様大名のようにぽつんとすわった迢空」は、「チョッキのポケットから爪切りを出して、その爪を切りながら」うつむいていた。とくに関係事項以外には絶対に発言することはなかった、しかしやむをえないことの以外は、欠かさず教授会には出席したという。そんな折口に対して、まわりの教授陣から「冷たい視線を浴びる事もなかったとは言えない」という(塚崎進・一九八七、一三四頁)。そんな教授陣の中で、唯一の「陰の理解者」として有名なのは、詩人の西脇順三郎であった。

終戦後、大学が外国より「ゼミナール形式」を取り入れ、「研究発表会」というものが国文学の世界でも盛んになってきた。そんな頃、慶應の門弟たちが国文科でも研究発表会をやってほしいと申し出た。折口はそれに対してこう漏らしたという。

あたしは、おっしゃるまでもなく、塾の国文科をさかんにする方法はいくらでも知っているし、やろうと思えばいくらでもできるし、たちどころにしてみせることができます……だがね、あたしがあんまり派手にすると、ほかの科とのふりあいが問題になるのです。憎まれないようにするには、このままよりほかにないのだよ……。

（前出、一三五頁）

そんな折口の「身の安全を願う」姿勢に、学界の新しい動きに敏感な若い学生たちの中には不満に思う者も少なくなかったようだ。そんな窮屈な思いまでをして慶應大学に在職したのは、「塾はなんといっても自由である。ここにこそ自分の生涯の学問をすえる安住の地」（前出、一三六頁）があると考えたからともいう。

もっとも折口は、戦後直後には國學院大學で「神道講座」を担当して、敗戦後における新しい神道の学問的な基礎を固めようとしていた。また國學院を拠点に「神道宗教学会」を立ち上げたように（第八章参照）、折口にとって、慶應義塾大学は「文学・芸能」、國學院大學は「神道・国学」という分担があったようだ。

＊＊＊

慶應義塾大学でのエピソードは事欠かない。以下、慶應での弟子の一人、塚崎進『釈迢空・折口信夫の人生』から――。

慶應義塾は、もともとは「江戸っ子の前掛け姿で登校する」ような気安さが売りだったが、本質的には「高慢で、特権意識を含んだ自意識過剰。その上怠け者の多い雰囲気」で、学問の場には適していなかったともいう。学問の場というよりも「上品な趣味人、サロン文芸風の空気」が満ちていたが、そんな大学の雰囲気を、折口は「のどかな自由」ということだけで満足して、講義を続けていた。

学生ははっきり二派に分かれる。「迢空に私淑して頭まで丸坊主に刈りとり、他の塾生にはないばんからな風を装い」、夜もろくに眠らず学問に没頭する一派。これはまったくの少数派で、大多数は折口を嫌うか、薄気味悪がって近寄ろうともしない。

そんな少数の折口シンパは、卒業したあとも飯を食うに困らぬままに、折口の講義を聞きに来て、講義の後は、職員室から出て来る折口を「デマチ」する。帰宅する折口の後を、卒業生の数人および学生が合計十数人の大部隊となって、ぞろぞろと続く。先頭の折口は、晴れ雨兼用の傘をもって、晴れた日のまぶしい日にぱっと開いて肩にちょこんと乗せる。そのあとを内弟子たちがぞろぞろとついていった。これを指して、他の職員や学生たちは「折口神社」とあだ名し、眼を見張って笑っていたというのは、有名な話である（同前、一三一頁）。

このエピソードは、折口をモデルとした三島由紀夫『三熊野詣』の中にも、こんな調子で描かれている。

近代的な清明大学（引用者注・慶應大学のこと）の明るい校庭を、先生が数人の弟子を連れて横切られる光景は、大学の名物になるほど異彩を放つた。先生は薄い藤いろの色眼鏡で、身につかぬ古くさい背広を召して、風に吹かれる柳のやうな力のない歩き方で歩かれる。肩はひどい撫で方で、ズボンはまるで袴のやうに幅広く、髪はそのくせ真黒に染めてゐるのを、不自然にきれいに撫でつけてゐる。うしろから先生の鞄を捧げて歩く学生も、どうせ反時代的な学生だから、この大学ではみんなの嫌う黒い詰襟の制服を着て、不吉な鴉の群のやうにつき従つてゆく。〔……〕それを見ると、遠くから、「又葬式がとほめる」とみんな面白がつて見るのである。　　　（一一頁）

三島の『三熊野詣』は、「藤宮先生」（折口信夫）の唯一の女弟子の「常子」との淡い関係を描いた美しい小説だ。折口が最も評価していた『玉葉集』中の永福門院の和歌が巧みにちりばめられている。ちなみに三島由紀夫は折口と数回会ったというが、その時の印象として「古代の語部といふものには何らかの肉体的宿命があつたらしいが、先生も明らかに其れと同種の暗い肉体的宿命を負つてゐられた」（三島・一九七六、一四〇頁）と記している。

＊＊＊

では、折口はどんなふうに大学の講義をしていたのだろうか。彼の授業風景として有名なのは、講義が始まる前に、当番の学生が紫の厚い座布団とお盆に急須と茶碗を乗せて教壇に運んだというエピソードである。女子学生が増えた戦後の慶應大学では、それが「女子学生」の役目になっていたために、「自由独立の慶応義塾で男女同権の先がけである女子学生が、お茶運びをしなくてはならない、ということだけで折口先生は古い」と勘違いしていたことを慶應大学の一人の「女子学生」が書いている（若城希伊子「折口教室の女子学生」二〇〇頁）。だが折口の「お茶当番」は男子学生、歴代の弟子たちの務めであった。その役割に喜びを感じていたともいう。

折口の講義の様子については、池田彌三郎が語っている。

先生の講義は、ノートなどは用意せられない。手帳にプランだけ書いて来られて、話していかれると、大抵は興に乗って、教場に誰がいるかさえ忘れてしまわれる。一段落ついて時計を見られると、大体もう終わってもよい時間になっている。

（『まれびとの座』一二三頁）

まさに一種の憑かれた状態で、その口から言葉がほとばしり出てくるといった調子だろう。ただ池田によれば、晩年の折口は「講義が短くまとまってしまう」「話のきりが大変早くついてしまう。一段落ついて時計をみると、まだまだ半分ぐらい」といった状態になることを「気にしておられた」（前出、一二三頁）という。別に話のネタが切れたというわけではなく、「憑かれる」ことが身体的にきつくなってきたことを表しているのだろう。

＊＊＊

大正時代に、沖縄宮古島から國學院に入学した宮良當壮は、その日記の中で、折口の講義について

「痒き処に手の届く程精細。殊にその熱心と真面目さは仰ぐ所なり」（古山悟由「宮良當壮の國學院②」）と記している。さらにその授業風景について、

「新古今」の時、折口先生試問せらる。先生の指名は点々と飛んで遂に予に来る。予「梅花たがそでふれし匂ひぞと春やむかしの月にとははや」と読み、「梅の花よ、お前は誰の袖に触れてそんなに馥郁たる香気を発するのだ。昔業平が詠んだ春やむかしの月に問ひたいものだ」と説明したり。先生は「八十点取るか、零点になるかの境に逡巡してゐては駄目だ」と級友の勇気なきを一喝された。（一〇頁）

と語っている。ちなみに宮良は、折口とその後、沖縄研究を進展させる中で交流を深めたようだ。保坂達雄氏によれば、大正十二年（一九二三）二月十一日の『八重山新報』に、大正十年に柳田國男が沖縄を訪ねたことに続き、折口が沖縄に来たが、時間の都合で八重山には行かなかったことが記されているという（『神と巫女の古代伝承論』四六九頁）。

第六章　昭和三年、大嘗祭の現場から

――「大嘗祭の本義」――

1　「大嘗祭の本義」を読み直す

昭和三年の大嘗祭

昭和三年（一九二八）十一月、裕仁天皇の御大典が京都で挙行された。十日に即位礼、十四日から翌日にかけて大嘗祭という次第である。明治四年（一八七一）の睦仁《むつひと》天皇、大正四年（一九一五）の嘉仁《よしひと》天皇に続く、近代における三度目の、〝天皇即位の秘儀〟とされる大嘗祭が執行されたのだ。そして昭和三年のこの年、折口信夫は大嘗祭をめぐる論考を立て続けに発表していく。

◇「大嘗祭の風俗歌」『国学院雑誌』昭和三年八月第三十四巻八月号。〔新全集18〕

◇「大嘗祭の本義ならびに風俗歌と真床襲衾」（前記論文の続編）『国学院雑誌』昭和三年十一月三

八巻十一月号。全集未収録。〔安藤礼二編『初稿・死者の書』に収録〕

◇「大嘗祭の本義」〔草稿〕昭和三年十月九～十日。〔新全集18〕

◇「大嘗祭の本義」昭和三年六月、東筑摩郡教育会中央部支会の講演筆記。〔『古代研究（民俗学篇2）』新全集3〕

◇「御即位式と大嘗祭と」『歴史教育』第三巻第八号　昭和三年十二月。〔新全集18〕

このほかにも、「ほうとする話」〔昭和二年六月草稿。新全集2〕、「村々の祭り」〔『民俗芸術』第一巻第十号、昭和三年十月。新全集2〕なども大嘗祭に触れる、重要な論考である。この時期、折口はまるで憑かれたように大嘗祭研究に取り組んでいたことが分かる。そこでは有名な「天皇霊」「真床襲衾《まどこおふすま》」についての議論が展開されていくのだが、まれびと・みこともち・たまふり・祝詞・呪言という、折口学のキーワードが駆使されることからも、「折口の学問は、大嘗祭によって育まれたといっても過言ではない」〔茂木栄・一九九〇〕だろう。

改めて、大嘗祭とはどんな儀式なのか。そして折口信夫は、なぜ大嘗祭にこだわったのか。神道学者としての折口というテーマからは、見過ごせない問題である。まずは『古代研究（民俗学篇2）』に収録された「大嘗祭の本義」を中心に、その概要を紹介しよう。

折口の大嘗祭研究のエッセンス

大嘗祭とは、その年収穫された米穀を皇祖神に捧げ、天皇自らも食する「新《にい》嘗祭《なめのまつり》」を、天皇即位の時に大規模に行うものと定義されている。その起源は

「神代」に求められるが、『日本書紀』によれば、七世紀後半の天武天皇の時代には行われていたことが確認できる。

大嘗祭は、十一月の祭日の夕刻に仮設された「廻立殿《かいりゅうでん》」で天皇が潔斎し、午後六時半から九時半まで、「悠紀殿《ゆきでん》」の神座に迎えた皇祖神に自ら神饌を奉り、天皇もそれを食す儀礼を行う。神人共食の儀礼である。そして翌日の深夜の一時から三時にかけ、同じ次第が「主基殿《すきでん》」で行われる。以上からは、大嘗祭とは天皇自身が先祖神たるアマテラスに新穀を供え、ともに食するという、素朴な農耕祭祀、先祖祭祀ということになろう。

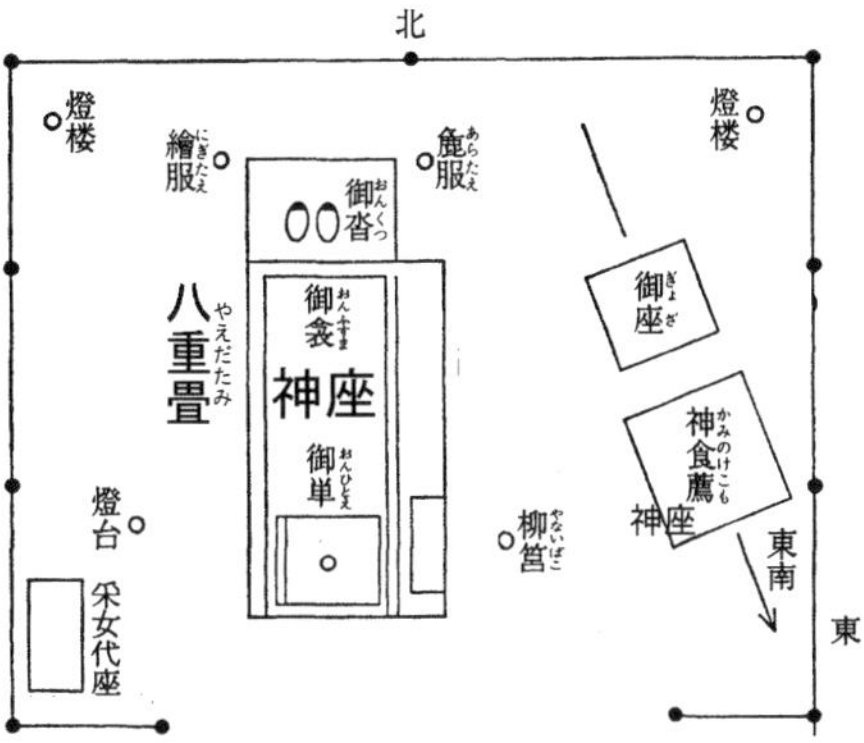

悠紀殿・主基殿内陣の図

では、なぜこれが天皇即位の秘儀とされるのだろうか。

そこで折口が注目したのは、悠紀殿・主基殿（大嘗宮とも呼ばれる）に設置された「御衾」＝蒲団と「坂枕」という寝具の存在であった。ここから次のような論を展開していく。

> 大嘗祭の時の、悠紀・主基両殿の中には、ちゃんと御寝所が設けられてあつて、蓐・衾がある。褥を置いて、掛け布団や、枕も備へられてある。此は、日の皇子となられる御方が、資格完成の為に、此御寝所に引き籠つて、

深い御物忌みをなされる場所である。実に、重大なる鎮魂《ミタマフリ》の行事である。此処に設けられて居る衾は、魂が身体へ這入るまで、引籠つて居る為のものである。〔……〕日本紀の神代の巻を見ると、此布団の事を、真床襲衾《マドコオフスマ》と申して居る。彼のにゝぎの尊が天降りせられる時には、此を被って居られた。此真床襲衾こそ、大嘗祭の褥裳を考へるよすがともなり、皇太子《ヒツギノミコ》の物忌みの生活を考へるよすがともなる。物忌みの期間中、外の日を避ける為にかぶるものが、真床襲衾である。此を取り除いた時に、完全な天子様となるのである。

(「大嘗祭の本義」新全集3、一八七〜一八八頁)

即位する天皇は、大嘗宮の悠紀・主基殿の寝所に設けられた「御衾」＝「真床襲衾」に包まって「物忌み」し、天皇の威力の根元たる「天皇霊」(同前、一八六頁)を附着させる。それが身に憑依すると「完全」な天皇となる。そして、この秘儀は、ホノニニギが真床襲衾に包まって天降りした『日本書紀』の降臨神話に由来する――。

以上が折口の大嘗祭研究のエッセンスである。それは、大正四年(一九一五)の「髯籠の話」で論じていた「大嘗祭に於ける神と人との境は、間一髪を容れない程なのにも係らず、単に神と神の御裔なる人とが食膳を共にするに止まるといふのは、合点の行かぬ話である」(新全集2、一九一頁)という疑義に応えるべく、大嘗祭の隠された意味を解き明かしたものといえよう。

折口の大嘗祭研究は、柳田國男の「民俗学」や「宗教学方法論」、あるいはイギリスの民族学者、ジェームズ・フレイザー（一八五四～一九四一）をはじめとする「ヨーロッパ民俗学」の知識が応用された「画期的なもの」で、「その後の大嘗祭研究に革命的ともいえる影響を与えた」（宮地正人・一九九二）と評価されるが、その一方で、折口の説く天皇霊の附着、真床襲衾の秘儀などは、古代以来の史料からは実証できない「虚妄の説」（岡田荘司・一九九〇）、あるいは明治の皇室典範に基づく近代的な認識にすぎないという批判にも晒されてきた（岡田精司・一九九二）。

こうした折口の学説に対する近年の批判が、平成二年（一九九〇）に戦後憲法のもとで、大嘗祭が初めて行われた時代動向と関わることは間違いないだろう（斎藤英喜・一九九六）。戦後憲法下では、

大嘗宮
（昭和３年の大嘗祭・『昭和大礼要録』による）

天皇の宗教性、神格性は否定することが要求されるからだが、ここではその議論はひとまず措こう。

「民俗学より見たる大嘗祭」というタイトル

本章では、折口信夫の「大嘗祭の本義」が書かれた昭和三年（一九二八）、つまりは裕仁天皇の大嘗祭が挙行された、その時代のただ中から、改めて折口の「大嘗祭の本義」の意義を確かめていきたい。

そこで「大嘗祭の本義」のページを開くと、次のような一文から始まる。

> 最初には、演題を「民俗学より見たる大嘗祭」として見たが、其では、大嘗祭が軽い意義になりはせぬか、と心配して、其で「大嘗祭の本義」とした。題目が甚、神道家らしく、何か神道の宣伝めいた様なきらひがあるが、実は今までの神道家の考へ方では、大嘗祭はよく訣らぬ。民俗学の立場から、此を明らかにして見たい。
>
> （「大嘗祭の本義」新全集3、一六八頁）

そして続けて、自分の話が「不謹慎」と受け取られ、また宮廷の秘事を外部に漏らすことになるかもしれないが、たんなる末梢的なことで憤慨しないようにと注意をうながし、「国家を愛し、宮廷を敬ふ熱情に於ては、私は人にまけぬつもりである」と強く宣言して、本論に入っていくのである。

このあまりに慎重な物言いの背景には、本論が不特定の聴衆に向けた講演の筆記であることや、昭和三年（一八二八）という時代状況も反映しているだろう。この年は、天皇即位＝「御大典」の祝賀ムードの裏側で日本共産党員一五六八人に及ぶ全国的検挙（三・一五事件）、緊急勅令による治安維持法の「改正」（死刑・無期の追加）など、新たな思想統制が始まる時代であった。そして国民には知らされていないが、この年の六月には、関東軍の河本大作参謀らが、中国における軍閥の首領の一人張作霖《ちょうさくりん》を、奉天引き上げの列車ごと爆殺する事件も起きている。後の日中戦争へ至る大きな伏線だ。

改めて注目したいのは、折口自身の立場の宣言である。最初のタイトルを「民俗学より見たる大嘗祭」としたが、それでは大嘗祭が軽く見えるので「大嘗祭の本義」に変えた。この題目は「神道家らしく、まるで「神道の宣伝」めいた印象を与えるが、じつはこれまでの「神道家の考へ」では、大嘗祭は理解できない。だから自分は、「民俗学の立場」から、これを明らかにしていく――。

ここに見て取れるのは、折口が、当時の「神道家の考へ」では、大嘗祭の本当の姿は解明できないこと、それができるのは、自分たち「民俗学の立場」であると述べる強い意思表明である。それが折口の民俗学・国文学＝古代研究が、近代的な神道学への批判であったことと呼応するのは、言うまでもないだろう。折口の「大嘗祭の本義」は、近代の神道、神道学への異議申し立てのテキストでもあったわけだ。「題目が甚、神道家らしく、何か神道の宣伝めいた様なきらひがあるが…」という表現には、折口の周りにいる、「神道の宣伝」を行う「神道家たち」への皮肉が込められているとも読めよう。

そこで次に、折口が「今までの神道家の考へ方では大嘗祭はよく訣らぬ」と批判する、近代の神道家たちの言説とはどのようなものなのかを見てみよう。

2　大嘗祭をめぐる神道家の言説

大正四年の大嘗祭と「報本反始」

まず神道家たちとも関わる政府の見解を確認しておこう。折口の「髯籠の話」が発表された大正四年（一九一五）の大嘗祭をめぐる政府側の説明は、以下のようなものだ。

大嘗祭トハ、天皇即位ノ後始メテ豊葦原千五百秋瑞穂国ノ新穀ヲ以テ、皇祖及天神地祇ヲ悠紀、主基ノ両殿ニ請饗セラレ、且ツ大親カラモ聞シ食サルル大祀ナリ。其ノ皇祖及天神地祇ニ奉事セラルルコト、猶ホ在マスガ如クシ、以テ報本反始ノ礼ヲ正シウシ給フ。（大正度「大礼記録」三八五頁）

大嘗祭とは、即位した天皇自らが、悠紀殿・主基殿に迎えた「皇祖」や「天神地祇」に対して「豊《とよ》葦原《あしはらの》千《ち》五百《いほ》秋瑞穂国《あきみずほのくに》ノ新穀」で饗応し、また自身も食する祭儀である。それは神々が目の前にいるように行う。それによって「報本反始《ほうほんはんし》ノ礼」を全うする……。これが大正度の大嘗祭挙行時の公式見解であった。折口がいうところの「神と神の末裔なる人とが食膳を共にする」（「髯籠の話」新全集2）という認識に対応しよう。

そこで注意したいのは、「報本反始ノ礼」という一節だ。「報本反始」とは、「祖先崇拝の道徳的諸因が、祖先の努力、恩恵に対する報恩感謝の念にあることを述べた儒教の成語」で、出典は『礼記《らいき》』郊特牲にあった（『神道大辞典』）。「報本反始」の用語は、明治後期から大正期にひろがった「神社非宗教論」の重要語句となったものという（西川順士・一九七八）。そしてそれは国民道徳論とも通じていく。

たとえば大正六年（一九一七）の『国民道徳史論』で、河野省三は次のように論じている。

敬神の本義は報本反始の誠意より発する道徳的活動に存するを以て、神道の特質が先祖崇拝なることとは論なし。我が国民が上天皇と共に皇祖皇宗の遺訓を紹述し、祖先の遺風を顕彰するも、歴史と家系とを重視するも、或は我が国に家族制度の特に発達したるも、又我が国民道徳が忠孝一本を極致とするも、其の帰する所は、皆この先祖崇拝の大義に淵源す。而してこの崇祖観念の最も明に具体化せられたるものは、即ち神社及び其の祭祀なり。

（河野省三『国民道徳史論』第十一章「神道」二三〇頁）

神社の参拝は「報本反始の誠意」＝先祖への感謝を表明する、国民の道徳的な行為という認識である。その延長上に、天皇の行う大嘗祭も、国民の神社参拝と同じような「皇祖皇宗」に対する五穀豊穣への感謝の祭りという認識に一義化された。大正四年（一九一五）の大嘗祭は、明治後期から大正期にかけて、内務省神社局と近代神道学を中心に繰り広げられた神社非宗教論＝国民道徳論と連動するものと意味付けられたのである。とすれば、折口の「大嘗祭の本義」は、神社非宗教論＝国民道徳論に集約される、当時の大嘗祭をめぐる政府側の言説への批判としてあったことが再確認できよう。

昭和三年の大嘗祭と「神皇帰一」

では昭和三年（一九二八）の大嘗祭に関する政府見解は、どのようなものなのか。昭和六年（一九三一）に内閣大礼記録編纂委員会が編集・発行した『昭和大礼要録』の一節を見てみよう。

悠紀・主基の本殿に徒御ありて、親しく皇祖　天照大神並天神地祇八百万神に奉仕し、各種の神饌を御親供あらせられ、御躬らも亦聞食させ給ふ。実に神皇帰一の世界にして、我が国体の独り万邦に卓越せる所以の神事たり。（『昭和大礼要録』第一編・序説、五頁）

祭政一致を以て国を建てられたる我が国に於て、最大神事たる大嘗祭が最古き歴史を有することは言ふまでもなく、其の始源は実に遠く神代に在り。（同前、第五編・大嘗祭、二六一頁）

天皇が悠紀・主基殿に迎えた皇祖神アマテラス、天神地祇、八百万神へ神饌供進するとともに、天皇自身も食すという説明は、大正四年のときとほぼ同じである。だが、大正度では使われていなかった、独特な用語が出現するところに注意しよう。天皇と皇祖神が共食することを「実に神皇帰一の世界にして……」と説く一節だ。

「神皇帰一」とは「神人合一」を言い替えた言葉である（西川順士・一九七八）。つまり『昭和大礼要録』には、唐突にも、大嘗祭とは、天皇が神と合一した儀式とする言説が盛り込まれていくのだ。それは「我が国体の独り万邦に卓越せる所以の神事」という「国体」の優位性の強調にも繋がっていく。さらにこうした国家の元首たる天皇の神事によって、日本の政治システムは「祭政一致」を基本とすること、それは長い「歴史」を有するとともに、その起源は「神代」にあることが説かれていくのである。明治憲法という立憲国家の原則から封じられた「祭政一致」、つまり宗教・祭祀と政治統治は一体のものという認識が、大嘗祭の執行によって呼び起こされた、といっていいだろう。言い換えれば天皇即位の「慶事」の前では、立憲主義に基づく原則論的な議論は、すべて封印されていくという時代の雰囲気が広がっていったのである。

『昭和大礼要録』

「神道的用語」が時代のキーワードに

こうした政府の公式見解の背景には、「社会運動の高揚とマルクス主義のひろがりといった二〇年代後半の特有の社会状況に対応し、天皇制の神権的側面が強調の正面に押し出され」たことを見ることはできる〔宮地正人・一九九一〕。「国体論」「祭政一致」論が全面化することで、これ以降、神社や神道は「国民組織化の思想部面」を担うことになり、政治的な役割を課せられていく〔赤澤史朗・一九八五〕。

また阪本是丸氏が指摘したように、昭和三年の大嘗祭に続いて、翌年に伊勢神宮の「式年遷宮」（二十年に一度、伊勢神宮の諸神殿をすべて建て替える祭祀）が行われることで、社会のなかに「神道的」な雰囲気が広がっていったことも見過ごせない〔阪本・二〇一六〕。

たとえば式年遷宮に際して「今回の御盛儀は惟神の大道を明示せられ、国体の精華を遺憾なく発揮せられたものでありまして、天壌無窮の我が国体を表徴する盛儀と存ずるものであります。謹んでこの儀式の終了すると共にいよ〳〵皇祖の神徳を奉賛し奉る次第であります」（『神道学雑誌』第七号、昭和四年十月、二頁）という所感が『神道学雑誌』に載っている。「惟神の大道」「国体の精華」「天壌無窮」という、この時期に流布していく神道用語が散りばめられた所感であるが、これを述べたのは、なんと時の内閣総理大臣たる浜口雄幸であった。こうした言説が内閣総理大臣の口から発せられていく時代であったのだ。ちなみに昭和四年の式年遷宮は、それまでとは異なって、明確な「天皇儀礼」として行われたという〔ジョン・ブリーン・二〇一五〕。

かくして、昭和三年の大嘗祭では、大正期に使われた「報本反始」の言説に代わって、「神皇帰一」「祭政一致」「国体の精華」が時代のキーワードとなるのである。その時代の動向が、昭和四年（一九二九）からの「世界大恐慌」の経済的危機、昭和六年（一九三一）の「満州事変」の勃発、そして昭和十年（一九三五）の「天皇機関説」の排撃、「国体明徴運動」から昭和十二年（一九三七）の日中戦争による「国民精神総動員運動」などを経て、昭和十六年（一九四一）の太平洋戦争へと繋がっていくことは、改めて言うまでもないだろう。折口の「大嘗祭の本義」が、神道をめぐる、こうした時代動向のなかで発表されたことを確認しておこう。

今泉定助の「神人合一」論と大嘗祭

では次に、昭和三年の大嘗祭をめぐって、神道家たちがどのような発言をしているかを見てみよう。彼らとの比較のなかで折口信夫の立ち位置も浮き上がってくるはずだ。

昭和三年発行の『神道学雑誌』第五号には、今泉定介（後に定助、以下この表記による）の「大嘗祭の精神」という論文が載っている。今泉定助は、神宮奉賛会会長、神社制度調査会委員、神祇院参与ともなり、昭和前期における「神道界の長老」と遇された人物である（阪本是丸・二〇〇七）。まさに「国家神道」の一翼を担った人物といってよい。

今泉は、「大嘗祭の精神」のなかで、「報本反始」だけで大嘗祭の意義を説明するのは不十分として、「祭祀の本義」を次のように説く。

孝経の古註を見ると、祭は際なり、人神相接す故に際と云ふとある。即ち際とは、日本語のキハであつて、人と神とが相密接して、其の間、人か神かを分つことが出来ない関係にある事、是が祭だと解いてゐるのである。（「大嘗祭の精神」全集3、一四八頁）

祭祀の終局目的であるが、これは云ふまでもなく神人合一の境地に達することである。神と人とが合一して一つになることにある。此の境地から今一歩進めば神人不二であるが、合一はまだ不二とまでは行かないで、二つの物が全く一つに成りきらず、合わせた形の残つてゐる境地である。

（同前、一四八〜一四九頁）

祭祀の「終局目的」を「神人合一」から「神人不二」への進化とみる今泉は、大嘗祭の根本もまた「神人合一」「神人不二」の境地にあると論じ、それを可能とするのが祓、禊、鎮魂という宗教実践にあったと説いていく。大嘗祭とは、天皇と神とが一体化する「神人合一」の実践であったというわけだ。「祓、禊から段々深く進んで行つて、……これが即ち神人合一、神人不二の境地である」（同前）という言説は、折口と驚くほど近いところにあったことが窺えよう。なお、今泉の「大嘗祭の精神」が載った『神道学雑誌』の同号には、前章で紹介した折口の「神道に現れた民族論理」が掲載されていた。

さらに興味深いのは「神道界の長老」とされる今泉が、禊行を専修する「大日本世界教稜威会」の創始者である川面凡児《かわつらぼんじ》から、多大な影響を受けていたことだ。

川面凡児（一八六二〜一九二九）は、明治、大正の神道界において在野の立場にあった神道家だが、たとえば川面の「宗教とは神人合一、神人不二の意義を表白したる祭祀的形式を云ふ。〔……〕言ひ換ふれば神人合一より神人不二に達するの意味形式を称し宗教といふべきである」（「宗教の定義」全集9）などという記述が、今泉に直接影響を与えたことは明らかである（阪本・二〇〇七）。

なお、川面の鎮魂祭の認識は、折口と通ずる面も持ち興味深いところだが、もう一人、折口と深い関わりをもつ神道家の言説を紹介しよう。

「親友星野掌典」の大嘗祭論

折口が、昭和三年に発表した「大嘗祭の本義ならびに風俗歌と真床襲衾」という論文に、「親友星野掌典」と呼ばれる人物が出てくる。宮内省掌典《しょうてん》で大礼使事務官を務め「昭和御大礼の大役を一身に引き受けて滞りなく遂行した」（『神道人名辞典』）という、まさに昭和の大嘗祭の現場を担ったのが星野輝興だ。

星野もまた、大嘗祭を「報本反始」と捉えるだけでは不充分であると、以下のように述べていく。

要するに大嘗祭は第二義以下として報本反始といふことがありますが、第一義として皇祖の霊徳を肉体的に御継承遊ばされる御儀に拝察されると同時に、我が陛下の御本質の御一端を拝し得たと確信してをります。（「大礼諸儀及其の意義」宮内省『互助』昭和四年第九号、『著作集』一一五〜一一六頁）

大嘗祭において、皇祖より皇祖の霊徳のこもりこもつた、斎庭の稲穂をお承けになる、皇祖の霊徳を肉体的にお承けになる、この時に当つて神の御生活は必然のことと拝察される。

（「大礼本義」『官報』昭和三年十一月七日付け、『著作集』一〇三頁）

「報本反始」＝祖神への感謝という認識は「第二義以下」と退け、大嘗祭の「第一義」は、「皇祖の霊徳を肉体的に御継承遊ばされる……」「皇祖の霊徳を肉体的にお承けになる」ことに求めている。この星野の主張は、真床襲衾に包まって天皇霊を身に入れるという折口説まで、あと一歩というところであろう。ちなみに星野は、先に引用した『昭和大礼要録』の重要な執筆メンバーである。あるいは「神皇帰一」の表現は、星野によるものかもしれない。

宮内省掌典、大礼使事務官として大嘗祭執行の中枢を担った星野が、折口と共振する認識を持っていることは興味深い。折口が、大嘗祭の現場に深く関与した「親友星野掌典」から、重要な情報を得ていたことは、よく知られているところだ。また星野との関係は、柳田國男による仲介が想像されることは、第二章で触れた（五二頁）。

では、その柳田は、昭和三年の大嘗祭について、どのように考えていたのか。

柳田國男の「神皇一体」

柳田國男と大嘗祭との関わりについては、大正四年（一九一五）の大嘗祭に際して「大礼使事務官」として大嘗祭執行に関わったことが有名だ（先の星野輝興と同じ職掌）。また戦後の「稲の産屋」（にひなめ研究会編『新嘗の研究』）や、奥能登の民俗行事である「アエノコト」との繋がりなど、まさに農耕祭祀としての研究視点が知られていよう。もちろんそこに、近代の民俗学の問題点が隠されていたことも、改めて言うまでもないだろう。「民俗学の言説における理論的要請が現在普及しているアエノコト像を起動させ、その像に導かれる形で調査と記述が遂行された」という問題である（菊池暁・二〇〇一、七四頁）。

では昭和三年の大嘗祭をめぐって、柳田はどんなことを語っていたのか。『朝日新聞』の論説委員として、次のような見解を述べていた。

世界最古の国の公の御祭、起源もつとも遙かなる大嘗の御式の中に、尚時代の常民生活と比べて、多くの著しき一致を見出すといふことは第一の神秘である。〔……〕農国本あるいはこれを食料本国と解するを正しいとするかも知れぬ。いづれにせよ民食の特に主要なる一種瑞穂の大御国の貴き伝統に由つて、神に恵まれたる稲穂を重んじたまひ、年の始めには民に代つて年を祈り、秋は則ち天が下のために、歓喜謝恩の情を叙べたまふのみならず、更に相饗の古法則に遵うて、神皇一体の微妙なる境地を、仰ぎ信ずる者に御示しなされるのである。

（「大嘗宮の御儀」昭和三年十一月十四日、定本・別巻2、一八四～一八五頁）

奥能登の「アエノコト」

「大嘗の御式」は、「常民生活」と共通する農耕の祭祀という認識が示されるわけだが、注目したいのは、「相饗の古法則に遵うて、神皇一体の微妙なる境地」の一節だ。これは神代の皇祖神が授けた神聖な稲を、現在の祭りの執行者たる天皇自身が神とともに食することで、神と一体化するという議論である。とりわけ政府の公式見解に使われた「神皇帰一」と類似する「神皇一体」の表現が使われていることに注意しておこう。

折口信夫の独創性はどこか

これまで折口の大嘗祭研究は、独断的で空想的なものと批判されることが多かったが、以上見てきたように、その発想の根幹は、同時代の神道家たちの言説、思想と共通するところが少なくない。折口が述べた、大嘗祭＝天皇霊の継承という発想は、今泉の「神人合一」といった議論、また星野の「皇祖の霊徳を肉体的に御継承遊ばされる」という論述と通じていることは明らかであろう。そうすると、折口もまた、昭和三年以降の「神道イデオロギー」を支える一人、ということになろうか。

この点は、折口の学問・思想を見ていく上で最も重要でまた難しい課題ともなるのだが、「今までの神道家の考へ方」（前出、一六八頁）との比較を通して、折口の大嘗祭研究の特徴はどこにあるのかを検証してみよう。まず確認できることは、折口自身は、「神人合一」「神皇一体」「神皇帰一」「祭政一致」などの、哲学系の神道学の用語は使っていないことだ。

では、折口の大嘗祭論には、どのような学問的な背景があるのだろうか。

3　真床襲衾・天皇霊・まれびと神

大嘗祭研究の先行学説との繋がり

従来、真床襲衾に包まって天皇霊を継承する秘儀という折口説は、文献的に証明できない虚妄の説、あるいは詩人の直感、という批判がなされてきた。折口批判の常套句である。しかし一方で、折口の説は中世からの「豊かな書紀研究史・大嘗祭研究史の先行学説の上に立脚して立論されている」という加茂正典氏の指摘もある〔加茂・一九九九、三〇二頁〕。それを確かめてみよう。

先に見たように、折口は大嘗宮（悠紀殿・主基殿）に設置された布団について「日本紀の神代の巻を見ると、此布団の事を、真床襲衾と申して居る」（「大嘗祭の本義」新全集3、一八八頁）と述べ、その「真床襲衾」は天孫ホノニニギが降臨してくるときに被っていたことを指摘し、「日本紀の神代の巻」のなかの「真床襲衾」こそが、大嘗祭の「褥裳」を考察する「よすが」になると論を展開していく。

ここで重要なのは、『日本書紀』の天孫降臨の神話に、ホノニニギが降臨する時「真床追衾」（『日本書紀』の表記）を被っていたことは記されているが、それが大嘗祭の「御衾」とは、一言も書かれていない点である。つまり天孫降臨神話と大嘗祭とを結び付けるのは、折口の「解釈」であったのだ。

従来、こうした折口の解釈は、詩人的直感と評価されるか、あるいは独断的で恣意的なものと批判されてきたのだが、改めて中世以来の「豊かな書紀研究史」を見直してみると、折口が自説のヒントにしていた「先行学説」があった。

折口がインスパイアされたのは、鎌倉時代後期に卜部氏によって編述された、『日本書紀』の注釈書＝『釈日本紀』である。その中には「真床追衾」について「今の世、太神宮以下、諸社神体、御衾で覆ひ奉る。是その縁なり」（巻第八、神道大系、一九四頁）と注釈が付されている。直接、大嘗祭との関係は記されていないが、真床襲衾が、ご神体を包む聖衣とする認識が、折口に重要な示唆を与えたことは間違いないだろう。

なお、『釈日本紀』は、編者・卜部兼方《かねかた》の父・兼文《かねふみ》と、前関白一条実経《さねつね》ら摂関家の人々との問答を多数、引用している。摂関家は、大嘗祭執行にあたって、とくに天皇が七歳以下の幼帝の場合は、天皇に代わって悠紀・主基の神饌《しんせん》供進《くしん》の行事を担当するために、大嘗祭と関係の深い『日本書紀』の神代巻の知識が必要とされた。そこで『日本書紀』の専門家の卜部氏とともに、勉強会をしていたのである〔安江和宣・一九八〇、一九八一〕。その一部が『釈日本紀』に引かれているわけだ。中世にあっては、『日本書紀』を読むことが大嘗祭執行と密接に繫がっていたことは間違いない〔斎藤英喜・二〇一八〕。折口が大嘗祭の「御衾」の解釈で、「日本紀の神代の巻」を根拠にするのは、中世の『日本書紀』注釈学からの伝統を踏まえているといえるだろう。

近世国学の大嘗祭研究と折口信夫

さらに大嘗祭の由来を天孫降臨神話に求める解釈は、江戸時代末期の国学者・平田篤胤の『古史成文』に繫がっていく。そこでは大嘗祭は、天皇がたんに神饌を神に捧げるだけではなく、神と一体となることが説き明かされているのである。この見解は、篤胤の師である本居宣長の「此の大嘗を、たゞ神に供奉《そなへ》たまふことにのみ説なすは、古《いにしへ》の意にたがへり」〔宣長『古事記伝』全集9、三四五頁〕という説を受け継いでいた。宣長もまた、大嘗祭はたんに天皇が神々に神饌を奉るだけの儀式ではないと明言していたのだ。折口信夫が、近世国学者の大嘗祭研究の系譜上にあることを改めて知る必要があろう。

さらに大嘗宮のなかの「御衾」〔真床襲衾〕で天皇を覆うことについては、篤胤の弟子にあたる鈴木重胤の説が重要なヒントになったようだ〔加茂・一九九九〕。重胤の『日本書紀伝』では、「八重帖を敷き坂枕を置き御衾を覆奉りて、神をも臥させ奉り天皇も臥させ給ふが礼儀にて御在《ま》し坐《ま》す……」〔二十九之巻、全集8、五三四頁〕と、大嘗宮に設置された「御坂枕」「御衣」には、神とともに天皇も

「臥した」ことを注記していた。大嘗宮のなかの「御衾」（第一の神座）に天皇が臥すこと＝真床襲衾に包まるという折口説は、ここからさらに一歩、踏み出すものといってよい。なお、すでに触れたように、重胤は、折口が「神道学者の意義に於ける国学者の第一位に置きたい」（「神道に現れた民族論理」新全集3、一五六頁）と述べた学者である。

「鎮　魂」をめぐる重胤説

折口が「第一位」と評価した鈴木重胤から学んだ中で、最も重要なことは「鎮魂」の説である。すなわち大嘗祭を「重代なる鎮魂の行事」（前出）と見ていく解釈である。古代の史料では、大嘗祭の前日の行事として「鎮魂祭」が執行されるのだが、折口は、大嘗祭そのものが「鎮魂の行事」であると説いていくのだ。

一般に「鎮魂」といえば、離反していく魂を肉体のうちに鎮める「たましずめ」、あるいは弱まっていく魂を活性化させる「たまふり」に区別され、どちらがより古いかという議論があるのだが、折口は「鎮魂」について次のように説明する。

> 先輩もふゆは「殖ゆ」だと言ひ、鎮魂即みたまふりのふると同じ語だとして、御魂が殖えるのだとし、威霊の信頼すべき力をみたまのふゆと言ふのだとしてゐる。即、威霊の増殖と解してゐるのである。（「ほうとする話」新全集2、四〇六頁）

「鎮魂」は威力ある霊を取り込んで、それが増殖していく「みたまふり」の実践と解していく。こうした鎮魂、霊魂の考え方は、民族学のフレイザーの「マナ」の概念から学んだとされているが（それは柳田國男経由と考えられる）、ここで注意すべきは冒頭の「先輩もふゆは「殖ゆ」だと言ひ」の「先輩」である。その「先輩」こそ、鈴木重胤にほかならなかったのだ（津城寛文・一九九〇）。

重胤は「鎮魂祭」を「オホミタマフリノマツリ」と読むことを指摘して、以下のように注釈していく。

此の布理布由は離遊べる運魂《ミタマ》の天中を行歴るが、人体の中府の降《フリ》て其触《フル》る魂を殖し整へる由なり、降《フル》とは神より降す時を以云ひ、威《フユ》とは内に整たる精神の殖弘ごり利用を為を云ひ、振とは内に整たる其余韻の佗に及至て、其威勢の加りて神々しく成る事を云にて、其成整ふ所識神聡明く身体剛健く寿命長遠の神術なる者也けり、然れば鎮魂祭とは魂を神より受賜り殖し留めて、身と心と相共《アヒソ》は令其心をして神明に令至る祭になむ有ける、（鈴木重胤『延喜式祝詞講義』第二、十二之巻、五九九頁）

鎮魂とは、「タマシズメ」ではない。そして「タマフリ」の意味もたんなる魂の活性化ではなかった。「降」とは、「神」より「魂」を授けられることを意味し、それが身体の内で増殖、成長し、やがて「神明」へと至る。これが「鎮魂祭」である。まさに霊的進化論、神人合一論といっていいだろう。

折口の「鎮魂」論が、重胤の説を踏まえていることは明らかだ。たとえば「外来魂は来触して、内在魂となる。古語ふるは、此作用をあらはした言葉である」（「原始信仰」新全集19、一八頁）という記述は、重胤説の「翻訳」とまでいわれるほどだ（津城、前出）。ちなみに、重胤は安政四年（一八五七）、篤胤の養子である平田鉄胤《かねたね》と対立し、門下の内紛のなかで文久三年（一八六三）に謎の死を遂げている。平田派の門下生から暗殺されたという説もある〔谷省吾・一九六八〕。まさに激動の幕末を生きた国学者であった。

「天皇霊」とは何か

折口の「鎮魂」の説が、重胤から影響を受けたことは間違いないだろう。だが、そうだからといって、折口の学問が、たんに重胤の受け売り・翻案だけでないのも確かだ。折口は、重胤を踏まえつつ、大嘗祭の根幹にある「天皇霊」という議論へと展開していくからだ。

折口は、「鎮魂」論から大嘗祭の「本義」について次のような結論を導いていく。

恐れ多い事であるが、昔は、天子様の御身体は、魂の容れ物である、と考へられて居た。天子様の御身体の事を、すめみまのみことと申し上げて居た。みまは本来、肉体を申し上げる名称で、御身体といふ事である。尊い御子孫の意味であるとされたのは、後の考へである。すめは、神聖を表す詞で、すめ神のすめと同様である。すめ神と申す神様は、何も別に、皇室に関係のある神と申す意味ではない。単に、神聖といふ意味である。此非常な敬語が、天子様や皇族の方を専、申し上げる様になつて来たのである。此すめみまの命に、天皇霊が這入つて、そこで、天子様はえらい御方となられるのである。其を奈良朝の合理観から考へて、尊い御子孫、といふ風に解釈して来て居るが、ほんとうは、御身体といふ事である。魂の這入る御身体である。

（「大嘗祭の本義」新全集3、一八六頁）

天皇の身体は、霊魂＝「天皇霊」の容れ物にすぎない――。なんとも過激な物言いである。そしてここに、「髯籠の話」で展開された「よりしろ」論が反響しているのは見やすい。天皇の身体は、神霊が憑依する「よりしろ」という解釈である。折口の大嘗祭研究のキーワードこそ、「天皇霊」であったといえよう。

もちろん「天皇霊」という言葉は、折口の造語ではない。『日本書紀』『続日本紀』など、古代文献に出てくる言葉だ。折口は次のように説明する。

> 日本紀の敏達天皇の条を見ると、天皇霊といふ語が見えて居る。此は、天子様としての威力の根元の魂といふ事で、此魂を附けると、天子様としての威力が生ずる。（前出、一八二～一八三頁）

たしかに『日本書紀』を見ると「可畏《かしこ》き天皇《すめらみこと》之《の》霊《みたまのふゆ》に頼《かがふ》らむ」（欽明十三年条）、「天皇威《る》霊《れい》を蒙《かがふ》りて……」（欽明十五年紀）、「何ぞ敢へて天皇之霊に逆らはむや」（天武元年紀）など「天皇霊」（天皇之霊）という用例がある。だが、それらは大嘗祭とは直接関係はない。したがって折口の「天皇霊」とは、「天皇・皇祖の霊が、敵対者を圧し味方に霊的保護を与えるという観念」を説明するための「理論的モデル」であったと、津田博幸氏は述べている（津田・一九八八）。

そこで注目すべきは、『日本書紀』における「天皇霊」は、敵対者を圧倒する威力を持つという認識である。天皇と奉仕する臣下という関係の古層には、予定調和的、平和的な君臣関係ではない、闘争的な関係が内在されていたという視点とリンクしよう〔安藤礼二・二〇一四〕。これまで見てきた「まれびと」と「精霊」との関係に繋がるところだ。

『日本書紀』に出てくる「天皇之霊」の言葉を、大嘗祭と結び付けて解釈していくのは、鈴木重胤の「鎮魂」説を踏まえた上での、折口によって再創造された、「新しい神話」といっていいだろう。

「尊い御子孫」とは異なるもの

先ほどの引用文で、もう一つ注意すべきは、「すめみまのみこと」の「すめ」という敬語の解釈である。「すめ」の用語は「神聖を表す詞」であり、「すめ神」の「すめ」も同じ。そして「すめ神」は、天皇・皇室に限られた神ではない。つまり「すめ」の語は、もともと「神聖」を意味する語として一般的に使っていたのを、天皇、皇室を示す語に独占された、とも読めるだろう。また肉体を表す「みま」についての解釈も、「尊い御子孫の意味」になるのは、「奈良朝の合理観」とするところも重要だろう。天皇霊を継承する身体は、もともとは特定の子孫、血筋とは関係がないというわけだ。

ここからは、同時代の神道家たちの言説と折口信夫との間の微妙な、しかし決定的な違いに気付くだろう。たとえば星野輝興の説をもう一度確認すると「皇祖の霊徳を肉体的に御継承遊ばされる」、「皇祖より皇祖の霊徳のこもりこもつた…」（本書二二三頁）というように、「皇祖」という先祖神との関係が強調されていた。この場合の「皇祖」は、直接に皇祖神アマテラスというよりも、さらに抽象化された先祖という観念に近い。星野の言説は、皇祖の「霊徳」を肉体的に継承するというように天皇の血筋が重要視される。それは「万世一系」を強調するイデオロギーと不可分な思想だ。

折口も同じように、天皇霊を肉体に憑依させることを主張するが、しかしそこで問題とされるのは、「皇祖」という祖霊ではなく、「天皇霊」という威力を身に帯びることができる、宗教的存在であった。それは「尊い御子孫」という血筋とは関係のない存在として考えられていた。「これは「万世一系」の明らかな否定である」といっていいだろう（安藤礼二・二〇〇四）。ここにも、祖霊信仰とは異なる、折口の立ち位置が見えてくる。そしてそれこそが、同時代の神道家たちの大嘗祭論と一線を画するところといえる。なお折口は昭和十年代後半の戦時期にあっても、大学の講義中に、天皇の「万世一系」を否定するような内容を語っていたという（谷川健一編・一九七四、一三頁。本書第七章参照）。

改めて確認すると、天皇霊を身体に附着させる儀式と捉える折口大嘗祭論は、当時の神道家たちの言説と通じる面を持ちながら、決定的な違いを含んでいた。それは「皇祖」という祖霊観念、さらに「万世一系」という国体概念とずれていく。折口がそれを自覚的に論じたというよりも（昭和三年の段階で、それを明言することは出来ないだろう）、彼の難解な表現を読み解いていくと、そうした方向性に至りつくのである。

「まれびと」としての天皇

さらに折口の天皇論を追ってみると――、「大嘗祭の本義」の前年、昭和二年（一九二七）に書かれた草稿の中に、次のような一文がある。

> 天子は、此時遠くより来たまれびと神であり、高天原の神でもあつたのだ。さうして、現実の神の詔旨伝達者《ミコトモチ》の資格を脱却せられてゐる。元旦の詔旨を唱へられると共に、神自身になられるのであ

る。

（「ほうとする話」新全集2、三九六～三九七頁）

「ほうとする程長い白浜の先は、また、目も届かぬ海が揺れてゐる」という、有名な冒頭の一節から始まる論考である。注目したいのは、天皇が「遠くより来たまれびと神」と定義されるところ。高天原から降臨するホノニニギと一体化する儀式という大嘗祭の認識とも繫がるだろう。

だが折口が見出した「まれびと」はたんなる遠来の来訪神ではない。「常世のまれびとの威力が、土地・庶物の精霊を圧伏した次第……」（「国文学の発生（第四稿）」新全集1、一三一頁）という記述にあるように、遠来の「まれびと」は、土地の精霊たちの敵対的な関係を持ち、それを圧倒する神であったのだ。それは「高天原の神」の来臨が、出雲神たちとの闘争を前提にして語られていくことと繫がる（この視点は、國學院大學の学生であった頃の折口がこだわったところだ。第一章、四三頁、参照）。そして「まれびと」たる天皇の「天皇霊」は、敵対するものを圧迫する力の根源でもあったのだ。したがって遠来する「まれびと」の神は、土地の者たちとの血縁的な繫がりを持たない外来の神格であったということであり、ここにこそ折口がイメージする「天皇」なるものの異端性が際立つところだろう。

「神なる自分が、神主なる自分から享けられる」

引用した文章でもう一つ注目すべきは、後半の一節だ。天皇は神の詔旨を伝える「詔旨伝達者」なのか、「神自身」なのか、という議論である。これは戦後の「天皇即神／非即神」という課題とも繫がっていく（第八章参照）。

さらに「ほうとする話」の論述を読んでみよう。

大嘗祭りは、御世始めの新嘗祭である。同時に、大嘗祭りの詔旨・即位式の詔旨が一つものであつた事を示している。即位から次の初春迄は、天子物忌みの期間であつて、所謂まどこ・おふすまを被つて、籠られるのである。春の前夜になつて、新しい日の御子誕生して、禊ぎをして後に、宮廷に入る。さうしてまれびととしてのあるじを、神なる自分が、神主なる自分から享けられる。此が、大祓へでもあり、鎮魂でもあり、大嘗・新嘗でもある。さうして、高天原の神のみこともちたる時と、神自身になられる時との二様があるので、伝承の祝詞と御座とが、其を分けるのである。

（「ほうとする話」新全集2、三九七頁）

未発表の草稿ということもあってか、論述は整理されていない印象を与える。いや、そもそも折口の文章は難渋を極めるものが多いのだが、これはその中でも、とりわけ難しい。とりあえず、論点を天皇即神、非即神の文脈に絞ってみると、こういうことが見えてくるだろう。

大嘗祭において天皇は二つの立場に立つ。一つは「高天原の神のみこともちたる時」、もう一つは「神自身」。あるいは「神主なる自分」と「神なる自分」の二つの立場である。つまり大嘗祭の儀礼の場、そこで読まれる「祝詞」の表現、大嘗宮の中の「御座」の位置によって、天皇が神そのままである時と、神を迎え祭る神主となる時が使い分けられるのである。

この点についてては、思想家の吉本隆明（一九二四〜二〇一二）が『共同幻想論』（一九六八年）の中で、次のように論じていることが参考になりそうだ。

世襲大嘗祭では、その祭儀空間と時間とが極度に〈抽象化〉されているために、〈田神〉という土地耕作につきまとう観念自体が無意味なものとなる。そこで天皇は司祭であると同時に、みずからを民俗祭儀における〈田神〉とおなじように〈神〉として擬定する。かれの人格は司祭と、擬定された〈神〉とに二重化せざるをえない。（著作集11、一五四頁）

一九六〇年代後半の大学闘争の時代、多くの読者を獲得した『共同幻想論』の中には、何度も折口信夫の名前が出てくるが、とくにこの部分について、折口を参照したという記述はない。しかし「かれの人格は司祭と、擬定された〈神〉とに二重化せざるをえない」という議論が、折口が述べた「まれびととしてのあるじを、神なる自分が、神主なる自分から享けられる」という、大嘗祭における天皇の役割の二重化とリンクすることは明らかであろう。そして吉本は「祭儀が支配的な規範力に転化する秘密は、この二重化のなかにかくされている。なぜなら、農民たちがついに天皇を「田神」と錯覚することができる機構ができあがっているからである」（前出、一五五〜一五六頁）と、権力の発生の問題へと展開させていくのである。

昭和三年からの文脈の中で　大嘗祭の儀礼の現場において、天皇は二つの顔を持った。すなわち遠来の「まれびと神」であると同時に、その神を迎え祭る「神主」という二重性である。そのことは、すでに大正四年（一九一五）の「髯籠の話」の中でも「大嘗祭に於ける神と人との境は、間一髪を容れない程なのにも係らず…」（「髯籠の話」新全集2、一九一頁）と述べたところに通じよう。大正四年の大嘗祭が「報本反始」という道徳的な意味付けに一義化されたことへの批判ともいえる。

一方、昭和三年（一九二八）の大嘗祭ではどうか。先に見た政府見解や同時代の神道家たちの言説、すなわち「神皇帰一」あるいは「神人合一」という言説は、神と一体化する天皇と、それを前提とした「国体」なるものを強調する内容であった。それは一見すると、折口の学説にも通じる。しかし、折口の視点から見れば、政府見解や神道家たちの発想は、天皇の二重性が、「神自身」の側に固定され、絶対化されるという面が浮き上がってこよう。

とりわけ昭和三年以降の政治的な動向の中で、天皇は、儀礼・祭祀の場を離れても、つねに「神」へと一義化されていく。それを決定付けるのは、昭和十年（一九三五）の美濃部達吉の「天皇機関説」排撃から、「国体明徴運動」という流れである。さらに昭和十二年（一九三七）の日中戦争、昭和十六年（一九四一）の太平洋戦争の勃発以降、「天皇」は折口が古代研究から導き出したのとは異質な方向で、絶対的な「神」へと変質していった。折口が、昭和戦時期の「天皇」の問題と直接ぶつかることになるのは、有名な「アラヒトガミ事件」においてである。

では、神道学者としての折口は、昭和の戦時期をどのように生きたのか。次章でその姿を追ってみよう。

第七章　折口信夫の「アジア・太平洋戦争」

――「国学とは何か」「平田国学の伝統」「招魂の御儀を拝して」――

1　昭和八年の「十人組徒党事件」

戦時期の折口信夫をどう位置づけるか

昭和六年（一九三一）の「満州事変」から、昭和十二年（一九三七）の「支那事変」＝日中戦争の勃発、そして昭和十六年（一九四一）の「大東亜戦争」＝太平洋戦争へと至る「アジア・太平洋戦争」の時代、神道学者たる折口信夫は、どのように生きたのだろうか。「神道」をめぐる彼の学問、思想は、この時代の中で、どのような意味を持ったのだろうか。

歌集『天地《あめつち》に宣る』（昭和十七年）に収録された戦争詠、たとえば「ひむがしの古き学びのふかき旨蔑《ナミ》する奴輩《ヤツコバラ》　伐ちてしやまむ」（新全集24、五五九頁）などを中心に、戦争を讃美した折口の戦争責任を問う批判的議論がある（村井紀・二〇〇四）。反対に、有名な「アラヒトガミ事件」（昭和十八年）や情報局の軍人に示した「気概」（昭和二十年）など、戦争へ抵抗・批判した折口信夫という評価もある。戦時期の折口評価の二面性は、結局は、折口の学問、思想が単純には批評できないという問題に繫がる。それは「アジア・太平洋戦争」の時代を、日本の近現代史の中でどう位置づけるかという難題とも重なってくるだろう。

昭和の戦時期とは、「神社」を基盤とした「国家神道」が日本人の精神を縛りつけ、また「天皇」の名のもとに無謀な戦争が継続・拡大され、多くの国民とともにアジア各地の民衆への多大な被害、犠牲を強いた時代と認識される。そして人々を戦争へと牽引した神社・神道・天皇とは、折口の学問、思想がつねに向き合ってきたテーマにほかならなかった。

はたして、折口信夫は、戦争の時代をどのように生き、学問を進めたのだろうか。この章では、戦時下の折口信夫の学問・思想を見ていこう。

なお、満州事変から大東亜戦争については、近年の歴史学の成果による「アジア・太平洋戦争」の呼称を使う（吉田裕・二〇〇七）。

まずは昭和八年（一九三三）、折口の学問が、時代の現実と激突する、一つの事件から始めよう。

「妖婦折口」という怪文書

昭和八年二月、國學院大學内部で、折口信夫をめぐる事件が起きた。後に「十人組徒党事件」と呼ばれた出来事である。自撰年譜によれば「十人組なる徒党、事あり、教育の無意義を痛感する」（「自撰年譜」一、新全集36、二六頁）とある。これ以上の情報は不明だが、『新全集36』の「年譜」には「二月、国学院大学会計課校費費消事件に発して、学内に十人組徒党事件起る。怪文書に「妖婦折口」と書かれる。國學院大學で講義することに失望し、以後「国学院大学講師」を強調する」（同前、七七頁）とある。

大学内部の経理上の不祥事をきっかけに、それまで折口の学問、教育に不満・批判を持っていた十人の学生たちが「徒党」を組んで、「妖婦折口」と書かれた怪文書を流し、折口排斥の運動を起こしたことが想像されよう。この事件をきっかけに自らの「教育の無意義」を痛感し、母校でもある國學院大學への愛情が薄れたということが言われている。

『迢空・折口信夫事典』「十人徒党事件」の項には以下のようにある。

（この事件については）折口信夫の学問の方法に対する批判・否定であったと仄聞したことがある。折口自身、新国学の樹立を自らの学問の目的としたのであるから、國學院大学の中から、それに反撥するものがあらわれても決して不自然ではなかったろう。この事件によって、折口信夫の気持ちは、母校から慶応義塾大学に移ったという。これ以後、折口信夫は、慶応義塾大学教授、國學院大学講師を強調するようになる。それだけ折口信夫に与えたショックは大きかったのである。

（有山ほか編・二〇〇〇、三〇九頁）

國學院大學内部に、折口の学問・思想に批判的な人々が存在したことは、これまでの叙述からも、充分想像されるところだろう。そして昭和三年（一九二八）以降、國學院とともに慶應義塾大学の教授を掛け持ちしていたわけだが、この事件をきっかけに、國學院の方は「講師」であることを強調したという。

ただしこの点については、反論もある。昭和十八年（一九四三）の時点に出版された書籍、講演会の紹介記事などから、「時と場合によつて、慶應義塾大学教授とも、國學院大學教授とも記してゐるのであり、また両大学教授で文学博士との記載もある事実」があったという（阪本是丸・二〇一二）。これは國學院側からの記述だ。

一方、慶應の弟子の一人、池田彌三郎は、「国学院を出て塾（慶應大学）につとめたので、とかく塾には遠々しい気持ちをもっていた……」という折口自身の言葉を伝え、「塾に対する先生の遠慮は、とうとう最後までとれなかった」と記している（池田・一九七七、一二八頁）。慶應大学に対しても、「外様大名の身の遠慮があった」のは確かなようだ（塚崎進・一九八七）。ようするに國學院にせよ、慶應にせよ、折口は「大学」という制度の中に馴染めない学問、思想の持ち主であったというべきなのだろう（断章2参照）。

それはさておき、ここで眼を向けたいのは、「十人組徒党事件」が起きた時代背景だ。それは一私大内部の事件でありつつ、昭和八年（一九三三）という時代の動向と密接に繋がっていたのである。「十人組徒党事件」が起きた時代背景を知るためには、その二年前、昭和六年（一九三一）に勃発した「満州事変」にまで遡る必要がある。

「満州事変」以降の神社と神道

同年九月十八日、中国東北部（満州）の奉天《ほうてん》郊外の柳条湖《りゅうじょうこ》で、南満州鉄道の線路の一部が爆破された。この事件については、関東軍参謀の石原莞爾《いしわらかんじ》らによって周到に準備された謀略であったことが後に判明しているが、関東軍は、これを口実に軍事行動を起こし、翌日には奉天を占領、四ヶ月半の間に全満州を軍事占領して、翌年には「満州国」という傀儡《かいらい》国家を樹立していくのである。その背景には、日露戦争に由来する「満蒙《まんもう》特殊権益」（日露戦争後に日本が中国東北部に有すると主張した権益）の保護を主張する日本政府、関東軍の国家意思があった（加藤陽子・二〇〇七）。

満州国は日本政府の「傀儡政権」と国際的な批判を浴びることになるが（それは日本が、欧米の帝国主義国家群と同列に植民地獲得競争に入ったことを意味する）、この「事変」以降、多くの国民をも巻き込み、急激な排外主義・国家主義の昂揚をもたらすことになる。「準戦時体制」の構築である。そこで浮上してくるのが「神社」であった。

大正期から昭和初期、とくに昭和三年（一九二八）の大嘗祭、四年（一九二九）の伊勢神宮の式年遷宮によって、神社、神道、国体の言説が拡大していたが、「満州事変」以降、さらなる社会的な広がりが進行していく。「戦勝祈願」「武運長久」の名のもとで出征兵士の安全と生還を願う祈願が人々を神社に引き寄せ、神社が対外戦争に向かう国民の統合や団結のシンボルとして機能したのだ。もちろん実質的には、在郷軍人会・消防組・青年団・婦人会・小学校・自治組織・氏子などのあらゆる団体の計画的組織的動員があったことは間違いない（赤澤史朗・一九八五）。

それは神社体系を総動員した「上から」の展開とともに、「大正デモクラシー」を経過した以降の「下から」（地域社会から）の動きが活性化する時代の始まりともいえよう（畔上直樹・二〇〇九）。すなわち「民主主義」的な社会の「成熟」が、戦争に向けた「総力戦体制」を作り出していくというシステムである〔山之内靖・二〇一五〕。

さらに軍事行動が一段落した昭和七年（一九三二）の春には、戦死者の慰霊祭が中心となっていく。地方の招魂社の建立・改築が進み、また改めて「靖国神社」の存在が大きく浮上することになる。「事変」以降半年で五百人近くの戦死者を出したことで、彼らを「英霊」として合祀する臨時大祭が天皇・皇后が揃って参拝する荘厳な祭典として行われたのである〔阪本是丸・二〇一六〕。

上智大学学生の靖国参拝拒否事件

靖国神社の存在が国民の間で大きく意識されていくのは、同年九月に起きた、上智大学学生による「信仰」を理由とした靖国神社参拝拒否事件であった〔阪本、前出〕。神社界からは、『皇国時報』『国学院雑誌』『神道学雑誌』などで、上智大学に対する猛烈な批判が展開されるが、それ以上に軍部や軍人が担い手として登場することで、格段に圧力が強まっていく。教育理念や管理運営体制の変更、さらには廃校の脅迫など、「参拝問題」に留まらない、学校排撃運動にまで発展するのである〔駒込武・二〇〇五〕。

たとえば昭和六年（一九三一）十一月には文部省は小中学校生徒の校外教育の一環として、伊勢神宮、皇居遙拝、神社参拝、神社境内清掃などを正式に位置づけ、昭和七年（一九三二）八月から開始された「国民更正運動」、昭和十年（一九三五）に開始された「選挙粛清運動」、さらに十二年（一九三七）の「国民精神総動員運動」において神社への集団参拝が「奨励」されるなど、「信教の自由を根拠として神社参拝を拒否することが困難な雰囲気」が強まっていった〔新田均・一九九九、四三頁〕。

もっとも、昭和十四年（一九三九）の第三次宗教法案を審議する議会の場で、神社参拝は「国民個人については、道徳的な義務であって、法律的な義務ではなく、それを罰する法律は存在しない」という国会答弁もあり、「神社参拝の強制を合憲・合法とする解釈はついに採用できなかった」のも確かである（新田、前出、四三頁）。それは神社参拝の「奨励」のシステムが、近代的な「法」を超えるものとして、戦争の遂行に即して出来上がったことを意味しよう。信仰・宗教的な立場は、たんなる個人のものにすぎず、「神社参拝」は、そうした個人を超えるもの＝国家・民族に属するもの、というロジックである。

　このように、「神社」が重きをなしていく時代動向の中で、折口信夫の学問・思想は微妙な立ち位置に立つことになる。「神社」成立以前の「よりしろ」や「まれびと」に注目していく折口の古代研究は、同時に「神社神道を以て、神道究極のものとは考へる訣には行かない」（「民間信仰と神社と」新全集20、八九頁）という「神社神道」批判と一体となっていたからだ（第五章参照）。折口の古代研究は、「神社」を基礎とした、新たな国家主義や宗教ナショナリズムが再編成されていく動向のなかで（畔上直樹・二〇一二）、反時代的なポジションを占めるようになるといえよう。

神武東征の「歴史」と「神話・伝説」

　さらに昭和八年（一九三三）の「十人組徒党事件」の直接的なきっかけになったと思われる折口の論考がある。事件の一月前に発表された「大倭宮廷の剏業《とうぎょう》期」（『改造』第十四巻第一号。昭和八年一月発行）である。タイトルから想像されるように、「大倭宮廷」の起源、すなわち九州に盤踞したカムヤマトイハレビコ（神武天皇）が、大和の地に入って「天皇」

に即位する事蹟をめぐって論じたものだ。その中に次のような一節がある。

> 私は、歴史を論じてゐるのではない。神話・伝説における通用性から、かうした形の覓国《クニマギ》物語の意義を、思はうとしてゐるのだ。而も事実に見ても、此と等しいものがある。大倭宮廷の確立して後も、久しく、此と似た形で国覓ぎしつゝ、団体の旅を続けたものが多かつた。大抵、一種の神を持つて廻り歩いた人々で、住んでは移り、移つては行き〳〵した。其形式が、後代までも此日本国土の上に、くり返されて行はれてゐる。つまり信仰上の伝へと、現実生活との交錯で、古代には事実でもあり、信仰でもあつた訣である。而も、いづれも皆歴史化して考へられ、其忘却の甚しいものは、伝説としてとり扱はれる様になつた。
>
> だから後世、正史がすべての史的観念を指導する様になると、かうして、流離する神々の物語は、その地方を旅行したと伝へられる貴人の行動の一部として、統一せられて行つた。九州の東海岸から、山陽の沿岸地方へかけて、神武天皇大和入りの御事蹟に綜合せられたものが多いことは、此点から考へねばならぬ。
>
> （「大倭宮廷の剏業期」新全集18、四一九頁）

冒頭で「私は、歴史を論じてゐるのではない」と、結果的には神武東征の事蹟が「歴史」ではないことを断言してしまう。そして神武東征とは、「覓国」の物語としてあったこと、さらにその背景には、国覓《ま》ぎしつつ、諸国を旅した神人団体の伝承があったこと、それが後世に「神武天皇大和入りの御事蹟」として「歴史化」されたと論じたのである。文中の「一種の神を持つて廻り歩いた人々」「流離する神々の物語は、その地方を旅行したと伝へられる貴人の行動」という記述が、折口の古代研究の核心にある、遊行する神人、「ほかひびと」の議論と結び付くことは、すぐに理解されよう。「神武東征」の物語が、「国覓ぎ」の伝承を背景に持つことは、現在の研究者からはほぼ認められている（西郷信綱・一九七三）。

しかし、これは昭和八年に発表されたものだ。冒頭に「私は、歴史を論じてゐるのではない」と宣言しているように、折口の学問からは「神武東征」は、「歴史」ではなかったということになる。また後半の「後世、正史がすべての史的観念を指導する様になると……」という記述には、「正史」そのものを相対化してしまう意味合いが含まれていることも、読み取れよう。

結び付く「神道」と「国史」

このように折口の論考は、初代天皇の事蹟は「歴史」ではなく、「神話・伝説」であったものを後世に「正史」としてまとめたにすぎない、という結論に至るわけだ。こうした議論が、当時にあってはかなり過激なものであることは、たとえばかつて折口も寄稿した『神道学雑誌』の巻頭言（一九三三年十三号）の論述と比べてみると理解できるだろう。

> 神道は皇祖皇宗（引用者注・アマテラスと神武天皇）その他神々の遺訓遺風であるので、その成跡は国史となつて居る。されば国史を壓搾すれば、茲に神道の道徳は見られる。
>
> （田中義能「神道と皇道」）

「国史」を読み解いていけば、自ずから「神道の道徳」が顕現してくる。「国史」と「神道の道徳」とは、一体のものと認識される。とすれば、「国史」そのものを相対化していく折口の視線は、当然、それと結び付いた「皇祖皇宗その他神々の遺訓遺風」である神道をも疑うことになってしまう。

さらに昭和十二年（一九三七）、支那事変＝日中戦争が勃発した以降の言説を見てみよう。次に引くのは、有名な『国体の本義』の一節である。

大日本帝国は、万世一系の天皇皇祖の神勅を奉じて永遠にこれを統治し給ふ。これ、万古不易の国体である。而してこの大義に基づき、一大家族国家として億兆一心聖旨を奉体し、克く忠孝の美徳を発揮する。これ、我が国体の精華とするところである。この国体は、我が国永遠不変の大本であり、国史を貫いて炳として輝いてゐる。（文部省編『国体の本義』九頁）

まず『国体の本義』が刊行された背景を見ておこう。昭和十年（一九三五）二月、貴族院本会議で起きた、貴族院勅選議員・美濃部達吉の憲法学説＝天皇機関説を「反逆的思想」と批判する主張は、最終的には美濃部の著書の発禁、さらには議員辞職へと追い込む。そして衆議院本会議では政友会・民政党・国民同盟の共同提案である「国体明徴に関する決議案」が可決されるに至った。じつは美濃部の学説は、「統治権の主体を法人たる国家に求め、天皇をその最高機関とするものであり、大正期から定説的地位を占めていた」ものであった（菅谷幸浩・二〇一六）。それが否定されることは、立憲君主制国家の根幹を揺るがすことになるのである。

そして昭和十年の「国体明徴運動」に連動する形で、政府の側が打ち出すのが、昭和十二年（一九三七）刊行の『国体の本義』であった。この中では、「万世一系の天皇皇祖の神勅」を奉じた「大日本帝国」の国体が「永遠不変」であることは、「国史」によって示されているという言説が繰り広げられていくのである。田中義能の神道学を、さらに政治的な色合いを濃くしてまとめられたのが、『国体の本義』の言説といえよう。なお、昭和十五年（一九四〇）には、津田左右吉の『神代史の研究』（刊行は大正二年）などが発禁、出版法違反で起訴されている。

ちなみに、昭和十三年（一九三八）に発行された「国体の本義解説叢書」の一冊『我が国体と神道』（教学局編纂）は、「國學院大學學長文學博士河野省三氏」に執筆を委嘱したもの。その中には、大正期における「デモクラシーの流入の伴う思想界の動揺」、それによる「国民生活の不安」が広がるなか、「昭和六年秋の満州事変が勃発し、我が国民の意気は冲天の勢ひを以て……」（四頁）といった論調が繰り広げられている。そうした言説は「神社の奉仕若しくは祭祀は、我が国民の道徳意識を根柢としてゐるもの」（四六頁）、「神社は日本民族の伝統的信念並びに民族性が公共的・信仰的に表現せられたもの」（四七頁）というように、神社神道＝国民道徳の理念と一体となっていたのである。

折口信夫の「古代研究」の立場

こうした言説が繰り広げられていく時代の中に折口信夫の「古代研究」はあった。もちろん折口が「神道」や「国史」を否定しているわけではない。折口の学問は、神道や国史をめぐる当世の議論が、結局は近代以降の合理的な理解に留まることに対して、さらに「古代」の側へと視線を延ばしていくことで、近代的な神道学では見ることのできない神道の深みを探ることにあったのである。

だが、時代の動きは、そうした折口の長い射程をもつ学問を理解するには、あまりに性急な議論を横行させることになった。昭和八年（一九三三）の國學院大學内部で起きた、「妖婦折口」への批判、排斥の「運動」の背景には、「満州事変」以降の時代動向の中で伏流していた折口の学問・思想に対する無理解からくる反発・批判があったことは間違いなさそうだ。

ちなみに「大倭宮廷の刱業期」が発表された『改造』は、大正期のような左派の雑誌から、より一般誌としての要素を高めていたが（たとえば昭和五年の『改造』には、「大衆消費社会」の隆盛を象徴する「デパート」が、当時の若者の「デートコース」になったことを紹介する記事などもある〔井上寿一・二〇一一〕）、日中戦争（支那事変）が勃発する昭和十二年（一九三七）には、『改造』九月号の大森義太郎の巻頭論文「飢ゆる日本」が全面削除され、タイトルも刺激的という理由で目次まで切り取りが命じられたという〔北河賢三・一九八九〕。さらに昭和十七年（一九四二）の執筆者の検挙、発禁、編集者の逮捕、そして十九年（一九四四）には廃刊命令へと進んでいくのである。

「国賊」と呼ばれた折口信夫

そうした國學院内部における折口への無理解・反発・批判は、昭和十六年（一九四一）の「大東亜戦争」突入以降、さらに強くなったようだ。

たとえば、敗戦の色が濃くなってくる昭和十九年（一九四四）に國學院大學に入学して、折口の「国学」「神道概論」などの講義を聴講した古代史研究者の上田正昭（一九二七〜二〇一六）は、「学生の間では、折口は国賊だというような、一部の右翼の学生からの国賊呼ばわりがありました」といった思い出を語っている（谷川健一編・一九七四、一三頁）。なぜ「国賊」と呼ばれたのか、その理由は「講義内容とか、研究内容とが国体に反するという、そういう批判でしょうね」という（一五頁）。

また慶應大学での弟子である加藤守雄（一九一三～八九）は、「折口先生がほかの大学にいたら、おそらくやられてるでしょうね。国学院だから右翼だというレッテルを世間が貼ってくれていたから、助かっていたようなものですね。たいへん危険なこと、万世一系じゃないっていうようなことを、講義の中では言いますからね」（一三頁）などと回想している。

このように折口が國學院大學内部で「国賊呼ばわり」されたということからは、彼の学問・思想が、同時代において理解されることが非常に難しかったことがうかがえよう。

たとえば昭和十八年（一九四三）十二月に刊行された宮地直一編『神道講座　別巻・神道史』収録の、藤岡好足「現代神道論の大要」という論考の中で、「高名なる国文学者たる、折口信夫博士」の「神道論」を、柳田國男と同じく「民俗学」の立場にたつものと紹介している。だが、その文末の小字注で「折口信夫博士には、大著『古代研究』三巻がある。但し、初学者には、博士の真意を理解することは困難であらう」と注記している（藤岡・一九八一）。

また阪本是丸氏は、『神道講座』の藤岡好足の論の注記をめぐって「この謎めいた藤岡の言が、当時の折口の「学説」を何よりも雄弁に物語つてゐる」と「先考」（阪本健一）から聞いたという思い出を記している（阪本・二〇一二）。ちなみに阪本健一（一九〇五～九〇）は、「十人組徒党事件」のメンバーの一人であった〔阪本・同前〕。

ともあれ、ここからは、折口の「神道論」が、戦時期の國學院大學の内部、さらには神道界の中で、「真意を理解することは困難」とされるような位置にあったことがわかる。神社の非宗教性を批判した折口の姿勢は、「神社神道」が国家や政治、権力と安易に結び付いてしまう、その論理を批判するものであったからだ。もちろんそれは、大正期以来、神道学者としての折口の一貫したスタンスであった。いずれにせよ、折口が國學院大學の教授であったことが、彼の身を守ったのは、確かであろう。

さらに戦時期の折口の姿を追跡すると、あの有名な事件が浮かび上がってくる。

2 二・二六事件から「アラヒトガミ事件」へ

昭和十一年二月二十六日、雪の朝

昭和十一年〔一九三六〕二月二十六日、朝からの雪が降り続く中、折口信夫は、慶應義塾大学で国文学演習の学期末試験を行っていた。その試験を受けていた池田彌三郎によれば、『万葉集』巻八の試験で、「問題は一首の歌を黒板に書いた折口が、教室でのこの歌の講義をしたとき、言わなければならないことで言わなかったことがある、それをお書きなさい」という、いかにも折口らしい設問だったという。そして午後六時からは、日本民俗協会の幹事会に出席した。会は十時前に解散したが、折口はこの日、帝都を震撼させた事件について詳細はまだ知らなかったようだ〔池田彌三郎・一九七二〕。

ちなみに『濹東綺譚《ぼくとうきだん》』の作家・永井荷風は、その日記に「九時頃新聞号外出づ。岡田（啓介首相）斎藤（実内大臣）殺され高橋（是清大蔵大臣）重傷鈴木（貫太郎）侍従長又重傷せし由。十時過雪やむ」（『断腸亭日乗』昭和十一年二月二十六日）と、かなり詳細な情報を書き記している。

二月二十六日から四日間にわたり首都を震撼させた、後に「二・二六事件」と呼ばれる騒擾は、安《あん》藤輝三《どうてるぞう》大尉・栗原安秀《くりはらやすひで》中尉ら、陸軍内部の「皇道派」と呼ばれる青年将校たちが一四〇〇名余の将兵を率いて、政府高官・重臣たちを殺害し、陸相官邸・首相官邸・陸軍省・参謀本部付近、警視庁を占拠した「クーデター」未遂事件である。最終的には「叛軍」として鎮圧され、中心的な将校十五名、さらに「叛乱の首魁」とされた民間人の北一輝《きたいっき》・西田税《にしだみつぎ》ら十九名が処刑された、昭和史上、最大の叛乱事件である（州崎慎一・一九八八）。

一般に、この事件を契機として、軍部が独走し戦争へと突き進んでいく時代を導いたと理解されている。すなわち昭和十二年（一九三七）七月、盧溝橋での日中軍衝突から上海総攻撃、さらに南京占領という「支那事変」＝日中戦争へと突入していく時代である。それは大枠的には、「日本帝国主義が中国大半を占領する形で膨張し、日本中心の経済ブロックへと包摂していく侵略戦争」（米谷匡史・二〇〇二）として位置づけられよう。

しかし、事件以降に、国家全体を「侵略戦争」へとリードしていくのは、皇道派青年将校たちを鎮圧した陸軍内部の「統制派」の勢力である。すなわち「制度としての軍の合法的機能を極限にまで拡大することによって、国家全体をいわゆる高度国防国家に改造」し、とりわけ「新官僚（革新官僚）」

と呼ばれたグループの「技術的知能」を利用して、国民経済の統制、総力戦へと展開させることになった〔橋川文三・一九六八、三六〇〜三六一頁〕。その「総力戦体制」の構築があって、昭和十六年（一九四一）の対英米戦争の開戦を可能としたわけだ。なお、従来、軍部の暴走と認識される「戦争体制」の構築には、軍のみでは不可能で、事務能力・執行能力のエキスパートたる「革新官僚」の役割が不可欠であったことが指摘されている。そうしたグループの中に、「商工次官岸信介」などもいたのである〔筒井清忠・二〇〇六、九四頁〕。

「再度の雪、東京を埋む」

さて、陸軍中央は、「二・二六事件」を「闇から闇へほうむろうとし」、青年将校たちの裁判も「口封じをはかる東京陸軍軍法会議による暗黒裁判」であったとされる〔州崎慎一・一九八八〕。また軍に関する発言がタブー視されていた当時、事件に言及することは難しかったのだが、意外なことに、折口は、事件直後の講演や論考の中で「近頃の二月何日事件であるとか、其前の何月何日事件である」（「三矢先生の学風」新全集20、四五七頁）とか、「そこへ去年二月の騒擾だ」（「国学とは何か」新全集20、三七八頁）といったように触れていた。その内容は、後で見るように、かなり批判的な論調である。

それればかりではない。折口は二・二六事件を歌に詠んでいた。「雪ふたゝび到る」の中の二首。

　再度の雪、東京を埋む
たゝかひを　人は思へり。空荒れて　雪しと〳〵とふり出でにけり

つゝ音聞けばたぬしと言ふ人を　隣にもちて　さびしとぞ思ふ　（「遠やまひこ」新全集24、四六五頁）

また第一書房版『短歌文学全集・釈迢空篇』には、さらに四首が追加されている。

天霧《あまぎら》ひ雪ふり来たる。あはれ　はれ、けふも　よき人のころされむとす
おおきみの伴《とも》のたけをと頼みしが、きのふもけふも　人をころせり
この国のひとの心の　やすからず。春深く　雪はふりてこごれり
ことし　雪しばしば来り、春おそし。若きかどでを　おくらむとすも　（池田・一九七二、一五二頁）

『全集』には入らなかった、この四首、とくに「よき人のころされむとす」「人をころせり」の表現には、事件に対する強い批判・憤りがうかがえよう。

それにしても、なぜ折口は、昭和十一年（一九三六）に起きた二・二六事件にこだわり、その批判をしていくのか。同時代に起きた政治的な事件を直接論ずることはほとんどしない折口にとって、これはある意味で特異なことであったといえる。

もっとも池田彌三郎によれば、折口は「世間に没交渉ではすごせない人」、「世間に対しては、自分を去勢してかかっているような歌人の態度には、歯がゆかったに違いない」という（池田・一九七二、一六五〜一六六頁）。これは折口の「神道」「神社」をめぐる言説が、いかに時代の流れへと切り結ぶ

ものであったかを見てきた我々にとって、とても納得のいくところだろう。それは国学者としての折口の「気概」であったのだ。

さらに折口が二・二六事件から何を考えているかを掘り下げてみよう。

二・二六事件と国学・神道

折口信夫は、二・二六事件の思想が自分たちの国学や神道とまったく無縁ではないことを、認識していたのではないか。だからこそ、事件を批判することを通じて、自らの国学・神道の立ち位置を見出そうとしていたのではないだろうか。

折口が生涯にわたって敬愛した師・三矢重松の郷里、鶴岡市に建立された歌碑の除幕式の記念講演で、こんなことを語っている（第一章、三七頁、参照）。「二・二六事件」直後の昭和十一年七月五日の講演である。

> 処が、気概ばかりでも困ります。近頃の二月何日事件であるとか、其前の何月何日事件であるとか、いろ〳〵な事件が起りますが、あれは判断力に欠けた気概だけの所有者がした事である。それでも、我々はその気持ちだけは理会出来ます。論理的遊戯に遊んでゐる者よりも、其行動に多少の意義は考へられると思ふのです。で、世の中の状態如何によつて、気概の学問も、良くもなれば悪くもなる訣で、世の中の悪い時には反動化し、よい時には上の方に立つて、静に指導してゆくのです。
>
> （「三矢先生の学風」新全集20、四五七頁）

「国学」とは「気概の学問」であること、しかし折口の敬愛する三矢重松は「気概だけが国学者の資格だとはされなかつた」（前出、四五七頁）という論述に続くところだ。これが同時代の国学・神道学者たちとは異なる折口の「国学」、さらには「神道」に対する認識に繋がることは、これまでも触れてきたところだ。

そうした自己の「国学」の立場を説明する中で、「近頃の二月何日事件…」などの軍部による叛乱事件の思想的背景との違いを強調していくのである。「近頃の二月何日事件」は言うまでもなく二・二六事件。「其前の何月何日事件」とは、昭和七年（一九三二）二月の血盟団《けつめいだん》事件、五月の五・一五事件を指している。折口は、そうした事件の背景に国学的な思想があること、とくに後に詳しく触れるように、國學院の学生たちに共感者がいることから、それは「判断力に欠けた気概だけの所有者」にすぎないと批判していくのである。

しかしその一方で、たんなる「論理的遊戯」に耽るものに比べれば「我々はその気持ちだけは理会出来ます」「其行動に多少の意義は考へられる」と語ったことも注意されよう。自分たちの「国学」が、どこかで「二・二六事件」などの思想と共振するところもあるからこそ、逆に彼は、「二月何日事件であるとか、其前の何月何日事件」の思想との違いを強調しようとしているのではないだろうか。

「清純な生活を民族に持ち来さうといふ欲望」　昭和十二年（一九三七）一月二十日から二十八日まで『大阪朝日新聞』に連載された「国学とは何か」という文章の中でも、「国学」を「「気概」の学」と定義する。ただこの「「気概」の学」は、常に怒りやすい気分の人、喧嘩腰の人、世間を白眼視している人との学問とは違う。自分が唱える「「気概」の学」としての国学とは、「自由な道念の基礎を国文学に置いてをり、それから清純な生活を民族に持ち来さうといふ欲望を学風としてゐる」と言う。そこでこう語る。

世の中が荒びて来ると、今まで身に沁みて思はなかつた我々の立ち場も決つて来た。そこへ去年二月の騒擾だ。我々の懐抱して来た伝統の「気概の学」の価値と意義があれではつきりと訣つた。国学はあゝした要素を含まない、胸の寛い生活を築かうとしてゐるものであつたのだ。

（「国学とは何か」新全集20、三七九頁）

ここでも「去年二月の騒擾」を起こした人々の思想と、自分たちの「国学」とが異なることを強調している。折口によれば、彼らの思想は「国学」ではなく、「東洋殊に支那の古代史と、それに結びつけた彼土中世の経世策とを、直に日本の古代生活に当てはめて実行の理論にしよう」とする「大塩中斎型の学者」の説と見なしている。これは「二月の騒擾」以前の血盟団、五・一五事件の思想的ブレーンの一人とされる権藤成卿《ごんどうせいきょう》（一八六八〜一九三七）の『自治民範』の思想を想定しているのかもしれない。

権藤の思想は、「漢学的素養を背景とした東洋的な政治哲学の産物」であり、「中央集権化された国家に対する社稷（地域的共同社会とでもいえよう）、官僚の官治行政に対する社稷民衆の自治の強調」による現行の国家制度への批判であった（橋川文三・一九九四、一七二頁）。農本主義系の右翼ナショナリズムの思想といってよい。

一見すると、折口や柳田の「民俗学」の村落社会の「自治」の視点に近いように見えるが、しかし折口は、それらとは違う「清純な生活を民族に持ち来さうといふ欲望」をもち、「胸の寛い生活を築かうとしてゐる」のが、自分たちの「国学」だと主張するのである。

折口信夫と保田與重郎

折口信夫の二・二六事件に対する批判をめぐって、日本政治思想史の研究者である植村和秀氏は、折口の国学は「政治的な判断や行動」などに直接繋がるものではないこと、彼が軍人たちの独断や横暴には心情的には反発するが、政治家や軍人と政治的な議論や協議をした形跡もないことから、折口が「政治運動に自ら関与した形跡もない」ことを明らかにしている（植村・二〇一七、四八頁）。

彼の生涯を追っていく中でも、國學院の学生時代に「神風会」の運動には参加したが、後に同会が政治運動化することで離れていったようだし、また國學院の同僚である河野省三に対しても、政治的な運動よりも学者として精進することを要望したことは、第二章で見てきた通りだ（本書七四頁）。

したがって、二・二六事件に対する折口の批判は、政治的なものというよりも、「文学に心を集中する」（植村・二〇一七、四九頁）ものであった。植村氏によれば、昭和十二年（一九三七）に支那事変＝日中戦争が勃発した後のこと、折口は、「昭和維新の政治運動に関与する文芸評論家」である保田《やすだ》與重郎《よじゅうろう》（一九一〇〜八一）に対して、共通の弟子でもあった栢木喜一《かやのぎきいち》を介して「文学のために政治から手を引くよう忠告している」という〔植村・二〇一七、四九頁〕。ここには、折口が、保田たちの「日本浪漫派」と共鳴しつつ、しかしそれとは異なる思想的・文学的な立ち位置にあったことが考えられる。

ちなみに戦後の折口は、弟子からの質問に答えて「保田与重郎君は佐藤春夫さんの弟子で、詩も作るが、歌は素人だ。保田君は私の歌はほめてくれるが、他のつまらない歌もほめる。あれでは、私の歌を悪くいっているのと同じだ」という、微妙な発言をしている〔戸板康二・一九七八、五六頁〕。「古典に向かっていき、近代・日本・古典の三竦みで批評を行った」〔前田雅之・二〇一七〕という保田と折口との関係は、興味深い課題となるが、本評伝の範囲を超えてしまうので、今は問題の指摘に留めておこう。

戦時期の『源氏物語』

昭和十二年（一九三七）、日中戦争が始まり、「戦時体制」が進められていく時代、その年の三月に発表された文章を見てみよう。

我々は警保局の役人ではない学者なんですから、やはり文学として立派であり、それが日本人の過去の道念の自由なものを示して居るとすれば、どうしてもそれをば守らねばなりません。さうすればこそ国学が、言ふに言はれぬ哀れを知つた学問として生きて参るのです。後の明治に近寄つてきた国学者を見ますと、大分違つて来ます。どうも源氏や伊勢物語なんかは無い方がよさゝうだなど、言ふ、之は大きな間違ひです。世の中がかうなつて来ると、又そんなことを言ふ連中が外から出て来るかも知れない、内には無いけれども外から出て来るかも知れない。さうなつた時には我々は、命を賭けても守らねばならぬ。何故なれば、それがあればこそ国学といふもの、自由さがある。

（「国学と国文学と」新全集20、四〇一頁）

「警保局」とは内務省の内局。全国の警察事務を統括し、主に集会・新聞・雑誌・図書への取り締まりを担当した。冒頭の一文は、「学者」の中にも「警保局の役人」のような役回りをしている者がいることへの皮肉であろう。ここには政治権力に対する「文学」の価値の自立を説く、折口の立ち位置が見えてくる。そしてそれこそが、彼の「言ふに言はれぬ哀れを知つた学問」としての国学が、政治運動化した流れとは違うことの言明であった。

ここで「源氏や伊勢物語」が話題にされていることに注目しよう。たとえば昭和八年（一九三三）十一月には、劇団「新劇場」による『源氏物語』を原作とした演劇が、突然警視庁によるお達しで、上演禁止になる事件があった。「当時の人達の姦通など徹頭徹尾恋愛物語に終始し風致上害あるからである」というのが、警視庁側の上演禁止の理由とされた（小林正明・一九九七、一八七頁）。

さらに昭和十六年（一九四一）七月に配本が完了した、谷崎潤一郎訳の『源氏物語』全二十六巻には、相当箇所の「削除」があった。とりわけ光源氏が義理の母である藤壺と密通する場面を描く「賢木」巻の削除は大きかった（谷崎潤一郎「藤壺――『賢木』の巻補遺」）。

また校閲者となった山田孝雄《やまだよしお》からは、皇后と臣下との密通、その結果生まれた子が皇位に就くなどの事柄は「必ず削除すべきである」と言い含められたが、その時の「(山田孝雄)先生が粛然と襟を正してこれを申し渡された時の態度は、いかにも古への平田篤胤などに見るやうな国士の風があつた」と、後年、山田孝雄の追悼文で述べている(谷崎潤一郎「あの頃のこと(山田孝雄追悼)」全集23、四七三頁)。もちろん『源氏物語』から藤壺関係のエピソードを削除することで、「「筋の根幹をなすものではなく」どころか、物語の主系列や、物語の和歌までも、無惨に抹殺」されることは言うまでない(小林、前出、二〇八頁)。

なお、山田孝雄(一八七三〜一九五八)は、「独学」の国語学者・国文学者であるが、神道界にも深い関係を持ち、昭和十五年(一九四〇)には神宮皇學館大學の初代学長、翌年には神祇院参与となった(『神道辞典』)。また後にも触れるように、『平田篤胤』(昭和十五年)の著書もある。

さて、『源氏物語』が、このような「抹殺」が進行しつつある時代に、折口は、その文学としての「自由」を「命を賭けても守らねばならぬ」と力強く宣言する。なぜなら、それこそが「国学といふもの、自由さ」だからと言う。折口が最も敬愛した三矢重松は、『源氏物語』の価値を否定する動向に対して、「源氏は実に立派なものである、どうも日本の国文学者はいかん」と批判していたことは、すでに紹介したところだ(第一章、三八頁)。そして折口は三矢から受け継いだ「源氏全講会」を慶應義塾大学で継続していったのである。それにしても文学の「自由」を「命を賭けても守らねばならぬ」という激しい口ぶりには、「気概」の国学者としての姿が見えてこよう。なお、昭和十九年(一九四四)頃の執筆とされる、「日本の創意——源氏物語を知らぬ人々に寄す」という草稿が残されている。

影山正治のこと

折口信夫の二・二六事件へのこだわりには、國學院大學の中に「事件」への共鳴者がいるという事実と関係があったようだ。実際のところ、二・二六事件を頂点とする「超国家主義」運動には、國學院大學の学生も少なからず関与していたのである。

折口を國學院から排斥しようとした「十人組徒党事件」のあった昭和八年（一九三三）七月、未発の「クーデター」が発覚した。「神兵隊事件」である。「昭和維新」を唱える愛国勤皇党の天野辰夫や東久慈宮の私設秘書を名乗る安田銕之助などが中心となって、皇族総出の内閣を実現しようとするものであった。この企てに國學院大學の弁論部に所属していた影山正治《かげやままさはる》が國學院の学生数名を率いて連座したが、影山は逮捕・起訴され、退学処分になっている（橋川文三・一九九四）。

影山正治（一九一〇～七九）は、愛知県豊橋市の生まれ、家は祖父の代からの神職であったため、昭和四年（一九二九）に國學院大學予科に入学、日本主義哲学者松永材の指導を受け、早くから「反共的学生運動」の指導者となっていた。

影山は、若い時代を回想する自伝的著作の中で「今の国学院とは何ぞ。形骸のみ存してその精神殆ど喪失されんとして居るではないか。私学一般と同様、単なる商業主義の学校経営に堕し、神職と中学教員の免状授与所と化しつゝあるではないか。我等まづ身を挺して学内維新の事に当るべきである」（『一つの戦史』第三章、一四八頁）と、激烈に國學院大學を批判している。また「神道界の根本革正と、国学院、皇学館の両神道関係学園の根本刷新」が緊急焦眉の重大課題であるとも言う（前出、一六〇頁)。

こうした國學院大學の学生としての影山が、直接、折口に触れた記述はないようだが、「反共的学生運動」の関係者が「十人組徒党事件」にも加わったのかもしれない。影山自身は学内の運動に留まることなく、昭和八年の「神兵隊」の決起に加わっていったのである。

影山は、獄中生活を通じて「ひたすら神話より出発したる日本主義思想を唱道し身を以て国体の真儀闡明と国難打開に殉ずるの決意」を固め、昭和十四年(一九三九)に「大東塾《だいとうじゅく》」を開設する。そして昭和十五年(一九四〇)七月五月には、大東塾の塾生を中心とする同志たちで、首相の米内光政たちを襲撃する計画を立てるが、決行直前に逮捕されている(投獄起訴された人数は三十人)。第二次神兵隊事件、あるいは七・五事件と呼ばれるものだ(橋川・一九九四、五二頁)。

影山の大東塾内には「短歌維新の会」が設立され、「文化維新と新国学」を提唱している。またその活動には保田與重郎も連携していた(植村和秀・二〇一七)。ちなみに昭和十八年(一九四三)四月には、保田との対談「文学維新選後談」(『公論』昭和十八年六月号)を行っている。また影山の著書『日本民族派の運動』(昭和四十四年)に、「附録」として「影山正治・保田與重郎対談五編」が掲載されている。両者の関係の深さが知られよう。なお近代神道史研究の藤田大誠氏は、影山の思想について「強大な対外的脅威に対抗するための悲愴的な「思想的総力戦」の相貌を帯びた、極めてラディカルな宗教的神道論」と位置づけている(藤田・二〇〇七)。

このように影山の人間関係には、國學院大學、すなわち折口周辺との繋がりも少なくないだろう。

だからこそ、折口は、「最近国学院に関係のある或科からさういふ運動（注・影山たちの七・五事件のこと）をした人が出まして、これは国学院の学風だといふ風に、ひよつと思つてゐる人があつたら、それは訂正して貰はなければなりません」（「平田国学の伝統」新全集20、四二三頁）と、わざわざ述べる必要があったのだ。影山たちの運動と國學院の「学風」とは異質であることを強調するのである。だが、そのような主張は、逆に影山たちの「超国家主義」運動の思想と「神道学者」としての折口信夫の学問とが、一つの時代の動きにおいて共振する部分があったことも考えさせてくれよう。

「超国家主義」運動と折口信夫

たとえば、政治思想史家の橋川文三《はしかわぶんそう》（一九二二～八三）の研究によれば、二・二六事件とそれ以前の事件とは、大きな隔たりがあった。五・一五事件や血盟団事件、神兵隊事件は、たんに政治的テロリズムの意味あい以上に、宗教的な精神が左右していたというのである。

影山が関与した神兵隊事件の前年、昭和七年（一九三二）の二月に前蔵相・民政党幹事長の井上準之助、三月には三井合名理事長の団琢磨が、井上日召《にっしょう》を指導者とする民間系の右翼団体「血盟団」の団員らによって射殺される事件が起きる。「血盟団事件」である。さらに日召たち血盟団と交流・連携があった海軍将校たちによる首相官邸襲撃、犬養首相の射殺＝五・一五事件が続く。これら「血盟団より二・二六に到る」までの「世間を震撼させたファッショのテロリズム」を「急進ファシズム運動」と位置づけるのが通説となっている（丸山眞男・一九六四）。

これに対して橋川文三は、井上日召の思想・行動に「普遍・絶対・唯一者への宗教的関心の持続」

「信仰的契機の作用」を見出し、明治期の伝統的なナショナリズム、国家主義とは異なる時代的な特質に注目していく〔橋川・一九九四、二二頁〕。そうした彼らの思想・行動を支えるものとして「天皇」があったのだが、彼らにとっての天皇は、「伝統的な諸権威を雲上において総括するシンボル」ではなく、財閥・藩閥政府の高官といった「特権層排除のための直接行動の正統性を保障する究極のシンボル」となったというのである。そこから国家と国民生活との一体性から疎外された「不遇・無力な一日本人」が、自己の生活の意味を究極的な統合シンボルとしての天皇との一体化に求めようとするラジカルな行動に走った、と捉えていく〔橋川、前出、五九頁〕。日本の革新を目指す危機意識の持主にとって、「天皇」とは、まさしくそれぞれの自我の同一化＝自己認証を保障する究極の対象であったことを見抜いたといっていいだろう〔橋川、前出〕。橋川は超国家主義運動の系譜の中に、「超国家—主義」＝「国家を超える主義」を見出したというわけだ〔片山杜秀・二〇〇七〕。さらに大谷栄一氏は、近年の近代仏教研究の視野から、彼らの超国家主義の形成には「日蓮主義というナショナリスティックな近代仏教思想」が大きな影響を与えたことを指摘している〔大谷栄一・二〇一二〕。

なお橋川は、柳田國男が大正初期、中国の革命派を援助する運動に参加したこと、北一輝に法華経を読む技術を教えた永福という巫術者に何度も会ったらしいことなど、柳田とこの時代の超国家主義運動との意外な接点を紹介しているが、その具体的な点は、今のところ不明のようである〔橋川文三・二〇〇一、一七五頁〕。

「普遍・絶対・唯一者への宗教的関心」

このように橋川によって見出された「普遍・絶対・唯一者への宗教的関心」からの「超国家主義」運動の系譜の中に、國學院大學の神道関係者、とりわけ影山正治は位置づけられよう。そして影山の神道の宗教性、それと密接な信仰の対象としての「天皇」との関わり方に注目してみると、意外なほどに、折口信夫との親近性が浮かび上がってくる。「天皇霊」の秘儀、「みこともち」の思想などを説く折口の宗教的境位である。さらにいえば、大正期以来の「神性を拡張する復活の喜び」をめぐる折口の議論もまた、宗教的絶対者としての「天皇」との合一を目指す超国家主義運動の論理と紙一重ともいえるだろう。それこそ、昭和維新の前段階となる「大正維新」の思想的な系譜との繋がりも見えよう。「宗教復興」の先に、天皇が濃厚な観念性・宗教性を帯びた巨大な変革シンボルと化していく流れである（橋川、前出、二七頁）。

けれども、折口信夫と影山正治、井上日召らの「超国家主義」運動とは、直接的に重なることがなかったのも確かだ。それは折口の「文学」の問題であると同時に、「天皇」の宗教的絶対性の希求が、同時に、その絶対性を相対化してしまう「古代論理」を内在していたこととも繋がるだろう。

このことがはっきり見えてくるのは、昭和十八年の「アラヒトガミ事件」である。

「アラヒトガミ事件」とは

昭和十七年（一九四二）九月、満州国建国十周年慶祝式典に、日本文学報国会事務局長の久米正雄（一八九一～一九五二）が代表として参加し、式典の模様を『東京日日新聞』（現・毎日新聞）に寄稿した。その文章の中で満州国皇帝に対して「洵に天照大神を御神祖と仰がれ、日満一如を具現せられ給ふ現人神とわれらも斉しく心よりおろがみ奉つた…」と書いたことが、後日、日本文学報国会の総会の席上で問題となった。大日本言論報国会の藤堂玄一が「不敬」であると弾劾したからだ。「現人神」とは、「上御一人」すなわち「天皇陛下」のみに用いる言葉であるから、このような発言をする久米は「わが国体観念をみだす不敬のトモガラ」だという。

ちなみに「日本文学報国会」とは、昭和十七年六月に内閣情報局・大政翼賛会の指導によって設立された、文学者の「戦争協力団体」である。会長は徳富蘇峰《とくとみそほう》。大東亜文学者大会の開催、『国民座右銘』『愛国百人一首』選定などの運動を推進した。折口は設立された年に、国文学部理事・短歌部会会員となっている。

この一件は、社会的にも問題になったために、翌年の昭和十八年(一九四三)四月頃の文学報国会の理事会で、久米正雄は事務局長を辞任する決意を述べたが菊池寛などは反対し、議事進行は難渋した。その場に理事の一人として折口も参加していた。普段は何も発言しない折口だが、その時は、かぼそい、関西なまりの口調でこう言った。

「私どもの方から申しますと、アラヒトガミという言葉は決してカミゴイチニンだけを申上げるのではございません。アキツカミと申す場合はすこし事情がちがいますが…」

(平野謙「アラヒトガミ事件」一八三頁)

そしてさらに詳しい説明を求められて、折口は続けた。

アラヒトガミといえば、生き神さまのことで、近代では天子さま御一人をさすのが普通のようだが、実は天子であるとないとにかかわりない、一種の神性をあらわす言葉にすぎない。神の表現の一形式とみなすのが正しい。久米正雄の用法はたまたま古義にのっとったもので、万葉集にも「住吉乃荒人神　船の舳にうしはきたまひ」とある。アラヒトガミは特定の生き神のことではない、反対に神が人にすがたを以て具現すること一般をさすのである。（前出）

この折口の発言に対して、「折口先生、それを最初に言っていただけたら」と、会議の司会をしていた井上司朗課長は「いつものようなカッカッカッという笑いを笑った。…」という。このエピソードは、当時、情報局第五部第三課の嘱託として理事会の席にいた、文芸評論家の平野謙（一九〇七～七八）の回想による。昭和二十八年（一九五三）九月に折口信夫の訃報に接して、自身が見聞きした折口の姿と発言を「アラヒトガミ事件――戦時中の一挿話」と題して文芸誌『群像』十一月に発表したことで、世間に知られるようになった（有山ほか編・二〇〇〇、三二〇頁）。

平野は「折口信夫がアラヒトガミは天皇一人のことにあらずと公けの席上で言明したことは、やはり大きな勇気を必要としたにちがいない」と述べて、「当時、私はやっぱり学者ってエライものだ、とただ単純に感心」し、「あの女性的な風姿のなかに、それだけ男々しい勇気をたたみこんでいたまことの学者として、いまさら景仰の念にたえない」と記している。もちろん、訃報に接した弔辞的な文章であることも差し引く必要があるだろうが、戦中の折口の姿を伝えてくれる貴重な記録である。

ちなみに平野謙は戦前、マルクス主義運動に関与するが、疑問を覚えて離脱。「革命運動の伝統の革命的批判」の立場から戦後、埴谷雄高《はにやゆたか》らと『近代文学』を創刊している（近年、上野誠氏の研究によれば、折口の発言の背景には、井上司朗課長の「根回し」があったことが、指摘されている〔上野・二〇一八〕）。

この「アラヒトガミ事件」をめぐる折口の発言には、折口の「天皇」に関する学問的な位置、思想というものが読み取れる。以下、それを見てみよう。

折口の古代研究と「現人神」

これまで折口信夫の学問を追跡してきた我々から見れば、「現人神」は天皇に限定される表現ではない、という折口の発言は、じつはそれほど驚くことでもない。たとえば昭和二年（一九二七）の草稿「若水の話」には、次のような記述がある。

> 君主の事である。地方の小君主もあら人神なるが故に、社々の神主としての資格に当る…あら人神など言ふのも、すぢぁ〔引用者注：「神人」を意味する沖縄語〕にして神なる者と言ふことで、
>
> （新全集2、一二七頁）

このように、「あら人神」の語は、神に仕える神主（神人）が「地方の小君主」となった場合などにも使われたもので、別段「天皇」に限定される用語ではなかった。たしかに民俗社会の語彙として見ても、たとえば高知県旧物部村《ものべそん》（現・香美《かみ》市物部町）の「いざなぎ流の大夫《たゆう》」が墓から死霊を迎えて、ミコ神に祭り上げる祭儀の中で、あの世から戻ったばかり死霊を「アラヒトガミ」と呼んでいる（斎

藤英喜・二〇〇二]。

「あら人神」をめぐる折口の古代研究は、「天皇」が「地方の小君主」の中から超越して、絶対化される過程を考えていくわけだが、それは同時に、天皇もまた「地方小君主」の一人であったというように、天皇を相対化する論理を内在していた。それは前章で紹介した「すめみま」という天皇の身体を表現する「すめ」が、もともとは神聖を表す一般語で、天皇に限られた言葉ではなかったという説明とも繋がる。

したがって折口の古代研究は天皇というものの絶対性を追求しながら、つねに相対化してしまうロジックへと反転するものを含んでいたといえよう。それゆえそれは、近代が構築した天皇制への批判ともなるわけだ。「現人神」をめぐる先の折口の発言にも、「アラヒトガミ」は「近代では天子さま御一人をさすのが普通のようだが、実は天子であるとないとにかかわりない…」と「近代では」とわざわざ限定するところに、それが見て取れよう。アラヒトガミの用語が天皇に独占されるのは、近代に限ったことにすぎないというわけだ。折口の古代研究は、近代天皇の制度、それにまつわる神道への批判を孕むことを、改めて確認しておこう。

いざなぎ流のミコ神の取り上げ
（高知県旧香美郡物部村〔現・香美市物部町〕）

折口の古代研究は、天皇の神聖性の由来を説き明かすのだが、そこから導かれる「古代論理」は、同時に、今、目の前の「天皇」なるものの絶対性が、日本近代によって作られたことを暴く視点を内在していた。だからこそ「国賊」とも非難されることになる。ここにこそ、神道学者としての折口を理解するうえでの難しさとともに、勘所があるといえよう。

このことは、昭和二十年（一九四五）の「敗戦」を契機とした、「天皇」をめぐる折口の立ち位置にも繋がっていくが、それは次章で詳しく見ていこう。

3　平田篤胤の再評価と「靖国神社」

戦時期の著作・論考

昭和の戦時期に折口信夫が刊行した著作は少なくない。『日本文学の発生――その基礎論』（昭和七年）、『風土記に現れた古代生活』（昭和七年）、『大和時代　古代文学序説』（昭和八年）、『万葉集総釈』（共著・昭和十一年）、『短歌文学全集　釈迢空篇』（昭和十二年）、『近代短歌』（昭和十五年）など、国文学、短歌関係の著作に加え、折口の唯一の長編小説である『死者の書』も昭和十八年（一九四三）に刊行されている。そのほかにも『日本芸能史六講』（昭和十九年）にまとめられる「日本芸能史」の論考が『舞踏芸術』に連載されている（昭和十七〜十八年）。旺盛な執筆生活が想像されよう。

そうした中で、戦争が激烈さを増していく昭和十年代、先に取り上げたような「国学」をめぐる論考も発表されたのである。時代のムードが「国学的なもの」を受け入れ、さらにそれを利用していく流れが出来てくる中で、文字通り國學院大學の教授である折口に、国学をめぐるテーマの原稿が要求されたのであろう。昭和十八年には、「只今は、国学といふ学問の為には幸福な時代になつてゐますが…」（「国学の幸福」新全集20、四一五頁）などとも語っているが、これまで見てきたように、世間一般に広がっていく皇国思想・国体論などの極度に政治化された国学への違和感・批判が根底にあったことは間違いないだろう。

昭和の戦時期における折口の国学論の白眉となるのが、「平田国学の伝統」（『国学院大学新聞』第百四十七号、昭和十八年十二月十二日付）と題された講演録である。

平田篤胤大人百年祭記念講演会

じつは昭和十八年（一九四三）は、江戸後期の国学者・平田篤胤の没後百年に当たる年であった。その記念として、同年の十二月十日、國學院大學主催で「平田篤胤大人百年祭記念講演会」が開かれた。講演会では、國學院大學学長の佐々木忠行による「学問の正道」、作家の菊池寛による「日本精神と死生観」、同じく作家の上司小剣《かみつかさしょうけん》による「玉だすきについて」などの講演に続いて、折口の講演があった（「解題」新全集20、五二〇頁）。

また同年六月には、篤胤を祭神として祭る秋田県社・彌高神社奉賛会による『平田篤胤翁百年祭記念論文集』が刊行され、河野省三、久松潜一、宮地直一、渡辺刀水《とうすい》、高須芳太郎、田中義能など名だたる学者たちによる、十四篇の論考が収録されている。メンバーには折口と近しい学者も少なくない。

さらに時間を少々遡れば、昭和十五年（一九四〇）には神宮皇學館大學学長・山田孝雄『平田篤胤』（寶文館）が刊行され、また昭和十七年（一九四二）には陸軍中将・渡辺金造の大著『平田篤胤研究』

（六甲書房）も上梓されている。また昭和十八年（一九四三）には國學院大學教授・河野省三が『平田篤胤』（新潮社新伝記叢書）を著していた。篤胤没後百年を前にして、一種の「篤胤ブーム」が起きていたことがわかる。もちろんそれが「大東亜戦争」に前後する時代動向と深く関わっていたことは間違いない。

篤胤をめぐる二つの評価

改めて確認すると、平田篤胤とは、江戸後期、秋田藩出身の国学者である。本居宣長の弟子であることを自称したが、宣長没後の弟子で生前には面識がなかった。しかし、篤胤は「夢中」で宣長と対面して、師弟の関係を結んだと主張したために、正統な宣長の弟子たち、鈴ノ屋の門人からは顰蹙を買っていたという。また学問の方法においても、宣長の『古事記伝』のような文献学的な研究法とは異なって、『古事記』『日本書紀』『風土記』『祝詞』などの古代文献をセレクトした『古史成文』を作り、それに自ら注釈する『古史伝』を作成するところは、文献学の破壊者という評価もなされてきた。

だが、明治維新以降の近代日本において篤胤と「伊吹舎《いぶき》」門下の影響は多大なものがあったことは、よく知られているところだろう。ただその場合も二つの評価に分かれるようだ（宮地正人・二〇一二）。一つは島崎藤村《しまざきとうそん》の『夜明け前』に見られるような「民衆的近代への展望とその挫折」「草莽の国学」の系譜に連なるもの。もう一つは「天皇制イデオロギーの源泉」「廃仏毀釈《はいぶつきしゃく》運動、天皇崇拝、偏狭な排外主義、膨張主義の思想的みなもと」として厳しく糾弾される存在である。

昭和十八年（一九四三）に刊行された『平田篤胤翁百年祭記念論文集』の「序」の文章は、戦後における篤胤批判の根拠とされるものだろう。以下のような一文である。

一昨年十二月八日、米英に対する宣戦の大詔を拝してより爰に一年有半。御稜威の下、皇軍の善謀奮戦に依り、広大なる戦場に於て、敵軍を至る処に撃摧し、その根拠を悉く覆滅して、大東亜の天地に妖雲の片影を見ざれども、開戦以来相次ぐ敗戦に、漸く陣容を整へたる米英は今尚亜細亜制覇の非望を抱き、全力を傾倒して吾れに反撃を逞うせんとし、今や太平洋の南北に苛烈なる決戦連続の様相を呈するに至つた。〔……〕此時に当り今より百数十年前、夙に皇道の闡明に、国体の明徴に、終生至誠と熱情とを捧げたる勤皇の国学者平田篤胤〔……〕の、敬神尊皇愛国の熱誠は、今正に聖業完遂に邁進しつつある一億国民の士気昂揚に烈々たる気魄と共に、十億民生の指導に明確なる道標を示現せるものと云ふも、敢て溢美の言ではないと信ずる。（一～二頁）

冒頭の叙述は、それこそ大本営発表の論調のままに語られる「大東亜戦争」の現況である。実際のところは、昭和十七年（一九四二）の六月五日のミッドウェー海戦の敗北による戦局の転換以降、十二月ニューギニアの日本軍全滅、十八年二月ガダルカナル島からの撤退、五月アッツ島の日本軍全滅といった「玉砕」の状況こそが、「太平洋の南北に苛烈なる決戦連続の様相」の実態であった。そうした泥沼化していく戦争の現実に対する「一億国民の士気昂揚に烈々たる気魄」「十億民生の指導に明確なる道標」を示すものこそ、平田篤胤の学問であったと顕彰されていくわけだ。

収録論文中にも「大東亜戦時下に於いて国民精神の緊張を要する時、平田大人を想起することが多い」（高須芳次郎「篤胤大人の日本主義について」）、「米英にかぶれた頽廃混乱に陥つた世相を救済し得たのは実に平田学の注射であつた。勿論平田学といふ名前ではないが、平田大人の唱へた学説と同様の国体明徴論であつた」（渡辺刀水「平田大人と昭和維新」）といった論調が満ち溢れている。折口の「平田国学の伝統」が、こうした時代状況の中で発表されたことを確認しておこう。

では、折口の篤胤評価はどのようなものなのか。

講演の冒頭で、折口は「私は少し方面を変へて、ひよつとすると、あなた方がお考へになつてゐない所を申し上げたい」と始める。そしてさらに次のように「篤胤先生がいとほしいと思ひます」語っている。

篤胤先生の価値を明治二十年代に固定させてをる、それはいけないことだと思つて貰はなければなりません。篤胤先生は、まだ〳〵価値の上つて行かねばならぬ人であります。この国学院が立ちました、明治二十乃至三十年の評価では篤胤先生がいとほしいと思ひます。

（「平田国学の伝統」新全集20、四一八頁）

明治二十年代、三十年代の篤胤の評価の仕方とは、「明治の王政復古の一原動力となった思想家として位置づける」ことにあった。だが折口は、そうした評価への「不満の意を表明」していたのである（相良亨・一九七二）。

だがそれだけではない。篤胤を、「皇道の闡明に、国体の明徴に、終生至誠と熱情とを捧げたる勤皇の国学者」（渡辺刀水、前出）と顕彰することで、文字通り「時局」に利用しようとする、神道家・神社関係者たちへの批判を込めていたのである。もちろん、そうした批判を真正面から語ることは難しい。だからこそ「明治二十乃至三十年の評価では篤胤先生がいとほしい」といった表現で表していくのだ。戦争遂行の時局に利用されるのでは、「篤胤先生がいとほしい」と。それは戦時期における国学の認識に対する批判に繋がるだろう。

では折口は、どのような新しい「平田篤胤」を発見したのだろうか。

「民俗学の先駆」として

当然ながら、戦後しばらくの間は、平田篤胤に対する評価は低かった。狂信的なウルトラ・ナショナリスト、皇国史観の元祖という面が強調されていたからだ。これに対して、篤胤再評価のきっかけになったのが、じつは、折口の「平田国学の伝統」の一文にほかならない。すなわち篤胤の妖魅・幽郷・仙境・物怪などを取り扱った『古今妖魅考《こきんようみこう》』『仙境異聞《せんきょういぶん》』『勝五郎再生記聞』『霧島山幽郷真語《きりしまやまゆうごうしんご》』『稲生物怪録《いのうもっけろく》』に焦点を当てて、「民俗学の先駆」として位置づけたからである。それは「明治の王政復古の一原動力となった思想家」という評価からはまったく見えてこない、「平田国学」の重要な業績の発見であった（相良、前出、八頁）。

たとえば次のような一文——。

これもわれ〳〵から考へますと、よくも阿呆らしいことを篤胤先生が一所懸命になつて聴いたものだと思ふほどです。尤も私は幸福なことに、国学を研究してをります一面、国学の何か方法になるかと思つて、さういふ方面の学問もしてをりますので、篤胤先生の態度を軽蔑はしません。併しわれ〳〵の先輩の中には、さういふ先生の態度を軽蔑してゐた人があつたに違ひない。軽蔑しないまでも、知らぬ顔をしてゐた人があつたに違ひない。しかし篤胤先生の一代は、さういふ方面をもつと拡げて考へなければ、全面が訣らない。篤胤先生のもつてゐる国学といふものが訣らないと思ふのです。

（新全集20、四三二頁）

武蔵国多摩郡中野村に、前世の記憶を語って評判になった勝五郎という子供がいた。篤胤がそれを聞きつけ、自分の家に呼び寄せて、いろいろと質問したことをまとめたのが『勝五郎再生記聞』である。「よくも阿呆らしいことを篤胤先生が一所懸命になつて聴いたものだと思ふほど」と言いながら、そこにこそ、折口が目指す「さういふ方面の学問」すなわち民俗学の先駆けを発見するのだ。

また『仙境異聞』は、神隠しにあって天狗の弟子となった寅吉からの聞書きをまとめた一書である。これについて折口は、「今の心霊学者――今は心霊学者などは影を潜めたやうな形になつてをりますけれども、心霊学者たちが霊媒を捕まへていろ〳〵問ふやうな」（同前、四三一頁）もので、折口は、その聞き取りの方法は、現在の「科学式の問答」とほとんど違わないと見ていくのである。

さらに寅吉の話によれば、寅吉が弟子入りしたという「天狗の師」の教えは、「蟇目《ひきめ》の法」「風神の幣の切り方」「思ふことを夢に見せる法」「雨乞いの歌」など、民間祈禱師の呪法に連なるものが少なくない。そうした世界に興味を示していく篤胤の姿に折口は、「ほかひびと」に発する民間系の宗教者たちの「神道」に繋がる面を見出したのかもしれない。

あるいは『印度蔵志』や『扶桑国考《ふそうこくこう》』『赤県太古伝《もろこしたいこでん》』など「印度・支那に対する、即ち仏教・儒学に対する自分の態度をば、明らかにするやうな書物を出してゐる」が、それは「悪意ばかりで書いてゐるのではない」ことを見抜いている。すなわち「天竺の学問・支那の学問、その上におらんだの学問まで持ち込んで、研究しようとせられました」（同前、四四四頁）というように、篤胤の国学のグローバルな面を強調していくのである。

折口は、篤胤の国学の中に、純化・合理化した「神道」ではない、仏教や儒学と習合した信仰世界へのあくなき探求が潜んでいることを指摘し、そうした篤胤の学問の領域を封印・無視してきた、これまでの「国学者の読み方を変へなければならない」「さういふ読み方の間違つた伝統は有難くない」（同前、四三四頁）とまで、言い切るのである。ちなみに若い時代の折口が参加していた神風会の機関誌の『神風』には、ほぼ毎号のように『印度蔵志』の印刷本の広告が入り、「神道家必ず読まざるべからず」と宣伝文が載っていた（第一章、四一頁）。それにしても、昭和十八年の時代状況の中で、こうした篤胤の読み方を主張することは、今からは想像できないほど、ラディカルなことであったのだ。

折口信夫が平田篤胤の学問に共鳴したことは、一言でいえば、次のようになるだろう。

「霊の行方の安定」

人間世界の外に、日本人が考へてゐた、別のものがあるといふことをば調べようとした。つまり仙人、山の神、みな同じものです。だから寅吉の話なんか一所懸命に研究してをります。

（同前、四三七頁）

まさしく折口の「とこよ」に対する関心、異郷論と重なっていくところであろう。それはまた「人間の世界の外に、人間に極く近接したところに、別の世界があつて、そこにお化けがゐるのだ」（同前、四四二頁）という記述もある。

また、篤胤の代表的な著作である『霊能真柱《たまのみはしら》』は、「霊の行方の安定」を確定することが目的であった。つまり人間の死後の魂の行方を明らかにすることが「大倭心の鎮なり」というのだ。このことが、篤胤の師の本居宣長との一番大きな違いであった。宣長にとって死後とは、死体が腐る黄泉国《よみのくに》に行くことでしかなかった。それに対して、篤胤は、死後の魂は出雲大社に鎮座する「幽世《かくりよ》の大神」であるオホクニヌシのもとに行く、という言説を導きだしてくる。それは『記』『紀』神話に対する、新たな解釈に基づく、近世固有の神話の創造であった。近世神話である〔斎藤英喜・二〇一四、山下久夫・二〇一二〕。

さて、折口は「平田国学の伝統」の中では、残念ながら、篤胤の幽冥論に対して深く追求するには至っていないようだ。もちろん、それに向けた示唆はしているのだが。

しかし、人間の死後の魂はどこに行くのか、死後の魂は永遠なのか、というテーマは、膨大な数の戦争死者を生み出していく昭和の戦時期、とりわけ戦争末期の時代においては、きわめて切実な問題であった。それは折口が、戦死者を「神」として祭る靖国神社の祭礼に立ち会う中に、生々しく見ることができるのである。

折口信夫、「招魂の儀」に立ち会う

昭和十八年（一九四三）四月二十三日、陰暦十八日の宵闇のなか、折口信夫は初めて靖国神社の「招魂の儀」に参列した。さまざまな土地で戦死した霊を祭祀場である靖国神社に召還し、神として祭り上げる儀式である。

この時の体験は、「招魂の御儀を拝して」（『芸能』第九巻第七号・昭和十八年七月）に述べられているが、もともとは、参列した夕刻にラジオで放送された「感想」の一文であった。この文章は、新全集版で五頁にも満たない短文で、それほど注目されることもないが、戦争末期の靖国神社について折口がどう考えていたかを知るとともに、神道学者としての折口の死生観を見るうえでも重要な一文だ。

折口は、初めて体験した靖国神社の「招魂の儀」の場をこう描いていく。祭りが始まるのを待つ間、「地方の古い社々の夜の御祭り」に参加した時の「深厳な、尊い夜の記憶」が甦ってきた。この式に参列する「遺族の方々の感激は非常であつたゞらう」と想像していく。そして筵の上に並んで座っている「遺族の方々」の間を歩みながら、彼らの姿の中に民俗採訪の旅の途中、「磯ばたで出会ふ人々」「山の崖道で行きあふ人々」「畑の中で出くはす」ような人々と同じ顔や姿を見かけ、なんとも懐かしい気持ちになった。やがてほのぼのとした月の出近い明かりのなか、神主や神人に担がれた「御羽車」という神輿に招き寄せられた、多数の戦死者の霊が本殿へと向かっていく。それを折口は「国々の古い社の祭りの夜の御神幸」に重ねていく。

そのとき「旅の道」で出逢うような「お年寄りの、女の方」が、ふっと立ちあがり、本殿へと向かっていく「御羽車」を「ほうつとしたやうな気持ちで見て居られる後姿」を見て、こう述べていく。

私の目にとまりましたのは、私の前にをられた、さつき言ひました、旅の道で出あふことのあるやうなお年寄りの、女の方が、ふつと立つてぢつと何だか——心があるのか、心がないのか、立つたまゝ、ぼんやり見つめられて居るやうな後ろ姿が、目についたのであります。〔……〕私どもの心持ちとしては——、日本国民の心持ちとしますれば、此程嬉しくてならぬ程、喜ばなければならぬ時は、ございません。併し、尚考へますと、今こそ、人間として永久の別れでございます。平凡な人間のからだは、生き替り〳〵、又草の穂の枯れては栄え、栄えて枯れて行きますが、かう言ふ風に、此度、神におなりになりますと、もう永久に此方々は栄えて行かれる。——もう永久にお亡くなりになることなく栄えて行かれるのですが、それを見送つて現し世にゐる方々は、此光栄の夕べに、定めて心深く、此ゆふべを居られることでせう。此神々は永遠に生きながらへて行かれるけれども、私どもは此まゝ消えて行くのだ、と言ふ嬉しさと、同時に、深い人生の思ひに触れて居られることだらうと思ひます。

（「招魂の御儀を拝して」新全集33、二二一〜二二二頁）

それにしても、このエッセイは、なんとも異様だ。そうではないか。今、折口が立ち会っているのは、靖国神社の「招魂の儀」である。それは昭和十二年（一九三七）の「支那事変」＝日中戦争から、昭和十六年（一九四一）の「対米英戦争」によって劇的に急増した、おびただしい数の戦死者の霊を「神」として祭り上げていく国家的な祭祀である。だが、靖国神社の場にいる折口は、彼が立ち会ってきた山間や海辺の村々などの民俗的な祭りや、それを担う人々の信仰の延長上に、この国家的な祭祀を重ねようとしているように読めるからだ。

一体、靖国神社をめぐる折口信夫の文章を、我々はどう理解したらいいのだろうか。これまでの評価・批判をいくつか紹介してみよう。

「招魂の御儀を拝して」の評価の二極性

たとえば高橋哲哉氏は、「折口信夫の文学的記述によって昇華された招魂祭、すなわち靖国神社臨時大祭の「感激」には、いささかのほころびも見られない」として、「靖国問題」を「感情」の面から考えるときに、折口の記述は無視できないと論じている〔高橋・二〇〇五、二九頁〕。靖国神社が今もなお、多くの国民的な感情によって支えられていることの背景を折口から見ていくのである。

あるいは磯前順一氏は、折口の文章から、個人的には引き受けられない戦死者の遺族の悲しみを「ネイションという共同体によってその悲嘆の感情を共有」させる装置を読み取り、それを「「護国の神」という明快な形へ転化」させていく「語りの力」として分析していく。そして折口の文章は、「当時、戦中期の政府の見解に極めて近い」と位置づけるのである〔磯前・二〇〇五〕。

一方、石川公彌子《くみこ》氏は、折口の文章を「「靖国」の思想には違和感を示している」と捉える。「三年近い年月を経た御魂が、今や完全に神様におなりになつた」という記述から、「急ごしらえの信仰への違和感」を読み取っていく。折口はあくまでも「郷土」の人々の信仰の立場におり、そこから国家が作った「靖国」の思想への「違和感」を表明していると評価していくのである〔石川・二〇〇九、一八八頁〕。また阪本是丸氏は、折口の「靖国思想」が、当時の国民・遺族に共有されたかは疑問としている〔阪本・二〇一四〕。

「英霊」「忠魂」「護国の神」とは異なるもの

このように「招魂の御儀を拝して」については、まるで正反対となるような読み方が生じている。それは「靖国問題」の複雑さとともに、折口の学問、思想の捉え難さを示しているともいえよう。一体、折口はこの短文で何を言わんとしているのか。

改めて気が付くことがある。折口の文章の中には、靖国神社側のキーワードたる「英霊」「忠魂」あるいは「護国の神」といった表現はまったく見えないことだ。折口がこだわるのは、「私どもは此まゝ消えて行く」普通の人間であるのに対して、戦死者の霊魂は招魂の儀をへて「神」となることで、「此神々は永遠に生きながらへて行かれる」という、まさに人間と神との絶対的な隔絶の思いである。それを旅の道で出会うような老婆の後姿から「深い人生の思ひに触れて居られる」と読み取っていくのである。それは「日本国民の心持ちとしますれば、此程嬉しくてならぬ程、喜ばなければならぬ時……」という一般的な認識を超えて、「併し、尚考へますと」と導き出されてくる、折口固有の認識であった。その根底には、霊魂のカミへの進化、成長を語る折口自身の宗教的な立ち位置が反映していることは間違いないだろう。

こうした折口の「感想」は、近代の神道史、神社史の中の靖国神社とどう切り結ぶことになるのか。

次に簡単に、靖国神社の歴史を振り返っておこう。

靖国神社の成り立ち

「靖国神社」の始まりは、幕末に遡る。文久二年（一八六二）に「安政の大獄」の犠牲者の霊を祭る祭儀を、大国隆正《おおくにたかまさ》の門下・福羽美静《ふくばよししず》らが京都・東山の霊明舎で行い、翌年には京都・祇園社（現・八坂神社）の境内に小さな祠を建て、「国事」に倒れた関係死没者四十六人の「招魂の祀り」をした。これが靖国神社の元宮とされる。

続いて明治維新後、戊辰戦争での戦死者などを祭る祭場として、軍務官の最高責任者である大村益《ます》次郎《じろう》によって、「東京招魂社」が九段坂上に建てられた。その「祭神」には、中岡慎太郎、真木《まき》和泉《いずみの》守《かみ》、坂本龍馬、高杉晋作、武市半平太《たけちはんぺいた》、吉田寅次郎（松陰）など、有名な幕末の志士たちの名前が入っている。当然、「賊軍」とされた人々の名前はない。そして明治十二年（一八七九）六月に、「東京招魂社」は「別格官幣社・靖国神社」に改称され、明治政府による「神社行政」の一角に位置づけられるのである〔阪本是丸・一九九四、二〇一二b〕。

「東京招魂社」から「靖国神社」への改称は、靖国神社の歴史を考えるうえで大きな意味を持った。どういうことか。まず「招魂」とは、天にある霊魂を一時的に招き降ろして祭る祭儀を表す言葉である。祭場は、祭典ごとに設置する「招魂場」で、恒久的な施設を意味する社祠ではなかった。つまり「神社以前」だ。だがそれでは、祭神が永久に鎮め祭られている神社の名称としては不都合と考えられた。また各地方にはそれぞれの「招魂場」「招魂社」があるので、各地方のものと区別するために「靖国神社」へと改称したというわけだ〔村上重良・一九七四〕。神社という恒常的な建築物の中に、招魂される戦死者の霊魂は「神」として鎮座したのである。ここには、明らかに「神社ハ国家ノ宗祀」という神社を基盤とした近代神道の確立との対応が見て取れるだろう。

靖国神社の「特例」とは

けれども靖国神社は他の神社と大きく異なるところがあった。明治三十三年（一九〇〇）以降、神社が内務省神社局の管轄下に置かれたのに対して、明治二十年（一八八七）に陸軍・海軍省の所管となっていた靖国神社だけは、神社局管轄の神社とは違う「特例」があったのだ。内務省神社局の管轄下に置かれる神社は、神社非宗教論に枠組みに置かれることで、非常に窮屈な状態を招く。折口が「お慈悲の牢獄」と批判した、近代の神社行政のあり方である。

これに対して靖国神社は、内務省神社局の管轄下ではなく、陸軍・海軍省の所管に置かれたことで、神社非宗教論の枠組みからは、比較的「自由」な立場にあったといえる。何よりも靖国神社は、戦死者の霊を祭ることを目的とするので、神社非宗教論という制約を超える必要があったからだ。

その点について、明治四十四年（一九一一）刊行の『靖国神社誌』の「緒言」で、靖国神社宮司・賀茂百樹《ももき》はこう述べている。

されば他の幾多の神社に異れる由緒と、特例とを有せること勿論なり。忠魂を慰むる為に神社を建てゝ永く祭祀せむ、益々忠節を抽でよと、の最忝き叡慮によりて創建せられしが如き。【出雲大社は似たるものあり。これ天孫降臨の時に於けることなり。天孫降臨と明治維新とは歴史上の二大事件にして、而して出雲大社と靖国神社との建立は偶然に非ざるべし。この事は曩に予が編纂せる

靖国神社事歴大要に述べたり】

賀茂百樹は、幕末・明治の神宮学の大家で、国学者の御巫《みかんなぎ》清直《きよなお》の教えを受けた「神道人」である〔藤田大誠・二〇〇〇〕。「他の幾多の神社に異れる由緒と、特例」とは、靖国神社が明治期の神社行政とは一線を画した特別な「聖域」としてあったことを如実に語っていよう。ちなみに大正七年（一九一八）に始まる「神社行政統一」にも抵抗を示し、陸軍・海軍省のもとに置かれた靖国神社の「特例」を保守した〔藤田、前出〕。賀茂百樹が「他神社に異なる由緒と特例」「斯る特別神社なれば、自ら、一般の神社法規を以て律すべからざるものあり」と繰り返し記すのはそのことである。

「出雲大社は似たるものあり」

ところでもう一つ注目されるのは、「靖国神社」について「出雲大社は似たるものあり」と述べるところだ。それは何を意味しているのだろうか。出雲大社の創建は『記』『紀』の「国譲り神話」に由来する。すなわち国の支配権を天つ神に渡すに際して、その交換条件として創建されたのが出雲大社、という由来である〔斎藤英喜・二〇一〇〕。そうした来歴が、どうして靖国神社の創建と似ているのだろうか。

引用の最後に、唐突に、「天孫降臨と明治維新とは歴史上の二大事件」であり、だから出雲大社と靖国神社の建立には必然的な理由があるともいう。その理由は『靖国神社事歴大要』によれば、「皇室の御為には、進んで死し、死しては則喜んで護国の神たらんとする美風を馴致し来たり」と語られていた〔原武史・一九九六〕。

こうした出雲大社の位置づけは、昭和十二年（一九三七）の『国体の本義』にも「かくて国土を奉献せられた大国主ノ神は、大神より壮麗な宮居を造り与えられて優遇せられた。而して大国主ノ神は、今日出雲大社に祀られ、永遠に我が国を護られることになつた」（六六頁）と述べられるに至るのである。その際に、「大国主ノ神」の国土奉献を「幕府が亡び、大政全く朝廷に帰した明治維新の王政復古の大精神の先蹤」（同前）と見る歴史認識も共通している。

けれども、靖国神社と出雲大社の類似性に関しては、もう一つ隠された意味があったのではないか。先に紹介した、近世の平田篤胤が作り出した、出雲大社を「幽世《かくりよ》の大神」とする神話との繋がりである。靖国神社もまた、死後の魂を管轄する神社であったからだ。そうした死後の霊魂を管轄しているところから、賀茂百樹は靖国神社と出雲大社の類似性を説いたのではないか。もちろん靖国は、近代における戦争で死んだ死者の霊に限定される。その死者は「皇室の御為には、進んで死し、死しては則喜んで護国の神」へと神格化されていくことになるのだが……。

現実を浄化する呪性

では、折口信夫は靖国神社の「招魂の御儀」に何を見たのだろうか。ふたたび昭和十八年（一九四三）の靖国神社の折口に戻ろう。

今、靖国神社の歴史から見えてきた「招魂社」から「靖国神社」への改称、つまり臨時的な招魂の儀礼の場から、永久の神を祭り鎮める神社への展開は、靖国神社で執行されている「招魂の御儀」の中にも見ることができる。

招魂場とは神霊を招ぐ斎場の名にして招魂社、又は招魂祠とは、其招ぎたる神霊を祭祀する祠社の謂なれば自ら区別あるなり。されば本神社には別の招魂場の設ありて神霊を合祀せんとする時は、必ず其神霊を招魂場に招ぎ奉り、而して後に、神殿に遷して鎮祭するを例とす。

（『靖国神社誌』一六頁）

まず戦死者の霊を「招魂場」に招ぎ迎える。それを行うのは、折口の文章によれば、「御境内、御能楽堂のあたり」という。そして招き迎えられた霊を「御羽車」という神輿に乗せ、それを神殿へと移動させて、「鎮祭」＝「合祀」するという、二段階の祭祀次第になっている。ようするに神社以前の祭祀場と恒久化した「神社」とが並存する構造といえよう。そこで問題は「招魂」の作法である。

折口は、以下のように述べている。

遙かな野山或は海川の間に、花橘の珠のやうに過ぎられたたましひのひろがつて居るのを呼び迎へて、こゝに明らかに浄いみたまとして、本社の中に、斎《イハ》ひ込め申しあげると言ふ、野山・海川の間から、御魂を招《ヲ》ぎ迎へる、この招魂法を以て、此度迎へられたみたまは、凡三年近い年月を経た御魂が、今や完全に神様におなりになつた。

（「招魂の御儀を拝して」新全集33、二二〇頁）

靖国神社に「招魂」される霊の多くは、戦場において無残な死体を晒した者たちであろう。それを折口は「遙かな野山或は海川の間に、花橘の珠のやうに過ぎられたたましひ」と、あまりに美しい情景を幻視しようとする。この「招魂」の幻想は、たとえば「さうして発散した魂は野山にゐると考へたから、多く奥山などへ魂ごひに出かけた」（「上代貴族生活の展開」新全集6、五六頁）といった、『万葉集』や『記』『紀』歌謡と結び付けられる「たまごひ」であった。これは戦争の悲惨な現実を覆い隠すような美化にすぎない、と批判されることになろう。

その一方で「現在の信仰では、凡此だけの時を経れば、神となられるもの、信ぜられてゐる…」（前出、二二〇頁）という口調には、「急ごしらえの信仰への違和感」を示していた（石川、前出）。

「まのあたり 神は過ぎさせ給へども……」

この短い文章の最後には、次の二首の歌が付されている。

大君は神にしませば、ますらをのたまをよばひて、神とし給ふ

まのあたり 神は過ぎさせ給へども、言《こと》どひがたき現身《うつしみ》 われは

（同前、二二二頁）

天皇は「神」であるので、勇士たちの霊を「たまよばひ」して、「神」としていく……。ここには「天子即神」の思想に基づいて、神である天皇が「招魂」をして、戦死者の霊を神にすることが述べられている。しかし神たる天皇に、そんな「たまよばひ」をする力があるのだろうか。いや、ここで折口は、そうした力を天皇に付与させようとするのだ。大嘗祭によって得た天皇の威霊は、戦死した

多くの「ますらを」たちの霊を神に祭り上げることも可能だ、と。まさしく昭和十八年の靖国神社の場で作り出された、新たな天皇神話であろう。

一方、そうして「神」となった霊たちは目の前を過ぎていくが、「現身」のままの自分には言葉をかけるすべもない……。その歌には、折口の見た老婆の「思ひ」と繋がるような、「神」となるものに対して、「現身」でしかない自分が投影されているとも読めよう。神と人との間に広がる、永遠の距離。それを表白することで、戦死者たちの霊は、永遠の時間を生きる、超越的な神へと変貌していくのである。

繰り返し言えば、折口の文章中には、英霊、護国の神といった、靖国神社側の用語は一切使われていない。靖国によって「神」となる者と向き合う現世の人間の「深い人生の思ひ」こそが、折口のこだわりであった。その際、折口は、「此神々は永遠に生きながらへて行かれるけれども、私どもは此ま〻消えて行く」、「深い人生の思ひに触れて居られる」というように、神と人との隔絶を見ていく。

ここで折口は、靖国神社という近代が生み出した「神社」を超えて、人が「神」へと生まれ変わり、その神性が拡張されていく、宗教的な現場を見出そうとしているのではないか。そこには靖国神社という国家的な神社を霊的に保障しつつも、その制度的な枠組みを超えてしまう、折口の「神道」の宗教的な境位を見ることができよう。しかしそれは「大君は神にしませば……」といった、神としての天皇と一体となっていた。折口の宗教としての神道が、「天皇」から自立していくためには、昭和二十年（一九四五）八月十五日の「敗戦」を待たねばならない。

第八章　神々の「敗北」を超えて

――「神道の友人へ」「民族教より人類教へ」「道徳の発生」――

1　「神こゝに　敗れたまひぬ」

昭和二十年八月十五日

昭和二十年（一九四五）八月十五日、裕仁天皇による「終戦」の詔が発せられた。昭和六年（一九三一）の満州事変から始まった長い戦争は、「大日本帝国」の完膚なきまでの敗北に終わったことが、天皇自身の口を通して初めて国民の前に明らかにされたのである（もちろん、それを理解できた国民がどれぐらいいたかは疑問だが……）。

天皇の詔勅を聞いた折口信夫は、弟子の戸板康二《といたやすじ》（一九一五〜九三）に「放送に出ていただいて、また天子さまを利用しようというのだね。重臣だの、軍人だの、はりつけにしてやりたい」とか「もう少し力があれば、反乱でもしてやりたいが、なんといっても、われわれは無力だからね」（戸板康二『折口信夫坐談』四八〜四九頁）といったような激しい怒りと憤りをぶつけている。多くの国民を騙していた「重臣だの、軍人だの」に向けた激越な怒りをぶつける折口の姿が浮かんでこよう。敗戦の年、折口は五十八歳となった。

それは何よりも、愛する弟子であり「息子」でもある春洋を死に追いやった、無謀・無策な軍部への憤りであっただろう。まさに「慷慨《こうがい》」をいだく国学者としての折口だ。ただし「天子さま」に対しては、「重臣だの、軍人だの」に利用されていたという認識を持っていることも注目される。それは天皇には直接的な「戦争責任」はないとする、当時の日本人の平均的な感覚、感性に繋がっているといえよう。

折口信夫の「反乱」

「終戦」の報を聞いた折口が抱いた、「重臣だの、軍人だの、はりつけにしてやりたい」「もう少し力があれば、反乱でもしてやりたいが…」という思いは、戦争末期、「軍人」に対して、激しい憤りをぶつけた有名なエピソードとも通じていよう。

昭和二十年七月二十六日、まさに「終戦」を直前にした日、ジャーナリスト・作家・学者・画家や俳優までが招かれた「情報局」(情報の宣伝・統制・操作のために設置された内閣直属の機関)の会議があった。議題は「やがて来るべき本土決戦のために、国民の士気を奮い起こさせる具体的な方法」についてだ。海軍の報道少将の栗原某が説明したが、じつはすでにソ連を仲介とする和平工作が進められているために、「本土決戦」という言葉が、充分に意を尽くさぬ、「奥歯に物がはさまっているようなところがあった」(戸板康二『折口信夫坐談』一七八頁)。その時、折口は立って、こんな質問をした。

私のような何も分からぬものですが、Kさんと年輩が同じだけに、おっしゃることの手の内が見えるような気がいたします。私ども、伊勢の外宮が炎上し、熱田神宮が焼け、また明治神宮が焼けたのを知っています。皇居も炎上しました。これはシンボリックな意味で、国体が破壊されたのと同じだと思います。そういうことに思いをひそめて考えた場合、啓蒙宣伝ということが、ことばの意味だけのものではいけないという気がします。そうでないと、本土決戦ということばも逆効果でしょう。（同前、一七八頁）

そして続けて「宸襟《しんきん》を如何にせむ、といいながら、宸襟を逆にないがしろにするようなことではいけません。無神経にことばを使うのはいけないと思います。ことばに責任を持っていただきたい」と強い口調でただしたのである。さらに沖縄の戦況についても「ほんとうのことを知りたいと思います」と、自らの学問の上からも、伝統の上からも沖縄のことを知っているだけに、沖縄の現況を知りたいと「そう切に願うものです」と述べ立てたのである。なお同年の三月三十一日に、大本営から硫黄島の守備部隊が「全員玉砕」したとの発表があった（春洋の戦死の公報を受け取るのは、終戦後の十一月）。そして四月一日に米軍が沖縄本土に上陸し、六月二十三日には日本軍がほぼ全滅している。

この折口の発言に対して、「右翼系の某誌の編集長」が、先生のような言い方は戦力に対する不安を煽るものだという意味のことを述べた。すると折口は再び立って、「自分を正しくしようとして、人を陥れるような物いいはいけません」と大喝したという。

このエピソードを伝える戸板康二は、「先生が、この戦争に対する国民の歎きを代表して発言されたのを、私はきいたのである」（同前、一七九頁）と記している。ささやかな、しかし戦時期のただ中では大きな「反乱」の一こまといえよう（折口が将官に対して大胆に反論できたのは、文壇・教育界・官界・軍部に、ある程度の人的ネットワークを持っていたから、という指摘もある〔上野誠・二〇一八〕）。

一方で、この時の体験をもとに二首の歌を詠んでいる。こうした思いが、「終戦」の報を聞いた時の「なんといっても、われわれは無力だからね」という思いに通じているように思われる。

情報局に招かれて
一介の武弁の前に　力なし。唯々《キヽ》たるかもよ。わが連列《ツラ》の人
たけり来る心を　抑へとほしたり。報道少将のおもてに　対す
（戸板、前出）

折口、箱根の山小屋に籠もる

八月十五日の「玉音放送」以降、「仕事をする気もしない。張合いがなくなった。これからはかえって、心を養うことが大切だろう。それでしばらく、山小屋（叢隠居）へ行って来ようと思う」（戸板・前出、四九頁）と、結局、八月中旬から九月下旬まで、箱根の山荘に籠もって暮らしていた。ちなみに箱根の山荘は、長く同居していた最古参の弟子・鈴木金太郎、そして藤井春洋が相談して、折口のために昭和十四年（一九三九）に竣工させたものである。ここで折口は晩年まで夏休みなどを過ごすことが多かった。現在は國學院大學叢隠寮となっている。箱根の

山荘では、推理小説や『膝栗毛《ひざくりげ》』『八笑人』など何も考えなくていいようなものを読んで暮らした。食料は乏しいが、春洋にささげる陰膳の用意は忘れなかったという〔塚崎進・一九八七〕。

一方、折口信夫が箱根の山荘に籠もっていた間、敗戦後の日本の現実はめまぐるしく変転していった。まず八月三十日に連合国軍最高司令官ダグラス・マッカーサーが、サングラス・コーンパイプ姿で厚木飛行場に到着、九月二日にはアメリカの戦艦ミズーリ号の艦上で降伏文書への調印が行われた。そして八日にはアメリカ軍がジープで東京に進駐し、二十七日には、天皇自らがアメリカ大使館のマッカーサーを訪問した。モーニング、トップ・ハット、ハイ・ボタンの正装の天皇に対して、マッカーサー元帥はノーネクタイのカーキシャツ姿で出迎えた〔竹前栄治・一九八八〕。それは文字通り日本がアメリカに敗北し、屈したことを象徴する出来事であったといえよう。

折口はこうした日本の敗北を「神こゝに　敗れたまひぬ」（「神　やぶれたまふ」新全集26、三〇五頁）と表現した。折口にとって、敗戦とは、日本の神々の敗北にほかならなかったのだ。なぜ、日本の神々は「やぶれたまふ」たのか。そしていかにすれば神々の敗北を超えて、神道を蘇らせることが出来るのか――。神道学者としての折口の戦後最大の課題となったのである。

敗戦後、立て続けに発表された論考

それを実践するべく、終戦の翌年、昭和二十一年（一九四六）六月から二十二年（一九四七）二月にかけて、集中的に神道の建て直しに向けた論考を発表していく。以下のものが、新全集の第二十巻「神道・国学篇」に収録されている。

◇「神道の新しい方向」（昭和二十一年六月二十三日、ラジオ第一放送「神道の時間」。昭和二十四年六月『民俗学の話』共同出版社より刊行）

◇「神道宗教化の意義」（昭和二十一年年八月二十一日、神社本庁主催、関東地区神職講習会の講演。昭和二十二年十月、神社新報社より冊子として刊行）

◇「神道の友人よ」（『神社新報』昭和二十二年一月六日、第二十六・二十七合併号）

◇「民族教より人類教へ」（昭和二十二年二月二日、神社本庁創立満一周年記念「講演と映画の会」での講演。『神社新報』昭和二十二年二月、第三十二号）

そのほか、昭和二十一年五月からの國學院大學の講義で「神道概論」（全集ノート編）を開講している。「戦後最も心を注いだ講義」（「年譜」新全集36、一二一頁）である。慶應義塾大学の弟子たちも「先生から直接に、この講義は是非聞くように」と受講を勧められたという（池田彌三郎「私製・折口信夫年譜」）。

これら戦後直後に発表された論考・講演録は、なぜ日本の「神」は負けたのか、どこに欠落があったのか、そしていかにすれば「神」は、敗北を克服し、再生できるのかを問う、折口の痛苦なる思索の発露といえる。それは一言でいえば、神道はどうすれば宗教たりうるのか、という問いであった。戦後「神道宗教化」論と呼ばれるものだ。

戦後「神道宗教化」論をどう読むか

ところが、折口信夫の戦後「神道宗教化」論については、「折口の国学論の中でどう位置づけるかは今後の課題であろう」（伊藤好英・二〇一六）といったように、その学問的な評価への疑問も提示されている。とりわけ戦後の「神道」の主流を担った立場からは、否定的な評価が下されている。折口の学問成果とはかけ離れた「占領中の時局対応論」〔茂木貞純・一九八六〕にすぎないという評価や、さらに戦後の神社神道を統括する神社本庁の神社人、神道家たちからは、「占領権力」たるGHQの「神道指令」と迎合する「利敵者」「曲学阿世の徒」といった、痛烈な非難を浴びることになる〔葦津珍彦・一九九六〕。

しかしその一方で、敗戦を契機とした「日本神道の〈対抗宗教改革〉プラン」と評価する議論〔中村生雄・一九九五〕をはじめ、イタリアの宗教学者、ラファエーレ・ペッタッツォーニやヴィルヘルム・シュミットが議論した「原始一神教」「最高存在」と共振する発想を読み取り、宇野円空《うのえんくう》、岡正雄、あるいは鈴木大拙《だいせつ》、大川周明《おおかわしゅうめい》、井筒俊彦《いづつとしひこ》という「近代日本思想史一〇〇年の流れ」の中から考察すべきという提起もある〔安藤礼二・二〇一四〕。戦後折口の「神道宗教化」論は、近代神道史という枠組みをも超えるような、多くの問題と可能性を秘めた論考群ともいえるわけだ。

改めて言うまでもなく、神道学者としての折口の軌跡を追ってきた我々から見れば、彼の「神道宗教化」論が、敗戦後に、占領権力＝GHQの顔色をうかがって発表された「時局迎合」の議論でないことは明らかだ。そうではないか。大正四年（一九一五）の「髯籠の話」以来、一貫として、神道の宗教性を問い続けてきたのだから。神社非宗教論、国民道徳論など「お慈悲の牢獄」に押し込まれた神々の「神性の拡張」を問うてきたこと、国家の管理下に置かれた神社の呪縛から、いかにすれば神々を解き放つことができるのか、という問いかけである。戦後の「神道宗教化」の議論は、まさにその問いかけの延長にあるのではないか。

なぜ神々は敗れたのか

では、なぜ日本の神々は敗れたのか。折口はこう答える。「我々が宗教的な生活をせず、我々の行為が神に対する情熱を無視し、神を汚したから神の威力が発揮出来なかつた」（「神道宗教化の意義」新全集20、二九一頁）からと——。そう、日本の神々は人が潔斎をして祭り、清めねば穢れ、その霊力は低下していくのだ。

これは国民一般に向けられたと同時に、とりわけ神を祭る神職たちの責任を問う口調でもある。「私の友人よ。自分に忠なる内省で、果たして無神論的生活をさせられ、又して来たことがなかつたか考へて見るがよい」（「神道の友人よ」新全集20、二八一頁）と、「神道の友人」たちに鋭く迫っていく。それはたんに神職たちの信仰心の喪失を非難しているだけではない。神職たちに「無神論的生活」を強いていった、戦時期の神道、神社の制度・組織のあり方の捉え直しへの呼びかけであった。「神道の友人」たちに向けて、自身の内省を込めながら、こう問いかけていく。

祭政一致は古代神道の常態であつた。が祭政一致を目的とした神道などはなかつた。近代の私どもの友人は、祭政一致を目ざして神道があるやうに考へてはゐなかつたか。〔……〕私どもの神道は久しく政治行動の圏外にあつた。神道家は侘しいけれど、正義の生活に誤りを感じながら来た。私どもの生活が政治行動の末梢につらなつて居ることを感じた時に、文化倫理運動を方便とする政治行動が既に著しくなつて居た。私どもはその時官吏の末座に列席してゐた。さうして私ども自身の口から、祭政一致実現時代を謳歌しさうになつてゐた。〔……〕宗教家は政治家ではない。まして政治行動の力役者なる官吏となつてよいわけはなかつた。

（「神道の友人よ」新全集20、二七六〜二七七頁）

ここには昭和六年（一九三一）の満州事変から日中戦争以降の時代、神道が国家と結び付いていく動向への痛苦な批判と内省が語られている。昭和十年（一九三五）の「天皇機関説」の排撃と「国体明徴運動」に始まり、昭和十二年（一九三七）の日中戦争勃発に呼応して、戦勝祈願祭の執行、出征軍人への祈禱、守り札の授与などの戦争協力、さらには地方自治体職員や工業従業員による集団神社参拝など、国民の日常的次元での戦争協力体制を作り上げる「国民精神総動員運動」に神社、神職たちが深く関与していったからだ（赤澤史朗・一九八五）。また「明治以来、神道家の中には、神道を法理論・政治学と、合体させようと考へて来た人がある。それを都合よいやうに利用した人が亦多い」（「神道宗教化の意義」新全集20、二八九頁）とも言っている。それはまさしく折口が一貫して批判してきた神道家・神道学者たちである。

こうした時代動向のなかで、全国神職会が進めてきた、神社と国家との強固な結び付きを要求する「特別官衙設立運動」によって、昭和十五年（一九四〇）十月に第二次近衛内閣のもとで、内務省外局としての「神祇院」が確立する。明治以来、唱えられてきた「祭政一致」が、戦争という時代のなかで実現してしまったのだ。

けれども、神祇院なるものは、「神社非宗教論」の立場にあった内務省神社局の延長上に創設されたものであった。その機能は「翼賛体制下の公認思想を担う国家的教化機関」でしかなかった（赤澤、前出）。神社を基礎とする神道はけっして宗教、信仰として信じられたわけではなく、折口がするどく批判する「文化倫理運動を方便とする政治行動」の一翼にすぎなかった。そのとき「神道の友人」たちは、「官吏の末座に列席」し、「代議士なんかのやうに、えろきゆうしよんの稽古をして見たりした」（「神道の友人よ」新全集20、二七八頁）のであった。

もっとも折口自身も、昭和十七年（一九四二）六月に発足した「日本文学報国会」の国文学部理事、短歌部会の会員となっている。また同年十二月には、「大日本言論報国会」の会員となる。そうした公的な立場のなかで「私ども自身の口から、祭政一致実現時代を謳歌しさうになつてゐた」とは、自らの内省の言葉であろう。

また折口が藤井春洋の生家の兄（藤井巽）に向けた書簡の中で「国学者顔して、空想ばかりを誇りかに述べて来た我々……」（昭和二十年三月十日、新全集34、二四三頁）とか、あるいは別の知人宛には「こんな国士がつた方面のある学問をして来たことが、どんなをりにも渋面つくつて思ひあがつたやうな事を言うてゐねばならぬ癖を、つけてしまひました」（昭和二十年四月二日、同前、二四六頁）などという言葉が、戦争末期に発せられていたことも知っておこう。

たしかに折口自身も、対英米戦争の始まりを目の当たりにして、神道や国学の立場からの昂揚感が、歌や詩を通して表現していたことは間違いない。『天地《あめつち》に宣る』に収録された歌たちである。とすれば、日本の神々が敗れたのは、自らの「神道」に限界があったからではなかったか。こうした内省の語りを、折口は「神道の友人」たちに向けて発していたのだ。

それにしても、「神道の友人」とは誰なのか――。「神道の友人へ」の文章も含めて、敗戦直後の「神道宗教化」論は、ほぼすべて神社本庁関係の中で発表されていた。「神道の友人」たちとは、神社本庁に結集した、神道家、神社人たちにほかならない。改めて敗戦直後の神社本庁設立過程を見ておこう。

2 折口信夫と神社本庁

「神道指令」から神社本庁の設立へ

GHQ（連合国軍最高司令官総司令部）は、治安維持法廃止、政治犯釈放、内務大臣・特高警察の罷免に始まり、男女同権、労働者の団結権、教育自由化、秘密審問司法制度の撤廃、経済機構の民主化の「五大改革指令」の改革策を矢継ぎ早に打ち出して、その遂行を政府に要求した。

そうした「戦後改革」の中で、折口信夫に最も深く関わるのが、終戦の年も押し迫った十二月十五日に発令された、いわゆる「神道指令」である。すなわち「国家神道、神社神道ニ対スル政府ノ保証、支援、保全、監督並ニ弘布ノ廃止ニ関スル件」である。「占領権力」によって、国家神道、神社神道の禁止と政教分離の実行が政府に要求され、翌年、二月に内務省外局の神祇院は廃止された。全国各地の神社は、国家の管理／保護から離れて、丸裸の状態に投げ出されたのだ。

そうした神道や神社の危機が迫る中で、昭和二十年秋から、民間系の神祇関係組織である大日本神祇会（旧全国神職会）・皇典講究所・神宮奉斎会・青年神道懇談会などが議論を重ねて、「全国八万の神社が「神社を守らねばならぬ」という決意のもと」昭和二十一年（一九四六）二月三日に創立されたのが「神社本庁」である〔神社新報社編・一九七一、一九一頁〕。

当初は全国の神社を、神社神道としての教義を持つ「神社教」として合同させることが目指されたが、ＧＨＱからの圧迫・干渉を危惧して、明確な教義や教典は持たず、各神社が独立の財団法人組織として独立性を保ちつつ、ゆるやかに「連盟」していく組織を目指すことになった〔神社新報社編・一九七六、一九一〜二〇七頁〕。

けれども、神社本庁が設立されていく過程では、敗戦下の精神的な混乱を脱却するためにも、宗教としての神道を目指すべきだ、という声も少なくなかった。神社本庁が主催する講習会、座談会の場などでは、とりわけ地方の神社に奉仕する青年神職たちから、そうした発言がなされたのである。その例をいくつか紹介すると――。

・宗教としての諸要素を具備してゐるかどうかについても教義を欠いている点など直ちに検討なされねばならぬ点であると思ひます〔山梨県御所村天神社宮司・加賀美精章、三四歳〕。

・私は総ての神社に通用する一貫した教義が出来る事が当面の急務と考へます〔鳥取県樂樂福神社宮

司・恩田哲穂、三三歳）。
・今日の神社界の最重要課題は、一日も早き教義の決定であるとおもひます（福井県篠座神社宮司・猪島逸男、三七歳）。（「紙上座談会・青年神職の所信」『神社新報』第三十一号、昭和二十二年二月三日）

このように神道の宗教化、そのための教義の確立が「急務」であるという意見が若手神職たちの間から続出していたのである。これは戦前、戦時中の神社が、まったく宗教的な教義とは無縁な存在であったことを、逆に際立たせてくれよう。

折口信夫の神道界での役割

さて、こうした混沌とした状況の中で、多くの神道学者が公職を追放された時期に「国文学・民俗学者」としての折口信夫が、神社本庁主催の講習会、講演会などに招かれ、地域の神職たちに向けて、今後の神道のあり方について発言することが多くなった（岡野弘彦・二〇〇〇）。

たとえば昭和二十一年（一九四六）九月、神社本庁では「神道理論の確立に神祇部委員会設置」を目指して「神社神道の理論」を扱う第一部会、および「祭祀に関する調査立案を掌る」第二部会への参加を「国大の折口信夫博士」に委託した。他のメンバーは、第一部会が東大の宇野円空博士、同岸本英夫博士、京大の山内得立博士、第二部会が「枢密顧問官柳田國男氏」である（『神社新報』昭和二十一年九月十六日第十一号）。敗戦直後の混迷する神道界にとって、折口は、重要なポジションにあったことが想像されよう。

とりわけ、地方神社の青年神職たちから求められた神道の教義の確立に、一番に応えることができるのは、折口にほかならなかった。昭和二十一年年八月二十一日、神社本庁が主催した関東地区神職講習会の講演録「神道宗教化の意義」は、翌年の十月には、神社新報社より冊子として刊行され、多くの神職たちの読まれることとなったのである。

「神道にとつては只今幸福な時代」

かくして昭和二十二年（一九四七）二月二日、創立一周年を迎えた神社本庁の記念講演会（東京神田の一ツ橋教育会館）で、折口信夫は、多くの神社人・神道人に向けた講演をした。その講演こそ、有名な「民族教より人類教へ」である。折口は、冒頭から非常な昂揚感をもって、こう語り始めた――。

神道にとつては只今非常な幸福な時代に来てゐる。かういふ言ひ方はけっして反語ではない。正しい姿を今まで発揚しなかつたのを、今になつて発揚させようとする希望が湧いて来てゐるからである。

（「民族教より人類教へ」新全集20、二八二頁）

「終戦」直後の昭和二十年（一九四五）末に発令されたGHQの「神道指令」、翌昭和二十一年（一九四六）元日の天皇のいわゆる「人間宣言」（新日本建設ニ関スル詔書）、そして同年十一月発布の「日本国憲法」に明記された「象徴天皇制」の確立、さらに日本共産党を中心とした左派勢力による天皇制否定論が渦巻く中、自らのアイデンティティの喪失危機にあった多くの神社人・神道人たちを前に、折口は「神道にとつては只今非常な幸福な時代に来てゐる」と語った。とりわけ「正しい姿を今まで発揚しなかつた」と、それまでの神道のあり方は正しくなかった、という認識も示したのである。GHQの占領政策の中で、神道は未曾有の危機を迎えた。しかし、そうした時代の中で、折口は、今こそ、神道が宗教としての力を回復する絶好の機会であると力説したのである。それは神道の宗教としての教義を求める、地方の若手神職たちの声に応えるものであったろう。

さらに折口の語るところを聞いてみよう。

神道と宮廷とが特に結ばれて考へられて来た為に、神道は国民道徳の源泉だと考へられ、余りにも道徳的に理会されて来たのである。〔……〕併しながら天皇は先に御自ら「神」を否定し給うた。それにより我々は、これまでの神道と宮廷との特殊な関係を去つてしまつた、と解してよい。〔……〕神社人の方々は、天皇御自ら神性を御否定になつたことは神道と宮廷との特別な関係を去るものであり、それが亦、神道が世界教としての発展の障碍を去るものであることを、理会されるであらう。

（「民族教より人類教へ」新全集20、二八四頁）

神道が宗教として成熟できなかった根本的な原因は、「神道と宮廷とが特に結ばれて考へられて来た」ことにあった。信教自由・政教分離を原則とする近代立憲国家の体制下では、国家君主である天皇と結び付いた神道は、「宗教」を名乗ることができず、「余りにも道徳的に理会されて来た」。しかし、今「天皇御自ら神性を御否定になつたこと」を受け、神道は天皇との関係から独立し、宗教として成熟する可能性を得た、と折口は説いたのである。

そればかりではない。神道は、天皇と結び付いた民族主義からも自由になって、「民族」を超えた世界宗教、人類教へと発展することも可能と語ったのである。そのことを折口は、「いすらえる・えぢぷと地方に起つた信仰がだん〳〵拡つて、遂に今日のきりすと教にまでなつた」（同前、二八二頁）ことに類比していくのである。そうした可能性をようやく追求できるからこそ、今は、神道にとって「幸福な時代」と、昂揚感をもって語ったのである。

神道は、天皇から独立することで、宗教としての可能性を手に入れられる――。それは近代における神道のあり方を全否定するようなラディカルな発言だ。

主流派からの批判

こうした折口の講演を、「神道の友人」たちは、どのように聞いたのだろうか。

その反応は、残念ながら同時代の史料からは見ることはできないのだが、昭和四十六年（一九七一）に刊行された神社新報社編『神道指令と戦後の神道』には、そのときの様子が次のように記されている。

この見解は、同教授の神道研究の結果でもあつたらうが、それはまた、たまたまＧＨＱの最も好む方向であつた。敵国の占領下、天皇制批判の嵐が吹き荒び、皇室が危機に瀕した時期に、神社人が皇室から「解放された」などと積極的に力説することは同感できぬとする本庁評議員の抗議に対して、神社本庁当局は、「この折口学説は一参考に過ぎず、神社本庁がこの説を公認するものではない」との釈明をおこなつた。

この問題後、神社本庁の主流は、折口学説の方向には進まなかつた。しかし、国学院大学においては、折口教授は中心となる実力者であり、神道研究の主任教授であつたため、占領下の国大教学においては折口学説が主流を占めた。後年、数次にわたつて繰り返された神社関係者を中心とする所謂国大粛学運動なるものは、かうした戦後の国学院大学の教学に対する是正要求の運動であつた。（八四頁）

これは敗戦から二十年以上が経った後に、神社本庁の側がまとめた「歴史」であることを差し引いて読む必要があろう。昭和二十二年の当時、折口が展開する神道宗教化の議論を共感をもって聴いた神道家・神社人たちも少なからずいただろう。しかし、会場の中には、天皇からの自立が神道の宗教化を可能にし、「幸福な時代」が到来すると発言する折口に、違和感・戸惑いを抱く向きが多かったことは間違いない。それは充分予想されるところだ。それぐらい、神道は天皇と密接な関係にあったのだから。そして実際のところ、折口の主張に「同感できぬとする本庁評議員」がいた。結局本庁の主流派は「折口学説の方向には進まなかつた」のである。

「神道宗教学会」の設立

しかし折口学説は、「国大（國學院大學）の戦後の教学の一つの現はれとして起つた事件」（前出、八三頁）として認識され、戦後の國學院大學の中で

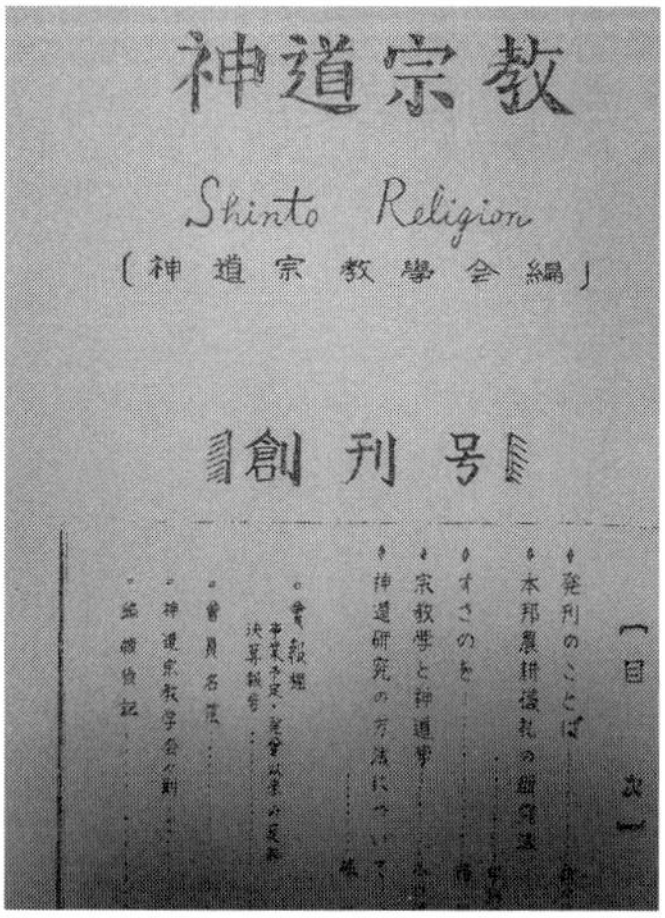

『神道宗教』創刊号
（岡田莊司氏からの寄贈による）

は、折口の学説が「主流を占めた」ということも見過ごせない。

たしかに折口が中心となって、國學院大學内に「神道宗教学会」が設立され、昭和二十二年（一九四七）十一月一日の「発会大会」の記念講演会では「神道の霊魂信仰」という講演を行っている。ちなみにその記念講演会は、神社本庁講堂を会場としている。

そして昭和二十三年（一九四八）七月には、学会の会誌『神道宗教』が刊行され、折口が「発刊のことば」を執筆している。その中に、

> 目下、在来の倫理神道と別れて、宗教神道の地固めに勤しんでゐる我々の作業は、記念すべき労苦として、必後世からは見られることになるでせう。吾々の向学の情熱は、きつと異常な速度を以て、新しい視野を神道教の上に開いて、将来の規範を立てることになるでせう。（新全集32、四一四頁）

と、「在来の倫理神道」と訣別した「宗教神道」の方向性を強く打ち出している。創刊号には、宇野円空「本邦農耕儀礼の研究法」、小口偉一「宗教学と神道学」、堀一郎「神道研究の方法について」、

そして釈迢空の詩「すさのを」が載っている。また学会発表としては、小野祖教「神社神道教義について」（第三回例会・三月二十七日）、加藤玄智「宗教の発達と其の象徴」（第四回例会・四月二十四日）などもある。ちなみに、創刊号はガリ版刷りである。

このように國學院内部で「折口学説が主流を占めた」ことは確かなようだ。そしてそうであるため、「神社関係者」からの「戦後の国学院大学の教学に対する是正要求の運動」＝「所謂国大粛学運動」も起きたというのである。このへんは、戦中における國學院内部における折口の立場を引きずっているのかもしれない。折口門下の内野吾郎《うちのごろう》（一九一四〜八五）も、「この折口先生の戦後の行動は、必ずしも、その後の人々によって、正しく理解されたとは言えない。毀誉褒貶《きよほうへん》のあることも私は知っている」と、なにやら含んだ物言いをしている（内野・一九八三）。

折口批判の急先鋒＝「葦津評議員」

ところで、先ほど引用した『神道指令と戦後の神道』の文章は、執筆者名が明記されていないが、昭和四十一年（一九六六）刊行の『明治維新　神道百年史』第一巻に所収された、渋川謙一「戦後、神道の歩み」とほぼ同文である。渋川の執筆と見ていいだろう。ちなみに『神道指令と戦後の神道』の「発行のことば」にも、神社新報社取締役・論説主幹の渋川謙一に「協力執筆をお願ひした」とある。

ただ二つの論考には一箇所違うところがある。「神社人が皇室から「解放された」などと積極的に力説することは同感できぬとする本庁評議員」について、渋川の「戦後、神道の歩み」では、「葦津評議員」と、はっきり個人名が書かれていた。この「葦津評議員」こそ、神社本庁を生み出す立役者であり、折口批判の急先鋒となる葦津珍彦《あしづうずひこ》である。

葦津珍彦（一九〇九〜九二）は、福岡県箱崎の社寺公務所を経営する葦津耕次郎の長男として生まれ、独学で欧米の政治史、思想史、革命史などを勉強し、青年時代には無政府主義や社会主義の活動家とも交流を持ち、時には彼らに協力することもあったという。しかし、父の耕次郎の影響で「神道」に目覚めていく。葦津耕次郎（一八七八〜一九四〇）は、神社建築業のかたわら、民間在野の神道人として広く全国の神職と接し、内務省・海軍関係者や、さらに明治・大正・昭和期の右翼の巨魁たる頭山《とうやま》満《みつる》（一八五五〜一九四四）の率いる「玄洋社」関係者とも深い親交を持つ人物であった（『神道人名事典』）。

こうした父の影響で珍彦は、今泉定助・川面凡児・高山昇（神祇院参与）・宮川宗徳（初代・神社本庁事務総長）・吉田茂（元神社本庁事務総長。戦後の総理大臣の吉田茂とは別人）などの神社界、神道界の大物たちとの関係を深め、神道人としての独自の立ち位置を得るようになったのである。

神社本庁設立の立役者

とりわけ葦津珍彦が近代の神道史のなかで重要な存在意義を持ったのは、GHQの「神道指令」による神社・神道界の混乱の中で、神社本庁設立の影の立役者となったことだ。「神社界の長老は、若く神職の経歴も全くない一人の男」に「神社界の運命を決する選択をゆだね」たのである（神社本庁総合研究所・二〇一〇）。

葦津は、明瞭な情勢分析と政治的な直感のもと、GHQからの圧迫・干渉を危惧して、教義論争は避け、明確な教義や教典は持たず、各神社が独立の財団法人組織として独立性を保ちつつ、ゆるやかな「神社連盟」方式の組織を作り上げた。その時、神社本庁の骨格的な思想は、「天皇陛下ガ神宮ヲ始メトシ、皇国ニ於ケル尊貴ナル神社ノ祭祀ヲ掌リ給フコトハ、陛下ノ祖宗ヨリ継承シ給ヒ、後裔ニノコシ給フ所ノ重大ナル御権限デアリ」、それゆえに「日本ノ神社ハアクマデモ君民一体ノ実ヲ失ツテハナラヌ」（葦津珍彦「神社制度変革ニ対スル私見」『神道指令と戦後の神道』附録「神道指令問題関係資料」二五二頁）とするものだ。国家君主であり、最高祭祀者たる天皇との関係抜きに、日本の神社、神道は存立しえない、という思想である。それを堅持するために、無用の教学論争は避けたというわけだ。

もはや明らかであろう。こうした葦津の思想や立場からすれば、折口の講演内容、とりわけ神道が天皇との特別な関係から離れることを肯定し、「世界教」「人類教」＝宗教としての可能性が開けるなどという議論は、絶対に「同感できぬ」ということになるわけだ。

後に明かされた折口「排撃」の工作

実際のところ、葦津珍彦は、折口信夫の影響が神社本庁に及ばないように、政治的な工作も行っていたようだ。それは敗戦から三十二年がたった昭和五十二年（一九七七）五月二十七日の日付がある「神社本庁教学部長　渋川謙一殿」宛の私信の中で明かされた。その私信は「神道教学についての書簡」というタイトルで、『葦津珍彦選集』第一巻に収録されている。そこには以下のように記されていた。

将来の神社人の教学については、民俗学や文化人類学などは、古典文献学とともに大いに用ゐられて然るべきだと思ふ。だがこのやうな民俗学が神社本庁の教学に大きな影響を及ぼすことなく今日にいたつてゐるのは、これは私がもつともこれらの学問をきびしく排撃したからであり、そしてそれを私と同じく貴君（引用者註・神社本庁教学部長・渋川謙一のこと）が継承されたからである。〔……〕私が折口信夫や柳田国男を神社の教学から閉め出し、その影響を及ぼさせないやうにするには、占領時代にあっては理論闘争の道が抑圧されてゐたので、専ら人工的工作と無言の圧力をもって対抗するのほかなかった。昭和二十二年の二月から五月まで、私は専ら折口反対に力をそそいで、折口博士と私的に親友だった宮川宗徳神社本庁の総長を説得するに成功した〔……〕事実、私は折口柳田は神道対米軍との対決において、利敵行為者であるとして激しい敵意をもって行動した。

（「神道教学についての書簡」『選集』第一巻、三二二〜三二三頁）

そして続けて、「私等が神道に対して忠誠であり、かれらが利敵者であったのは、明白である」と宣言する。きわめて生々しい折口排斥の政治工作の裏面が見てとれよう（なお「折口柳田」とあるように、折口だけではなく、柳田國男も関わっていたことが分かるが、その具体的な役割は不明）。

「昭和二十二年の二月から五月まで、私は専ら折口反対に力をそそいで……」とは、まさに折口が神社本庁創立一周年記念で「民族教より人類教へ」の講演をした後の時期にあたる。また「折口博士と私的に親友だった宮川宗徳神社本庁の総長」とは、「終戦を迎へてＧＨＱの国家神道廃止の方針を予測し、神宮奉賛会を代表して大日本神祇会・皇典講究所等と連絡を取り対応策を練り、三団体が合併して神社本庁を設立する上で大きな役割を果した」（『神道人名事典』）人物である。

葦津が、折口を「利敵者」として排斥した理由が、「神道と宮廷との特別な関係を去る」ことに神道の可能性を説く主張にあることは、言うまでもないだろう。それは神道と国家との分離を強制したGHQの「神道指令」と迎合するというわけだ。

それにしても、敗戦当時から三十年たった後も語られる、「柳田折口」に対する激しい憎悪は驚くほどだ。

葦津珍彦の折口批判　しかし、なぜそれほどまでも、葦津は折口を嫌ったのか。さらに次のように述べている。

神道指令では、日本天皇と国土との神聖にして優れたる思想の宣布を禁じた。この指令に対応して、この思想は古事記書紀に源流するものであり、記紀二典を排せよとの世論が猛然としておこった。この神典こそは、皇室が統一国家権力を固めるために政治的に作りあげたものであり、これを源流とする今までの神道が皇室的民族的に固まるのは当然である。この世論の圧力は非常にきびしかった。折口説は皇室伝承の記紀古典との特殊の結び付きから解放されて、地方の山村農村の古俗民間信仰を源流として、非民族、非皇室の神道宗教を立てさへすれば、連合国も満足するし、神道人も圧迫される懸念もないといふわけである。米国務省文書（それは日本人は誰一人も知らなかったが）を、すっかり見抜いて順応してゐるやうな発想である。だがそれは連合国が満足するのは分りきってゐるが、民族統一の意識と、皇室護持の精神には相反する。

（同前、三二四頁）

『記』『紀』が神道の原典と認識され、「記紀二典を排せよ」とされたことは、戦後歴史学における『記』『紀』への扱い方、とくに神話が教育現場から消去されたことと繋がるだろう。

後半に出てくる「米国務省文書」とは、「神道指令」作成の指針とされた、一九四四年三月十五日の米国国務省の「極東に関する部局聯絡委員会作成の覚書」のことである。そこには国家神道とは、「神道の本来の姿である無害な原始的アニミズムの上に現在、国家主義者たちによって狂信的なまでに愛国的かつ侵略的な日本の拡大のために利用されてゐる国家主義的天皇崇拝を上乗せさせてきたといふ事実…」という記述があった〔神社新報社編・一九七六、一八四頁「極東に関する部局連絡委員会作成の覚書〔ワシントン〕」〕。ちなみに、本文書が公開されたのは、戦後、昭和五十年(一九七五)になってからである〔前出、一七七頁〕。

葦津の言説は、折口の「神道宗教化」の議論を、この「米国務省文書」と結び付けて解釈したようだ。「地方の山村農村の古俗民間信仰を源流として、非民族、非皇室の神道宗教を立てさへすれば…」という言説にそれが見えよう。折口の「神道宗教化論」を、神道を天皇や国家から切り離し、「原始的アニミズム」を源流したものに引き戻すものと理解したわけだ。

だが、葦津によれば、神道とは、天皇が「祖宗」より継承した、伊勢神宮をはじめとした「皇国」の重要な神社祭祀を行うことに由来する。ようするに天皇と結び付くことで国家性を堅持するのが葦津の認識する神道の姿であったといえよう。だが、天皇と不可分に結び付く神道の認識は、戦後の新憲法下ではもちろんのこと、戦前の帝国憲法のもとでも、その宗教性を主張することはできない。信教自由、政教分離が、近代立憲国家の前提であるからだ。

したがって、天皇との結び付きを前提としながら、神道の宗教性を強調することは、立憲国家や信教自由、政教分離などの近代的な価値観、思想と全面的な対決をしていくことになるだろう。たとえば、戦前の「超国家主義」の思想のように、近代を超えようとする思想である。

葦津の言説の中には、たとえば昭和七年（一九三二）の血盟団事件、五・一五事件への共感を語ることも少なくない〔葦津珍彦・二〇〇七〕。さらに彼の思想的な遍歴を見てみると、たとえば影山正治（第七章、二七三〜二七七頁）などと類似するところもありそうだ。また葦津自身が、戦前においては神道の宗教性を強調する面も見せており、じつは折口と葦津の間には、どこかで通じ合うところがあるようにも思われる。それは近代神道史を再検証する上で重要なテーマになりそうだが、これ以上二人の関係については深入りせずに、折口の戦後における「神道宗教化論」の核心になる「天皇」の問題について検討していこう。戦後、折口が繰り広げる「天子非即神論」である。

3　天子非即神論と「みこともち」

天皇の戦争責任と「折口学」

戦後の折口信夫は、天皇を「神」として考えること＝天子即神論は、天皇に対して「非常に御迷惑がかゝる」（「神道宗教化の意義」新全集20、二九六頁）と述べている。折口晩年の弟子である岡野弘彦は、「御迷惑がかゝる」とは世俗的な言い方だが、それは講演を聞いている神道関係者への説得を意識し、また一方では「近代国家として立つための国民の求心的な核として、明治以来ずっと天皇を神として自由のない役割をふりあてておいて、敗れてのちなおきわめて困難な役をお勤めになれとは理不尽」という、折口の天皇に心を寄せる思いなのだと、その主張の真意を弁護している（岡野弘彦・二〇〇〇、四二五頁）。だが、問題の核心は、さらに深いところに求める必要がありそうだ。

前述したように、折口は、敗戦を「神　やぶれたまふ」と認識した。そして神が敗れたのは、それを祭る者たちが「宗教的な生活をせず、我々の行為が神に対する情熱を無視し、神を汚したから神の威力が発揮出来なかつた」（同前、二九一頁）からだと語った。神々の敗北の責任は、神職たちの「無神論的」なあり方にあるという認識である。

ここで気づかれよう。折口の論理からいえば、神々を祭り、「神」との神秘的な合一を実践してきた最上位の「神主」とは、まさしく天皇であった。それを解き明かしたのが、第六章で取り上げた「大嘗祭の本義」である。ということは、非宗教的な生活をし、神々への情熱を無視し、神を汚した、その最大の張本人は、じつは天皇その人なのではないか。折口の論理からは、当然そうなるだろう。神々の敗北の「責任」は、神を祭り、神と一体化していく最高神主たる天皇にある、と。

だからこそ、折口は敗戦後、「今の天皇は宗教家になってくだされればよかった。ローマ法王のような、神道の教主になるとよかった。〔……〕宗教の教主になるのならば、日本の天皇の歴史的伝統から言ってもなれるはずなのだから」などと語っている（池田彌三郎、一九七七、一二九頁）。折口から見れば、天皇が「宗教家」になることが「戦争責任」の取り方、という理屈になるのであろう。

敗戦後における天皇の役割

ところで「ポツダム宣言」を受諾した敗戦直後の政治過程において、連合国が天皇の戦争責任をどのように扱い、また「極東軍事裁判」〔東京裁判〕の被告とするか否かをめぐって、日本政府当局も含めて、高度な政治判断を迫られていたことは周知のところだ。そして最終的には昭和二十一年（一九四六）六月、キーナン検事の言明で、裕仁天皇は裁判の被告にはならず、その「戦争責任」は問われることはなかった。

その背後には、国民を精神的に統合している天皇の役割を知った連合国側が、天皇の戦争責任を問えば、「百万人の軍隊と数十万人の行政官と戦時補給体制」を必要とする内乱的な状況を招くと判断した事実があったようだ〔渡辺治・一九九〇〕。

もっとも天皇の存在が国民統合の要という認識と同時に、敗戦後における天皇が、国民からの糾弾の対象になっていたことも見過ごせない。たとえば昭和二十一年（一九四六）五月一日、戦後初のメーデーには五十万人、五月十九日の「飯米獲得国民大会（食糧メーデー）」には、「老若男女、腹を空かせた二五万の大群衆が集まり、皇居前広場を埋め尽くした」〔貴志謙介・二〇一八、二七〇頁〕。さらに食糧メーデーに先だつ五月十二日にも、大群衆が皇居前に押し寄せ、なんと百人を超える都民が皇居の門をくぐって宮城へなだれ込んで、「米よこせデモ」を敢行したという。

さらに宮内省の食堂に押し寄せた人々は、天皇はどんなものを食べているのか、炊事場を見せてほしいと「人民点検」を行った。そこで彼らが見たのは、「勤労都民の口へはとても入らない真っ白な残飯」や「まだ食える〝ぜいたくな魚のアラ〟が五、六貫捨てられてあった」「おかみさんたちはただ眼をみはるばかり」というような記事が五月一四日付『読売新聞』に報じられたという（貴志、前出、二七一～二七二頁）。このように敗戦直後においては、天皇の存在は相対化され、それまでの神聖性を喪失する局面もあったと考えられる。

「立憲君主制」の最終形態

改めて確認すると、立憲君主制のもとの「君主」は、内閣などの「輔弼《ほひつ》機関」の意思に従うしかなく、その論理からいえば天皇は「責任」を問われないというシステムのもとにあった（小股憲明・二〇〇五）。近代の国家制度を建前とするかぎり、「極東軍事裁判」においては、天皇の「戦争責任」を問うことは難しかったともいえよう。

さらに近代立憲君主制に基づけば、天皇を象徴とする民主主義国家も難なく成立させることができたのである。「国体としての天皇」の不可侵の神聖性とともに、大臣たちの輔弼機関に国務の責任を与える「政体としての天皇」の二重性のシステムである。そのシステムこそが、立憲君主制を形成していく。その延長上に、新憲法による「象徴天皇制」が確立していくのである（小股、同前）。

事実、敗戦後の天皇は、宮中における祭祀を継続していた。ＧＨＱもまた、天皇を「国家元首」から国民統合の「象徴」へと変質させることは出来たが、天皇が執行する「皇室祭祀」に関しては、「私的な信仰の領域の事柄にとどまり国民生活への大きな影響はない」と判断し、タッチすることはできなかった（島薗進・二〇一〇）。また戦後憲法に対応して改変された「皇室典範」においても、神との合一を果たす大嘗祭の執行などの規定は、「不問」に付されていた（ウィリアム・P・ウッダード・

一九七二、一六四頁〕。

けれども、国民統合の「象徴」たる天皇が執行する祭祀は、けっして私的な信仰にとどまらないことは、当然だろう。天皇の宗教行為は、国家・国民の安穏を祈る、という形での公共的、国家的な意味を持たざるをえない。最高祭祀者としての天皇は存続していたのである。その意味では、戦後の象徴天皇制は、近代の立憲君主制国家の最高（最終）形態ともいえよう。「日本国憲法の象徴規定は、帝国憲法下での他の側面を切りすて、象徴機能へと天皇を純化させたもの」であり、「このもっとも中心的な機能において、戦前と戦後は一直線につながっている」〔小股、前出、五〇一頁〕という理解も可能となるのである。

こうした戦後天皇のあり方をめぐって、折口の議論を検証してみよう。それは折口学の根幹にある「みこともち」の思想と密接な関わりがあった。

変奏する「みこともち」論

折口信夫が「天子非即神論」を公に発表したのは、昭和二十二年（一九四七）一月十六〜十八日の『夕刊新大阪』紙上である。天皇の戦争責任は「回避」され、新憲法の制定によって、「象徴天皇」という戦後天皇制が開始された直後である。そしてそれは折口が、神社本庁主催の場で「神道宗教化」の主張を展開していく時期でもある。まさに「天子非即神論」と「神道宗教化論」は、相互に補完するような議論としてあったのだ。

折口が「天子非即神論」の学問的な根拠としたのは、自らが展開した「みこともち」の論理であった。

天子の根本称号である所の「すめらみこと」は、すべてのみこと――尊・命――と言つた敬称の起源なる「詔命伝達者」の意義をやはり持つて居た。詔命をもつ――伝達する――者が、古代語表現法では「みこともち」と言はれた。〔……〕すべての詔命伝達者の上に考へられる限りの最も尊い伝達者なる天子にも、詔命伝達の御職分を思ひ到るやうになつた。最高最貴を意味するすめらなる語根を語頭に置く「すめらみこと」なる敬称が、そこで現れたのである。人間界において、神命を伝達する最初の段階に、天子在すとする信仰である。だから神の聖子と言ふよりは、神の使人としての資格を天子に与へたと言ふ方が正しいのである。（「天子非即神論」新全集20、二五〇～二五一頁）

天皇が神の言葉（神言）を伝える最高位の「詔命伝達者」＝「みこともち」であることは、折口が一貫して論じてきたところだ。まさに折口名彙の一つであった。けれどもここで重要なのは、神の言葉を伝える「みこともち」が、その場面における瞬間では、神そのものと見られた、という点である。「神言を伝へさせ給ふ天皇陛下が、神であらせられるのは勿論」（「神道に現れた民族論理」新全集3、一五一頁）と説かれるのだ。なぜなら神言に内在する霊魂が「みこと」を介して、天皇の体に憑依するからだ。その面から見れば、天皇即神となる。

けれども、この神人合一のロジックは、戦後の「天子非即神論」では、微妙に論点がずらされていく。神と一体化する「みこともち」の役割から、神の言葉を伝達する「神の使人としての資格」の側へと力点が移されるのだ。そしてそちらから見れば、天皇はたんなる「詔命伝達者」にすぎない。まさに天子、神にあらず、ということになるわけだ。

こうした論理の転換は、そもそも折口の「みこともち」の思想が融通無碍《ゆうづうむげ》なところがあったことに起因する。「みこともち」たる天皇が「神」と合一するのは、その神言を伝える儀礼の場での瞬間的なことであった。「唱へ言を宣り伝へてゐる瞬間だけは、其唱へ言を初めて言ひ出した神と、全く同じ神になつて了ふ」（前出、一五一頁）と。「みこともち」の古代論理の前提には、神と人との関係の変換性があった。だから「即神／非即神」とは、つねに両義的なのだ（安藤礼二・二〇〇四）。「みこともち」の思想からいえば、折口の天皇論において、戦前と戦後との間に断絶はなかったともいえよう。それは帝国憲法下の「天皇」と、戦後憲法による「象徴天皇」とが、その本質的機能においては連続しているという議論（小股、前出）とも重なるところだろう。

敗戦後の文脈で読む

さらに敗戦後の時代的文脈の中で「みこともち」論を読み直してみよう。もともと「みこともち」とは、神の言葉を伝えるものという意味で、「神言の伝達者」を表した。「みこともち」論には、神の子孫、という血筋や系譜の問題は関わってこない。血筋、系譜を超えて、神の言葉を伝えることができる存在、すなわち「みこともち」こそ重要とされるのである。なぜ「みこともち」は、神と一体化できるのか。それは「神のお言葉」＝神言のなかに内在する霊魂が、「みこと」を媒介にして、神の言葉を伝達する者の体に憑依するからだ。言語に内在する霊力といってもよい。そしてそこでは、血筋とは関係がない宗教的な能力、いわばシャーマニックな能力が重視されていく、という論理になろう。

さらにもうひとつ見逃せない論理が見えてくる。「みこともち」の思想は、天皇が発する言葉を臣下に伝達する職能者（中臣）と、天皇とを同等とすることにあった。それは神の言葉が「みこともち」を通して社会に広がっていくことを意味したが、同時に「みこともちたる事によって、天皇陛下どころか直ちに、神の威力を享ける」（前出、一五一頁）ことを可能とした。ようするにこの議論は、「みこともち」たる存在が、天皇を超えて、神の言葉を伝え、神と合一することが可能となる論理を内在していたのである。

ここから次のようなことが見えてこよう。天皇が自らの神格を否定したことは、折口の「みこともち」論からいえば、天皇を超える新たな「みこともち」の出現を可能とした、ということだ。「みこともち」たるものは、天皇を超えて、直接に「神の威力」を内在化することが可能であるからだ。

ここで「天子非即神論」と「神道宗教化論」は、新たなレベルでの結合を果たす。神道が、天皇から離れ、宗教として再生し、成熟を目指すこと。それは天皇を超えた、新たな「みこともち」の出現を要求することになる。折口はそれを「宗教的自覚者」（「神道宗教化の意義」新全集20、二九九頁）と名付けたのである。

いよいよ、戦後の折口が構想した「宗教としての神道」の議論へと分け入ることにしよう。

4　超越神、創造神を求めて

見出された超越神、天地創造神

天皇、宮廷から自立した神道は、いかなる「宗教」を目指すべきなのか。それはまず、従来の神観念への批判として提示された。折口の語るところを聞こう。

一体、日本の神々の性質から申しますと、多神教的なものだといふ風に考へられて来てをりますが、事実においては日本の神を考へます時には、みな一神的な考へ方になるのです。

（「神道の新しい方向」新全集20、三〇八頁）

一般的に神道は「八百万の神々」と語られるように、「多神教的なもの」と認識されている。諸物に神霊が宿る、汎神論的なものといってもよい。それは「民間信仰」のイメージにも繋がろう。しかし、折口は明確にそれを否定する。神道では「一神的な考へ方」が基本になっているというのだ。この言説は、葦津珍彦が批判したような「原始的アニミズム」「古い土着宗教の研究者（民俗学者）」という方向性とは、まったく異なっている。

折口のいう「一神的な考へ方」は、さらに次のような議論へと展開していく。

今にいたるまで、日本人は、信仰的に関係の深い神を、すぐさま祖先といふ風に考へ勝ちであります。その考へのために、祖先ではない神を祖先とした例が、過去には沢山あるのです。高皇産霊神・神皇産霊神も、人間としての日本人の祖先であらう訣はないのです。〔……〕宗教の神を、われ〳〵人間の祖先であるといふ風に考へるのは、神道教を誤謬に導くものです。それからして、宗教と関係の薄い特殊な倫理観すら導き込むやうになつたのです。

(「神道の新しい方向」新全集20、三一二〜三一三頁)

「宗教の神」を「われ〳〵人間の先祖」と考えること、それは神道を宗教と関係の稀薄な倫理・道徳的な思考に導く陥穽があったと説く。そして「人間系図の中から引き離し、系図以外に独立した宗教上の神」(同前、三一三頁)として見出したのが、「高皇産霊神《たかみむすびのかみ》・神皇産霊神《かむむすびのかみ》」であった。

こうした「人間系図」から独立した「宗教上の神」の認識は、民族に根ざした信仰から訣別することと対応している。「民族教」から訣別することで、民族というローカルな位相を超えた「世界教」「人類教」としての普遍宗教=神道が発展できると考えたのである。そしてそれは、神道が天皇、宮廷から分離し、自立することで初めて可能になるというロジックと対応しよう。

「むすびの神」の神学

ところで折口が述べる「高皇産霊神・神皇産霊神」とは、『古事記』上つ巻冒頭に「天地《あめつち》初めて発《おこ》りしの時に、高天の原に成りませる神の名は、天之御《あめのみ》中主《なかぬし》の神。次に高御産巣日《たかみむすひ》の神。次に神産巣日の神」(新潮日本古典集成、二六頁)と語られる、始原の二神である（なお「高皇産霊神・神皇産霊神」の表記は『古語拾遺』による）。折口は、「高皇産霊神・神皇産霊神」を、人間の魂、肉体を成長させる「産霊《むすび》」の霊力の源たる「一神」と解釈していく。そこには彼特有な霊魂観、「むすびの神」の神学があった。

> 生物の根本になるたまがあるが、それが理想的な形に入れられる、その物質も生命を持ち、物質も大きくなり、霊魂も亦大きく発達する。その霊《タマ》が働くことが出来、その術をむすぶといふのだ。むすぶは霊魂を物に密着させることになる。霊魂をものゝ中に入れて、それが育つやうな術を行ふことだ。つまりむすびの神は、それ等の術を行ふ主たる神だ。この神の力によつて生命が活動し、万物が出来て来る。だからその神は天地の外に分離して、超越して表れてゐるのだ。
>
> （「神道宗教化の意義」新全集20、三〇二頁）

生物の根本である「たま」が入ることで物質も生命を持ち、発育し、霊魂も大きく発達していく。そして「霊」を憑依させ、活動させる「術」を「むすぶ」という。それを可能とする「むすびの神」は、人間たちの系図に繋がっていく「先祖神」とは異質な神格であった。こうした言説は、たとえば、昭和四年（一九二九）の講演筆記「古代人の思考の基礎」（新全集3）で論じたところに遡及する。

> 日本の信仰には、どうしても、一種不思議な霊的な作用を具へた、魂の信仰があつた。其が最初の

信仰であつて、其魂が、人間の身に著くと、物を発生・生産する力をもつと考へた。其魂を産霊《ムスビ》と言ふ（記・紀）。〔……〕日本の神典を見ると、神とたまとを書き分けてゐるが、此には理由がある。不思議な霊的な魂の外に、人間に力を与えてゐた魂で、其人の死後も、個人のもつてゐた魂だ、と考へられたものがある。此魂の一部分は、聖なる資格ある人に著くものである。〔……〕日本神道の純化して来た時代には、高天原が神づまる場所として、斥されてゐるが、もとは、日本の国土の外、遠く海の彼方の国が考へられてゐた。其処に集まつた魂が、時を定めてやつて来て、人に著くと、人が一人殖えると考へた。

（新全集3、三九〇〜三九一頁）

「たま」「霊魂」「産霊」は、折口名彙の一つだ。最初に「たま」の信仰があり、それが人間に憑依すると、物が発生、生産するという記述には、「産霊」が、根源神・創造神とイメージされる発想も見てとれよう。そして「日本の国土の外、遠く海の彼方の国」とは、遙か彼方の他界である「とこよ」を意味する。

さらに、その遠い彼方の他界に「集まつた魂が、時を定めてやつて来て、人に著くと、人が一人殖えると考へた」という論述は、「古代の村々に、海のあなたから時あつて来り臨んで、其村人どもの生活を幸福にして還る霊物を意味して居た」（「国文学の発生」第三稿・新全集1、一三頁）という「まれびと」の相貌と繋がってこよう。「まれびと神」は、けっしてこの世の人間たちの「祖先」ではなく、村落に住む人々とは断絶した他界＝「とこよ」から来訪する神とされたのである（第三章・第四章参照）。ここからは人間の祖先とは無縁な、人間の系図の外にある「むすびの神」が、遠来の来訪神、共同体の血族とは無縁の「まれびと神」と通底することも見えてこよう。

本居宣長の解釈の系譜

さらに注目したいのは、「むすびの神」が、「天地の外に分離して、超越して表れてゐる」と捉えられたところだ。「この神の力によつて生命が活動し、万物が出来て来る」とあるように、「むすびの神」は、天地創世以前に出現し、天地・万物を生み出した超越神、創造神として説明されている。

しかし、『古事記』では、タカミムスヒ、カムムスヒの神はアメノミナカヌシとともに、天地初発の時に「高天の原」に顕現した神である。それは『日本書紀』の一書〔第四〕も同じである。とすると、折口の「天地の外に分離して、超越して表れてゐる」という解釈は、『記』『紀』の本文から逸脱した誤読、過剰な意味付けをしているということになるのだろうか。または折口ならではの独創的解釈であった、と。

いや、折口の「むすびの神」の言説は、誤読でも独創でもなかった。その発想の起点には、本居宣長の『古事記伝』があったのだ〔安藤礼二・二〇一四〕。

『古事記伝』には以下のようにある。

（タカミムスヒ・カムムスヒは）天地よりも先だちて成坐つれば〔……〕たゞ虚空《オホゾラ》中にぞ成坐《リ》しけむ

（『古事記伝』三之巻、全集9、一三二～一三三頁）

さて世間《ヨノナカ》に有《リ》とあることは、此《ノ》天地を始めて、万《ヅ》の物も事業《コト》も悉《コトゴト》に皆、此《ノ》二柱の産巣日《ムスビ》大御神の産霊《ムスビ》に資《ヨリ》て成出《リ》るものなり　（同前、一二九頁）

一般に宣長の『古事記伝』といえば、中世以来の『日本書紀』偏重に対して、『古事記』の価値を再発見し、近代文献学に通じる方法で、厳密な注釈を行った研究として知られている。

しかし、今、引用した部分にも見られるように、『古事記伝』の解釈は、けっして『古事記』の原文をそのままに理解しようとするものではない。宣長は、『古事記』の文脈を超えて、タカミムスヒ、カムムスヒを「天地よりも先だちて成坐」して、「虚空中」に出現した神と捉え、その「産霊」の霊力によって天地・万物、人間を発生させた根源神、創造神と解釈していったのだ。それは『古事記』原文を超えた、「宣長神学」として批判されるところでもある（東より子・一九九九）。

新しい神話の創造

しかし、ここで重要となるのは、『古事記伝』の注釈の方法を、近代的な意味で古典本文を正しく理解する補助作業ではなく、「注釈」を媒介にして、新たな神話を創造していく実践行為と捉え返す視点である。それは「注釈」が新たな神話を生み出すことを明らかにした、「中世日本紀」の研究と繋がっていくものだ（序章、一四頁参照）。

宣長は中世の『日本書紀』注釈学を否定、批判したが、じつは彼の『古事記伝』の注釈の方法は、中世の注釈学を継承しつつ、近世という時代にふさわしい、新しい神話を作り出すものであった（斎藤英喜・二〇一二）。「日本紀」注釈によって創造された「中世神話」に対して、『古事記伝』は『古事記』注釈を媒介に形成された「近世神話」と呼ぶこともできよう（斎藤英喜・二〇一二、山下久夫・二〇一二）。神話は、たんに古代・古層に限定されるのではなく、注釈・解釈という形をとりながら、その時代固有の、新たな神話を創造していく、知の運動であったのだ。

　このように宣長を捉え返した時、折口の「むすびの神」とは『古事記伝』の注釈が作り出した「産巣日大御神」の系譜上にあったことが見えてこよう。折口もまた、近代的な学問の知を媒介して『記』『紀』神話を読み替え、新たな神話を作り出した一人であったのだ。「むすびの神」とは、敗戦という未曾有の時代の中で、生み出されていく、新しい神話であった、と――。

鈴木重胤の「鎮魂」と「産霊」

　そこでさらに折口の「むすびの神」の系譜を探索すると、もう一人、重要な国学者と出会う。折口が「神道学者の意義に於ける国学者の第一位に置きたい」（「神道に現れた民族論理」新全集3、一五六頁）と称えた鈴木重胤である（第六章、二三九頁参照）。彼もまた、天地創造の根源力を「産霊」「鎮魂」と説いたのである（前田勉・二〇〇二）。

> 天地世界の立るも神人万物の成れるも此鎮魂に依ずては事として立事無く、物として成事無き理なり、其は天中に神積坐す天之御中主神の御霊二柱に殖《フ》り別れ坐て、高皇産霊神神皇産霊神と成出給ひ、其産霊を以て天地万物を天中に結成し給ふ、此則天之御中主神の御霊の幸はひなり、
>
> （『延喜式祝詞講義』第二〔十二之巻〕、六一九～六二〇頁）

重胤は、宇宙、天地万物を生成させる力を「鎮魂《ミタマフリ》」と解釈していく。根元の神「天之御中主神」の御霊が「高皇産霊神神皇産霊神」へと「殖り別れ坐て」から、その「産霊《むすび》」の力をもって天地万物を「天中」に生み出した、というのである。これは外部から附着した威霊の魂が増殖し、分割するという「鎮魂」の論理に基づいて、天地創成神話を解釈したものといえよう。重胤もまた、天地創造の根源力を「産霊」「鎮魂」と説いたわけだ。折口の「むすびの神」が、それを踏まえていることは明らかであろう。

以上のように戦後の折口が「神道宗教化」の探求のなかで見出した「一神」＝「むすびの神」とは、近世国学からの神話解釈史の系譜上にあったことが見えてこよう。もちろん、従来は、近世国学者たちの言説が、天皇主義、皇国主義を生み出す元凶とされてきた。しかし、折口の視線は、そうしたイデオロギー的な解釈を超えたところに近世国学の可能性を見ていたのだ（第七章、二八七頁）。それは近代の国家神道の枠組みを遙かに超越していく、新たな「神」の神学といってもいい。

「中世の神道」への視点

それにしても、一般的な常識では、神道は超越神、唯一神、創造神をもたない汎神論とされてきた。万物に神が宿るという言説だ。けれども今見てきたように、その常識を裏切るような「一神的なもの」の探求が近世国学者たちの間に繰り広げられていたのである。

そればかりではない。超越神、創造神の探求は、中世の神道説へと遡及するのである。折口信夫の視線は、「中世の神道」にまで及んでいた。次のような一文を見てほしい。

> 我々は中世（鎌倉・室町）のことが、まるつきり訣つてゐない。それは古代のことから考へると、研究の対象として魅力があり、誘惑を感じるほど、材料や題材が多い。〔……〕我々の古代を対象とした知識では解決のつかない、また我々の考へでは、理論的に研究出来ないものを俗神道といつて、考への外に捨て、置いたものが多いが、これを我々が拾つて整理して行かねばならない。
> （「神道宗教化の意義」新全集20、二八七頁）

天皇、国家から自立した神道の宗教化を推し進めるためには、これまで「俗神道」として神道の外部に捨て置いた「中世の神道」を研究の対象として整理していかねばならない、と折口は主張する。

もっとも「中世の神道」といえば、仏教や儒教などと結び付いた「俗神道」＝習合神道で、明治以来の神仏分離、廃仏毀釈を受けた近代神道史の研究のなかでも、つねに批判の対象とされてきたものだ。

そうしたなかで、明治四十年代には、たとえば仏教学者の辻《つじ》善《ぜん》之《の》助《すけ》（一八七七～一九五五）による「本《ほん》地垂迹説《ちすいじゃくせつ》」の再評価が出るが、昭和期には平泉《ひらいずみ》澄《きよし》（一八九五～一九八四）、西田長男《ながお》（一九〇九～八一）などの神道学者による、「反本地垂迹思想」を中世神道の本質と捉えて、その典型として「吉田神道」を位置づける研究が主流になっている〔伊藤聡・二〇一六〕。ようするに仏教と対抗し、それから脱却するものとして吉田神道を評価する、という見解である。

折口信夫と「吉田神道」

折口信夫も、昭和四年（一九二九）の論考の中で、「吉田神道」をめぐって、次のように述べているのだが、しかし、そこには他の論者とは違う見解が見てとれる。

表面は仏教式な考へ方を却けてゐる様に見えるが、実は吉田神道の基礎の一部をなしてゐるものは、日本紀を研究した仏家の知識を利用し、それと並行して進んで来たのである。

（「民間信仰と神社と」新全集20、八七～八八頁）

吉田神道が「反本地垂迹説」＝仏教を退けながら、その根底にあるものは仏教者たちによる「日本紀」研究の成果を利用して形成されたという。この見解は、近年の阿部泰郎氏、伊藤聡氏、原克昭氏らが切り開いた「中世日本紀」の研究水準にも届くほどの卓見といえる（阿部・二〇一八、伊藤・二〇一六、原・二〇一二）。そして陰陽道や仏教などの影響を受けた「俗神道」（中世神道）なるものの中に、近代の硬直した「神道」を超える可能性があること、それを発見する方法こそが、折口の「民俗学」（「古代人の思考の基礎」新全集3、四一〇～四一一頁）であったのだ。

吉田神道の創始者たる吉田兼倶《かねとも》（一四三五～一五一一）の『日本書紀』注釈には、次のような言説がある。

夫神ト者、天地ニ先テ而モ天地ヲ定メ、陰陽ニ超テ而モ陰陽成ス、天地ニ在テハ神ト云、万物ニ在テハ霊ト云、人ニ在テハ心ト云、心ト者神ナリ、故ニ神ハ天地ノ根元ナリ

（兼倶「神道大意」神道大系『卜部神道』一二三頁）

『日本書紀』の注釈を媒介にして案出した「虚無大元尊神《こむだいげんそんじん》」の神学である。それは『日本書紀』の「国常立神《くにのとこたちのかみ》」から仏教や宋学の知を利用して解釈された根源神であった。天地の創造神でありつつ、万物・人に内在する神。まさに超越と内在という宗教的テーマが繰り広げられているのであり、これは、折口の「鎮魂」論とも共鳴しよう。

さらに兼倶の探求した「一神」の起源は、南北朝期の伊勢神道にも遡る。たとえば伊勢外宮の祠官・度会家行《わたらいいえゆき》（一二五六～一三五六？）の『類聚神祇本源《るいじゅうじんぎほんげん》』「神道玄義篇《げんぎ》」には、天地開闢以前の「機前」、あるいは「階梯を立てず。員の外」＝神々の系譜の外に置かれた「天日譲《あめのひゆずる》天狭霧《あめのさぎり》、国日禅《くにのひゆずる》国狭霧尊《くにのさぎりみこと》」（日本思想大系『中世神道論』一一四頁）といった神格の探求が見てとれる。また家行から学んだ北畠親房（一二九三～一三五四）の『神皇正統記』でも、「三界《さんがい》を建立《こんりゅう》する神」（日本古典文学大系、四八頁）といった、天地創造神を見出していく。天地・万物創造の根源神＝「一神」の探求は、確実に、中世神道の世界に広がっていたのである。

虚無大元尊神を祭る「大元宮」
（京都市左京区吉田神楽岡町・吉田神社）

ここからは、折口の超越神、創造神の希求から作り出された「むすびの神」の神学は、江戸国学の注釈学を超えて、「中世の神道」の世界と共振していく様相も見えてこよう〔小川豊生・二〇一四〕。

5 「神学的神話」と「宗教的自覚者」

「神学的神話」への希求

折口の「神道宗教化」の議論は神道の「神学」の創造を目指していた。そうした「神学」の希求を、折口は「神学的神話」と呼んでいく。昭和二十二年（一九四七）の「天子即神・非即神」論に関わる論考にそれが出てくる。

神話は神学の基礎である。雑然と統一のない神の物語が、系統づけられて、そこに神話があり、其を基礎として、神学が出来る。神学の為に、神話はあるのである。従つて神学のない所に、神話はない訣である。謂はゞ神学的神話が、学問上にいふ神話なのである。〔……〕日本には、たゞ神々の物語があるまでゞある。何故かと言へば、日本には神学がないからである。日本には、過去の素朴な宗教精神を組織立て系統づけた神学がなく、更に、神学を要求する日本的な宗教もない。其で自ら、神話もない訣なのである。（「宮廷生活の幻想――天子即神論是非」新全集20、二五六～二五七頁）

じつは折口は戦前においても、「神学」が備わっているものを「神話」と定義し、日本には「神々の物語」はあっても、「神話」と呼べるものはない、という見解を述べていた（「日本文学の内容」新全集4、三〇六頁）。この神話の定義の延長上に前記の文章が書かれているのだが〔斎藤英喜・二〇一八〕、敗戦後の時代から読むと、「日本には、過去の素朴な宗教精神を組織立て系統づけた神学がなく、更に、神学を要求する日本的な宗教もない」という一文には、宗教性を否定・封印し、「神学」を形成することができなかった、近代神道の欠陥への歎きが聞こえてくるだろう。

中世神道史研究の小川豊生氏は、折口の「神学的神話」の議論にふれて、「このような、「神話」と「神学」との関係に説き及んだ例を、筆者は寡聞にして知らない」と述べて、折口の発言は「おそらく稀な例外」と見る。さらに「しかもそれが「神学」の欠如をこれほど切実に憂えるものであることには、二重の驚きを誘うものがある」と述べている〔小川・二〇一四〕。

言うまでもなく、折口が日本における「「神学」の欠如」を切実に憂えることは、神社非宗教論、国民道徳論、祭政一致論という「お慈悲の牢獄」に押し込まれてきた神々、まさに神社神道、国家神道の現状に対する憂えに通じていく。それこそ、神々が敗北した原因であった。「神道宗教化」に関わる議論は、神々の敗北をいかに克服し、神道が再生できるかを問う実践にほかならなかったのである。「お慈悲の牢獄」から神々を解放し、その「神性の拡張」を可能とする境位といってもよい。それが「神学的神話」という言葉には込められていたのである。

「宗教的自覚者」を求めて

さらに近年の中世神道、中世神学の研究を見ていくと、「一神」を希求する中世神道が、たんなる文献操作で作り出されたものではないことがわかる。天地創成の根源的な「一神」は、「観想」や「灌頂」という神秘体験・イニシエーションによって獲得されていったのである〔山本ひろ子・二〇〇〇、小川・二〇一四〕。天地開闢以前の究極の始原への自己投入、

「観想」の実践によって到達した「一神」との合一という境位である。それを可能とするのは、特権的な一部の宗教的エリートであった。

こうした中世神道生成の根底は、折口の次のような言説と呼応してくるのではないか。

神道教は要するに、この高皇産霊神・神皇産霊神を中心とした宗教神の筋目の上に、更に考へを進めていかねばなりません。その用意もすでに、大体出来てをります。それが久しい神道学の準備せられた効果なのです。たゞわれ〳〵にまだ欠けてゐるのは、それを宗教化するところの情熱です。われ〳〵の前に漠々たるものは、さういふ宗教家が、われ〳〵の前に現れて来ることを待つてゐるばかりの、現実です。

（「神道の新しい方向」新全集20、三一三頁）

自分たち学者が筋道をつけた、「むすびの神」という根源的な「一神」を、「宗教的な情熱」をもって感得していく「宗教家」の出現。それをまた「教主の出現」（「神道の友人よ」新全集20、二七八頁）ともいう。あるいは「将来の神道発展の為に、貢献する宗教的自覚者が出ないといふことは寂しい。つまり、我々は神道の学者であるが、お互ひに、本当の神道を解決する自覚者の出現を望まないのは間違ひだ」（「神道宗教化の意義」新全集20、二九九頁）とも言っている。「宗教的自覚者」の出現こそが、神道が宗教として再生し、成熟していくための、最も重要な地平である、と。それはイニシエーションを経て「一神」を感得した、中世の神秘的エリートに通じるものだろう。

もちろん、こうした「宗教家」「教主」「宗教的自覚者」の役割とは、かつては天皇が担っていた。大嘗祭は、天皇が神人合一の境位を獲得する神秘的儀礼と折口は捉えたからだ。しかし、天皇が「われ　神にあらず」と宣言し、神道が天皇から自立しようとする今、天皇を超える神秘的エリート、新たな「みこともち」＝「宗教的自覚者」の出現が待たれることになった。ここに戦後折口の「神道宗教化論」の到達した、一つの地平を見ることができよう。

「宗教的自覚者」「教祖」「宗教家」をめぐって、こんなエピソードも伝わっている。昭和二十一年（一九四六）末の國學院大學の講義で「あなたがたの中から、そういう教祖が出なければならない。われわれが常識的な生活をしていることがいけない。あなたがたの中に、神道の建設に情熱を向ける者が出てもらいたい」と、学生たちに向けて語っている。そしてそれに続けて、

「先生には、宗教的情熱がない」

このとき、宗教的考えがあれば、永遠、来世の考えも存続しようが、宗教的情熱がなければ摩滅してしまっている。――それならおまえが宗教家になれという声が聞こえるが、もう年をとってしまった。

（岡野弘彦『折口信夫伝』四二七頁）

という、なんとも悲痛な歎きを発していた。

さらに同じ年の二月三日、弟子の戸板康二に「神道の神学ができなくては、宗教ではないね。柳田

先生のような方が、その体系を立てなければいけないのだが、先生には、宗教的情熱がない」（戸板康二『折口信夫坐談』八三頁）と語っている。柳田國男に、神道を宗教化する「宗教的自覚者」を求めたこと、しかし、柳田には「宗教的情熱」が欠けるという認識が示されているのだ。

ちなみに國學院大學は、昭和二十五年（一九五〇）に、柳田を「神道理論・神道教理史」担当の教授に招聘し、翌年四月一日より「専任教授」として委嘱している。新たに「博士課程」を設置するための要員というのが現実的な理由であるが、柳田を國學院に迎えるための「説得工作」をしたのは、もちろん折口であった（高見寛孝・二〇一〇）。柳田は、折口の死後、昭和三十二年（一九五七）まで、講座を担当している。敗戦後の神道学の建て直しのために、折口が柳田に相当な期待をしていたこともわかる。と同時に、「（柳田）先生には、宗教的情熱がない」という一言は、柳田の学問の姿勢や方法に対する限界を感じざるをえない歎きとも受け取れよう。

「罪障の神」とアマテラスの祟り

戦後における折口の神道宗教化論は、「むすびの神」をめぐる超越神、創造神の言説へと至りついた。さらにもう一方で、「罪障観念」を宗教化のキーワードとして導き出していく。昭和二十二年（一九四七）の神社本庁での講演「民族教より人類教へ」には、次のような一文がある。

神道は余りに光明・円満に満ちた美しいものばかりを考へてをり、少しも悩みがない。記紀を見れば古代人の苦しみが訣つて来る筈であるが、日本人の苦しんだ生活を考へようとはしなかつた。神道が他の宗教と違ふ点は、その中に罪障観念がないことである。近年の宗派神道ではこれがやゝ認められるが、これも少いと言へる。古事記に素戔烏尊の罪悪のことがあるが、それは余りにも叙事詩的に現れてゐるので、宗教的な罪悪観念が少い。（新全集20、二八四～二八五頁）

折口は、『古事記』のスサノヲ神話に「罪」と「祓へ」の起源を読み込んでいくのだが、「神道宗教化」を求める地平からは、スサノヲの「罪悪」は、宗教的な罪悪観念が少ない、という。神道が宗教として成熟していくために、さらに厳しい「罪障観念」が必要と、折口は考えているのである。

それは次のような議論とクロスしていくようだ。昭和二十三年（一九四八）、キリスト教学者である小林珍雄《よしお》（一九〇二～八〇）を交え、神道とキリスト教とをめぐって行われた鼎談の中の発言である。

どんなことをしても神は罰しない、どんなことをしても神は怒らないと信じてゐる為に皆がどんなことでもする。これではとても大変な国になつてしまひます。ですから、こゝでその怒りの神は大いに怒るものだといふことを考へて見たいと思ひます。日本では怒る神といふものはデモンとかスピリットとか低級な神に押し付けてしまつて、いゝ神は皆祟りをしない神と考へる様になつてしまつた。（鼎談「神道とキリスト教」新全集・別巻3、五〇七頁）

冒頭の「どんなことをしても神は怒らないと信じてゐる為に皆がどんなことでもする……」の一節

には、言うまでもなく「敗戦」の経験が踏まえられていよう。折口は、人々の神への信仰の喪失が敗戦の原因であったと認識しているからだ。

さらに注目したいのは、祟り神、怒りの神は「デモンとかスピリットとか低級な神」ではない、という発言をしている点だ。人間たちに罪障観念をもたらすのは、けっして低級な神ではない。「いゝ神」とされる高位神こそが、より祟り、怒るのだ、と。

それはどういうことなのだろうか。鼎談の中で折口は、「天照大神は度々憤られ祟りをして居られる…」と、最高神たるアマテラスの祟りに触れている。その祟りは、「人間がいけないから」と人間の側の過失、責任によるものと説明されるが、しかし「上代の考へではあれだけの神様が祟られる理由が判らない」(同前、五〇六頁)とも論じられていく。実際、文献の上からも、アマテラスはたびたび、祟りをなす神であったことが確認できる。また天皇のための年二度行う「御体御卜《おおみまのみうら》」という占い神事では、必ずアマテラスの祟りが占い出されることが定められていたのである(斎藤英喜・一九九六)。

「たたり」の原義から

ここで折口が、大正十三年(一九二四)に書かれた草稿の中で、「たたり」の語は「奈良朝に既に神の咎め・神の禍など言ふ意義が含まれて来てゐた」が、「最古い意義は、神意が現れると言ふところにある」(「「ほ」・「うら」から「ほがひ」へ」新全集4、四四四~四四五頁)と論じていたことを見ておこう。また大正期の別の論考にも「大空より天降《アモ》る神が、目的《メド》と定めた木に憑りゐるのが、たゝるである。即、示現して居られるのである」(「幣束から旗さし物へ」新全集2、二〇四頁)という見解が見られる。

その事例として、『日本書紀』允恭《いんぎょう》天皇十四年条を以下のように解釈する。允恭天皇が淡路島で狩をしたときに、まったく獣を得ることができなかった。狩をやめて占ったところ「島の神、祟りて曰く「獣《しし》を得ざるは、是我が心《みこころ》なり。赤石《あかし》の海底に真珠《しらたま》有り。其の珠を我に祠《まつ》らば、悉に獣を得《う》べし」」(新編日本古典文学全集、一二三頁)という占い判じを得た。この「祟りて曰く」は、神の側が海底の真珠による祭祀を要求したところに主眼がある。「人の過失や責任から「たゝり」があるのではなく、神がある事を要求する為に、人困らせの現象を示す」(「「ほ」・「うら」から「ほがひ」へ」新全集4、四四六頁)。「たたり」とは、人間の論理を超越した神の意思、という意味が見えてこよう。最高神アマテラスの「たたり」は、人間の過失や責任などでは、捉えることのできない、絶対的な超越性が発動するものであったのである。

しかし神の超越性の探求は、アマテラスを遥かに超え出る「神」の発見に展開していく。

「既存者」とは何か

小林珍雄を交えた座談会が行われた翌年に、折口は「道徳の発生」(『表現』第二巻第四号)という論考を発表している。それは神道宗教化のなかで求められた超越神・創造神の議論の展開でもある。そこで折口は「創造者の位置に据ゑられた元《ハジメ》の神――既存者」(新全集17、四〇〇頁)なるものを見出す。「既存者」とは、折口名彙にも入っていない、きわめて独特な用語だが、近年、「原始一神教」「最高存在」との繋がりから注目されている(安藤礼二・二〇一四)。

「既存者」をめぐる議論は多岐にわたるが、ここでは次のところに注目しよう。

天地の意志と言ふほど抽象的ではないが、神と言ふ程具体的でもない。私どもは、之を既存者と言ふ名で呼んで、神なる語の印象を避けようとする。〔……〕其時、神とも思はれ、神以前とも言ふべき——恐らくは神以前の——存在が、我々を罰する。（「道徳の発生」新全集17、四〇三頁）

我々の存在にとって「既存」としてある何か。それは創造者であると同時に「我々を罰する」存在である。折口は、「既存者」を考えるときに、「原始基督教的にえほば」を参考にしてもよい、とも述べている。戦後折口の神道宗教化論に、キリスト教との交流から受けた影響があることは確かであろう〔濱田辰雄・一九九五〕。

しかし「原始基督教」の唯一神という絶対的なものに対して、「其時、神とも思はれ、神以前とも言ふべき」ものとして既存者を幻視するところに注目しよう。ここで「神以前」とは、プリミティブなアニミズムとは違う。我々の根源的な生の外に「既存」として超越する何ものか、であった。我々を超越しながらも、我々を罰するもの。まさに超越神でありつつ、人間に内在する神という神学的なテーマといえよう〔天艸一典・一九八七〕。

ところで今見た論考は「道徳の発生」というタイトルであった。折口は「倫理」や「道徳」といった宗教ならざるものに結び付いた近代神道のあり方を、一貫して批判してきた。なぜ、あえて「道徳の発生」を問題としていくのだろうか。

ここでふたたび、大正期の折口の論考を思い起こす必要がある。大正十一年（一九二二）に書かれた「現行諸神道の史的価値」(「神道の史的価値」と改題)の中の、「神の道徳と人の道徳とを常識一遍で律しようとするのは、神を持たぬ者の自力の所産である」という一文である(第二章、八六頁)。

神社非宗教論、国民道徳論の「お慈悲の牢獄」に押し込まれていく神々のあり方に対して、「人の道徳」とは違う「神の道徳」があるという主張だ。そして「神の道徳」を知るためには、「神の意思に自分を接近させる事の出来る信念」が必要であると説く。まさにそれは、「既存者」という「神以前の神」を、いかに認知し、自らの内にそれを感得できるか、という、戦後の折口の論述とリンクしていく。「既存者」とは、神道の宗教化を求めた折口が辿り着いた、最終的な「神学的神話」であったのだ。

折口の神道宗教化論の可能性とは

敗戦後の昭和二十一年(一九四六)から二十四年(一九四九)まで、集中的に論じられた「神道宗教化」をめぐる折口の議論は、結局、戦後の神道界・神社界では孤立するものでしかなかったようだ。それは折口を神社本庁から排斥しようとした葦津珍彦の言動にも見ることができよう(ただし昭和二十二年以降も、折口は「選歌及び短評」をする立場で『神社新報』にも関わっていた)。

なによりも、天皇から自立した神道を目指したこと、さらに天皇とは別に「宗教的自覚者」の出現まで希求したことは、当時の神道界、神社界の主流派からは「異端」と見られたようだ。

ふたたび葦津珍彦の批判を見てみよう。

創立一年後には折口博士が、神道にも新しい自覚者が現れて、世界的人類教となるべきことを希望すると演説している（もしそんな教祖的な自覚者が現れていたら、本庁も天理教亜流みたいなものになるほかあるまい）。（葦津珍彦『昭和史を生きて』一九四頁）

これは昭和六十年（一九八五）に、葦津が自らの半生と「昭和史」とリンクさせて述懐した文章の一節である。彼の眼から見ると、折口の神道宗教化の言説は、「天理教亜流」にすぎなかった。葦津にとって、神社を基礎とした神道は、けっして一宗教、教派神道ではなく、宗教を超えた天皇・国家の「神道」であるという理解であった。神社が国家的な公共性を維持することが前提になっていたのである。

たしかに折口自身も「それ（宗派神道）に深い理会を持たねばならぬ」（「神道宗教化の意義」新全集20、二九二頁）、「大本教を信じてゐた人々も、その周囲の人に幸福をもたらしたに違ひない。〔……〕結局今では、あの調べを再確認する必要がある」（同前、二九五頁）、あるいは「友教である宗派神道の中から信仰の情熱を学び、又内省して……」（「民族教より人類教へ」新全集20、二八五頁）とも言っている。「教派神道」から学ぶべきことを提言しているのだ。

ともあれ、折口の神道宗教化の議論を追いかけてきた我々は、次のことを確認できる。折口の主張は、敗戦という時局に迎合した一過性のものではなく彼の学問的な蓄積と展開に基づくこと、さらに「むすびの神」の神学は、近世国学から中世神道にまで遡及できること、いいかえれば、折口の「神学的神話」は、中世以来の神道の伝統的な系譜の中にあったということだ。それは逆にいうと、多神教的、汎神論的な神道のイメージや、天皇、国家と結び付き、神社を基盤とする神社神道は、近代国家形成の中で構築された、きわめて限定的なものにすぎない、ということになろう。

それに対して、折口の主張は、近代という時代の限定を超えていく。中世から近世へと系譜的に継承されてきた、「一神」なるものを追い求めてきた神道の知・学問・信仰を受け継ぎながら、それが近代において、いかに可能であるかを問いかけた、きわめてラディカルな挑戦であった。それは近代の国家支配下に置かれた神社から超出する「神性の拡大」を可能としたはずだ。敗戦によって、神社は国家の管理・支配下から解放され、自立と自由を手に入れることが出来たのだから。そして天皇自身も、その「神性」を放棄したのだから。それゆえ折口は、神道にとって「非常な幸福な時代」が到来したと語ったのである。

「宗教革命」の一つの姿

たしかに折口の「神道宗教化」の議論は、敗戦後、昭和二十一年（一九四六）からの三年間に集中するものであった。それ以降、折口が、その議論を展開させることはなかった。その意味では、時流にあわせた一過性の議論にすぎないという批判も受けざるをえないだろう。

しかし、改めて中世から近世にかけての超越神、創造神を希求する先鋭的な神道家たちの信仰的、学問的な営みを見直してみると、彼らの実践もまた、南北朝期、室町末期、江戸末期という、時代の混乱期、転換期に行われていたことに気がつく。それまでの時代の通念や価値観が揺らぎ、新しい他者・他国との交渉が始まっていく、そんな時代の転換点に、神道家たちは、それまでとは違う「新しい神」を求めたのではないか。超越神、創造神の希求とは、時代の側から要請されたものであった。そしてなによりも、「神話」とは、変容していく現実を意味づけ、その現実の「起源」を語ることによって、目の前の現実のあり方を超越していく知・思想を生み出していくものであったからだ。

そう、折口信夫の「むすびの神」や「既存者」をめぐる神学的神話も、敗戦という、それまでの日本が体験したことのない、新しい時代への転換期ゆえに作り出されたものではないか。敗戦という神々の敗北を乗り越えて、いかに日本の神は再生・復活できるのか、という問いかけが生み出した「神」であったといってもよい。

それは、多様な可能性が孕まれていた、敗戦という時代の転換点の中で見出された、日本における宗教革命の一つの姿といってもよい。「今度も、こんな姿に新しい宗教の啓示があるかも知れぬ。時代の勢ひが、あまりに似てゐる」(「神道の友人よ」新全集20、二七九頁)と。しかし、戦後神道の主流は、ついに折口が見出した「神」を継承、発展させることは出来なかった。神社を基礎とした国家との結び付きを選択したのである。それもまた、戦後の社会が選び取った一つの姿にほかならない。

「神　やぶれたまふ」——。敗戦という日本の神々の敗北は、いかに乗り越えられ、再生することが出来るのか。その問いかけは、じつは、今も終わってはいない。

断章3　食道楽

折口信夫先生は、食べることを人生の喜びの中で最大のものとしていた傾向があり、自作の歌の中では、米の飯が炊けているにおいまで詠じている。

慶應義塾大学での教え子であり、後に演劇評論家として活躍する戸板康二が、戦後直後の折口信夫の日常生活の一面を伝えてくれる『折口信夫坐談』の一節である（二一五頁）。折口信夫はまさに食道楽であった。

生涯独身であった折口は、壮年の頃までは台所に出ることも多かった。そして料理を作ることは結構上手であった。大井出石町に引っ越した後は、手際のよい藤井春洋が担当し、まかせきりになる。戦後は岡野弘彦が担当した。

次のような歌はそんな自炊生活の一面を歌っている。

くりやべの夜ふけ／あかく　火をつけて、／鳥を煮　魚を焼き、／ひとり　楽しき

はしために、昼はあづくる／くりやべに、／鍋ことめける／この夜ふけかも

（『春のことぶれ』「冬たつ厨」新全集24、一三八頁）

また昭和十七年（一九四二）執筆の草稿「鏡花との一夕」には、

書生でも、女中でも乃至は雇人婆にでも出来さうな為事に、なぜひとり苦しんで居ねばならぬのか、思へば、台所にたつて、水道の水の荒さにきめをこはしたり、指に不断の切り疵を作つたりしても、肴に包丁を入れたり、煮物の出来を期待しながら、自分が焚き立てる湯気にむれてゐるのなどは、ずつと楽しいものであつた。

（新全集32、一四七頁）

と、自炊生活の楽しさが描き出されている。ちなみにこの文章には、折口が泉鏡花を訪ねて「大学の夏期講習」を依頼したことが書かれている。泉鏡花が亡くなる二ヶ月前くらいだという。

折口の「料理」をめぐっては、柳田國男がもらした有名なエピソードがある。

大正十年（一九二一）三月、柳田が国際連盟委任統治委員に推挙され、渡欧することになった。その壮行会が折口宅で開かれた。金田一京助・中山太郎・岡村千秋・ネフスキー・松本信広らが参加したが、折口は、二十人分ぐらいの天麩羅を一人で揚げてもてなした。そんな姿を見た柳田は、「こんなに熱心に料理する人の学問は大成するだろうか」と心配した、という（「年譜」新全集36、五五頁）。

柳田國男ジュネーブ赴任記念壮行会にて（大正10年3月）
（國學院大學折口博士記念古代研究所蔵）前列左から，金田一京助，ニコライ・ネフスキー，柳田國男。後列左から，折口信夫，今泉忠義，由利貞三，中山太郎，杉本舜市，松本信広，牛島軍平，星野輝興，岡村千秋，坪井忠彦。

柳田の心配は杞憂に終わったといえよう。
　慶應大学に勤めるようになってからは、三田での講義の帰り道でも、肉屋や魚屋の前に立ち止まったり、ちょっと廻り道をして来がけに頼んでさかしておいた鰻を取りに行ったりした。独り身の自炊生活を楽しんでいる様子が窺える。「先生は、殊の外に、食事を楽しむかたであった」とは、慶應大学の弟子の池田彌三郎の言葉である（池田彌三郎『まれびとの座』一七頁）。

＊＊＊

　折口信夫は街では、どんなものを好んで食べていたのか。若い弟子たちを連れて外食した時の様子を小谷恒『迢空・犀星・辰雄』が伝えてくれる。昭和の初年の頃。

折口が弟子を連れて食べに行く時、洋食は京橋第一相互ビルの八階や慶應大学の近くにあった「東洋軒」。京橋の東洋軒は、夜はタキシードを着た四重奏団のクラシックの演奏があって、若い弟子たちが喜んだという。

銀座天賞堂前の「富士アイス」には、伊勢海老のクリーム煮がうまいと言ってよく出かけた。麻布永坂の更科も、蕎麦屋ながら海老が美味いと贔屓にした。天麩羅は、まだ池田彌三郎が国文科の学生になる前なので「天金」にはそれほど馴染まず、新橋際の「天國」に時々行ったという。ちなみに池田は銀座の有名な天麩羅屋である「天金」の息子。

また、折口は若い頃糖尿病を患ったので甘いものは控えていたのに、学生たちを芝明神の「太々餅《だいだいもち》」などへも連れて行った。「不二屋」などの喫茶店では、菓子もコーヒーも注文せずプレン・ソーダを飲むだけ。新橋の牛肉の「ぶつ切り屋」、伊馬春部が案内したという大森の「沢田屋」、大田窪の鰻など「ちょっとした街のいろんな場所に行き易い大衆的な店を知っていた模様であった」という（同前、六五頁）。

折口は夜の食事を大切にしたようだ。皆で食事をする予定の日は遅くなっても「家族」の帰りを待って、全員揃ってから食卓に向かう。誰かが外で食事を済ませたというと機嫌が悪い。折口自身も「家族」と一緒でない場合は外食せずに家に帰るようにした。

講義の都合で昼食を抜きにすることが多かったが、夜はこってりと豊富な内容の料理を好んだ。家の中でも中トロの鮪、合鴨、肉のバター焼き、大阪で「コロ」と呼ぶ鯨の脂身の煎《い》り殻《がら》など「品はよくないがちょっと洒落たものを好んだ」（前出、六六頁）という。ちなみに関西では、「おでん」の出汁として、必ずコロを入れるらしい。しかしその献立は今ならば、成人病の要因になりそうなものばかりに片寄っていたことは間違いない。

＊＊＊

晩年の箱根の山荘では、若い時の弟子で折口の肖像画（本書カバー）を描いた洋画家の伊原宇三郎が滞在する時は、「伊原風ポークソティ」が定番メニューになった。折口は魚、鳥、牛肉に比べて豚肉を好まなかったが、伊原の「パリ在住当時の経験から、先生につくってさし上げた豚のソテーを、先生が殊に賞味なさった」（池田『まれびとの座』一九頁）。

昭和二十五年（一九五〇）三月に箱根の山荘で過ごした時の食事を担当した岡野弘彦は、滞在中の食事のメニューを日記に付けていた。「先生はいつものように湯から出ては寝椅子に横たわり、しばらくすると又湯に入って、呆けたようにしていられる。山へ来て二、三日はいつもこうだ」（『折口信夫の晩年』一一五頁）という記事のあと、食事のメニューが書かれている。以下、メニューだけを抜書きすると――、

十二日（朝）金目鯛の味噌汁・鱈子。（夕）天ぷら〈鱧・わかさぎ・金目鯛・ベーコン〉・鰤の刺身・吸物。

十三日（朝）鰤のかす汁・ベーコンエッグ。（昼）イタリアンスパゲティ（夕）すき焼。

十四日（朝）味噌汁・野菜煮つけ。（夕）ボルシチ・金目鯛の粕漬。

十五日（朝）鮭の糀漬・味噌汁・たたみ鰯。（昼）焼飯・茶碗むし。（夕）すき焼。

十六日（朝）粕汁・鯛の味噌漬・数の子。（夕）鰤の刺身・ビフテキ・鯛のムニエル。

十七日（朝）鰤の照り焼・ベーコンエッグ。（夕）天ぷら〈金目鯛・椎茸・牡蠣〉・鯛のうしお。

十八日（朝）味噌汁・卯の花の甘辛煮。（夕）天丼・鰤の煮付・葱と生椎茸のぬた。

十九日（朝）味噌汁・ベーコンエッグ。（夕）ビフテキ・鯛の味噌漬・粕汁。

二十日（夕）天ぷら・鯖のバッテラ寿司・一口カツ。


（一一五〜一一六頁）

まだ物の足りない時代としては、かなり豊かな食卓だ。天麩羅、すき焼、ビフテキが好物のようだ。日本酒はあまり好まなかった。夕食には洋酒かビールを一本飲んだ。ビールは「キリンビールにきまっていた」。おかずは酒を飲みながら食べてしまうので、最後に漬物でお茶漬けを一、二杯食べるのが常で、夕食は一時間近くかけて、ゆっくりしたものだった。岡野は酒が飲めないので、小さなグラスに入れたビール一杯をなめながら、相手をしたという。

それにしても、その健啖家ぶりは大したもので、胃癌で亡くなる一週間前の夕食でさえ「えびをからごと揚げた天ぷらと、お好きだった箱根の鱒を半身、平気であがられた」（池田『まれびとの座』二〇頁）という。池田が言うように、折口の書き物に「遂にひとかけらも、食物についてのものがないのは、私は残念でならない」（同前、一七頁）とは、その通りであろう。その代わりに歌の中で「食道楽」の一面を詠んだのであろう。

終章「もっとも苦しき　たたかひに……」

折口信夫、死す

昭和二十八年（一九五三）九月三日、折口信夫は逝去した。享年六十七。直接の死因は、胃癌であった。夏の暑さが残る、信濃町の慶應義塾大学病院別館の四階のシングルベットの上で、晩年の折口と同居していた岡野弘彦をはじめ、伊馬春部ら弟子たちに見守られての最期であった（塚崎進・一九八七、岡野弘彦・一九七七）。

九月五日、折口の遺体は、桐ヶ谷葬場で荼毘に付された。『万葉集』や『古事記』などと共に、春洋の歌集『鵠が音』見本一冊が棺に納められた。十二月十三日、能登一ノ宮の墓所に遺骨を埋葬した（これより先に、大阪木津願泉寺内の累代之墓にも分骨埋葬）。

日本海の海鳴りが聞こえてくる、奥能登の墓所は、愛弟子で息子である「折口春洋」の墓でもあった。もちろん、そこには春洋の遺体はないが……。

その親子の墓碑には、有名な一文が書かれている。

能登一ノ宮の墓所
（石川県羽咋市一ノ宮町）

願泉寺の墓碑
（大阪市浪速区大国）

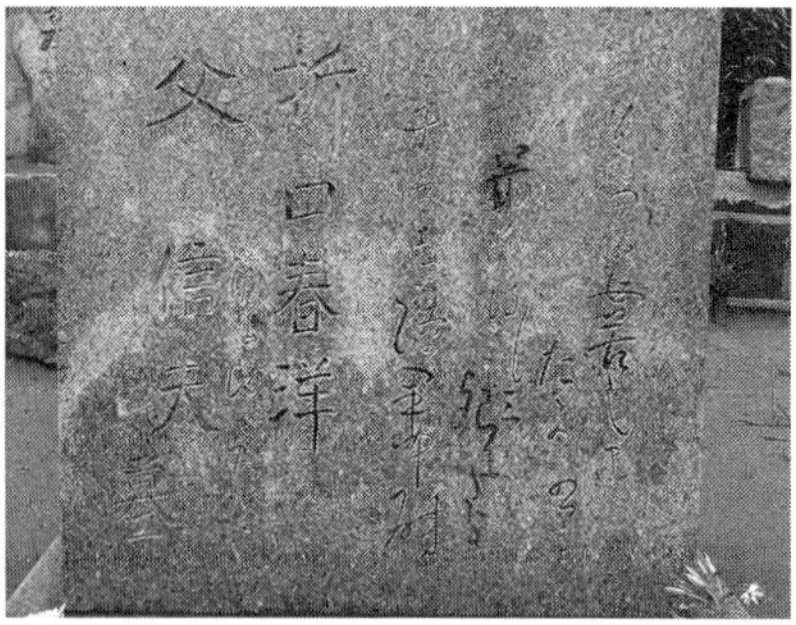

墓碑銘（同上）

もつとも苦しき／たゝかひに／最くるしみ／死にたる／むかしの陸軍中尉／折口春洋／ならびに
その／父 信夫／の墓

昭和二十年（一九四五）三月、硫黄島の「もっとも苦しき／たたかひに……」で戦死した春洋の遺体は、ついに「父」のもとには戻らなかったが、折口が亡くなる一年前の昭和二十七年（一九五二）一月に、新聞各社の硫黄島取材で「藤井春洋」の名前がある考科表が発見され、その写真が『読売新聞』夕刊に掲載された。折口は『朝日新聞』の記者が持ち帰った島の砂などを牧田茂から受け取ったという（「年譜」新全集36、一四三頁）。

それにしても、「もつとも苦しき／たたかひ」を戦った「むかしの陸軍中尉／折口春洋」と同じ墓に「その父」として入ることは、二人の生涯を重ねようとしているのかもしれない。「もつとも苦しき／たたかひ」とは、自らの生涯もそうであった、というように。学者としての、とりわけ神道学者としての折口信夫の生涯は、たしかに「もつとも苦しき／たたかひ」であった。それを振り返ってみよう。

神道学者としての折口信夫の個性とは

大正四年（一九一五）、『郷土研究』に掲載された「髯籠《ひげこ》の話」は、民俗学者としての折口信夫のデビューを飾る、記念碑的な論考である。そこに提示された「よりしろ」の用語・概念は、今や民俗語彙と同じように使われ、民俗学界の中にも定着している（もちろん、それゆえの批判もある）。

「髯籠の話」は、「空漠散漫なる一面を有する神霊」を寄り憑かせるための目印＝「よりしろ」を究明することを目的とした論考だ。それは建築物として常設された神社に鎮座する神以前の「神とは何か」というテーマの探求に繋がり、「国文学の発生〔第三稿〕」の遠い海の彼方、山の向こうから来訪する神＝「まれびと」の解明へと展開していった。「まれびと」の発する呪言から文学の発生論が、「まれびと」に扮する存在から諸国を流浪していく神人、芸能集団としての「ほかひびと」が論じられ、芸能史の議論が展開していった。けれども文学、芸能の発生・歴史の究明は、同時に「神道史の研究」と結び付き、相互に絡み合いながら、展開していったのである。

かくして神社に鎮座する以前の「神」の探求というテーマは、同時代的には、国家が管理・支配する神社を基礎とした「神道」＝神社神道に対する批判という意味を持つことになる。それを明確に語るのが、「髯籠の話」の中に書き込まれた、

今日お慈悲の牢獄に押籠められた神々は、神性を拡張する復活の喜びを失うて了はれた。

という一文にほかならない。本書は、この一節に導かれて、折口信夫の学問と生涯を辿ってきたといってもいいだろう。

よりしろ・まれびと・とこよ・ほかひびと・みこともち・たまふり……といった折口名彙によって展開していく学問は、まさしく「お慈悲の牢獄」から神々を解放し、神々の「神性を拡張する復活の

喜び」を発見するための学問的な営為＝古代研究であったわけだ。と同時に、折口の古代研究は、明治後期から大正期に形成・展開していく神社中心主義＝神社非宗教論、国民道徳論、昭和の戦時期に戦争の拡大とともに復活してくる祭政一致論、国体論に対する根源的な批判を内在する、きわめてアクチュアルな学問であったのだ。とりわけ昭和三年（一九二八）の「大嘗祭の本義」は、近代的な合理性からは捉えきれない天皇の神格＝「神性の拡張」を明らかにする論考であるが、同時に、万世一系という近代天皇の観念を相対化してしまうロジックを内包していたのである。

もっとも折口は、「國學院大學教授」という、文字通り神社界、神道界の中枢の立場にいた。とりわけ戦時期において、その立場ゆえの発言を求められることが多くなる。それは国家の抑圧から折口を守ってくれたという一面を持つが、国家と結び付いた体制派の神社界、神道界からは無理解・誤解を受け、折口は「異端」たることを余儀なくされたのである。大学内からは「国賊」との非難をも浴びたのである。

こうした神道学者としての「異端性」は、何よりも、折口の「神道史の研究」が、文学・芸能の研究と密接不可分にあったことに起因しよう。文学の発生論と結び付く祝詞、呪詞の表現の特質を読み解くことで「みこともち」の思想を導き、あるいは「まれびと」の発見から導かれた、諸国を流浪していく神人、芸能者としての「ほかひびと」の究明は、陰陽師配下、唱門の徒、修験の法印、神事舞太夫、諸国鍵取り衆などに焦点を当てることで、国家管理のもとに置かれた神社を基盤とする近代神道とは異なる「神道」の広がりを明らかにしたのである。それは同時代の田中義能《よしとう》、河野省三、筧克彦、今泉定助、星野輝興《てるおき》、葦津珍彦《うずひこ》といった哲学系・道学系の神道学との異質性を際立たせることになった。

折口の「神道」の特質は、「文学」と不可分にある精神の自由さと繋がるところにあった。これは彼の国学が「気概の学」であると同時に「自由」と一体となっていたこととも繋がっていく。折口は宗教的な厳格さとともに、「貪婪な生活の享楽者」（岡野弘彦・一九七七、二五頁）であったのだ。折口信夫の生活者としての思想といってもいいだろう。

戦後の折口信夫

神道学者としての折口信夫の立ち位置は、敗戦によって、さらに際立っていく。敗戦を「神　やぶれたまふ」と認識した折口は、神々の敗北の原因を、「神道」が天皇、国家と結び付くことにあると考えた。昭和二十一〜二十二年の「神道宗教化の意義」「神道の友人よ」「民族教より人類教へ」の論考では、天皇から自立した神道を「宗教化」していくための議論を「神道の友人」たちに向けて発信した。

天皇から自立した神道の探求は、人間の系譜から超越し、天地万物をも生み出していく「むすびの神」という超越神、創造神、さらには人間たちの罪障を自覚させる「既存者」という神以前の存在の発見という形で結実した。こうした折口の「神道宗教化」の議論は、しかし戦後の神社界、神道界の主流派からは受け入れられず、排斥されていく。まさしく「苦しき／たたかひ」を折口も生きた、といえよう。

けれども戦後折口の「神道宗教化」の議論を読み直してきた我々は、そこに主張される「むすびの神」、あるいは「既存者」という超越神、創造神、罪障神の探求が、けっして敗戦期の一過性のものではなかったことを知ることができた。すなわち「むすびの神」の発見から、近世国学の本居宣長に、あるいは平田篤胤、鈴木重胤の言説に、そしてさらには、これまでの神道史研究からはほとんど等閑視されてきた中世神道の「一神」の探求にまでその系譜を辿ることができたのである。いや、こう言うべきかもしれない。超越神、創造神、罪障神を探求する折口の学問は、じつは中世以来の神道の最も正統的な継承者であったのではないか。そしてそのことは、皮相で現世的な近代神道の枠組みを批判し、それを大きく超克するような可能性を抱え込んでいた、と。

かくして折口信夫の神道学者としての学問的営為は、神道という「民族教」を基点としつつ、それを超克する「人類教」を目指した、大いなる「宗教革命」の場に踏み込むのである。「神道」なるものに附着していた天皇や国家、祖先崇拝、多神教的な習俗などを一切脱却し、宗教としての可能性の極北の地平を目指す、孤高なる知と信の営みであった。それは折口自身を、「宗教的自覚者」へと覚醒させる一歩手前であったのかもしれない。

神道は「神社」を超えられるのか

神道学者としての折口信夫の可能性を考えていく時、近年、その研究が飛躍的に進展・拡大した「近代仏教」の研究が、いろいろと参考になるだろう。その中で仏教の「近代化」の指標の一つして「仏教が（日本の）寺院から出て行く過程」が指摘されている〔吉永進一・二〇一六、大谷栄一・二〇一八〕。具体的には大学制度の創設、学術の発展、メディアの拡大、国際化の進展などが挙げられているが、ようするに前近代的な檀家制度の枠組み、寺院と一体化した伝統的な仏教教義を超えた、近代そのものを批判できる近代仏教（研究）が問われているのである。

この点、神道の近代化、近代神道はどうだろうか。近代神道は国家に抱え込まれた神社を基礎として形成されたのだが、同時に、その時代のただ中で、「神社以前の神」を探求し、さらに超越神、創造神をめぐる「神学的神話」に到達した折口の神道学とは、神道が「神社」から出て行くことを目指したものともいえよう。戦後折口の「神道宗教化」の議論、すなわち天皇、宮廷から離れる神道とは、「神社」からの自立とも言えそうだ。「むすびの神」「既存者」は、神社に鎮座している神ではないことは明らかであろう。しかし、その一方で現代における神社が新たなコミュニティを形成する場となることや（ただしそれは明治後期以来の神社の役割でもあった）、自然と共生する神社が「癒し」の空間となることを指摘する、現代の神道言説もある〔小林正弥・二〇一六〕。それは神社が現代の社会システムそのものを超えることができるのか、という問いかけでもあろう。

近代という時代に生きながら、それとは異なる、もう一つの近代の可能性を垣間見せてくれる折口信夫のテキストたち。象徴天皇制と民主主義とが相互に補完しあう閉塞した現在を、いまだに揚棄《ようき》できずにいる我々にとって、読み直すべき宗教知の源泉といえよう。折口信夫の学問は、近代神道史から近代宗教史へ、そして思想史の場で、さらなる更新を待っている。

参考・引用文献・資料

折口信夫著作

新版『折口信夫全集』中央公論社、一九九五〜二〇〇二年
『折口信夫全集』ノート編　追補第三巻、中央公論社、一九八七年
折口信夫「跋――一つの解説」（『早川孝太郎全集』第二巻、未來社、一九七二年）
――「大嘗祭の本義ならびに風俗歌と真床襲衾」（安藤礼二編『初稿・死者の書』国書刊行会、二〇〇四年）

折口信夫関係

赤坂憲雄「折口信夫における境界観念」（『現代思想』臨時増刊号「総特集・折口信夫　生誕一〇〇年記念」一九八七年三月）
天艸一典「折口信夫の「神」」（『現代思想』臨時増刊号「総特集・折口信夫　生誕一〇〇年記念」一九八七年三月）
有山大五・石内徹・馬渡憲三郎編『迢空・折口信夫事典』勉誠出版、二〇〇〇年
安藤礼二『神々の闘争』講談社、二〇〇四年
――『光の曼荼羅』講談社、二〇〇八年
――『折口信夫』講談社、二〇一四年

＊既成の折口イメージを一新した、画期的な著作。同時代の人物たちと折口との思わぬ繋がりを解明していくところは、スリリングだ。著者のデビュー本『神々の闘争　折口信夫論』も必読。

池田彌三郎「「ひげこの話」成立秘考」『わが師・わが学』桜楓社、一九六七年

――『私説　折口信夫』中公新書、一九七二年

――『まれびとの座』中公文庫、一九七七年

池田彌三郎・加藤守雄・岡野弘彦編『折口信夫回想』中央公論社、一九六八年

石川公彌子『〈弱さ〉と〈抵抗〉の近代国学』講談社選書メチエ、二〇〇九年

伊藤好英『折口信夫　民俗学の場所』勉誠出版、二〇一六年

＊慶應大学の折口門下の著者による、精密な折口名彙の解読。折口の「民俗学の場所」が、「われわれ」の同質性を相対化するところにあることを教えてくれる。

植村和秀『折口信夫』中公新書、二〇一七年

＊日本政治思想史を専攻する著者による、異色の折口論。関東大震災、二・二六事件、敗戦から占領の時代の中の、折口信夫の姿が浮かび上がってくる。「新書」なので読みやすい。

上野千鶴子＋小松和彦「権力のディスコースと〈外部性〉の民俗学」（『現代思想』臨時増刊号「総特集・折口信夫　生誕一〇〇年記念」一九八七年三月）

内野吾郎『新国学の展開』創林社、一九八三年

岩田重則「「髯籠の話」と「柱松考」の民俗学的方法論」『墓の民俗学』吉川弘文館、二〇〇三年

上野誠『魂の古代学　問いつづける折口信夫』新潮社、二〇〇八年

――『折口信夫的思考』青土社、二〇一八年

岡野弘彦『折口信夫の晩年』中公文庫、一九七七年

――『折口信夫伝』中央公論新社、二〇〇〇年
岡部隆志「問答論――イ族の神話「梅葛（メイガ）と折口信夫の問答論」」（『共立女子短期大学文科紀要』第五五号、二〇一二年）
岡正雄「柳田国男との出会い」（『季刊柳田国男研究』創刊号、一九七三年）
加藤守雄『わが師　折口信夫』文藝春秋、一九六七年
厨川文夫「教授会での折口先生」（池田彌三郎編集『三田の折口信夫』慶應義塾大学国文学研究会、一九七三年）
小谷恒『迢空・犀星・辰雄』花曜社、一九八六年
後藤淑「花祭と折口信夫」（芸能学会編『折口信夫の世界』岩崎美術社、一九九二年）
斎藤英喜「折口信夫の深みへ」（『現代思想』五月臨時増刊号「総特集・折口信夫」二〇一四年五月）
――「折口信夫、異貌の神道へ――「現行諸神道の史的価値」を起点に」（前田雅之・青山英正・上原麻有子編『幕末・明治――移行期の思想と文化』勉誠出版、二〇一六年）
――「折口信夫「山の霜月舞」再考――「花祭」研究の現在へ」（佛教大学『歴史学部論集』第六号、二〇一六年三月）
――「神道史のなかの折口信夫」（佛教大学『歴史学部論集』第七号、二〇一七年三月）
――「折口信夫の可能性へ――たゝり・アマテラス・既存者をめぐって」（愛知県立大学『説林』第六十五号、二〇一七年三月）
――「神道・大嘗祭・折口信夫――〈神道〉はいかに可能か」（『現代思想』臨時増刊号「総特集・神道を考える」二〇一七年二月）
――「近代神道・神話学・折口信夫――「神話」概念の変革のために」（植朗子・南郷晃子・清川祥恵編『「神話」を近現代に問う』勉誠出版、二〇一八年）

谷川健一編『人と思想・折口信夫』三一書房、一九七四年
塚崎進『釈沼空・折口信夫の人生』桜楓社、一九八七年
津城寛文『折口信夫の鎮魂論』春秋社、一九九〇年
津田博幸「折口名彙解説　天皇霊」（西村亨編『折口信夫事典』大修館、一九八八年）
戸板康二『折口信夫坐談』中公文庫、一九七八年
富岡多恵子＋安藤礼二『折口信夫の青春』ぷねうま舎、二〇一三年
――『釋沼空ノート』岩波書店、二〇〇〇年
中村生雄『折口信夫の戦後天皇論』法藏館、一九九五年
三島由紀夫『三熊野詣』新潮社、一九六五年
――「折口信夫氏の思ひ出」（『文芸読本　折口信夫』河出書房新社、一九七六年）
水谷類「「髯籠の話」ふたたび」（『神道宗教』第二四二号、二〇一六年四月）
長谷川政春「解説・折口信夫研究」（『古代研究V　国文学の発生1』角川ソフィア文庫、二〇一七年）
早川孝太郎「折口さんと採訪旅行」（池田彌三郎・加藤守雄・岡野弘彦編『折口信夫回想』中央公論社、一九六八年）
濱田辰雄『神道学者・折口信夫とキリスト教』聖学院大学出版会、一九九五年
平野謙「アラヒトガミ事件――戦時中の一挿話」（池田彌三郎・加藤守雄・岡野弘彦編『折口信夫回想』中央公論社、一九六八年）
藤井貞和「隠れ巫の学風」（『折口博士記念古代研究所紀要』四、一九八四年）
古山悟由「宮良當壮の國學院②」（國學院大學『校史』二六、二〇一六年）
保坂達雄『神と巫女の古代伝承論』岩田書院、二〇〇三年

＊古代文学研究の一書だが、「第五部　折口学の成立」は、著者の研究の基礎となった折口学を同時代の学的状況に埋め戻し、そこから飛躍するプロセスを緻密な資料読解から明らかにする。
――『神話の生成と折口学の射程』岩田書院、二〇一四年
――『古代学の風景』岩田書院、二〇一五年
村井紀『反折口信夫論』作品社、二〇〇四年
室生犀星『我が愛する詩人の伝記』講談社文芸文庫、二〇一六年
茂木貞純「折口信夫の戦後神道論」（『國學院雜誌』一九八六年十一月号）
茂木栄「折口信夫の大嘗祭観――天皇たる由縁」（『國學院雜誌』一九九〇年七月号）
若城希伊子「折口教室の女子学生」（池田彌三郎編集『三田の折口信夫』慶應義塾大学国文学研究会、一九七三年）

神道史、近現代史、その他

青野正明『帝国神道の形成』岩波書店、二〇一五年
葦津珍彦「神道教学についての書簡」（『葦津珍彦選集』第一巻、第二部第一章「神道論」、神社新報社、一九九六年
――『昭和史を生きて――神国の民の心』葦津事務所、二〇〇七年
東より子『宣長神学の構造』ぺりかん社、一九九九年
赤澤史朗『近代日本の思想動員と宗教統制』校倉書院、一九八五年
＊本書は、近代日本における天皇制国家の思想的支配の諸相を論じるが、「大正デモクラシーと神社」や「日本ファシズムと神社」などの章は、近代神道史の研究として秀逸である。

畔上直樹『「ムラの鎮守」と戦前日本』有志舎、二〇〇九年
＊近年進んでいる近代神道史研究の先端を行く一書。地域の神社や神職たちの側から描き出す視点、これまで研究が少なかった大正期の神社、神道についての考察は、重要な成果。
――「戦前日本社会における現代化と宗教ナショナリズムの形成」（『日本史研究』五八二号、二〇一一年）
阿部泰郎『中世日本の世界像』名古屋大学出版会、二〇一八年
磯前順一『近代日本の宗教言説とその系譜』岩波書店、二〇〇三年
――「死霊祭祀のポリティクス」（『現代思想』二〇〇五年八月号）
磯田光一『永井荷風』講談社、一九七九年
池上裕子『北条早雲』山川出版社、二〇一七年
伊藤聡『神道とは何か』中公新書、二〇一二年
――『神道の形成と中世神話』吉川弘文館、二〇一六年
伊藤正義「中世日本紀の輪郭」（『文学』一九七二年十月号）
井上寿一『戦前昭和の社会』講談社現代新書、二〇一一年
井上智勝「神道者」（高埜利彦編『民間に生きる宗教者』吉川弘文館、二〇〇〇年）
今泉定助著、日本大学今泉研究所編『今泉定助先生研究全集・三』日本大学今泉研究所、一九七〇年
ウイリアム・P・ウッダード『天皇と神道』（阿部美哉訳）サイマル出版会、一九七二年
梅田千尋『近世陰陽道組織の研究』吉川弘文館、二〇〇九年
大谷栄一『近代仏教という視座』ぺりかん社、二〇一二年
――「仏教が（日本）の寺院から出て行く」（『現代思想』臨時増刊号「総特集・仏教を考える」二〇一八年十月）

岡田荘司「〝真床覆衾〟論と神座の意味」『大嘗の祭り』学生社、一九九〇年
岡田精司『古代祭祀の史的研究』塙書房、一九九二年
岡正雄「柳田国男との出会い」(『季刊柳田國男研究』創刊号、一九七三年二月)
小川豊生『中世日本の神話・文字・身体』森話社、二〇一四年
小股憲明『近代日本の国民像と天皇像』大阪公立大学共同出版会、二〇〇五年
片山杜秀『近代日本の右翼思想』講談社選書メチエ、二〇〇七年
加藤玄智編『神社対宗教』明治聖徳記念会、一九三〇年
加藤直樹『九月、東京の路上で』ころから、二〇一四年
加藤陽子『満州事変から日中戦争へ』岩波新書、二〇〇七年
筧克彦「神職の覚悟」(『神社協会雑誌』二一五号、一九二〇年)
――『神ながらの道』内務省神社局、一九二六年
――『古神道大義』版元不明、一九一二年
影山正治『一つの戦史』展転社、二〇一〇年
――『日本民族派の運動』光風社書店、一九六九年
桂島宣弘『自他認識の思想史』有志舎、二〇〇八年
加茂正典「天孫降臨神話と大嘗祭」『日本古代即位儀礼史の研究』思文閣出版、一九九九年
川面凡児『川面凡児全集』第九巻(川面凡児先生十周年記念会)八幡書店、一九八五年
川村邦光「靖国神社と神社の近代」(川村邦光編『戦死者のゆくえ』青弓社、二〇〇三年)
菊地暁『柳田国男と民俗学の近代』吉川弘文館、二〇〇一年
貴志謙介『戦後ゼロ年東京ブラックホール』NHK出版、二〇一八年

城崎陽子「武田祐吉の「神観念」――『神と神を祭る者との文学』をめぐる折口信夫との相克」（『日本文化と神道』二、國學院大學、二〇〇六年二月）
北河賢三『シリーズ昭和史6　国民総動員の時代』岩波書店、一九八九年
黒川伊織『帝国に抗する社会運動』有志舎、二〇一四年
黒田俊雄『日本中世の国家と宗教』岩波書店、一九七五年
小池淳一『陰陽道の歴史民俗学的研究』角川学芸出版、二〇一一年
河野省三『国民道徳史論』一九一七年
――「柳田法学士の「神道私見」を読む」（『国学院雑誌』二十四巻五号、一九一八年）
――『我が国体と神道』教学局編纂、一九三八年
國學院大學日本文化研究所編『神道事典』弘文堂、一九九四年
小林正明「わだつみの『源氏物語』」（吉井美弥子編『〈みやび〉異説』森話社、一九九七年）
小林正弥『神社と政治』角川新書、二〇一六年
駒込武「一九三〇年代台湾・朝鮮・内地における神社参拝問題」（『立教学院史研究』三、二〇〇五年）
西郷信綱『古代人と夢』平凡社、一九七二年
――「神武天皇」『古事記研究』未來社、一九七三年
斎藤英喜『アマテラスの深みへ』新曜社、一九九六年
――『古事記　成長する神々』ビイング・ネット・プレス、二〇一〇年
――a『異貌の古事記』青土社、二〇一四年
――b『陰陽師たちの日本史』角川選書、二〇一四年
――「宣長・アマテラス・天文学」（佛教大学『歴史学部論集』創刊号、二〇一一年）

――「異貌の『古事記』」（『現代思想・総特集　古事記』二〇一一年五月臨時増刊号）
――『古事記はいかに読まれてきたか』吉川弘文館、二〇一二年
――「「中世日本紀」と神話研究の現在」（『国文学　解釈と鑑賞』二〇一一年五月号）
――「『日本書紀』注釈史と天皇即位儀礼――『釈日本紀』「真床追衾」条をめぐって」（『鷹陵史学』第四四号、二〇一八年）
阪本是丸『国家神道形成過程研究』岩波書店、一九九四年
＊近代神道史研究の第一人者による論著。「国家神道」の制度的な形成過程が、多様な資料の緻密な読解によって明らかにされる。論述の端々に、神道に対する著者の思いが読みとれる。
――『明治維新と国学者』大明堂、一九九三年
――『近世・近代神道論考』第四編第二章「内務省の「神社非宗教論」に関する一考察」弘文堂、二〇〇七年
――a「國學院の「国学」」（『國學院大學　校史・学術資産研究』第四号、二〇一二年）
――b「靖国神社史Ｉ」（神社本庁編『靖国神社』ＰＨＰ研究所、二〇一二年）
――「戦時下の「靖国思想」に関する一試論」（『皇學館大學研究開発推進センター神道研究所紀要』第三十輯、二〇一四年）
――「昭和前期の「神道と社会」に関する素描――神道的イデオロギー用語を軸にして」（國學院大學研究開発推進センター編『昭和前期の神道と社会』弘文堂、二〇一六年）
相良亨「日本の思想史における平田篤胤」（『日本の名著・平田篤胤』中央公論社、一九七二年）
島薗進『国家神道と日本人』岩波新書、二〇一〇年
渋川謙一「戦後、神道の歩み」『明治維新　神道百年史』第一巻、神道文化会、一九六七年

ジョン・ブリーン『神都物語――伊勢神宮の近現代史』吉川弘文館、二〇一五年
神社新報社編『神社新報選集　昭和二十六年版』神社新報社、一九五一年
――『神道指令と戦後神道』神社新報社、一九七一年
――『近代神社神道史』神社新報社、一九七六年
――『神道人名辞典』神社新報社、一九八六年
神社本庁総合研究所『戦後の神社・神道』神社新報社、二〇一〇年
須藤功『早川孝太郎――民間に存在するすべての精神的所産』ミネルヴァ書房、二〇一六年
鈴木重胤『中臣寿詞講義』国書刊行会、一九九〇年
――『延喜式祝詞講義』第二、国書刊行会、一九九〇年
菅谷幸浩「帝人事件から国体明徴声明まで」（筒井清忠編『昭和史講義2』ちくま新書、二〇一六年）
州崎愼一『シリーズ昭和史2　二・二六事件』岩波書店、一九八八年
高木博志「初詣の成立――国民国家形成と神道儀礼の創出」（西川長夫・松宮秀治編『幕末・明治期の国民国家形成と文化変容』新曜社、一九九五年）
――「明治維新と大嘗祭」（岩井忠熊・岡田精司編『天皇代替わり儀式の歴史的展開』柏書房、一九八九年）
高須芳太郎「篤胤大人の日本主義について」（秋田県社彌高神社奉讃会編『平田篤胤翁百年祭記念論文集』冨山房、一九四三年）
高橋哲哉『靖国問題』ちくま新書、二〇〇五年
高見寛孝「柳田國男と國學院大学」『柳田國男と成城・沖縄・國學院』塙書房、二〇一〇年
武井正弘「花祭の世界」（『日本祭祀研究集成』第四巻、一九七七年）
武田秀章『維新期天皇祭祀の研究』大明堂、一九九六年

武田祐吉「上代祝詞の本質」『神と神を祭る者との文学』著作集1、角川書店、一九七三年
竹前栄治『シリーズ昭和史　占領と戦後改革』岩波書店、一九八八年
谷崎潤一郎「あの頃のこと（山田孝雄追悼）」全集二三巻、中央公論社、二〇一七年
谷省吾『鈴木重胤の研究』神道史学会、一九六八年
田中義能「巻頭言・神道学」『神道学雑誌』創刊号、一九二六年
——「神道と皇道」『神道学雑誌』十三号、一九三三年
筒井清忠『二・二六事件とその時代』ちくま学芸文庫、二〇〇六年
内閣大礼記録編纂委員会編『昭和大礼要録』内閣印刷局、一九三一年
永井荷風『断腸亭日乗・四』岩波書店、一九八〇年
中島三千男「「明治憲法体制」の確立と国家イデオロギー政策——国家神道体制の確立過程」（『日本史研究』一七六号、一九七七年四月（安田浩・源川真希編『展望日本歴史19　明治憲法体制』東京堂出版、二〇〇二年、再録）
——「大教宣布運動と祭神論争」（『日本史研究』一二六号、一九七二年六月）
中村茂子『奥三河の花祭り』岩田書院、二〇〇三年
中道豪一「筧克彦と皇族の交流について」（『神道宗教』二三二号、二〇一三年）
成田龍一『大正デモクラシー』岩波新書、二〇〇七年
西川順士「近代の大嘗祭」（皇學館大學神道研究所編『大嘗祭の研究』一九七八年）
西川長夫「日本型国民国家の形成」（西川長夫・松宮秀治編『幕末・明治期の国民国家形成と文化変容』新曜社、一九九五年）
西田長男「『神道講座』覆刻版解題」（神道攷究会編『神道講座1　神社篇』原書房一九八一年）

西田廣義「明治以後神社法制史の一断面」(『明治維新　神道百年史』第四巻、神道文化会、一九六八年)
新田均「近代日本政教関係の時代区分について」(憲法政治学研究会編『近代憲法への問いかけ』成蹊堂、一九九九年)
野田宇太郎『日本耽美派文学の誕生』河出書房新社、一九七五年
芳賀登『変革期における国学』三一書房、一九七五年
芳賀矢一「国民性十論」『明治文学全集』四四、一九六八年
橋川文三『近代日本政治思想の諸相』未來社、一九六八年
＊著作集にも収録されてない、著者の「ナショナリズム」関係の論考が収録された一書。「昭和ファシズム」と折口信夫との関係をめぐって、本書の議論を踏まえて、今後さらに深める必要がある。
――『昭和ナショナリズムの諸相』名古屋大学出版会、一九九四年
――『昭和維新試論』著作集9、筑摩書房、二〇〇一年
畑中健二「国学と文献学」(『日本思想史学』第三〇号、一九九八年)
濱田辰雄『神道学者・折口信夫とキリスト教』聖学院大学出版会、一九九五年
早川孝太郎『花祭』前編・後編、岡書院、一九三〇年(『早川孝太郎全集』Ⅰ、Ⅱ巻、未來社、一九七二年)
林淳『近世陰陽道の研究』吉川弘文館、二〇〇五年
――「固有信仰論の学史的意義について」(脇本平也他編『アジアの宗教と精神文化』新曜社、一九九七年)
原克昭『中世日本紀論考』法藏館、二〇一二年
原武史『〈出雲〉という思想』公人社、一九九六年/講談社学術文庫、二〇〇一年
原田敬一『日清・日露戦争』岩波新書、二〇〇七年
樋浦郷子『神社・学校・植民地』京都大学学術出版会、二〇一三年

兵藤裕己『〈声〉の国民国家・日本』日本放送出版協会、二〇〇〇年
藤井貞和『古日本文学発生論』思潮社、一九七八年
藤岡好足「現代神道論の大要」（宮地直一編『神道講座　別巻・神道史』原書房、一九八一年、初出一九四三年）
藤田大誠『近代国学の研究』弘文堂、二〇〇七年
――「神社対宗教問題に関する一考察」（國學院大學研究開発推進センター『研究紀要』第七号、二〇一三年三月）
――「国家神道体制成立以降の祭政一致論」（阪本是丸編『国家神道再考』弘文堂、二〇〇〇年）
藤野裕子『都市と暴動の民衆史』有志舎、二〇一五年
古橋信孝『古代歌謡論』冬樹社、一九八二年
星野輝興『星野輝興著作集　日本の祭祀』星野輝興先生遺著刊行会、一九六八年
本田安次「伊勢神楽考」著作集第七巻『日本の伝統芸能　神楽Ⅶ（伊勢神楽之研究）』錦正社、一九九五年
前川理子『近代日本の宗教論と国家』東京大学出版会、二〇一五年
前田勉「鈴木重胤の鎮魂論」『近世神道と国学』ぺりかん社、二〇〇二年
前田雅之『保田與重郎』勉誠出版、二〇一七年
マーク・テーウェン「神祇、神道《ジンドウ》、そして神道《シントウ》――〈神道〉の概念史を探る」（彌永信美訳『文学』第九巻・第二号、二〇〇八年三～四月
松前健『古代伝承と宮廷祭祀』塙書房、一九七四年
松尾尊兊『大正デモクラシー』岩波書店、一九九四年（初出は一九七四年）
丸山眞男「日本ファシズムの思想と運動」『増補版　現代政治の思想と行動』未來社、一九六四年
宮地正人『日露戦後政治史の研究』東京大学出版会、一九七三年

――「天皇制イデオロギーにおける大嘗祭の機能――貞享度の再興より今日まで」(『歴史評論』第四九二号、一九九一年四月)
――『幕末維新変革史』上、岩波書店、二〇一二年
宮地直一・佐伯有義監修『神道大辞典』平凡社、一九三七年(後に縮刷版として臨川書店、一九九〇年)
村上重良『国家神道』岩波新書、一九七〇年
――『慰霊と招魂』岩波新書、一九七四年
村上忠喜「神性を帯びる山鉾」(『年中行事論叢』岩田書院、二〇一〇年)
本居宣長『本居宣長全集』第九巻、筑摩書房、一九六八年
文部省編『国体の本義』内閣印刷局、一九三七年
安丸良夫『神々の明治維新』岩波新書、一九七九年
――「近代転換期における宗教と国家」(『日本近代思想大系・宗教と国家』岩波書店、一九八八年)
吉田裕『アジア・太平洋戦争』岩波新書、二〇〇七年
吉本隆明『共同幻想論』著作集11、勁草書房、一九七二年(原著、一九六八年)
――『言語にとって美とはなにか』著作集6、勁草書房、一九七二年(原著、一九六五年)
吉永進一「はじめに」(大谷・吉永・近藤編『近代仏教スタディーズ』法藏館、二〇一六年
柳田國男「私道私見」(『定本・柳田國男集』10、筑摩書房、一九六九年)
――「柱松考」(『定本・柳田國男集』11、筑摩書房、一九六九年)
――「日記」(『定本・柳田國男集』別巻4、筑摩書房、一九七一年)
――「大嘗宮の御儀」(『定本・柳田國男集』別巻2、筑摩書房、一九七一年)
山下久夫「「近世神話」からみた『古事記伝』注釈の方法」(鈴木健一編『江戸の「知」』森話社、二〇一〇年)

――「『古事記伝』を近世以前から照らし出す」（山下久夫・斎藤英喜編『越境する古事記伝』森話社、二〇一二年）
山之内靖『総力戦体制』ちくま学芸文庫、二〇一五年
山本ひろ子「大神楽「浄土入り」」『変成譜』春秋社、一九九三年
――「霊的曼荼羅の現象学」（『宗教への問い3　「私」の考古学』岩波書店、二〇〇〇年）
米地実『村落祭祀と国家統制』御茶の水書房、一九七七年
米谷匡史「日中戦争期の天皇制」（近代日本の文化史7『総力戦下の知と制度』岩波書店、二〇〇二年
渡辺治『戦後政治史の中の天皇制』青木書店、一九九〇年
渡辺刀水「平田大人と昭和維新」（秋田県社彌高神社奉讃会編『平田篤胤翁百年祭記念論文集』冨山房、一九四三年）

古典類

西宮一民校注『古事記』新潮日本古典集成
小島憲之他校注『日本書紀』新編日本古典文学全集
卜部兼方『釈日本紀』神道大系　古典註釈編
渡会家行『類聚神祇本源』「神道玄義篇」日本思想大系『中世神道論』
北畠親房『神皇正統記』日本古典文学大系
吉田兼倶「神道大意」神道大系日本書紀註釈・下

あとがき

ミネルヴァ日本評伝選のラインアップをご覧になった方は、【平安】の安倍晴明と【近代】の折口信夫を執筆している著者の斎藤英喜とは、同姓同名の別人と思われたかもしれない。かたや平安時代に活躍した伝説的な陰陽師、かたや近代の異色の国文学者、民俗学者。一人の著者が対象とするには、時代もジャンルもまったく違うからだ。しかし、その著者は、まぎれもなく同一人物であった。

それにしても、なぜ一人の著者が安倍晴明と折口信夫の両方の評伝を書くことになったのか、書かねばならないのか――。疑問に思われた方は、ぜひ本書を読んでほしい（できれば、『安倍晴明』の方も）。折口名彙と呼ばれる「まれびと」「ほかひびと」「みこともち」「たま」「呪言」といった彼の学問のキーワードは、安倍晴明と折口信夫の評伝を一人の研究者が書かねばならない理由を、たぶん明かしてくれるはずだ。

いや、それだけではない。まれびと、ほかひびと、みこともち……以下の折口学でお馴染みの用語は、じつは、明治後期から大正、昭和という、折口が生きた時代の神道や神社への異議申し立てと不可分にあった。そこに浮かんでくるのが、「神道学者」としての折口信夫の姿だ。その時、一見、時代の現実とは懸け離れた折口の「古代研究」が、きわめてラディカルな時代批判の学問であったことを知ることができるだろう。

それにしても、本書は、当初の予想を超える分量になってしまった。たぶん私が書いた本の中では、最も長いのではないか。それだけの枚数を必要としたのは、「評伝」として、折口が生きた時代の動向、とくに大正期の神道、神社界のこと、あるいは戦時期や戦後のことなどを、できるだけ丁寧に説明していく必要があったからだ。本書が描き出した、神道や神社をめぐる時代の現実と格闘していく姿は、映画のキャッチコピー風にいえば、「これまで誰も見たことのなかった折口信夫」ということになろうか。

そしてその時、敗戦後の折口が「神　敗れたまふ」と詠んだ意味が、さらに、その評価が定まっていなかった戦後の「神道宗教化」の議論が、けっして敗戦直後の一過性のものでも、また「占領軍」におもねったものでもないことが、明らかになるはずだ。「髯籠の話」から出発した学問の営為は、戦後の「神道宗教化論」へと一貫して続いていたのである。

しかし、こんなに長い一冊になったのに、本書では、ついに取り上げることができなかったテキストがある。そう、『死者の書』だ。じつは何度も、折口唯一の長編小説について書きたい誘惑にかられたのだが、それを書いたら、本書はさらに長大なものになってしまう。『死者の書』を取り上げることは、つまりは「文学者」としての折口を追究する必要があるからだ。その時、たとえば泉鏡花、谷崎潤一郎、川端康成、日夏耿之介、あるいは保田與重郎や三島由紀夫、さらには日夏との関わりで、フランスの象徴主義作家のマルセル・シュオッブや詩人のアロイジウス・ベルトランとの比較などが浮上してくるのだが、それは「次のお楽しみ」にとっておこう。もちろん、「神道学者」としての折口信夫が、「文学者」たる折口と一体であったことは、本書の中でも、何度も触れた通りだ。

さて、本書の編集実務は、『安倍晴明』と同じく、田引勝二氏に担当していただいた。『安倍晴明』の時は、編集者になりたての初々しい青年であった田引さんも、『折口信夫』においては、ミネルヴァ日本評伝選の刊行を担う中堅編集者となられた。田引さんと再び一緒に本を出すことが出来たことは、なによりも嬉しい。もっとも前の時と同じように、締め切りを遅らせるなど、いろいろとご心配とお世話をおかけしたことをお詫びするとともに、丁寧な本作りをしていただいたことに感謝いたします。

思い起こせば、二〇〇六年刊行の『読み替えられた日本神話』（講談社現代新書）で論じた、折口の古代研究を、日本神話の「読み替え」の系譜の中に位置付ける着想を面白がってくれたのは、ほかならぬ田引さんであったのだ。その意味では、まさしく本書の「産みの親」でもあったのかもしれない。

またいつものように、斎藤陽子には校正作業を手伝ってもらい、あるいは能登の折口父子墓の探訪にはいろいろと下調べをしてもらった。日本海の荒波が押し寄せる能登一ノ宮の海岸を歩いたことは、折口信夫の「まれびと」のイメージを豊かなものにしてくれたに違いない。

なお、本書の元になる論考を書き継いだ二〇一六年は、勤務先の佛教大学から「サバティカル」（研修）を与えられた期間になる。授業や校務から離れ、ひたすら研究に専念する一年間を与えていただいたことに、佛教大学当局、ならびに歴史学部の同僚の先生方に感謝を申し上げます。

それにしても、本書の執筆はほんとに大変だったけれど、同時に、至福のひとときでもあった。そんな私が出会えた折口信夫の深い魅力を、一人でも多くの読者と共有できれば、と思う。

二〇一八年十二月　ようやく紅葉の美しい京都で

斎藤英喜

折口信夫年譜

和暦	西暦	齢	関係事項	一般事項
明治二〇	一八八七	0	2・11大阪府西成郡木津村で生まれた。父秀太郎、母こう。折口家は、代々木津願泉寺の門徒で、曾祖父の代から生薬、雑貨を営む商家でありつつ、医を家業としていた。	矢野玄道死去。
二三	一八九〇	3	木津幼稚園に通う。百人一首を暗唱した。	「國學院」設立。前年に明治帝国憲法発布。「信教ノ自由」を明記。「教育勅語」発布。
二七	一八九四	7	叔母えい、東京に遊学。叔母から送られた『東京名所図会』の表紙に自作の短歌を書く。東京から戻った叔母から「イソップ」などの物語を聞く。	日清戦争勃発。
三一	一八九八	11	国学者敷田年治に入門した姉あゐの影響で高山彦九郎の伝記を読み、感激して百舌鳥耳原陵を参詣。	全国神職会設立。
三二	一八九九	12	大阪府立第五中学校（現・天王子高校）に入学。入学の口頭試問を三矢重松に受ける。三矢とは國學院	

三三	一九〇〇	13	大學で再会し、終生敬愛の念を抱く。夏、初めて大和に一泊旅行。飛鳥坐神社参拝。	神社行政が宗教行政から分離。内務省内に「神社局」の設立。
三四	一九〇一	14	兄進の影響で薄田泣菫、蒲原有明ら明治ロマン主義、象徴派の詩人の作品を読む。	
三五	一九〇二	15	**5月**父・秀太郎死去。校内の「琴声会」に入会。文学会で男子の惰弱を戒めた講演をする。	
三七	一九〇四	17	**3月**卒業試験に落第。吉野・当麻への旅。ふたたび飛鳥坐神社を詣で、父の代から途絶えていた飛鳥家との旧交を復する。	日露戦争勃発。
三八	一九〇五	18	**9月**医科志望を取りやめ、國學院大學予科に入学。東京に出る。新仏教家・藤無染と同居。	東京、戒厳令。講和条約反対の運動。日比谷焼き討ち事件。ロシア第一次革命。
三九	一九〇六	19	神風会に参加。街頭布教の演説を行う。	氏神社の統廃合。官国幣社。国庫給金。
四〇	一九〇七	20	**11月**『神風』に「韓国伝道と古伝説と」の演説筆記が掲載。飛鳥坐神社の報告書を飛鳥靫負に送る。神国青年会を学友と設立。幹事を務める。金沢庄三郎の仕事を手伝う。	
四二	一九〇九	22	**10月**子規庵の根岸短歌会に出る。古泉千樫と出会う。	皇室登極令公布。

四三	一九一〇	23	7月國學院大學国文科卒業。卒業論文「言語情調論」。柳田國男の『石神問答』『遠野物語』、また『背教者ジウリアノ』読む。	大逆事件。韓国併合。
四四	一九一一	24	10月大阪府立今宮中学校の嘱託教員になる。	普選法案初めて衆議院通過。貴族院で否決。
四五 大正一	一九一二	25	8月生徒の伊勢清志たちを伴い志摩・熊野に旅する。山中で迷い彷徨う。	明治天皇崩御。乃木希典殉死。
二	一九一三	26	12月『郷土研究』に「三郷巷談」が載る。	護憲運動の民衆、議会へデモ。新聞社、警察署を襲撃。宗教局を文部省に移管。
三	一九一四	27	4月今宮中学校を辞職し、上京。昌平館に下宿。生徒たちも上京し、同宿する。『中外日報』に「零時日記Ｉ」を発表。	第一次世界大戦。日本、ドイツの宣戦布告。全国神職会の「特別官衙設置運動」盛り上がる。
四	一九一五	28	4月「髯籠の話」が『郷土研究』に掲載。6月新渡戸稲造邸で初めて柳田國男と会う。	大正天皇の大嘗祭、挙行。
五	一九一六	29	11月『アララギ』に「異郷意識の進展」載る。國學院内に「郷土研究会」創立。『口語訳万葉集』。	大隈首相暗殺未遂事件。
六	一九一七	30	1月私立郁文館中学校教員になる。10月無断欠席で辞職。	ロシア十月革命。河野省三『国民道徳史論』刊行。メディアに絶賛された。

七	一九一八	31	雑誌『土俗と伝説』を編集発行。	柳田國男「神道私見」発表。河野省三との間で「論争」。シベリア出兵。第一次世界大戦終結。「米騒動」起きる。
八	一九一九	32	1月國學院大學臨時代理講師になる。弟子の鈴木金太郎と西大久保に転居。	
九	一九二〇	33	9月國學院大學専任講師になる。『国学院雑誌』に「妣が国・常世へ」、「零時日記Ⅱ」、「異訳国学ひとり案内」を発表。松本から美濃、さらに新野・坂部などを旅行。	東京で七万五〇〇〇人の「普選大示威行動」。上野公園で日本最初のメーデー。
一〇	一九二一	34	3月自宅で開催した、柳田國男の渡欧を祝う会で、二〇人分の天麩羅を揚げてもてなす。7~8月初めての沖縄探訪。9月國學院大學教授に昇進。	大本教教主・出口王仁三郎、不敬罪で逮捕。原首相、東京駅で刺殺。日本共産党、非合法に結成。
一一	一九二二	35	2月全国神職会の雑誌『皇国』に「現行諸神道の史的価値」を発表。	
一二	一九二三	36	5月慶應義塾大学の兼任講師になる。7~8月二回目の沖縄探訪。9・1関東大震災。東京への帰路、朝鮮人虐殺の現場に遭遇。『世界聖典外纂』に「琉球の宗教」を発表。	

一三	一九二四	37	『日光』に「日本文学の発生」を発表（「国文学の発生」）。	
一四	一九二五	38	**5月**処女歌集『海やまのあひだ』刊行。『改造』に「古代生活の研究」を発表。	普通選挙法、治安維持法議会通過、公布。
一五 昭和一	一九二六	39	**1月**早川孝太郎と花祭、雪祭を初めて見学。	全国神職会、財団法人化。
二	一九二七	40	**6月**能登一ノ宮に、藤井春洋の生家を訪れる。論文「水の女」を発表。「ほうとする話」の草稿を執筆。	「民俗芸術の会」発足。
三	一九二八	41	**4月**國學院大學在籍のまま、慶應義塾大学の教授に就任。大井町出石に転居。鈴木金太郎、藤井春洋と同居する。『民俗芸術』に「翁の発生」を発表。**10月**『神道学雑誌』に「神道に現れた民族論理」を発表。「大嘗祭の本義」を講演する。その他、大嘗祭関連の論文を執筆、発表。	日本共産党員の大量検挙（三・一五事件）。治安維持法の「改正」。天皇の大嘗祭、挙行。
四	一九二九	42	**4月**『古代研究』民俗学篇1、国文学篇の刊行。『神道講座』に「民間信仰と神社と」を発表。	伊勢神宮の式年遷宮祭、執行。「神道的用語」が世間に広まる。世界大恐慌。
五	一九三〇	43	**1月**第二歌集『春のことぶれ』刊行。『古代研究』民俗学篇2、刊行。**3月**『民俗芸術』に「山の霜月舞」を発表。『神社協会雑誌』に「古代生活に於け	澁澤敬三宅の新築祝いで、中在家の花祭を勧請。柳田、泉鏡花、金田一京助ら二〇〇人近くが見

			る惟神の真意義」を発表。	物。
六	一九三一	44		満州事変。戦勝祈願、武運長久を目的に神社参拝が増える。
七	一九三二	45	3月「『古代研究』国文学篇中の『万葉集』に関する研究」で文学博士の称号を受ける。4月『日本文学の発生——その基礎論』刊行。	上智大学学生、靖国参拝拒否事件。血盟団事件、五・一五事件起きる。
八	一九三三	46	1月『改造』に「大倭宮廷の剏業期」を発表。2月國學院大學で「十人組徒党事件」起きる。	日本、国際連盟を脱退。神兵隊事件。新劇場による『源氏物語』の上演禁止。
一〇	一九三五	48	12月藤井春洋を伴い、第三回沖縄採訪旅行に出る。『日本精神史講座』に「日本古代の国民思想」を発表。	美濃部達吉の天皇機関説が排撃される。文部省、「国体明徴」を訓令。
一一	一九三六	49	『中央公論』に「雪ふたゝび到る」を発表。7月三矢重松の歌碑の除幕式で「三矢先生の学風」の講演。二・二六事件などを批判する。	皇道派青年将校のクーデター未遂事件（二・二六事件）。
一二	一九三七	50	1月『大阪朝日新聞』に「国学とは何か」、3月『国学院雑誌』に「国学と国文学と」を発表。	文部省編『国体の本義』。「支那事変」（日中戦争）、勃発。南京事件。
一三	一九三八	51	箱根で『死者の書』を執筆。	河野省三『国体の本義』の解説本。国家総動員法公布。

一四	一九三九	52	鈴木金太郎、藤井春洋、箱根に山荘を建てる。	
一五	一九四〇	53	『近代短歌』刊行。	神祇院設立。大政翼賛会発足。
一六	一九四一	54		対英米戦争勃発。
一七	一九四二	55	6月日本文学報国会国文学部理事・短歌部会会員になる。9月『天地に宣る』刊行。『皇国時報』に「禊と祓へと」を発表。「日本文学の発生」の連載。	久米正雄の「アラヒトガミ」発言が問題となる。ミッドウェー海戦。
一八	一九四三	56	3月（4月）文学報国会の理事会で、「アラヒトガミ」について、所見を述べる。『舞踏芸術』に「日本芸能史」を連載。4月靖国神社の「招魂の儀」に参列。「招魂の御儀を拝して」の感想をラジオで述べる。9月『死者の書』刊行。12月「平田篤胤大人百年祭記念講演会」で「平田国学の伝統」を講演する。	ガダルカナル島から撤退。学徒出陣始まる。
一九	一九四四	57	学内の右翼学生から「国賊」と呼ばれる。『日本芸能史六講』刊行。藤井春洋、硫黄島に着任。7月柳田國男、鈴木金太郎を保証人として、養嗣子として入籍。加藤守雄、同居。	インパール作戦、退却。米機動部隊、沖縄攻撃。B29東京初空襲。
二〇	一九四五	58	7月情報局の会議で海軍報道部少将を非難する発言。8・15「終戦」以降、箱根の山荘に籠る。11月春洋戦死の公報。	硫黄島、全員玉砕。春洋、戦死。「終戦」の詔勅。米軍、占領開始。GHQの「神道指令」発令。

二一	一九四六	59	5月國學院大學で「神道概論」開講。8月神社本庁主催の講習会で講演。翌年『神道宗教化の意義』と改題して、神社新報社より刊行。	神社本庁設立。天皇の「人間宣言」。東京で「食糧メーデー」。
二二	一九四七	60	『神社新報』に「神道の友人よ」を発表。2月神社本庁設立一周年記念講演会で講演「民族教より人類教へ」。『夕刊新大阪』に「天子非即神論」を発表。11月神道宗教学会記念講演会で講演。	日本国憲法、発布。新皇室典範交付。内務省解体。
二四	一九四九	62	『表現』に「道徳の発生」を発表。4月柳田國男と「日本人の神と霊魂の観念そのほか」対談（柳田邸）、7月能登一ノ宮に、春洋との父子墓建立。	全国大学教授連合、レッドパージ反対声明。
二七	一九五二	65	1月硫黄島の春洋の遺品、発見される。「民族史観における他界観念」の口述筆記。健康、すぐれず。	皇居前広場で「血のメーデー事件」。
二八	一九五三	66	7月～箱根に滞在。錯覚、幻視が起きる。9・3慶應義塾大学病院で死去。12月能登一ノ宮の墓所に遺骨を埋葬。	

*廣池千九郎　橋本富太郎
岩村透　今橋映子
*西田幾多郎　大橋良介
*金沢庄三郎　石川遼子
柳田国男　鶴見太郎
厨川白村　張競
*村岡典嗣　水野雄司
大川周明　山内昌之
西田直二郎　林淳
*折口信夫　斎藤英喜
シュタイン　瀧井一博
*西周　清水多吉
*福澤諭吉　平山洋
成島柳北　山田俊治
福地桜痴　山田俊治
*村山龍平　早房長治
島田三郎　武藤秀太郎
田口卯吉　鈴木栄樹
*陸羯南　松田宏一郎
黒岩涙香　奥武則
長谷川如是閑　織田健志
*吉野作造　田澤晴子
山川均　米原謙
*岩波茂雄　十重田裕一
*北一輝　岡本幸治
*穂積重遠　大村敦志
中野正剛　吉田則昭
*満川亀太郎　福家崇洋
*エドモンド・モレル　林田治男
*北里柴三郎　福田眞人

高峰譲吉　木村昌人
田辺朔郎　秋元せき
*南方熊楠　飯倉照平
石原純　金子務
*辰野金吾　河上眞理・清水重敦
*七代目小川治兵衛　尼崎博正
本多静六　岡本貴久子
ブルーノ・タウト　北村昌史

現代

昭和天皇　御厨貴
高松宮宣仁親王　後藤致人
*李方子　小田部雄次
吉田茂　中西寛
マッカーサー　柴山太
鳩山一郎　楠綾子
*石橋湛山　増田弘
重光葵　武田知己
市川房枝　村井良太
*池田勇人　藤井信幸
高野実　篠田徹
和田博雄　庄司俊作
朴正熙　木村幹
*田中角栄　新川敏光
宮沢喜一　村上友章
竹下登　真渕勝
*松永安左エ門　橘川武郎

鮎川義介　井口治夫
*出光佐三　橘川武郎
*松下幸之助　米倉誠一郎
渋沢敬三　井上潤
*本田宗一郎　伊丹敬之
*井深大　武田徹
*佐治敬三　小玉武
幸田家の人々　金井景子
*正宗白鳥　大嶋仁
*大佛次郎　福島行一
*川端康成　大久保喬樹
*薩摩治郎八　小林茂
坂口安吾　千葉一幹
太宰治　安藤宏
松本清張　杉原志啓
安部公房　鳥羽耕史
*三島由紀夫　島内景二
井上ひさし　成田龍一
R・H・ブライス　菅原克也
柳宗悦　熊倉功夫
バーナード・リーチ　鈴木禎宏
イサム・ノグチ　酒井忠康
熊谷守一　古川秀昭
川端龍子　岡部昌幸
藤田嗣治　林洋子
*井上有一　海上雅臣
*手塚治虫　竹内オサム
古賀政男　藍川由美

*吉田正　金子勇
*武満徹　船山隆
*八代目坂東三津五郎　田口章子
*力道山　岡村正史
*西田天香　宮田昌明
*安倍能成　中根隆行
サンソム夫妻　平川祐弘・牧野陽子
*天野貞祐　貝塚茂樹
和辻哲郎　小坂国継
矢代幸雄　稲賀繁美
石田幹之助　岡本さえ
*平泉澄　若井敏明
*早川孝太郎　須藤功
安岡正篤　片山杜秀
青山二郎　田野勲
島田謹二　小林信行
田中美知太郎　川久保剛
前嶋信次　杉田英明
*唐木順三　澤村修治
亀井勝一郎　山本直人
知里真志保　北原治郎太
*保田與重郎　谷崎昭男
石母田正　磯前順一
*福田恆存　川久保剛
井筒俊彦　安藤礼二
佐々木惣一　伊藤孝夫
小泉信三　都倉武之
*瀧川幸辰　伊藤孝夫
式場隆三郎　服部正

大宅壮一　有馬学
清水幾太郎　庄司武史
*フランク・ロイド・ライト　大久保美春
*中谷宇吉郎　杉山滋郎
今西錦司　山極寿一

*は既刊
二〇一九年一月現在

*岩瀬忠震　小野寺龍太
*栗本鋤雲　小野寺龍太
大村益次郎　竹本知行
河井継之助　小川和也
西郷隆盛　家近良樹
*由利公正　角鹿尚計
*塚本明毅　塚本学
*月性　海原徹
*吉田松陰　海原徹
*高杉晋作　海原徹
久坂玄瑞　一坂太郎
*ペリー　遠藤泰生
ハリス　福岡万里子
オールコック　佐野真由子
アーネスト・サトウ　奈良岡聰智
緒方洪庵　米田該典

近代

*明治天皇　伊藤之雄
*大正天皇　F・R・ディキンソン
*昭憲皇太后・貞明皇后　小田部雄次
大久保利通　三谷太一郎
山県有朋　鳥海靖
木戸孝允　落合弘樹
井上馨　伊藤之雄
*松方正義　室山義正
北垣国道　小林丈広
板垣退助　小川原正道

長与専斎　笠原英彦
大隈重信　五百旗頭薫
伊藤博文　坂本一登
井上毅　大石眞
*井上勝　老川慶喜
*桂太郎　小林道彦
*渡邉洪基　瀧井一博
*乃木希典　佐々木英昭
星亨　小林道彦
林董　奈良岡聰智
*児玉源太郎　小林道彦
*高宗・閔妃　木村幹
山本権兵衛　室山義正
*金子堅太郎　松村正義
高橋是清　鈴木俊夫
小村寿太郎　簑原俊洋
*犬養毅　小林惟司
原敬　季武嘉也
*加藤高明　櫻井良樹
牧野伸顕　小宮一夫
田中義一　黒沢文貴
内田康哉　高橋勝浩
石井菊次郎　廣部泉
平沼騏一郎　堀田慎一郎
*鈴木貫太郎　小堀桂一郎
宇垣一成　北岡伸一
*宮崎滔天　榎本泰子
*浜口雄幸　川田稔
幣原喜重郎　西田敏宏
関一　玉井金五
水野広徳　片山慶隆

広田弘毅　井上寿一
安重根　上垣外憲一
*グルー　廣部泉
*永田鉄山　森靖夫
東條英機　牛村圭
今村均　前田雅之
蔣介石　劉岸偉
石原莞爾　山室信一
近衛文麿　庄司潤一郎
*岩崎弥太郎　武田晴人
伊藤忠兵衛　末永國紀
*五代友厚　田付茉莉子
大倉喜八郎　村上勝彦
*安田善次郎　由井常彦
渋沢栄一　武田晴人
中野武営　佐賀香織
益田孝　鈴木邦夫
山辺丈夫　宮本又郎
武藤山治　阿部武司・桑原哲也
池田成彬　松浦正孝
西原亀三　森川正則
小林一三　橋爪紳也
大倉恒吉　石川健次郎
大原孫三郎　猪木武徳
*河竹黙阿弥　今尾哲也
イザベラ・バード　加納孝代
*林忠正　木々康子
*森鷗外　小堀桂一郎
*二葉亭四迷　ヨコタ村上孝之
*夏目漱石　佐々木英昭

徳冨蘆花　半藤英明
巌谷小波　千葉信胤
樋口一葉　佐伯順子
*島崎藤村　十川信介
泉鏡花　東郷克美
上田敏　小林茂
*有島武郎　亀井俊介
永井荷風　川本三郎
北原白秋　平石典子
菊池寛　山本芳明
芥川龍之介　高橋龍夫
*宮沢賢治　千葉一幹
高浜虚子　坪内稔典
与謝野晶子　佐伯順子
*種田山頭火　村上護
*斎藤茂吉　品田悦一
*高村光太郎　湯原かの子
石川啄木　先崎彰容
萩原朔太郎　エリス俊子
*原阿佐緒　秋山佐和子
*狩野芳崖・高橋由一　古田亮
川村清雄　落合則子
*小堀鞆音　小堀桂一郎
竹内栖鳳　北澤憲昭
黒田清輝　高階秀爾
中村不折　石川九楊
横山大観　高階秀爾
*橋本関雪　西原大輔
小出楢重　芳賀徹
土田麦僊　天野一夫

岸田劉生　北澤憲昭
濱田庄司　濱田琢司
*山田耕筰　後藤暢子
松旭斎天勝　川添裕
中山みき　鎌田東二
佐田介石　谷川穣
*ニコライ　中村健之介
*出口なお・王仁三郎　川村邦光
島地黙雷　阪本是丸
*新島襄　太田雄三
新島八重　佐伯順子
木下広次　冨岡勝
海老名弾正　西田毅
嘉納治五郎　クリストファー・スピルマン
柏木義円　片野真佐子
津田梅子　田中智子
*澤柳政太郎　新田義之
河口慧海　高山龍三
山室軍平　室田保夫
大谷光瑞　白須淨眞
*久米邦武　髙田誠二
フェノロサ　伊藤豊
井上哲次郎　井ノ口哲也
三宅雪嶺　長妻三佐雄
*岡倉天心　木下長宏
志賀重昂　中野目徹
徳富蘇峰　杉原志啓
*竹越与三郎　西田毅
内藤湖南・桑原隲蔵　礪波護

南北朝・室町

後醍醐天皇 上横手雅敬
*護良親王 新井孝重
*懐良親王 森　茂暁
*赤松氏五代 渡邊大門
*北畠親房 岡野友彦
楠正成 兵藤裕己
楠木正行・正儀 生駒孝臣
*新田義貞 山本隆志
*光厳天皇 深津睦夫
足利尊氏 市沢　哲
*足利直義 亀田俊和
佐々木道誉 下坂　守
細川頼之 亀田俊和
円観・文観 田中貴子
足利義詮 早島大祐
足利義満 川嶋將生
*足利義持 吉田賢司
足利義教 横井　清
足利義政 木下昌規
*大内義弘 平瀬直樹
伏見宮貞成親王 松薗　斉
*山名宗全 山本隆志
細川勝元・政元 古野　貢
畠山義就 呉座勇一
足利成氏 阿部能久
世阿弥 西野春雄
雪舟等楊 河合正朝
宗祇 鶴崎裕雄
*満済 森　茂暁
一休宗純 原田正俊
蓮如 岡村喜史

戦国・織豊

北条早雲 家永遵嗣
*北条氏政 黒田基樹
大内義隆 藤井　崇
斎藤氏三代 木下　聡
*毛利元就 岸田裕之
*毛利輝元 光成準治
小早川隆景・秀秋 光成準治
六角定頼 村井祐樹
*今川義元 小和田哲男
*武田信玄 笹本正治
*武田勝頼 笹本正治
*真田氏三代 笹本正治
*三好長慶 天野忠幸
*松永久秀 天野忠幸
*宇喜多直家・秀家 渡邊大門
*上杉謙信 矢田俊文
大友宗麟 鹿毛敏夫
島津義久・義弘 福島金治
*長宗我部元親・盛親 平井上総
浅井長政 長谷川裕子
吉田兼倶 西山　克
山科言継 松薗　斉
*雪村周継 赤澤英二
正親町天皇・後陽成天皇 神田裕理
足利義輝・義昭 山田康弘
織田信長 三鬼清一郎
織田長益 八尾嘉男
豊臣秀吉 藤井讓治
豊臣秀次 矢部健太郎
*北政所おね 田端泰子
*淀殿 福田千鶴
蜂須賀正勝・家政 三宅正浩
前田利家 東四柳史明
山内一豊・忠義 長屋隆幸
*黒田如水 小和田哲男
*蒲生氏郷 藤田達生
石田三成 堀越祐一
細川ガラシャ 田端泰子
伊達政宗 伊藤喜良
*支倉常長 田中英道
*千利休 熊倉功夫
*長谷川等伯 宮島新一
顕如 神田千里
教如 安藤　弥

江戸

*徳川家康 笠谷和比古
本多忠勝 柴　裕之
*徳川家光 野村　玄
徳川吉宗 横田冬彦
*後水尾天皇 久保貴子
後桜町天皇 所　京子
*光格天皇 藤田　覚
崇伝 杣田善雄
*春日局 福田千鶴
宮本武蔵 渡邊大門
*池田光政 倉地克直
保科正之 八木清治
シャクシャイン 岩崎奈緒子
*田沼意次 藤田　覚
細川重賢 安高啓明
*二宮尊徳 小林惟司
末次平蔵 岡美穂子
*高田屋嘉兵衛 生田美智子
*林羅山 鈴木健一
吉野太夫 渡辺憲司
中江藤樹 辻本雅史
熊沢蕃山 川口　浩
*山崎闇斎 澤井啓一
山鹿素行 前田　勉
*北村季吟 島内景二
伊藤仁斎 澤井啓一
貝原益軒 辻本雅史
*ケンペル B・M・ボダルト＝ベイリー
新井白石 大川　真
荻生徂徠 柴田　純
*雨森芳洲 上田正昭
石田梅岩 高野秀晴
白隠慧鶴 芳澤勝弘
前野良沢 松田　清
平賀源内 石上　敏
本居宣長 田尻祐一郎
杉田玄白 吉田　忠
木村蒹葭堂 有坂道子
*大田南畝 沓掛良彦
菅江真澄 赤坂憲雄
*鶴屋南北 諏訪春雄
良寛 阿部龍一
*山東京伝 佐藤至子
*滝沢馬琴 高田　衛
平田篤胤 山下久夫
国友一貫斎 太田浩司
シーボルト 宮坂正英
本阿弥光悦 岡　佳子
小堀遠州 中村利則
狩野探幽・山雪 山下善也
尾形光琳・乾山 河野元昭
*二代目市川團十郎 田口章子
伊藤若冲 狩野博幸
浦上玉堂 高橋博巳
*佐竹曙山 成瀬不二雄
葛飾北斎 岸　文和
酒井抱一 玉蟲敏子
孝明天皇 青山忠正
*和宮 辻ミチ子
徳川慶喜 大庭邦彦
島津斉彬 原口　泉
横井小楠 沖田行司
*古賀謹一郎 小野寺龍太
*永井尚志 高村直助

ミネルヴァ日本評伝選

企画推薦
梅原猛
ドナルド・キーン
佐伯彰一
角田文衞

監修委員
上横手雅敬
芳賀徹

編集委員
石川九楊
伊藤之雄
猪木武徳
今谷明
今橋映子
熊倉功夫
佐伯順子
坂本多加雄
武田佐知子
竹西寛子
西口順子
兵藤裕己
御厨貴

上代

＊卑弥呼　古田武彦
＊日本武尊　西宮秀紀
＊仁徳天皇　若井敏明
雄略天皇　吉村武彦
継体天皇　若井敏明
＊蘇我氏四代　遠山美都男
推古天皇　義江明子
聖徳太子　仁藤敦史
斉明天皇　武田佐知子
＊小野妹子・毛人・毛野　大橋信弥
＊額田王　梶川信行
弘文天皇　遠山美都男
天武天皇　新川登亀男
持統天皇　丸山裕美子
阿倍比羅夫　熊田亮介
＊藤原四子　木本好信
＊柿本人麿　古橋信孝
＊元明天皇・元正天皇　渡部育子
聖武天皇　本郷真紹
光明皇后　寺崎保広
＊孝謙・称徳天皇　勝浦令子
藤原不比等　荒木敏夫
橘諸兄・奈良麻呂　遠山美都男
吉備真備　今津勝紀
＊藤原仲麻呂　木本好信
道鏡　吉川真司
＊藤原種継　木本好信
＊行基　吉田靖雄

平安

＊桓武天皇　井上満郎
嵯峨天皇　西別府元日
宇多天皇　古藤真平
醍醐天皇　石上英一
村上天皇　京樂真帆子
花山天皇　上島享
＊三条天皇　倉本一宏
藤原薬子　中野渡俊治
＊藤原良房・基経　瀧浪貞子
＊紀貫之　神田龍身
源高明　所功
＊安倍晴明　斎藤英喜
藤原実資　橋本義則
＊藤原道長　朧谷寿
＊藤原伊周・隆家　倉本一宏
藤原定子　山本淳子
＊藤原彰子　朧谷寿
清少納言　三田村雅子
和泉式部　ツベタナ・クリステワ
大江匡房　小峯和明
＊阿弖流為　樋口知志
坂上田村麻呂　熊谷公男
＊源満仲・頼光　元木泰雄
平将門　西山良平
藤原純友　寺内浩
最澄　吉田一彦
円珍　岡野浩二
＊空也　石井義長
奝然　上川通夫
＊源信　小原仁
慶滋保胤　吉原浩人
＊後白河天皇　美川圭
＊式子内親王　奥野陽子
建礼門院　生形貴重
＊藤原秀衡　入間田宣夫
平時子・時忠　元木泰雄
平維盛　根井浄
守覚法親王　阿部泰郎
藤原隆信・信実　山本陽子

鎌倉

源頼朝　川合康
＊源義経　近藤好和
源実朝　神田龍身
＊九条兼実　加納重文
九条道家　上横手雅敬
北条時政　野口実
熊谷直実　佐伯真一
＊北条政子　関幸彦
北条義時　岡田清一
曾我十郎・五郎　杉橋隆夫
北条時頼　山本隆志
北条時宗　近藤成一
安達泰盛　山陰加春夫
平頼綱　細川重男
竹崎季長　堀本一繁
西行　光田和伸
鴨長明　浅見和彦
藤原定家　赤瀬信吾
＊京極為兼　今谷明
＊兼好　島内裕子
重源　横内裕人
＊運慶　根立研介
快慶　井上一稔
法然　今堀太逸
栄西　中尾良信
明恵　西山厚
＊親鸞　末木文美士
恵信尼・覚信尼　西口順子
覚如　今井雅晴
＊道元　船岡誠
叡尊　細川涼一
＊忍性　松尾剛次
＊日蓮　佐藤弘夫
一遍　蒲池勢至
夢窓疎石　原田正俊
＊宗峰妙超　竹貫元勝

刊行のことば

歴史を動かすものは人間であり、興趣に富んだ人間の動きを通じて、世の移り変わりを考えるのは、歴史に接する醍醐味である。

しかし過去の歴史学を顧みるとき、人間不在という批判さえ見られたように、歴史における人間のすがたが、必ずしも十分に描かれてきたとはいえない。二十一世紀を迎えた今、歴史の中の人物像を蘇生させようとの要請はいよいよ強く、またそのための条件もしだいに熟してきている。

この「ミネルヴァ日本評伝選」は、正確な史実に基づいて書かれるのはいうまでもないが、単に経歴の羅列にとどまらず、歴史を動かしてきたすぐれた個性をいきいきとよみがえらせたいと考える。そのためには、対象とした人物とじっくりと対話し、ときにはきびしく対決していくことも必要になるだろう。

今日の歴史学が直面している困難の一つに、研究の過度の細分化、瑣末化が挙げられる。それは緻密さを求めるが故に陥った弊害といえるが、その結果として、歴史の大きな見通しが失われ、歴史学を通しての社会への働きかけの途が閉ざされ、人々の歴史への関心を弱める危険性がある。今こそ歴史が何のためにあるのかという、基本的な課題に応える必要があろう。評伝という興味ある方法を通じて、解決の手がかりを見出せないだろうかというのも、この企画の一つのねらいである。

狭義の歴史学の研究者だけでなく、多くの分野ですぐれた業績をあげている著者たちを迎えて、従来見られなかった規模の大きな人物史の叢書として、「ミネルヴァ日本評伝選」の刊行を開始したい。

平成十五年（二〇〇三）九月

ミネルヴァ書房

《著者紹介》

斎藤英喜（さいとう・ひでき）

1955年　東京都生まれ。
1990年　日本大学大学院文学研究科博士課程満期退学。
椙山女学園大学短期大学部助教授，佛教大学文学部教授などを経て，
現　在　佛教大学歴史学部教授。

著　書　『アマテラスの深みへ――古代神話を読み直す』新曜社，1996年。

『いざなぎ流　祭文と儀礼』法藏館，2002年。

『安倍晴明――陰陽の達者なり』ミネルヴァ書房，2004年。

『読み替えられた日本神話』講談社現代新書，2006年。

『陰陽道の神々』思文閣出版，2007年。

『古事記　成長する神々――新しい「日本神話」の読み方』ビイング・ネット・プレス，2010年。

『アマテラス――最高神の知られざる秘史』学研新書，2011年。

『荒ぶるスサノヲ，七変化――〈中世神話〉の世界』吉川弘文館，2012年。

『古事記はいかに読まれてきたか――神話の変貌』吉川弘文館，2012年〈古代歴史文化賞・みえ賞受賞〉。

『古事記　不思議な1300年史』新人物往来社，2012年〈古事記出版大賞・稗田安礼賞受賞〉。

『異貌の古事記――あたらしい神話が生まれるとき』青土社，2014年。

『陰陽師たちの日本史』角川選書，2014年。

ミネルヴァ日本評伝選
折《おり》口《くち》信《しの》夫《ぶ》
――神性を拡張する復活の喜び――

2019年１月10日　初版第１刷発行　〈検印省略〉

定価はカバーに
表示しています

著　者　斎　藤　英　喜
発行者　杉　田　啓　三
印刷者　江　戸　孝　典

発行所　株式会社　ミネルヴァ書房
607-8494　京都市山科区日ノ岡堤谷町１
電話代表（075）581-5191
振替口座　01020-0-8076

共同印刷工業・新生製本

ISBN978-4-623-08517-0
Printed in Japan

人名索引

※「折口信夫」は頻出するため省略した。また，神名も含めた。

か　行

さ　行

た　行

な　行

は　行

ま　行

や　行

わ　行

事項索引

あ　行

か　行

さ　行

た　行

な　行

は　行

ま　行

や　行

ら　行

折口信夫引用著作索引

あ　行

『天地に宣る』新全集24　249
「壱岐民間伝承採訪記」新全集18　132
「異郷意識の進展」新全集20　67, 95, 142, 144
「異訳国学ひとり案内」新全集20　68, 70, 71, 74, 76, 97
「上代貴族生活の展開」新全集６　300
『海やまのあひだ』新全集24　68, 89, 200
「大倭宮廷の剏業期」新全集18　255, 256, 260
「翁の発生」新全集２　13, 150, 151, 178, 194
「沖縄探訪記〔大正十二年〕」新全集18　132
「沖縄採訪手帳〔大正十年〕」新全集18　132
「鬼の話」新全集３　95
「追ひ書き」新全集３　19, 24, 25, 44, 48, 200
「御即位式と大嘗祭と」新全集18　220

か　行

「かぶき賛」新全集22　19
「神　やぶれたまふ」新全集26　307
「韓国伝道と古伝説と」『神風』52号，明治40年11月25日　42
「宮廷生活の幻想――天子即神論是非」新全集20　346
「鏡花との一夕」新全集32　360
「現行諸神道の史的価値」新全集２　3, 5, 13
「現行諸神道の史的価値」『皇国』第279号　→「神道の史的価値」
「言語情調論」新全集13　36, 200
「国学と国文学と」新全集20　271
「国学とは何か」新全集20　264, 267, 268
「国学の幸福」新全集20　283
「国文学以外」新全集33　22
「国文学の発生　第一稿～第四稿」新全集１　13, 95, 97–99, 102–104, 106, 109, 111, 115, 118, 120, 121, 125–127, 178, 245, 368
「古代人の思考の基礎」新全集３　182, 208, 337
「古代人の信仰」『惟神道』第２巻第２～５冊　5
「古代生活に於ける惟神の真意義」新全集20　5, 179, 182, 206
「古代生活の研究」新全集２　138, 139, 145, 146
「ごろつきの話」新全集３　155

さ　行

「招魂の御儀を拝して」新全集33　13, 291, 292, 294, 299
「書簡」新全集34　20, 312
「初期民俗学研究の回顧」全集ノート編・追補３　48–50
「詩歴一通」新全集32　22
「神道宗教化の意義」新全集20　308, 310, 311, 316, 334, 337, 343, 348, 356, 370
「神道に現れた民族論理」新全集３　3, 5, 10, 26, 97, 127, 179, 180, 182, 184, 188, 191, 198, 199, 203, 209, 232, 239, 332,

341
「神道の新しい方向」新全集20　308, 335, 336, 348
「神道の史的価値」新旧全集２　78, 80, 82, 83, 86, 88, 97, 137, 178, 355
「神道の友人よ」新全集20　5, 26, 308, 310, 311, 348, 358, 370
「生活の古典化に努められた先生」新全集20　103

た　行

「だいがくの研究」新全集２　54
「大嘗祭の風俗歌」新全集18　219
「大嘗祭の本義」新全集３　4, 10, 62, 165, 169, 178, 220, 224, 225, 228, 230, 241, 328, 369
「大嘗祭の本義ならびに風俗歌と真床御衾」『國學院雑誌』昭和３年11月38巻11号→安藤礼二編『折口信夫天皇論集』　51
「大嘗祭の本義ならびに風俗歌と真床襲衾」『國學院雑誌』昭和３年11月38巻11号　219, 233
「天子非即神論」新全集20　331, 332, 334
「道徳の発生」新全集17　88, 353, 354
「道徳の民俗学的考察」『日本民俗』第２巻第２号　88
『遠やまひこ』新全集24,　265
「常世及び「まれびと」」(「国文学の発生第三稿」)　118–120

な　行

「日本古代の国民思想」新全集20　5, 203
「日本人の神と霊魂の観念そのほか」新全集・別巻３　120, 124
「日本文学の内容」新全集４　346
「日本文学の発生」　95, 98, 99, 102, 103

は　行

「跋——一つの解説」『早川孝太郎全集』２　149, 170, 171
「妣が国へ・常世へ」新全集２　95, 141, 178
「髯籠の話」新全集２　8, 45, 48–53, 55, 57–61, 64–67, 124, 135, 140, 144, 178, 205, 222, 226, 242, 247, 309, 367, 368
「平田国学の伝統」新全集20　11, 275, 283, 286, 287
「幣束から旗さし物へ」新全集２　54, 352
「「ほ」・「うら」から「ほがひ」へ」新全集４　352, 353
「ほうとする話」新全集２　169, 220, 245, 246
「盆踊りと祭屋台と」新全集２　54

ま　行

「まといの話」新全集２　54
「まなびのまど」新全集33　32
「万葉集研究」新全集１　123
「三河の山村」新全集21　147
「水の女」新全集２　178
「禊と祓へと」『神道講座』第２冊　5
「三矢先生の学風」新全集20　37, 264, 266
「民間信仰と神社と」新全集20　5, 166, 179, 195–197, 344
「民族教より人類教へ」新全集20　5, 308, 316, 317, 324, 350, 356, 370
「村々の祭り」新全集２　220

や・ら・わ行

「山の霜月舞」新全集21　13, 149–151, 153, 156, 162, 167, 170
「夜風」新全集27　89, 90
「琉球の宗教」新全集２　62, 78, 123, 132,